KB174189

황석우 전집

김학동 · 오윤정 편저

국학자료원

책머리에

상아탑象牙塔 황석우黃錫禹는 그가 살아생전에 시집 『자연송自然頌』 한 권만 남겨놓고 떠나갔다. 『자연송』에는 153편의 시가 수록되어 있는데, 이것들은 거의가 그의 시력詩歷으로 보아, 중간기에 제작된 작품들이다.

그렇다면, 여기에 실린 시편들이 그가 남긴 전 시작일까? 그것은 물론 아니다. 그의 초기시라 할 수 있는 폐허동인과 장미촌동인 시절에 발표된 시작들을 비롯하여 『자연송』 이후에 각 지상에 발표된 시작들과 그가 사망하기 직전, 또는 사후의 유작들은 전혀 수습하지 못한 채로 오랜 세월을 보낸 것이다. 더구나 산문은 어느 하나도 그대로 방치한 채로 이어져 오다가 2008년 박이정에서 출간된 정우택의 『황석우연구』에서 처음으로 정리된 것이 아닐까 한다.

그러나 여기서도 황석우의 전 작품들이 정리되었다고는 할 수가 없다. 그것은 황석우의 유작들이 발표된 당시의 신문이나 잡지들이 제대로 갖춰져 있지 않기 때문이기도 하다. 따라서 지금 편자가 펴내게 된 이 책에서도 이런 한계를 완전히 극복할 수 있다고는 생각하지 않는다. 다만 이런 작업이 반복적으로 지속되다 보면, 어느 때가 될는지 모르지만, 완벽에 가까운 것이 되지 않을까 싶기도 하다.

이 책은 크게 '시'와 '산문'의 2부로 나누어 편성했다. 먼저 제1부 시에서는 그가 손수 펴낸 『자연송』의 시편들을 머리에 편성했고, 그 다음은 황석우의 습작기의 작품들을 비롯하여 그의 문단활동이 본격적으로 시작되는 폐허동인과 장미촌동인 시절에 발표된 초기의 시작들과, 『자연송』이 출간된 이후 ≪조선일보≫에 집중적으로 발표된 '반송伴頌'의 시편들을 포함하여 당시의 각 지상에 발표된 중간기의 시작들, 끝으로 8 · 15해방부터 다시 등장하여 그가 사망하기 직전과 직후에 발표된 유고시를 포함한 후기의 시작품들을 그 순서대로 배열했다. 또한 제2부 산문에서는 먼저 시론과 일반문학론으로 구분하고 시론時論으로서 일본의 정치현상과 사상 및 일본 유학시절의 회상기와 인물평, 그리고 수필과 기타 설문답 등으로 구분하여 편성했다.

앞에서도 말한 바, 『황석우전집』에 대한 보완작업은 앞으로도 계속 이어져야 할 것이다. 그래야만 그가 남긴 시와 산문 및 기타의 자료들이 정리되어 그에 대한 완벽한 연구가 가능해질 수 있기 때문이다. 이런 기초적인 작업이 이루어지지 않고서는 황석우에 대한 연구는 언제나 겉돌게 마련이다.

인문학 위기의 진단은 오늘날의 이야기가 아니다. 이미 오래전부터 있어온 것으로 우리나라는 그 어느 나라보다 심각한 것 같기도 하다. 그것은 실용학문으로 편향되어 있는 우리들의 현실적 반영이기도 하다. 그래서 그런지는 몰라도 오늘날 인문학 계통의 학술서적을 출간했던 많은 출판사들이 겪는 고통은 이만저만이 아니라고 한다. 그렇다고 인문학이 완전히 붕괴된 세상을 우리들이 살아갈 수 있을까? 그러한 현상은 너무나도 삭막하여 생각조차 하기 싫다.

아무튼 이런 어려움에도 이 책을 흔쾌히 맡아 출판해준 국학자료원 출판부에 깊은 사의를 표한다.

2016년 8월 16일

차 례

제1부 시

『자연송』의 시편들

● 자연송

● 재동경시대의 작품 및 일문시日文詩

습작기와 초기의 시편들

● 습작기의 시편들(1919. 1~1920. 6)

● 초기의 시편들(1920. 7~1921. 11)

중간기의 시편들

● 기타의 시편들(1928. 8~1935. 5)

말기의 시편들

● 해방 당시의 시편들(1946. 3)

● 사망 직전의 시편들(1958. 3~1959. 12)

● 일본민요번역(1931. 10)

제2부 산문

시론과 시단 및 논쟁의 문제, 그리고 문학 일반의 평문들

일본의 정치 현상과 사상, 그리고 회상기와 인물론

잡지 및 시집 출간사와 편집후기, 그리고 수필과 기타 설문답

제1부

시

『자연송』의 시편들

습작기와 초기의 시편들

중간기의 시편들

말기의 시편들

◆ 일러두기

◇ 제1부 시부에서는 시집 『자연송』의 수록 시편들을 맨 앞에 편성하고, 나머지 미 수록의 시편들은 '습작기와 초기의 시편들' · '중간기의 시편들' · '말기의 시편들'로 구분하여 수록했다.

◇ 한자어도 모두 한글화하였는데, 부득이한 경우에는 '태양太陽'과 같이 한글 옆에 한자를 작게 하여 표기하였다.

◇ 모두 현행 철자법으로 바꾸었다.

◇ 어려운 어휘들은 그 뜻을 각 작품의 말미에 붙였다.

◇ 일부 어휘의 표기는 아래와 같이 표기하였다.

'～우' → '～위' / '곳' → 곧 / '笛ㅅ대' → '젓(笛)대' / '한을' → '하늘'

'彼' → '저' / '及' → ' 및' / '～일다' → '～이다'

『자연송』의 시편들
(1929)

태양계 · 지구~동요(3편)

태양계 · 지구

우주의
태양계는
별의 (세계의) 금강산

태양계의
지구는 꽃 만발한
우주의 소낙원, 소이상향

소우주 · 대우주

사람의 눈에 보이는 우주는
태양계 둘레의 천체뿐입니다
그곳을 「도서적島嶼的 소우주」라고 합니다.
소우주 안에는 헬크레스 성운星雲의 별 우주계통과 2억만의 몸 엄장嚴莊한 별들이 하늘 높이 병풍과 같이 둘러앉아 있고
그 밑으로 달과 태양과 지구는 조그만 풍선風扇공과 같이 귀엽게 떠돌아다닙니다
이 우주 바깥은 대우주, 그 안에 있는 은하의 저쪽으로 저쪽까지의
끝없는 무한에의
모든 「도서적島嶼的 소우주」의 성운星雲, 또는 그들 성운 속의 항하恒河 모래 같이 깔리어있는
조그만 별들
태양들
생물의 세계들은 그 종류와 수효를 어지러워 상상할 수도 없습니다

* 도서적島嶼的 : 섬의 모양과도 같은.
* 성운星雲 : nebula 하늘의 군데군데 구름이나 안개 같이 보이는 별의 떼.
  성무星霧라고도 불린다.
* 항하恒河 : 갠지스 강.

태양계

태양계는
화려한 성운星雲의 전각殿閣의 허물어진 폐허!
팔혹성八惑星과
달과
태양은
그 폐허 위에 남겨진 기둥, 석가래, 주춧돌들의 잔영殘影!

* 전각殿閣 : 임금님이 거처하는 곳, 궁궐宮闕.
* 잔영殘影 : 나머지 그림자. 해질 무렵의 그림자.

불의 우주

별들도 불
태양도 불
별들과 태양은 하늘 위의 불의 폭죽爆竹!
지구도 불의 세계에서 타락墮落해 나온
뱃속에 불을 통통히 배인 말썽거리의 색시!
오오 우주는 한 개의 불 구렁(坑)속!
우주는 곳 불길로 틀어 된 성운星雲 구멍
그 가운데는 별들과 태양이 지질현상과 같이
크고, 작아지고 죽고 살고 변환복잡變幻複雜
암성暗星들은 곧 별, 태양들의 시체!
그러므로 금후의 우주는 한때는 불 꺼진 캄캄한 램프와 같이 되기도 하리라
그러나 이 성운의 구멍이
어느 큰 화산의 뱃속인지
어느 죽은 별의 지심地心속인지 무엇인지 또 그 이전의 상태는 미지未知, 미지.

* 구렁(坑) : 움푹 패어 들어간 곳. 깊이 파인 곳.
* 암성暗星 : 빛을 내지 않는 별.

우주의 구멍

우주의 큰 구멍은
우주 안에서 나서
우주를 몰라 탄식하는
생물들의 한을 싸 쟁이는 창고랍니다

* 싸 쟁이는 : 싸서 쌓아두는.

허공을 메꾸는 계획

대지가 끊임없이

생물을 낳는 것은

하늘과

따 사이의 큰 허공을 메꾸려는 장원長遠한 계획이랍니다

* 메꾸는 : 메우는.
* 장원長遠 : 길고도 먼.

별 · 달 · 태양

우주는 끝없는 암흑이온데
별과
달과
태양은
그 곳곳의 동리 목에 비치는 가등街燈!
그 발전소는 조화옹造化翁의 심장 속!
그리고 달과 태양은 지구의 동서에 갈린 주야등이랍니다

* 주야등晝夜燈 : 낮과 밤을 밝히는 등불.

지구의 닻

지구는 배(舟)인가
달은
지구가
하늘 가운데 던져놓은 닻(錨)덩이랍니다

* 닻(錨) : 저울눈. 조그만 것. 미소한 것.

내 동무 태양아

언제든지 새벽 문을 박차 열고 무엇을 쫓는 듯이 번개 같이 내닫는 기운찬 태양아

아아 암흑을 일거에 쳐부수려는 거탄巨彈 같이 닫는 태양아

네 손 내밀어라 뛰어올라 악수하고

우주가 흔들려 쪼개지도록 태양 만세

인간 만세, 태양 인간 만만세 높이높이 부르자 그리하여 내 생명이 너와 같이 빛날 수 있다면

나는 너의 시뻘겋게 타는 역선풍逆旋風의 불 가운데라도 벌거벗고 들어가 타서라도 버리겠다

오오 내 동무 태양아.

* 거탄巨彈 : 커다란 폭탄.
* 역선풍逆旋風 : 고기압이 생긴 지점에서 공기의 와동渦動으로 인하여 북반구에서는 좌로, 남반구에서는 우로 나선형으로 부는 바람.

태양이 가지고 있는 공장

지구는 생물 뿐을 사용하는 한 공장!
그 일체의 작업의 지휘자는 태양!
지구는 곧 태양이 세운 그 최대의 기업장企業場!
그 제품은 「행복」!
태양이 말하기를 「고통」은 태양의 의사에 반叛하는
인간의 나쁜 「오제품誤製品」이라고

* 오제품誤製品 : 잘못 만들어진 제품.

태양

태양은
혼의 덩어리다
생물의 혼의 덩어리다
아니 시뻘겋게 타는 노동자의 혼의 덩어리다

걸림의 세계

하늘 위에는 구름의 걸림!
땅 위에는 물 걸림, 풀 걸림, 나무 걸림
우주는 걸림의 한 큰 전람회
그 출품자는 태양과 흙!
사람들은 그의 감상가, 비평가!

지구 · 생물

지구는
태양이 끄는 유모차
생물들은
그 위에 태운 태양의 애기들!

지구 위의 식물 · 인간들

지구위의
식물들은
태양이
「코스모존」(宇宙生物)의 종자를 골라 모아
지구라는 온실가운데 북돋아놓은 것이랍니다
인간의 무리는 그 온실의 식물을 가꾸는 원정園丁!

* 원정園丁 : 정원사. 정원을 맡아 보살피는 사람.

태양의 분가

지구는
태양이
생물들에게 세간 내준
조그만 분가

그럼으로 태양은
하루도 궐闕치 않고 아침마다 땀 흘리며 허위허위 와서
생물이 가져야 살 열과 광명과
맑은 공기 등의 양식을 구미구미 디밀어줍니다

* 구미구미 : 구메구메. 틈틈이.

공중의 운전수님

태양은 운전수님!
태양은 지구의 자동차 위에
억조億兆 생물의 가족을 태우고
높은 공중에 배 걸치고 엎디어
지구의 기—ㄴ 핸들을 잡고
아침에는 조선으로 달려오고
저녁에는 서반구의 아메리카로 달려갑니다.

달과 태양의 교차

동쪽 하늘의 끝 정거장에서
달과 태양은 교차합니다
달은 수국水國으로 설움을 싣고 가고
태양은 육지로 환희를 싣고 옵니다

광선의 부채

태양은 아침마다 와서
넓은 광선의 부채(扇)로서
만상의 눈 위로부터 잠을 날려 쫓습니다
곡식 풀포기에 앉은 참새 떼를 휘몰아 쫓듯이

물 자아 올라가는 태양

태양이 날마다
지구 위의 물을 자(釣)아 올라가는 것은
하늘 위의 면화棉花 밭에 물을 뿌려주기 때문이랍니다.
구름은 곧 면화 밭에서 피어오르는 면화송이와
또 그 솜을 틀어 묶어 바람의 수레로 이저리 실려 보내는 것이며
눈은 바람에게 훌치어 떨어지는 그 낙화송이
진눈깨비는 그 물먹은 솜 송이랍니다

* 자(釣)아 : 물을 잣아 올린다는 뜻이다. '조釣' 고기를 낚아 올린다는 '조어釣魚'의 의미로 사용하고 있는 것 같기도 하다. 혹은 물을 틀어 올린다는 '잣다'의 뜻이 아닐까 한다.
* 면화棉花 : 실과 솜의 원료가 되는 식물로 일명 '목화'로 불리기도 한다.
* 이저리 : 이리저리의 준말.
* 훌치어 : '훑이어', 혹은 '흩이어(散)'의 잘못으로 보인다.

태양이 떠오르면

태양이 떠오르면
생물들은 그 눈꺼풀을
안개에 싸인 농촌의 싸리문지게 같이 고요히 열어젖히며
눈동자는 그 속으로부터 둥근 달같이 나타내나와
두 팔 치켜 벌리고 환호하며 태양을 반긴다

* 싸리문지게 : 싸리나무로 만든 삽짝 문.

아침노을

아침노을은
머—ㄹ리 태양을 맞으러 간
지구의 대표자의 무리랍니다
그들은 곧 지구의 물나라에서
지구의 혼을 대표하여 간 그 성장盛裝한 사절의 무리랍니다

새벽

새벽은
동녘 하늘의 물가(濱)에서
구름의 그물로
붉은 기―ㄴ 수염鬚髥 뻗친
금괴金塊와 같은 태양의 잉어(鯉魚)를 낚아 올린답니다
그 밑으로 까막까치들은
고기 사러 가는 촌아해村兒孩 떼와 같이
공중에 분주히 솟았다 내렸다 하며
달과
조그만 별들은 내 몸도 잡힐까 겁나서
발발 떨며 손바닥으로 얼굴 가리우고 돌아앉아 숨습니다

잎(葉) 위의 아침 이슬

아침에 오는
태양을 맞는
풀과
나무들의
잎 위에서 반짝이는 이슬은
감격을 느끼는 자의
눈동자에 서리운 뜨거운 눈물방울 같습니다

아침 맞음

도회와 농촌의 고요한 여명黎明 가운데서
산들은 깊은 묵념으로서
닭(鷄)들은 힘찬 노래로서
나뭇가지와 풀 가지들은
푸른 잎의 핸 캐치 풀을 흔들어
밝아오는 아침의 혼을 맞이합니다

* 핸 캐치 : 손수건.

뜨는 해와 드는 해

새벽하늘에서 동터 오르는 태양은 정든 색시의 집에서 자다가 어느 겁나는 사람에게 뛰어 들리어 높은 창문 밖으로 도망해 기어 나옴 같고

또 뉘 주먹 속에 움키어 쥐인 큰 홍색紅色 금강석 덩이가 뭇사람에게 그 손아귀를 벗겨 빼앗기어 올라감 같기도 하다

그리고 서천에 내리는 태양은 마치 목숨 내버리고 달리고 달려드는 대담한 음분淫奔한 여자의 두 손 아름 속에 목덜미 깍지 끼어 그 지하실의 침대 위로 끌려 들어감 같기도 하고 혹은 힘센 장사의 등 위에 얼굴 씌워 업혀감 같기도 하다

또 그는 저물어 가는 머-ㄴ 들 가운데 외로이 떨구어 놓은 어린것들을 눈물겹게 뒤돌아보며 뒤돌아보면서 고개 뒤를 꿉뻑어려 내려가는 것 같기도 하며 혹은 그는 요절하는 젊은 영웅아의 임종할 즈음의 그 눈감기 어려워하는 한 깊은 침통한 눈알맹이 빛 같기도 하다

* 제목 '드는 해' : 지는 해를 이름이다.
* 음분淫奔 : 부녀자의 음탕한 행동.

두 배달부

태양은 남편, 달은 아내
둘은 생이별의 부부
그 둘의 생업은 배달부
태양은 「용맹스러운 정력」을 배달하고
달은 「평화로운 잠」을 배달한다.

흐린 날의 구름 속에 드는 태양

흐린 날의 낮(晝)에
구름 속으로 들어가는 태양은
두 주먹 용감히 쥐고 단기單騎로
천병, 만마의 적진을 쳐들어가는 것 같고
또한 그는 거리에 도열해 섰는
부로父老의 병사들에게 차례로 악수를 베풀고 지내감 같기도 하다

* 단기單騎 : 혼자서만 말을 탄 것.

우별제右別題

엷게 흐린
구름 속에서 내비치는 태양은
물속에서 내다보는 주린 무서운 호랑이 눈 같습니다

달과 태양의 숨바꼭질

태양은
달의 따님과
지구의 영식令息의 두 남매를 데리고
하늘 위에서 사는 홀아비 노인이시랍니다
그런데 태양은 장차 어느 곳으로 무엇을 하러 가시렴인지
그 두 남매를 공중에 내놓아 낮이나 밤이나 달음질 공부만 시키신답니다

태양의 괴로운 싸움

만상의 아버지 태양은
한때도 편안히 눈 부쳐 보지 못하고
공중에서 어느 무서운 적과
괴로이 괴로이 싸우신답니다

공중에는 섭씨영하 270여도의
우주 영宇宙零의 절대 한랭이
태양의 생명인 광열을 빼앗으려고
사나운 소리개(猛鷲)와 같이 태양에게 달려듭니다
태양은 이 무서운 적과 싸우시기에 그 몸이 날로 여위어 그 이마 위에 검은 주름살(黑點)이 잡히어 가십니다
저 오십만 마일(50萬里) 이상을 몽몽濛濛히 뻗쳐 올라가는 푸로미넨스(紅焰)는 태양의 그 애태우는 괴로운 숨결이시랍니다

* 몽몽濛濛 : 비나 안개 같은 것이 내려 자욱한 모양.

태양계의 고향

태양은
여덟 혹성의 아들과
열일곱 위성의 손자와
그 모든 소위성의
증손 고손들의
일가를 데리고
저 머—ㄹ리로
저 머—ㄹ리로
오만 분 이상의
형님과 동생이 계신 그리운 고향
헤—ㄹ크레스 성운으로 향해 가신답니다.
지구 위의 생물들은 태양이 내 고향 데리고 가는
그 자랑거리의 식구들이랍니다

* 헤—ㄹ크레스 : Hercules.

태양의 수명

지구를 떠나기 9,300만 마일의
높은 머－ㄴ 곳에 계시오신
태양의 몸 부피는
지구의 130만 배
태양의 몸무게는
지구의 33만 배
태양의 키는 86만마일의 거리
그 몸의 피(血)는
40가지에 가까운 색채 찬란한
금속원소가 섞여서 되고
그 힘은 그 살의 인력引力만으로도
달과 지구를 번개 같이 잡아 휘두르는
공중의 거인이시오나
그도 쉽게 돌아가(逝)실 날이 머－ㄹ지 않았답니다.
달덩이는 이미 소태양小太陽이 돌아간 그 목내이木乃伊!
그는 곧 거인 태양이 돌아가신 뒤에
그 무덤 앞에 깎아 세울 비석으로서 준비된 자랍니다

* 목내이木乃伊 : mirra 미이라.

태양이 돌아가시옵거든

태양이 돌아가시옵거든
그 몸을 곱게 조각하여
황금불黃金佛 보석불寶石佛 만들어
하늘 위에 영원히 영원히 모셔둡시다!

Gondwana 대륙!

곤드와나 대륙은 어느 소리개가 쳐갔나?
곤드와나 대륙은 누가 베어갔나?
곤드와나 대륙은 이첩기二疊紀의 빙설氷雪이 먹고 그대로 사라져 버렸나
아아 곤드와나 대륙이 이대로 자취를 감춘 뒤엔
대서양과 인도양은 그 눈에 그 넓은 가슴 위에
눈물 푸르게 깊게 괴이고 서로 쉽게쉽게 갈리어 있소

* 제목 곤드와나Gondwana대륙에서 원문에는 'Gondnawa'로 되어 있으나 Gondwana의 잘못이다.
고생대 말기부터 중생대 초기에 걸쳐서 남극 대륙을 중심으로 남반구 일대에 있었으리라고 생각되는 대륙. 그 일부분인 남미 · 아프리카 · 인도 · 호주 등지에는 석탄기石炭記로부터 쥐라기(Jura紀)에 걸치는 육성층陸成層이 분포하고 있다.

하늘 가운데의 말

지구는 공중을 달려 도는 한 큰 말(馬)
사람은 그 등 위에 안고 눕고 서서
하루에 한 번식 우주의 장엄한 넓은 공원을 구경한다

하늘 가운데의 무서운 벙어리

지구는 말 못하는 벙어리
그 배 속에는 몇 천도의 시뻘건 화火가(熔岩海) 끓어 돌아다닌다!
지구는 그 화火를 참지 못하여 미친 큰 사자와 같이
조금도 쉬지 않고 공중을 가로 세로 뛰어 돌아다닌다!
지구의 그 화火가 폭발될 때는 무서운 지진이 되고 하늘을 뚫는 분화噴火가 된다

* 분화噴火 : 불을 뿜다.

두 맹인

사람의 어머니 되는 지구는 장님!
사람도 그 어머니 지구를 닮아 장님!
그러므로 지구는 달과 태양의 길게 늘어진 짝짝이의 의안義眼을 달고
사람은 그 광선의 알 두터운 도안경度眼鏡을 쓴다

* 의안義眼 : 만들어 박은 사람의 눈.

하늘 가운데의 섬

깊이도 헤아릴 수 없는 무시무시한 시퍼런 하늘 가운데

지구라는 한 섬 ── 떠있는 조그만 절도絶島가 있다.

그 섬 가운데는 괴상한 형체의 사람의 무리들이 깃들어있다.

그러나 사람의 무리는 언제 어느 곳으로부터 그 섬 가운데 표류해온지를 아지 못한다

사람들은 전혀 이 지구의 위에 온 인연도, 그 이유도, 또 그 역사의 시초도 고향도 그 조선祖先도 분명히 아지 못한다

그럴 뿐 외솨라 사람들은 그 지구의 운명의 앞길도 아지 못한다 ──

사람은 다못 유배 온 죄인과 같이 날로 번민에 싸여 울울鬱鬱히 실증失症나게 허덕허덕 그 좁은 지구의 위를 배회하여 있을 뿐이다

* 절도絶島 : 육지에서 멀리 떨어져 있는 섬.
* 다못 : '다만'의 방언.
* 울울鬱鬱 : 마음이 상쾌하지 않고 가슴이 답답하다.

허무인의 생물관·지구관

지구 위에 다시 전 지구적의 빙하가 범해 오거나
지구 위의 공기가 다른 천체天體로 날라 흩어져 가거나
또는 어느 천체와의 고장에 의하여 공기층이 희박해지거나 태양으로부터의 송열送熱이 감쇄減殺 되거나
혹은 태양의 죽음에 의하여 그 송열이 전혀 그쳐지거나
사화산死火山의 부활 등 전 지구적의 지진이 일어나거나
지구의 독와사성毒瓦斯性의 「내화內火」가 전 지구적(대규모적)으로 폭발되거나
또는 운석殞石의 거탄의 포격, 혜성, 성운星雲 기타 천체와의 충돌을 받거나
그렇지 않으면 최후로 지구조직의 원자탄이 폭발되거나
또는 지구가 태양의 무서운 화염火焰 가운데 몰입되는 때에는
지구 위에 깃들어 있는 생물과 지구는 어찌될 것입니까
천문학자들은 지구의 최후의 운명을 원자탄 폭발이라고 합니다
이렇게 될 때는 전 지구는 우주적 미립분자微粒分子 —— 우주진宇宙塵의 가루가 되고 말 것입니다
그러므로 천문학자들은 지구의 위에
「사국행死國行」이라는 꼬리표를 붙여 놓았습니다
곧 생물들은 이 죽음의 길로 향해가는 조그만 지구의 짐짝 위에 부유蜉蝣 떼와 같이 달려 붙어 있습니다

천문학자들은 이 한심한 지구의 짐짝을 또다시 비루飛陋 거품 공(毬)이 라고도 불러 있습니다

* 감쇄減殺 : 덜어서 없애다.
* 독와사毒瓦斯 : 독가스.
* 운석隕石 : 지구에 떨어지는 별똥.
* 미립분자微粒分子 : 작은 알맹이.
* 부유蜉蝣 : 하루살이.
* 비루飛陋 : 나는 누추한 것, 또는 더럽고 누추하다는 '비루鄙陋'의 오식이 아닐까 한다. 혹은 '비누 거품'으로 해석할 수도 있다.

단상잡곡斷想雜曲

1

구름은 하늘의 웃음

안개는 땅의 웃음

아지랑이는 들의 웃음

2

구름은 지구의 콧김, 입김, 땀김이 올라간 것

비와 눈은 그들이 출세하여

구슬과 꽃이 되어 금의환향錦衣還鄕하는 것이랍니다.

* 금의환향錦衣還鄕 : 출세하여 고향으로 돌아가다.

포도 빛의 젖

잠은 젖!
그는 밤의 살찐 젖꼭지에서 흘러나오는
포도 빛의 젖……
생물들은 타임의 베드 위에 누워
밤의 그 잠의 젖을 빨아
새는 날에 노동할 새로운 생명의 힘을 배불립니다

잠

잠은 별들의 넋이랍니다

그 넋은 술과 같은 파란 액체랍니다

별들은 눈에 보이지 않는 대(管) 긴 깔때기로

사람의 눈 속에 그 잠을 넘치도록 꼴깍 부어넣어 준답니다

태양은 아침에 와서 잠의 맛있는 진액津液을

혀(舌) 차가며 핥아 먹는답니다

* 진액津液 : 물건에서 생겨나는 액체. 물질의 진국.

꿈의 병아리

밤은
생물의 품에
잠의 알을 품겨
꿈의 병아리를 까서
새벽 오기를 기다려
그 치롱籠속에 잚어져 가지고 뺑소니 해 갑니다

* 치롱籠 : 새장.

밤이 되면 내놓아준다

태양은
하늘 위의 물새 떼 같은
별들의 어린애기를
소매 속에 잡아넣었다가
밤이 되면 호르를 내놓아 준답니다

달 곁에 앉은 별들

달 곁에 앉은
조그만 별들은
새벽에 오는 애인
태양에게 만나려고
달의 경대鏡臺 밑에 앉아
뺨 맵시 머리맵시
앞뒤 맵시 고이고이 내고 있답니다

별들

별들은
하늘의
몇 억만년 동안
수없이 낳고 또 낳아
귀히귀히 기르는 자손!
그 별들은
밤이 되어야 잠깨서
그 어머니의
푸른 가슴속으로
머리 내밀고
눈 깜박 깜박
넓은 세상구경 해가며 이야기 하고
밤새도록 곤지곤지 쥐암쥐암의 가진 아양 부린답니다

* 쥐암쥐암 : 손가락을 폈다 쥐었다 하는 것.

별들의 위

밤하늘 가운데
낚시 배 등불 같이 반짝이는
별들의 위에는
밤의 정령精靈이 고요히 앉아
지상의 만뢰萬籟의 혼을 그물질하고 있답니다

* 정령精靈 : 죽은 사람의 혼령. 근원을 이루는 영혼.
* 만뢰萬籟 : 여러 가지 물건에서 나오는 온갖 소리. 중뢰衆籟.

별들아 일어나거라

가을 석모夕墓는
南風의 물결 위에 쪽배를 띄워
젓고 저어 와서
넓은 하늘 위에
흰 구름 조각의 포대기 걸치고
키 자랄 험상궂은 꿈을 꾸고 자는
어린 별들의 겨드랑이를 간지리면서
일어들 나거라. 오오 올빼미 같이 낮에 자는 어린 귀여운 별들아 밤은 왔다
내 배(舟) 위에 밤을 실고 왔다
서쪽 하늘의 나루(渡船場)에서 해를 내려놓고 밤을 실고 왔다
너희들의 그리우는 아리따운 달도 함께 불러왔다
일어들 나거라 어린 별들아
달을 하늘 복판에 앉히고
너희들은 일어나 그 달의 앞뒤를 빵 둘러 앉아
달의 속삭이는 그 재미있는 기ㅡㄴ 가을밤 이야기를 들어라

* 석모夕暮 : 어두운 저녁.

그네들의 비밀을 누가 압니까

칠월칠일 칠석七夕날에
견우성과 직녀성이
높은 하늘 위에서
밤 이슥토록 단둘이 만나는 그 비밀을 누가 압니까!
아아 그 비밀을 누가 압니까. 정든 남녀와 같이
또는 어느 나라의 밀사와 같이 사람 피해
머－ㄹ고 높은 하늘 위에서 한해에 꼭 꼭 한 번식 만나는
그네들의 비밀을 누가 압니까!

혜성

혜성은
우주주의宇宙主義의 허무적 방랑자

혜성의 그 기—ㄴ 꽁지는
우주 유랑의 외로움을 노래하는 젓(笛)대랍니다

혜성은 「화火」가 나면 그 기—ㄴ 젓(笛)대로
지구덩이를 때려 부수겠답니다

태양계에서는 혜성을 보기만 하면 그를 붙잡(拿捕)으려 한답니다
혜성은 곧 태양계의 내란혐의의 그 가장 큰 요시찰인이랍니다

* 나포拿捕 : 죄인을 붙잡는 것.

물속에 잠긴 달

물속에 잠긴 달은
고기의 넋을 싣고
은하로 떠(出帆)나가려는 배가
포구에 다 있는 것 같다!
아니 물속에 잠긴 달은
천상의 별로부터
고기의 넋들에게 보내는
미감美感의 오색 감로주甘露酒를 싣고 온 배다

* 출범出帆 : 배가 돛을 달고 떠나가다.
* 감로주甘露酒 : 단술.

공중의 불량배

호젓한 밤하늘 위에
불량배 같은 선머슴의 구름덩이가
군데군데 물형物形 그림자의 진을 치고
길가는 얼굴 고운 달을 붙잡아 귀찮게 시달린다

달밤의 구름떼

달 지내는
하늘 길가에
듬성듬성 벌려 선
구름들은
머ㅡㄴ 나라 시집가는 색시 구경 하려고
마을 축동築垌 밖에 나서는 시골 부인들과도 같고
또 동리 동리마다 천상의 여류명사를 전송餞送하는
촌유지村有志 마누라 떼와도 같고
혹은 달을 사모하여 병들어 누운 자의
애끊는 말과 편지 등을 전하려 나온 사람들과 같기도 하다

* 축동築垌 : 저수지.
* 전송餞送 : 전별하여 보냄. 떠나보내는 것.

구름 속에서 나오는 달

구름 속에서
얼굴 쪽 빠져 해쓱해서 나오는 달은
하늘의 길가에 기둘러 거닐고 있는 뉘에게 만나
구름 조각을 병풍으로 하여
비밀한 일 ── 접문接吻, 포옹 등을 허락하고
열적은 얼굴로 사방을 힐긋거리고 허리 괴ㅅ침 메만지며 허둥지둥 뺑소니 해 나오는 것 같다

* 접문接吻 : 입맞춤.

맑은 밤의 구름 속으로 들어가는 달

맑은 밤의
구름 속으로 들어가는 달은
그를 숭배하는 소녀와 그 친한 동창의 벗들에게
그 이마의 땀 씻기우며 또는 그 손에
아리따운 꽃다발을 쥐어 받음 같이 보인다

강과 바다우의 달

강 위나
바다 위에 비친 달은
물속에서 노－ㄴ닐느는
볼기 흐므러지게 발육된 나체의 처녀 같습니다

＊노－ㄴ닐느는 : '노닐고 있는'을 이렇게 표현한 것으로 보인다.
＊흐므러지게 : 잘 익어서 무르녹다.

달의 탄식

「세상 사람들이 나를 천상의 절세미인이라 하여
시인, 철학자, 음악가들 가운데는
내 얼굴빛에 홀리고 홀려 정신이상이 되어
폭포나 강물이나 바다 가운데 몸 던져 자살해 버리는 사람이 한 둘이 아닙니다
그러나 나는 이런 일을 당할 때마다 등에서 땀이 나도록
미안하고 미안해서 못 견디겠습니다
실상實狀을 고백하오면 하늘 위에
나같이 놀랠 흉참兇慘한 박색은 없습니다
내 얼굴은 석회 빛의 얽박 곰보
얼굴 가운데는 심지어 무슨 산이니 분화구니
시내 골짝이니 라고 이름을 붙이는
큰 혹(贅)과 구멍 투성이오
게다가 코도 뭉켜지고
눈도 없는 자기가 보기에도 찬 소름이 끼쳐지는 괴물
나는 곧 하늘에 시체를 벌거벗겨 내 너(曝)른
별 죽은 해골 덩이입니다.
내 얼굴에 빛나는 아리따운 광채는
마치 여우가 호랑이 가죽을 쓴 것과 같이
태양의 광선 자락을 얼굴 가리우는 장옷으로 쓴 것입니다

아아 이런 나를 보고 미인이라고 속는 세상 사람들이
얼마나 가여운지 모르겠습니다.」라고
달은 공중에서 혼자말로 탄식하고 있습니다

* 흉참凶慘 : 흉악하고 참혹하다.
* 얽박 : 얽은 얼굴.
* 장옷 : 부녀자가 외출할 때 얼굴을 가리는 옷.

월식

월식은
지구가
단 하나의 잊을 수 없는
내 누이동생을
오래간만에 오래간만에 공중에서 상봉하여
눈물겹게 반갑고 귀여운 나머지에
등에 업어보고
안아보고
얼굴 겨누고 뺌 대어보는 광경이랍니다

새벽해 만나는 달

새벽의 해 만나는 달은
소박맞아 외로이 사는 아내가
아침 사진仕進가는 남편 내다보고
눈 흘겨 문 닫고 들어가는 것 같다

* 사진仕進 : 벼슬아치가 아침에 출근하다.

달 뚜껑

나는 태평양! 내 위에 뚜껑 만들어 덮어주오
하늘 위의 달 끌어내려 나를 덮는 뚜껑 만들어 주오
달은 내 가슴 덩이가 떨어져 나간 것이요
달은 빨간 정열에 타던 내 가슴 덩이가 떨어져 나간 것이요

삼방월야곡三防月夜曲

반딧불은 별빛과 같고
시냇물은 은하와 같은데 (友人 金基坤吟)
재 위에 빨가벗고 올라오는 달은
반딧불을 휘몰아 안고
시냇물로 뛰어들 듯이 보인다 (著者 對吟)

시냇물 위의 달(三防에서)

시냇물은
땅속에 발목 잡히어 걷지 못하는
나무와 풀들의
설운 하소연을 실고
이골 저골 굽이쳐 흘러가는데
달도 또 한 무슨 설움이 있는 듯이
그 흘러가는 시냇물 위에 가슴 풀어 헤치고 있다

번개와 우뢰

번개는
하늘이 경풍驚風하여
눈 휘 번득이는 동자 빛이고

우뢰는
하늘이 그 경풍에 부딪쳐
비명悲鳴 외치는 신음 소리랍니다

* 경풍驚風 : 깜짝 놀라는 것 어린 아기들이 깜짝깜짝 놀라는 것.
* 비명悲鳴 : 슬픈 울음.

아침 참새

아침 잠 일는
참새들은
자리 걷어차고
추녀 끝에 나와 앉아
공중으로 올라오는 아침의 사랑 깊은
어머니의 그리운 얼굴을 바라보면서
고개 개웃둥 거리고
지난날의
날 맞도록 행한 좋은 일 궂은 일
또는 밤사이에 본 모든 긴 꿈 이야기를
제가끔 재재거리며 아뢰어 바칩니다

* 개웃둥 : 갸우뚱.

새벽녘의 뭇 닭

홰 속에서
뭇 닭은 마음 검칙한
새벽 놈의 손에
그 안고 자던
꿈의 보패寶貝 꾸러미를 도적맞았다고
긴 목을 빼어 깨깨 울어댑니다

* 보패寶貝 : 보배.

봄

봄의 치마는 동풍, 그 빛은 초록!
봄의 얼굴은 동글고 눈같이 희다
봄의 눈은 분홍빛의 비둘기 눈!
봄의 마음은 꿀 빛의 사랑의 샘
봄의 직업은 꽃 제조, 빛 제조, 노래 제조!
봄은 곧 아리따운 생명을 만드는 여류기사!
봄은 태양의 젊은 영부인!

봄 별음別吟

봄은
태양의 영낭令娘!
그는 생물의
공동의 어머니,
공동의 연인!

* 영낭令娘 : 남의 여식을 높일 때 사용한다.

봄 시詩 단장斷章

봄의 살
봄의 웃음
봄의 마음은 만져볼 수가 있다
그는 사람의 뺨에, 머리털 끝에 자지라지게 스치는 보드라운 미풍!

왜 그러십니까

어느 때던가
나뭇가지와
흙속에서 「아야야, 애고 배야」 하고 외치길래
깜짝 놀라 「왜 그럽니까. 무엇에 체하셨어요.」
물었더니 그들이 얼굴 빨개져 대답하되 「아니에요
아마 애기가 나올려나봐요
싹(芽)이, 봄의 혼이」

싹

봄은 옵니다
봄은 모든 마른 나무와
어—ㄴ 땅 위에
입 맞추며 옵니다
그 입술 한번 스치는 곳에는
나뭇가지 사이와
흙속에서 파란
어린 싹들이 입술을 쪽쪽 빨며
봄의 단 키—스를 더 맛보려고 보채는 듯이
머리 뾜근뾜근 치켜들고 나옵니다

나와 안아 맞으십시오

나와 안아 맞으십시오. 봄을 어린 풀싹들을
봄은 대지의 꽃으로
생글생글 웃으며 걸어옵니다
그 치마 속에선 봄의 마음이라는
따뜻한 연한 바람이 색색으로
뭉게뭉게 김 져 나오고
그의 흘리는 고운 웃음방울은
땅속으로 빗방울 같이 스며들어
조그만 풀싹들의 볼기를 떠받쳐 올립니다
겨울의 찬바람 소리가 무서워
땅속 모래둥 뒤에 숨어 웅크리고 눈 말똥말똥
코끝에 두 주먹 대고 비비며 보들보들 떠는
숨소리도 내지 못하는 태속의 어린애기 같은
조그만 풀싹들의 귀여운귀여운 손목을 잡아 끌어냅니다
나와 안아 맞으십시오. 봄을 어린 풀싹들을

나비의 시

봄의 나라에
선봉 서서 오는
한 마리의 아리따운
노란 갑주甲冑옷 입은
나비와 공중을 닿는
조그만 기사와 같이
미풍의 어린 낙타에 채찍질 하며
고개로부터
냇가로부터
들로 수풀로 향하여
나울나울 달려오는
그 모습을 보는 이곳저곳의 꽃들은
마치 마을 둔덕 위에 나타난
머-ㄴ 전장戰場으로부터 돌아오는
내 남편 모습을 발견한 젊은 아내들과도 같이
풀 사이로 발돋움질하여
목 길게 내밀고
옷깃 고치며

가슴 두근거려가며
몸 꼬아 흔들며 바라보고 있다

* 갑주甲冑 : 갑옷과 투구.

나비 사랑하는 어느 꽃

나비의 비행가님! 하얀 프로펠러, 노란 프로펠러 곱게 오므리고 공중으로부터 내려오십시오

나비님! 나는 당신을 사랑하는 가련한 여자
당신과 나는 상냥한 동풍의 소개로서
잎(葉)뒤에 고개 숨겨 부끄러운 빨간 눈으로
몰래 당신의 얼굴을 잠간 쳐다보고는
첫사랑이 싹 돋치어 수풀 가운데서 여러 번의 즐거운 밀회를 거듭하고
지금에는 자나 깨나 생각뿐 아침으로부터 저녁까지
연지 찍고 분 발라 당신 때문에 고운 화장하느라고 몸을 졸아 말립니다
오늘도 나는 식전 꼭대기부터 어린 향기를
송림 바깥까지 내보내어 밭두덕으로 맵시 있게 날라 오시는 당신의 모습을 살피게 하였습니다

나비의 비행가님! 하얀 프로펠러
노란 프로펠러 곱게 오므리고 공중으로부터 내려오십시오
오늘도 어느 때나 다름없이 당신의 품에 으스러지게 안기어
동풍의 보드라운 견사絹紗치마 자락을 머리로부터 들쓰고
당신의 카이제르수염의 도득한 맑은 입술에
뜨거운 뜨거운 키스를 드리리다
그리하여 아는 듯 모르는 듯 사랑의 씨를 받아
한 달 두 달 석 달 지낸 뒤에 긴 가지 위에서

동그란 파란 머리 붉은 머리 노란 머리 재끼어
구름 걸어가는 청랑淸朗한 하늘을 바라보고 배안 웃음 짓는
귀엽고 귀여운 애기 같은 일가의 주부가 되어 보렵니다

* 견사絹紗 : 비단.
* 카이제르 수염 : Kaiser. 독일의 황제 빌헤름 2세를 이름인데 그의 독특한 수염에서 유래된 것이다.
* 청랑淸朗 : 맑고 명랑하다.

이른 아침의 나비의 수풀 방문

이른 아침 수풀 속으로
수염 쫑긋거리며
걸음 발 타는 어린애 같이
조그만 날개 벌리고
쓰러져 떨어질 듯이 엣지엣지
서로 앞을 다투어
허위단심 날아가는 나비들은 무엇을 하러 감일꼬
그들은 꽃들의 손바닥 위에 고인 정한 이슬방울에 자고 난 얼굴을 씻으러 감일까
또는 어여쁜 꽃들의 아침 키스를 받으러 감일까
그렇지 않으면 푸른 이파리의 긴 장막을 둘러 느리운 꽃들의 침상속(이불속)에 어느 수상한 자의 잠자는 것을 새잡으러 감일까

* 허위단심 : 허우적거리고 무척 애를 쓰는 것.

나비와 벌들의 하는 일

아침이나 낮이나
저녁때나 쉬일 새 없이
열을 짓고 떼를 지어
언덕을 넘고
개울을 건너
이 공중, 저 공중으로 춤추며
노래하며 평화롭게
날아가고, 날아오는
나비와 벌들의 무리는
산과 들의
풀 가지와 나무 가지 위에 핀
아리따운 꽃포기 속에 정淨히 고이는
단 화밀花蜜의 샘물을 마시며
또는 그 물을 길(汲)러 다니는 것이랍니다

* 화밀花蜜 : 꽃에서 나는 꿀.

우리들은 신혼자

나그네 길가는 어느
미모의 제비가 머리에는
윤채潤彩 흐르는 천아융天鵝絨의
전두리 없는 중산모中山帽 같기도 하고
조그만 방한모 같기도 한
감색紺色털의 동글 모자를 오긋이 쓰고
가슴에는 루바시카 같은 흰 조끼(短衣)에
몸에는 또한 접接부채 형상의
야릇한 소매 달린 반 모닝 같은 감색 털 양복을 입고
코 위에는 세루로이드의 안경을 걸침과 같이 보이는 총명聰明한 맑은 눈알을 반짝이는
말쑥하고도 날씬하게 호리호리한 모던 청년의 스타일로서
그 곁에는 사이좋게
달큼한 동경에 타는 눈동자의
숨결 헐떡이는 허리 가는
섬약한 아내를 날려 세우고
산령山嶺을 넘고
개울을 거치어
들로부터 들로
공중을 내리는 화살같이 날면서

송곳 같은 부부리 속으로
「우리들은 신혼자
가는 곳은 봄의 나라
봄의 나라는 아리따운 맛좋은 벌레 끓는 찬란한 나라
봄의 나라는 우리들의 귀여운 아이를 낳아주는 즐거운 산아원
봄의 나라는 그리웁다. 봄의 나라는 일리一里, 이리, 삼리의 사이
일리의 앞은 마을집의 추녀
이리의 앞은 시골거리의 집집의 추녀
삼리의 앞은 도회의 집집의 추녀가 있다
그곳에 우리들의 사랑의 스위트홈이 있다
그러나 우리들은 봄의 나라에는 잠시의 신세
한봄, 한여름이 지내어 우리들의 낳은 귀여운
어린애들이 공중에서 발걸음타면
부부동반 어린애 동반 앞서거니 뒤서거니
들과 얕은 산과 개울과
연못과 늪과 호수와
강가와 넓은 사막의
곳곳의 명승지지名勝之地를 찾아 이곳에서 자고 저곳에서 자면서
눈물어린 가을의 마음을 노래에 얹고 시로 읊으며
또다시 따뜻한 바람의 뒤를

연인의 뒤와 같이 딸아 멀리멀리 가렵니다」라고 조잘 조잘 조잘 조잘 대인다

* 윤채潤彩 : 윤기 나는 채색.
* 천아융天鵝絨 : 우단羽緞. 선녀들이 입는 옷.
* 중산모 中山帽 : 예장식 때 쓰는 꼭대기가 둥글고 높은 서양 모자.
* 감색紺色 : 검은 빛을 띤 남색.
* 루바시카 : rubashka. 러시아식의 남자 윗저고리.
* 산령山嶺 : 산봉山峰. 산 고개.
* 부부리 : 부부속夫婦裏..
*산아원産兒院 : 산부인과 병원.

제비여

제비여! 네 나라는 어디메냐?

제비「태양의 곁 가까운 봄의 하늘」

제비여! 또 너의 집은 어디멘고?

제비「우리들에게는 일정한 집이 없다 우리는 세계를 우주를 집으로 하는 새! 우리는 세계의 새, 우주의 새!」

제비여! 그럴진댄 인간들의 집 추녀 밑에 만드는 조그만 진흙 보금자리는 무엇인고?

제비「그는 우리들의 한때의 BED를 놓는 장소」

제비여! 그대의 아버지와 어머니는 누구인가?

제비「우리들의 아버지는 대지구의 아버지인 태양
그리고 우리들의 어머니는 봄의 혼인 난풍暖風 ── 미풍」

* 난풍暖風 : 따스한 봄바람.

오오 제비들이어 오너라

공중으로부터 날아오는 피난민
오오 공중으로부터 날아오는 가난한 이주민!
오오 겨울바람의 난리를 피하여
먹을 것의 주림을 피하여 단 한 벌의 입은 옷 채로
공중으로부터 조그만 비행기 떼와 같이 날아 몰려오는 너희의 이름은 새의 나라의 제비!
오오 제비들이어! 이 나라의 사람들은
너희의 이 나라에 내리는 상륙을 막지 않는다
이 나라의 사람들은 너희에게 추녀 끝을 주고
또 너희 배를 불릴 풍부한 벌레를 사냥질 할 자유와 그 위에 너희의 몸을 덮을 평화로운
따뜻한 바람을 갖게 하며
또 너희의 세계유랑의 나그네 길의 이야기를
여러 가지의 추억의 하소연을
곧 악센트 가는 아리따운 능변으로서 재재거리는
너희의 모든 즐거운 파란 많은 로맨스를 반기어 들으리라
오오 제비들이여! 이 나라의
봄의 파라다이스 속으로 오너라

이슬

이슬은
별들의 가슴에서 내리는 젖
그는 이파리와
꽃들에게 먹이는 맑은 향기로운 젖이랍니다

물의 처녀

이슬은
하늘에서 밤을 타서 몰래 내려오는
구름 속에서 사는 물의 처녀!
그는 비의 둘도 없는 귀여운 누이 동생이랍니다

안개

안개는
하늘이 빨가벗고 옷 갈아입느라고
잿빛 망사網紗로서
지구 위의
생물들의 눈을 가리어 놓는 것이랍니다

* 망사網紗 : 그물감으로 성기게 짠 깁.

아지랑이

아지랑이는
태양의 호남자를 보고
부끄러워하는 「봄」의 뺨 빛
아니 아지랑이는
태양의 호남자를 보고
탐내하는 「봄」의 취한 추파秋波빛.

아지랑이의 양산 밑

봄은 때때로
아지랑이의 음푹한
파란 양산을 받고
그 밑에서 머－ㄹ리 계신
젊은 태양님의 넋을 불러내려
입마추고 사랑을 속삭이어 이야기 한답니다

* 음푹한 : 깊숙한.

나비가 날아 뛰어 들어갔소

봉오리 반쯤 열린
노란 칸나 꽃 속으로
하얀 나비가 엉큼하게
날아 뛰어 들어갔소
하얀 나비가 아무도 없는
처녀 혼자 있는 집 같은
노란 칸나 꽃 속으로 엉큼하게
날아 뛰어 들어갔소

봄이 오면(童謠)

봄이 오면
봄이 오면
엄마(母)의
젖꼭지도 꽃이 되어
그 꽃포기 속에
나비와 같이
나를 안고
양지바른
들과
언덕 위의
꽃핀 풀 나무 곁에 가서
내 모양 꽃에 앉은 나비에게 비比겨 봅시다

내 날개 만들어 주오(童謠)

높은 산의
빨간 단풍잎 따서
어머니의 그
고운 살적 밑 같이
내 날개 만들어주오
내가 펄펄 날게 되면
어깨에 망태기 걸고
날마다 날마다
벌레(蟲)의 포수捕手님
제비의 모리군 되어
들로
산으로
재미있게 재미있게
돌아다니겠소

세 빛!

하늘 위에는
별이 총총
땅 위에는
어린 애기들의
눈동자가 총총
아빠와
엄마의 눈은
해님 같이
크고 무서웁소

봄날의 미풍

봄날에 산으로 향하여 들로 향하여 혹은 사람의 집 뜰 위와 동산 속으로 향하여 어린 풀싹과 나뭇잎과 꽃들에게 젖을 주는 듯, 또는 그 이마를 만져보며, 그가 느린 맥박을 짚어보는 조그만 어머니와 같이, 의사와 같이 돌아다니는 미풍을 누가 귀엽게 안 보랴

봄날에 어린 풀과 나뭇잎과 꽃들을 찾아다니면서 그 작란 동무가 되어 아침과 석양의 햇발 밑에서 그들과 어깨 얼싸안고 시름하며 춤추며 또는 속삭이려 웃는 듯한 미풍을 누가 귀엽게 안 보랴

봄날에는 꽃향기를 몰고 다니면서 아리따운 나비를 청해다가 사랑을 구하는 이 꽃 저 꽃에게 매혼媒婚해 주는 미풍을 누가 귀엽게 안 보랴

봄날의 밤에 태양님을 머－ㄹ리 보내버린 어린 토끼새끼들과 작은 새들을 산 가운데의 바위 그늘과 나뭇가지 끝과 추녀 속에서 그 머리 쓰다듬으며 자장노래 불러 그들을 고요히 재워주는 미풍을 누가 귀엽게 안 보랴.

* 매혼媒婚 : 중매로 혼인하는 것.

미풍

나무는
미풍을 받쳐 안고
부라질 해주고요

미풍의 손목을 잡고
끌어 밀치는 「손 씨름」 하고요
물결은
미풍의 안진 재주 보려고
눈웃음의 방석方席(漣波) 틈(編)니다

* 부라질 : 어린 아기의 겨드랑을 끼고 좌우로 흔드는 것.

두 미풍微風

밤의 미풍은
좀성 별들의
이야기 뭉치라고요

낮의 미풍은
어린 풀들의
웃음 뭉치랍디다

* 좀성 : '좀스럽다'와 같은 뜻으로 작고 아담한 모양.

미풍과 아침 호수

새벽녘에
미풍이
호수를 찾아오면
자든 물결은
실눈 떠서 쳐다보다가
마침내 입 벌려 웃고
맨가슴으로 미풍을 안아 내려
이리 둥글 저리 둥글
네 사랑 내 사랑 부르는 것 같다

강물 위의 미풍

강물 위에
제비와 같이
깃 스치며
날아 돌아다니는 밤의 미풍은
자는 물결의 입술에
입 맞추는 것 같고
또는 자는 고기의
이불속 작란을 엿보는 것 같고
또 달 있을 때엔
그 물속에 잠긴
달그림자 덩이를 훔켜 내려함 같이 보인다

하늘의 혀(舌)

하늘에도 혀(舌)가 있다

하늘의 혀는 길다

하늘의 혀의 형체는 사람의 눈에 보이지 않는다

하늘의 혀는 빛밖에 아니 보인다 그것은 곳 광선이라는 것

하늘은 이 광선의 혀를 길게 뻘겋게 늘어 틀여서 무례하게도 지구 위의 물을 널름널름 핥아 올려간다

구름은 하늘의 입 장난하는 그 물 거품덩이!

하늘의 식상食傷

하늘은 무엇에 식상이 되면
건잡을 새 없이 「비」를 좔,좔,좔
그리고 그 배는 요란하게도 돨,돨,돨 콰당탕
사람들은 하늘의 배 끓는 소리를 우뢰라 하더이다

* 식상食傷 : 썩은 음식이 일으키는 복통腹痛. 토사吐瀉가 나는 것.

빗방울

지붕 위에
차양遮陽 위에
장독대 위에
추녀 밑 돌멩이 위에 울려 떨어지는 빗소리는
대지를 떠나
머―ㄴ 공중으로 잡혀 갔던
물방울의 애기들이
바람의 손에 구원되어
도망쳐 내려와
어머니의 무릎 위에서
강중 강중 즐거워 뛰며
엄마, 엄마, 엄마, 엄마 불으면서
내 몸 숨길 곳 군우하는 급한 이야기랍니다
마당과 도랑에서 요리 조리 휘돌아 내리는 물은
곧 그 물방울들이 떼를 지어
안고 엎이고 서로 손길 잡고
무서운 사람 뒤 따르지 못하게
어려운 꼬부라진 길 빼빼 돌아서
냇물로
강으로

깊은 바다 속으로
뒤도 돌보지 않고
한 달음에 줄행랑하야 데굴데굴 피신해 가는 것이랍니다

* 차양遮陽 : 볕이나 비를 가리기 위하여 처마 끝에 덧붙이는 생철. 해 가리개.
* 군우하는 : ? '궁리하는'정도로 해석될 수 있다.
* 줄행랑 : 쫓기어 도망하다.

봄비

첫봄의
하늘로부터 살살이 나비껴 내리는
종아리 가는
봄비는 공중의 누에가 밸어 내리는
흰 비단 실은 파도 같다
이 봄비의 실타래를
어깨에 걸고 발과
손목에 감고
풀잎 위와 나뭇가지 사이를
날아 넘고 기어 다니는
성깔 고운 미풍은
조그만 직녀와도 같고 염색사染色師와도 같다
하늘은 강과 바다와
또는 시내와 개울의 큰 물 잎사귀 작은 물 잎사귀를 먹어다가 실을 틀어
그 가슴속의 실감개로부터
봄비의 연한 실을 풀어내려
동방의 처녀 미풍을 불러내어
어린 귀여운 봄의 색옷

그 생명의 아리따운 옷감을 짜며
또 그 옷을 찬란하게 물들인다

* 염색사染色師 : 염색하는 기술자.
* 실감개 : 실을 감아두는 물건.

수많은 천문대

논두렁과
개울에는
수없는 천문대가 있다
그 천문대들에는
올챙이로부터 영전해온
개구리라는 천문학자가 있다
개구리들은
불숙 내밀은 큰 눈알을 망원경으로 하여
눈 부시는 듯이 지긋이
하늘 위의 기상을 살펴보다가
비가 올 듯하면 일제히 개굴개굴 울어댄다
그것이 곧 개구리들의 비 온다는 「기상보고」란다

비

땅 위에 내리는 비는
하늘이 나려다 보기는 하나
한 번도 정답게
안아볼 수 없는 대지가 그리워
구름 속에서 설게 우는 눈물이랍니다

비오는 하늘

하늘은
자다 깨인 어린애기 모양으로 울어댑니다
하늘은
그 얼굴에 암팽이 버려진 것이
싫어서 분해서 우는 듯이
눈물 졸졸 흘리며 울어 댑니다

지구의 바람 칭찬

바람, 바람, 너는
지구의 용사임이어!
하늘이 우리 지구의 눈물을 도적해 먹어 올라간다면
너는 언제든지
반드시 어느 곳으로지 나타내 나와
하늘로 뛰어 올라가
한울의 뺨을 치고 걷어차며 산산이 욕보인 뒤에
하늘에게 그 물을 모조리 길어내게 하여
다시 그물을 지구의 위로 돌려보내 준다
아아 너는 우리 지구의 물 지켜주는 큰 용사님이어!

어느 물의 하소연

태양이어! 저희의 고향은 연蓮잎의 위!

곧 저희의 전신은 연잎 위의 이슬의 무리!

그런데 저희는 당신의 은고恩顧를 받아 영화롭게 물의 세계의 신선인 흰 구름이 되어 날마다 하늘 위의 준마駿馬 —— 바람을 걸타(跨)고

넓은 공중을 마음대로 달리고 달려 월세계의 이름난 모든 계곡과 화성의 운하, 극모極帽와 목성의 적반赤斑과 토성의 테(環)바퀴와 또는 암성暗星들의 세계의 기관奇觀, 절경을 바라보면서 왼 우주를 내 집 뜰 안 같이 돌아다니다가

꿈인가 생시인가, 하루는 저희가 탄 말이 덧나서

저희를 곤두박아 떨어트리던 것을

어렴풋이 기억하올 뿐이온대

그 뒤 저희의 몸은 빗줄기에 섞어 떨어져

지금은 영락零落하여 지상의 더러운 짐승의 똥 덩이로 성곽을 모은 쇠발자취 속에 사로잡힌 가여운 몸이 되었습니다.

오오 태양이어! 이 불행을 장차 어이 하오리까

내 목을 따는 칼이 있다 하오면 자살이라도 하겠소이다

태양「오오 너희야 너희는 그 냄새 나는 쇠발자취 속에서 천국을 찾아라. 물은 비록 시궁치나 개똥 속에 고인 자라 하더라도 그는 모두 나의 버리려야 버릴 수 없는 귀여운 자손들! 그는 곧 한 어머니 탯줄을 가르고 나온 지구의 피, 우주의 피! 구름이나 이슬이나 또는 보기 더러운 구덕이 같은

벌레의 창자腸子를 휘돌아 나오는 오줌방울이라도 그들에게는 물로서의 신분의 상하가 없다 그들에게는 다못 그때그때의 위치와 역할이 다를 뿐이다 오오 쇠발자국 속에 갇히운 물들아 너희는 멀지 안하여 아리따운 개울로 늪으로 강으로 또는 가슴 시원한 넓고 넓은 바다로 향하여 나가는 몸이 되리라 그리하여 또 때 만나면서 다시 하늘위로 올라 노을도 되며 무지개도 되리라 그러나 그것은 물의 세계의 귀족이나 신선이 되는 것이 아니다 그는 곧 우주의 대소 혈관을 서로 順次 바꾸어 도는 그때의 잠시 지나가는 형용 물은 똑 같은 신분의 형제이다 물은 언제든지 한곳에 합치는 위대한 평민의 무리다」

* 은고恩顧 : 은혜로 보살펴주다.
* 걸타(跨)고 : 걸터앉다.
* 극모極帽 : 성산체星狀體, 별모양.
* 영락零落 : 잎이 시들고 말라서 떨어짐.
* 낙백落魄 : 세력이나 살림이 기울어 아주 보잘 것 없이 됨.

나무와 풀의 생리해生理解

나무와 풀들은
머리를 땅속으로 박고
그 가랑이를 하늘로 향하여 벌리고 있다
꽃은 곧 그들의 말하기 어려운 어느 비밀한 곳
화밀花蜜은 그들의 아리따운 월경파月經液이란다

* 생리해生理解 : 생물이 살아가는 원리를 푸는 것.

꽃향기

꽃은 그 마음을 태워서 향기를 뿜긴답니다
꽃은 꽃나비들을 사모하는
빨간 사랑의 불꽃 위에 그 마음을 태워 향기를 뿜긴답니다

꽃들의 치마

태양의 마음은
남藍 · 청靑 · 녹綠 · 황黃 · 등橙 · 적赤의 일곱 가지 빛으로 짜(織)여 있다
땅 위의 꽃들은 이 빛에다
그 치마를 곱게 물들여 입는답니다

나팔꽃(牽牛花)

나팔꽃(朝顔花)은
아침이면
돋아오는 풍채 좋은
태양과 입 맞추느라고
웃으며 입 벌겼다가
낮과 저녁이 되면
그 태양과 입 맞춘 입술을
남에게 보이지 않으려고
이 빠진 할미 모양으로
입술을 안으로 말아 오므리고 있답니다

금잔화

자주 빛 바탕에
노란 주둥이의
꽃잎 오므라진
금잔화는
나무들의
아리따운 풀꽃 향기를 부어 마시는 그 고운 잔이랍니다

작은 꽃들의 아침 인사

조그만 오랑캐꽃과
그보다 더 작은 꽃들은
아침의 들에서 자는
내 새끼 안부 알려오는 듯한
미풍의 얼굴을 쳐다보면
마루 밑에서 잠깨어
내 주인 내다보고 두 다리 모으고
기지개 피며 선하품 짓는
강아지가 앙앙거리며 꽁지 흔들 듯
풀 가지 밑과
나무 밑 그늘에서
잠 서린 얼굴로
머리 달래달래 흔들며
귀엽게 허리 재어 인사합니다

저문 산길의 꽃

나그네 불러 드리려는
산 주막의
색시와 같이
곱게 단장한
길경桔梗꽃들은
골짜기와
산기슭의
곳곳에서
바람을 붙잡고 허리 굽혀
사람들에게
은근히 눈짓한다

사랑의 성모

자연이
인생을 다시 창조할 때에는
그 일체의 사랑의 힘은
꽃의 세계로 들여보내게 하여라
곧 인생의 모든 사랑은
꽃의 손에 맡겨
그를 영원히 기르게 하여라
그리하여 꽃으로 하여금
인생에게 사랑의 길을 가리키는 성모가 되게 하여라

아침이슬에 젖은 꽃들

아침이슬에 젖은 꽃들은
밤 사이의 비밀한 향락에 힘 지친
머리 뒤 느쳐진
볼 태기 홀쭉하고
눈 때꾼한 시집 갓 간 색시들 같구료

시뻘건 딸기

시뻘건 딸기! 그 육肉은 여름의 마음 조각

시뻘건 딸기! 그 육은 여름의 마음주머니

곧 그는 여름의 마음이 낳은 알(卵)

그 속에는 여름의 사랑이 —— 혼이 들어있다

곧 그 속에는 여름의 사랑이, 혼이 배어있다

곧 그 속에는 여름의 태아胎兒가 자기의 즐거운 「산産의 날」을 웃으며 울며 가슴조려 기둘르고 있다

꽃 곁의 합주악合奏樂

바위 그늘 밑에서
아리따운 꽃들이 나를 부른다.
그 눈초리와
입가에 오채五彩의 아지랑이를 이루는
웃음을 불(膨)리고
그 이마 위로 뺨 위로
고사리 같은 작은
「형기馨氣의 손바닥」 살살이 내저으면서
상냥하게 상냥하게 나를 부른다
큰 나비 작은 나비 모두 날아오너라
바위 그늘 밑에서
아리따운 꽃들이 나를 부른다
마음을 끌어 잡아 내리는
귀여운 웃음과
「형기馨氣의 손짓」으로
상냥하게 상냥하게 나를 부른다
가자, 가자, 내려가자 우리들은
어이 저 꽃들의 곁을 가지 않고 그대로 배길 것인가
큰 나비, 작은 나비 모두 날아오너라.
우리들은 저 아리따운 꽃들의 웃음에 안기고

형기馨氣에 안겨
그 꽃술의 잔에 부어주는
화밀花蜜을 마음껏 켜(呷)고
취해 취해 취해서 흐느적거리고
제비를 불러다간 법의法衣입은 모습으로
빠른 입으로 꽃의 사랑의 위대함을 말하게 하며
꾀꼬리 불러다간 청아한 목청으로
꽃의 사랑의 비유를 노래케 하며
사람 흉내 잘 내는 잔나비를 불러다간 북(鼓)치게 하고
탁목조啄木鳥 불러다간 산 나무의 목탁 치게 하고
푸른 벌 빨간 벌 불러다간 입소라(素螺) 불게 하고
까치 까마귀 불러다간 곡목절차曲木節次 외이게 하고
수꿩 암꿩 불러다간 높은 소리로 장단 정정 메기게 하고
번외番外로는 논게(蟹) 산 게 불러다간 축하씨름 시키고
풀들은 얕은 곳에 앉히고
나무들은 그대로 세워두고
기러기와 학 두루미는 높은 공중에
우리들의 큰 나비 작은 나비는 얕은 공중에
희게 누르게 큰 하늘 위를 덮어
때때로 나누어 이곳에서도 너울너울

너울너울 춤추어 돌며
지구 위의
나르는 자 닫는 자 기는 자
풀도 나무도 한데 어울려 전 자연 합주악合奏樂으로써
꽃의 사랑 ── 그 마음 그 혼을 찬미하자
꽃은 거룩하다 꽃은 미미한 식물의 가지 위에서 피우나
그는 일체를 사랑하고 또는 일체에게 사랑함을 받는다
꽃은 사랑의 은인 그는 대자연의 애인이다
오오! 나비, 제비, 꾀꼬리, 잔나비, 탁목조, 푸른 벌, 빨간 벌, 산 참새, 들 참새, 수꿩, 암꿩, 논게, 산게, 기러기, 학 두루미들아
태양의 광명이 흩어져 꺼지기 전에
바위 밑의 꽃 곁에 모여
둥당 동당, 삐삐, 빼빼 관현악 잡혀
노래하며 춤추고
사랑의 은인 대자연의 애인 꽃의 위대한 사랑을 얼싸 좋다 찬미하자.

* 오채五彩 : 다섯 가지 아름다운 색. 청靑 · 황黃 · 홍紅 · 백白 · 흑黑색을 이름이다.
* 형기馨氣 : 향기가 멀리 가다.
* 법의法衣 : 중의 옷. 법복法服.
* 탁목조啄木鳥 : 딱따구리.
* 소라素螺 : 소라·고둥의 패각으로 만든 악기.
* 합주악合奏樂 : 둘 이상의 모여서 연주하는 음악.

반딧불 (동요)

반딧불은 잘도 날아다닌다.
반딧불은 얕은 하늘에서
반짝반짝
등불을 켰다 껐다
풀밭 위로
시냇가로
나뭇가지 사이로
밤에 타는 재주 부리는 비행기 같이
잘도잘도 날아다닌다
아아 반딧불의 날개 위엔
어디서 오신 누가 탔소
어디서 오신 누가 탔소

달리아와 해바라기

담 밑에
달리아와
해바라기는
서로 키 자랑하여
날로 발 돋음 하여 키 느리더니
그들은 시집가기 전에
허리 굽고 꽃 시들었소

뉘에게 시집보낼까(上別作)

꽃 가운데의
키 큰 색시
달리아와
해바라기는
뉘에게 시집보낼꼬?
나무 중에 키 큰
양 버들 나무에게나 시집보낼까?
산중의 키다리 전나무에게나 시집보낼까?

나무들의 성화

꽃잎 피어 뒤집혀진
칸나 꽃송이는
리봉 타래 느러진
맵시 예쁜
처녀의 머리 뒤 같다고
그 곁에 서있는 나무들은 제 가끔 침 흘려가며
그 머리 틀어 올려 옥잠화 송이를 가로 꽂아주지 못해 성화 성화랍니다

무(蕪)들

무(蕪)들은
마치 맹수의 아가리에 주먹 틀어박고
엎디어 눈 노리듯이
땅속에 힘 있게
그 뿌리를 박고 있다

* 무(蕪) : 식재료로서의 무.

가지와 이파리들

땅 위에서 나(生)는
풀과
나무들은 언제 보든지
그 가지는
땅과 멀리 떨어져버린
하늘을 다시 한 번 안아 보려고 하는 듯이 팔처럼 펴고 있고
그 이파리는
하늘이 주는 생명의 양식을
또는 하늘이 주는 무슨 반가운 소식의 글발을
감격하게 받으려는 듯이 손바닥처럼 벌리고 있다

가을날의 코스모스

가을날의
뜰 가운데의
뭇 꽃나무 사이에
강한 자세로 허리 길게 빼어
늠름凜凜히 엄숙히 섰는
코스모스는
푸른 머리 흩으러 느리고 우뚝이 섰는
묵념에 잠긴 감격 높은 철인과도 혁명가와도 같다

* 늠름凜凜 : 위풍 있고 당당한 모습.

학교가고 오는 길(동시)

학교가고 오는 길녘
수풀 저편 언덕 위에
한 쌍, 두 쌍 새로 나온
키 자그만 귀이여운
코스모스 심어 있소
수풀 저편 언덕 위에
한 쌍, 두 쌍 분홍꽃 핀
내 손아래 누워 같이
귀이여운 귀이여운
코스모스 심어 있소
나는 학교 갈 길마다
그곳에서 손 내밀어
가지 댕겨 악수하고
인사 하오 굿 모닝
코스모스 아이 러부 유
또 나는 학교 파해
집에 돌아올 때에도
그곳 들려 모자 벗고
인사 하오 굿 바이
코스모스 아이 러부 유

가을 자연의 무도

가을날에는 대자연의 무도회가 열린다
시내와 강과 바다에 물이 춤추고
산에서는 나무가 춤추고
들에서는 풀들이 춤춥니다.
그러나 그들은 가을바람과 맛 껴안는 쌍무를 춥니다
가을바람은 곧 자연계의 아리따운 노동자 —— 물과 풀과 나무들과
시냇가의 무대, 강위의 무대,
들과 산 숲속의 무대에서
그들의 봄, 여름동안의 노동의 승리를 축하하는 춤추러온 젊은 동정남童貞男이랍니다 그 몸에는
청단풍의 무의舞衣를 입었답니다

* 동정남童貞男 : 동정인 남자. 숫총각.
* 무의舞衣 : 춤꾼이 입는 옷.

가을바람과 나뭇가지들

가을날에

숲속에서

요란히 흔들리는

나뭇가지들은

억양미묘抑揚美妙한

열변을 토하는

가을바람의 장광설長廣舌에

잎사귀와 잎사귀를 합장하여

박수하여 갈채하는 듯

또 어느 마디에는

노하여 허리와 얼굴 돌이켜

No, No를 부르짖어 대는 듯하다

* 억양抑揚 : 혹은 억제하고 혹은 드날리고.
* 미묘美妙 : 아름답고 교묘함.
* 장광설長廣舌 : 길고 줄기차게 늘어놓는 말. 너저분하고 지루하게 늘어놓는 말.

가을바람과 풀과 나무

가을바람이 하늘에서
휘파람 불고 땅 위에 내려오면
풀과 나무들은 깊은 밤중이라도
잠깨어 소리치고
그에게 응석부리고 달려들어
그의 키스를 받으며 그의 포옹을 받고
그에게 마음 다한 모든 정열을 받칩니다

가을바람과의 이야기

가을바람과
풀과
나무들의
낮이오나
밤이오나
몇 날이고
몇 달을 두고
서로 만나면 만나는 대로
속삭여도 속삭여도 속삭임이 그쳐지지 않는 그 이야기는
다정한 부부의 떨어지기 어려워하는 모든 이불속 이야기 같습니다

낙엽

낙엽은
풀과
나무들의
그 산후의 몸 씻어 내리는 것

낙엽은
풀과
나무들의 그 즐거운 노동의 자서전을
땅 위에 기록하는 말, 그 굵은 글자

귀뚜라미 우는 소리

(불행한 시인 서현경徐賢景 동지에게)

귀뚜라미 우는 소리는
가을에게 입힐
옷 다듬는 소리,

귀뚜라미 우는 소리는
가을의 혼에게 들릴 집 짓는
돌 쪼(啄)으는 소리.

바람의 작란

바람은 우주의 재주 있는 장난꾼!
하늘 위에서 불덩이로 구름을 만들어
그들을 지연紙鳶 같이 띄우고
또 구름으로서 하늘 위에 수채화를 그리는 것도 바람의 장난
또 구름을 쏠(剪)아서
눈과
진눈깨비를 만들어 땅 위에 날려 흩어놓는 것도 바람의 장난
또 물의 구슬타래를 만드는 것도 바람의 장난
또 땅 위에서 물을 굳히어
물 수정과 그 모든 세공물을 만드는 것도 바람의 장난
또 물결을 놀려대며
또 나무 위로
사람의 집 추녀와 지붕 위로
구렁이 떼 같은 불길을 끌고 다니는 것도 바람의 장난

* 지연紙鳶 : 종이로 만든 연.
* 전剪 : 자르다. 쏠다.

사계의 바람

봄바람은 안기기 잘하는 나비!
여름바람은 핥기 잘하는 곰
가을바람은 울기 잘하는 송아지
겨울바람은 뛰어 달리는 성낸 말.

사계탄금 四季彈琴

봄바람의 탄금은 꽃의 아리따운 마음을 노래하고

여름바람의 탄금은 열매의 혼의 충실함을 노래하고

가을바람의 탄금은 자연의 비장한 희생의 애愛를 노래하고

겨울바람의 탄금은 그 희생의 사랑에 쓰러진 피 위에 피는 눈의 꽃의 결백함을 노래합니다

일매一枚의 서간

어느 날 「새벽」의 체부遞夫가
지구국자연방地球國自然方
「인간전人間殿」이라는 한 장의
편지를 가지고 와서 지상에 내 던진다
그 편지 이면에는 「조화옹배造化翁拜」라 하였고
그 문면에는 왈 「경계자敬啓者 다름 아니라 TIME 부령府令에 의하여 여름과 그에게 딸린 일체의 가족은 데려가고
우주악단宇宙樂壇의 총아제금가寵兒提琴家가 군을 보내니
하늘 새로 물들인 맑은 대자연속에서
가을 군의 바람 줄(風絃)을 타는
풀잎 곡조, 나뭇잎 곡조, 물결 곡조 등의 여러 가지 명곡을 울고 짜고 한심寒心 느끼어 마음껏 향락하라」 하였더라

* 체부遞夫 : 우체부.

사생아

지상의 굴지屈指하는
미인 ── 나이찬 여름은
나날이 분단장하고
향수로 몸 저리고
그 집 동산 속으로
옷 잘 입은 미소년의
새와 나비들을 번갈아 불러들이더니
여름의 색시는 어느 듯 아비 모를
사생아 ── 가을바람을 낳아 그 애기를
사람들의 세계 지구의 위에 내버리고
밤 도주하여 지구의 머－ㄴ 국경을 넘어
공중의 어느 곳으로 자취를 숨겨 버렸다
그 애기는 들로 산으로 헤매며
엄마를 부르는 듯이 노래 노래해 가며 운다
나무들은 그 정상가련情狀可憐하여 이파리 눈물을 떨어트린다

* 굴지屈指 : 손을 꼽을 정도로 뛰어난 것.
* 정상가련情狀可憐 : 정상이 불쌍하다.

자연의 소제녀掃除女

가을은
들에서도
산에서도
기ㅡㄴ 바람의 빗자루를 휘둘러
풀잎과
나뭇잎을 매몰스럽게 휘휘 쓸어 떨어트린다.
그 등 위에는 느린 글자로 「자연의 소제녀」라고 입묵入墨하여 있다

* 입묵入墨 : 먹물로 살 속에 글씨나 그림을 새겨 넣다.

낙엽의 원혼

길 지나는 바람소리 듣고
나무숲에서
논두렁에서
또는 길모퉁이 담장 밑에서
뼈만 앙상히 남은
꼴 참혹한 낙엽은
마치 제 목숨 해친
미운 원수를 보고서
길가의 그늘진 곳에서
입 악물고
주먹 움켜쥐고
시퍼런 칼날 번득이고
내달아오는 원혼과도 같다

명가수

이름 높은 가수
가을바람의
가늘고도 힘차게
사무쳐 우는 것과 같은
소슬한 기―ㄴ
처량한 노래에
꽃 죽이고
열매 잃어버린
풀과
나무들은
그 마음 아프게 흔들리어
들에서
산에서
팔 떨며 눈물짓는다

가을의 섭어囁語

가을이 오면
산과 들에는
풀잎은 풀잎끼리, 이 구석, 저 구석
나뭇잎은 나뭇잎끼리 이 구석, 저 구석
얼굴빛 발그락 노르락
몸짓 고갯짓 황황하게
밤과 낮을 새어
무엇인지 시끄러운 소리로
혀를 굴려 쑥썩 대인다
소소蕭蕭, 솰솰솰!

* 섭어囁語 : 말하려다 그치는 것.
* 소소蕭蕭 : 쓸쓸하다. 여기서는 의성어擬聲語.

낙엽

나무 나무의
가지의 따뜻한 품안을
영원히 떠난
낙엽들은
묻힐 곳 없는
내버린 어린애의
액색한 시체와 같이
사나운 바람의 발길에 채어
거리 바닥과
넓은 들 벌판 위에
이리 저리 날리어 구른다
아아 그 입술에는
이슬의 향기로운 감주 마시고
얼굴 고운 새들과
또는 나르는 벌레들과
뺨 빛 빨개지도록
입 맞추던 자욱이 영롱하다

* 액색阨塞 : 운수가 꽉 막히다.

단상 시短想詩

실솔은 가을의 정서의 산-레코드이다
아니 실솔은 가을의 정서의 그 영리한 아들이다
아니아니 실솔은 가을의 그 작은 정령이다
오오 실솔이어! 나는 그 귀여운 혼을 내 아이와 같이 붙잡고
그 머리 어루만지며 그 볼기를 후후煦煦히 두들기며 오늘도 또한
꿈 가운데 대자연의 애愛 ── 흙의 애의 폐지를 뒤집는다

* 후후煦煦 : 뜨겁고 따뜻하다.

밤 추풍

맑고, 강한
푸른 풀(糊)을 먹여 놓은 듯이
시월의 고요한 밤하늘 밑으로
지구의 작은 「노새」를 타고 동방으로 가는
다감한 혼을 가진
젊은 가을바람은
옛날의 애인 봄이 그리워
기—ㄴ 단장의 불망곡不忘曲 분다
하늘 위에는 꽃 같은
아리따운 MIS 별들이
은하강반銀河江畔과
왼 하늘 위에 몰려나와
흰 구름 쪽으로 눈물 씻으며 밤 새워 듣고
땅 위에는 풀과 나무들이
두 팔 늘어트리고 코 한숨 휘휘 쉰다

* 불망곡不忘曲 : 잊을 수 없는 곡조.

귀여운 달빛

늦은 가을의
깊은 밤의
냇가에서
내 소매를 붙들고
「수수밭으로 가시라우
산으로 가시라우
그것 저것 다 싫으면
배를 타고
한없이 끝없이
지구의 물을 돌고 돌아
은하의 강위로 가시라우」 하고
떼쳐도
아무리 떼쳐도
굳이 굳이 붙잡고
내 소매를 놓지 않는 자는 이 밤의
내 사랑 귀여운 달빛이로구나

겨울을 존경하라

겨울을 존경하라
겨울은 위대한 농부이다
겨울은 어-ㄴ 땅속에 봄을
봄의 아리따운 생명을 심는 농부!
흰 눈은 곧 그 정한 거름(肥料)!
또한 겨울바람은 그 밭가는 소의 씩씩한 소리의 잊힘!

눈의 꽃송이

눈은
겨울날에 나르는
구름나라에서 온 나비이오나
그들은 땅 위에
꽃이 없음을 슬퍼하여
풀 가지와
나뭇가지 위에 덩이로 엉겨 붙어 꽃송이를 이룬답니다

눈

흰 눈은
하늘로부터
날아 내려와
산과 들로 향해서는
노영露營하는
상병傷兵의 무리 같은
깊은 고통의 한열汗熱에 잠긴
얼굴 찢기고
팔 잘리우고
손 몽그라진
여윈 나무와
떠는 풀에게
의료를 베푸는 듯이
며칠 걸려 바꾸는
연한 솜 붕대를 감고

또 강과
냇물로 향해서는
생명 잡이 하는
맹수의 떼 같은

무서운 바람의 뛰어들기 쉬운
잉어(鯉魚) 웃고
미꾸라지 춤추고
물 맴이 맴도는
고이는 물
흐르는 물 위에
창문을 봉하듯이
속조차 엿보이지 않는
두꺼운 유리 뚜껑을 덮는다

* 노영露營 : 산이나 들에 진을 치다.

소독회消毒灰

봄 죽은 집에
여름이 이사 와서 죽고
그 집에 가을까지 와서 또 죽으니
일 년도 못 되여 한집에서
생떼 같은 각성各姓의 세 송장이 나갔다
하늘은 생각다 못하여 겨울의 위생대衛生隊를 보내어
대지의 왼 집 속에 흰 눈의 소독회를 뿌린다

* 위생대衛生隊 : 위생을 담당하는 대원들.

겨울바람의 맹호

북극 하늘의 깊은 구름 가운데 사는
「겨울바람」의 맹호猛虎
입으로 흰 무덕 눈을 뿜어 날리며
닭는 지구를 쫓아다니면서
그 지구를 물어 삼킬 듯이
밤낮 없이 무서운 소리로 으르렁 대인다

妾氣になつて仕樣がない

いつも夜になると
天上の評判娘
きれいなお月さんが
顔にみどりの白粉つけて
東の窓から
そつと飛出して
雲のまをくぐり潛り
西の方へばかり往くことが
妾氣になつてなつて仕樣がない

小供の空の上の自然の說明

太陽は空の右の目
月は空の左の目
一つは赤く
一つは碧く
一つは晝の目
一つは夜の目
太陽は兄さん, 月は妹
地球はその眉のあひだを
兄妹閱みの喧嘩させまいと
縱迴りの水車のごとく
每晚每日せつせと
ぐるぐる迴つて居ります
雲は空の大きな口から吐出され
風はその二つの巖窟のやうな
長い鼻の血から出たり, 入つたり
小雨は小さな星達の眼から
大雨は太陽ど月の眼から落ちます
霧は星の寢息
露は星の甘さ涎
雪は星の砂糖撒き

雹は星の砂投げ ボ-ル投げ

そして霞は空の朝晩のお化粧した唇と頬の色

虹は太陽の解かれた紐

電光は雲のなかで怒る太陽の眼の光

雷は太陽と雲との戰爭の大砲の音

雷落ちはその怖い流彈.

四季の譬へ

春は花嫁さん!

夏は腹ぼての苦しがる媳さん!

秋は小供を産んた後の悲しきお婆さん!

冬は死際の人いぢめの病氣騷ぎの老耄婆!

雪はこのおいぼれ婆のべた塗りの白粉!

春のお手紙

郵便函を開けて御覽!
窓際へぶらさげた
おもちやの銀の
郵便函の
小さな日遮しの下を
一匹の眞つ白い蝶蝶が
あはでで通つて往つた
郵便函をはやく開けて御覽!
野原から 小山から
遠い山の上から
うつくしい かわいかわい春が
夜中に眠らずに書いた
秘密なお手紙を届したかも知らぬ!

蝶の輓いてくる花輿

木のうろや 土のなかで
眠つて居る小蟲らの友達さん
早早起きて
走つて走つて出て來て
帽子脫いで萬歲唱へてお辭儀しなさい
妾は蝶蝶
妾のよわい ほそい肩で輓いて來るのは
ちいさな春の孃ちやんを乘つけた花輿!
車の輪は一つ
妾の羽は二つ
小蟲らの友達さん
春の孃ちやんを乘つけた花輿を
だれの部屋口へ輓いて往きませうか
あなた達のすきな好きな花束を持つて居る
春の孃さやんが妾の花輿の中へ乘つて來ます.

雲雀さんの答へ

もしもし雲雀さんどこへ往く?
はいはい妾畵がきさんの傍へ往きます
しかししかし何しに往く?
はいはい妾うつくしい畵の上で
獨唱をやりに往きます ぴいぢくぴいぢく
雲雀さん それては どんな畵の上で?
あのあの綺麗な あをい
ぴかぴか光るあをい油錦の空を
まるく眞圓くおし擴げ
おてんどう様のホウヅキ口で
ほそいながい長い水煙噴出し
それでうねうねと口畵えがく
うつくしい島や
小山, 小森や
小川や, お人形や
兎や小猫などの
雲の畵のうへを舞臺に獨唱をやります
妾またそちらで
宙返りの樂しきダ--ンスも致します ぴいぢくぴいぢく.

이상 ≪장춘실업신문長春實業新聞≫ 발표

무제無題

小瀧, 細瀧
落ちます 落ちます
この春先に
ホホケキヨの
鶯來ぬとて
山神の
駄駄兒の坊やが
日通し, 夜通し
泣いて居るやうに
小瀧, 細瀧
落ちます 落ちます
小山の涙, 小谷の涙

(동요 3편중에서)

무제無題

木の葉から

草の葉から

銀の나ぼたりぼたり

昨夜の飲過ぎた

お乳を吐棄てるのやら

あるひは昨夜の

三日月さまの細い

銀い目尻で

空の上から

雲のまから睨みつけられたのが

くやしくて悲しくて泣くのやう

(동요 3편중에서)

空が吼える

空が吼える
怒つた空が吼える
空
空
黒空のうへで
怖い猛獸が吼える
槍で衝きませうか
弓や鐵砲で打ちませうか
吼える吼える
黒空がごろごろど吼える

(동요 3편중에서)

습작기와 초기의 시편들

● 습작기의 시편들(1919. 1~1920. 6)

송頌

군의 육肉 —— 냉한 가을, 고固한 겨울,

군아, 그대 한번 입 다물면,

군의 영靈 —— '진리'의 싹 나오는 연한 봄

군아, 그대 한번 눈 닫으면,

군의 안眼 —— 암闇의 녹문綠門에 드는 신월新月,

군아, 그대 한번 연인戀人과 향하면.

—'은자隱者의 가歌'에서

(태서문예신보, 1919. 1. 13)

★ 제목의 괄호 속에 'k형에게'라고 되어 있다.

* 녹문綠門 : 축전을 위해 대나무와 솔 잎으로 만든 푸른 문.

신아新我의 서곡

용사야 들으라, 미래의 호구戶口에 나가 들으라.
관능의 폐구廢坵, 희噫, 낙월落月의 밑으로
고요히 애달프게, 울려 나오는
존尊한 장일葬日의 곡-신아의 송頌.
위僞의 골동骨董에 마魔한 낡은 나는 가고
영아嬰兒는 참회懺悔의 암闇 ── 삼위일체의 태胎에 협소頰笑하다.
자연, 인생, 시간.
신아新我는 부르짖다, 「오오 대아大我의 인력引力에
감전된 육의 산목刪木 ── 일아一我, 일아一我야,
신아의 혈은 세世의 시始와 종終과에 흘러가고, 흘러오다.
나에게 애수哀愁입다. 공포恐怖입다, 고뇌苦惱입다
참의 '나' 무한의 상傷과 멸망밖에,
희噫, 사死와 노老는
조화의 花火일다, 석연夕宴일다」라고

-은자'隱者의 가歌'에서

(태서문예신보, 1919. 1. 13)

* 폐구廢坵 : 무너진 언덕.
* 희噫라 : 슬프다.
* 협소頰笑 : 말하면서 웃다.
* 암闇한 : 어두운.
* 산목删木 : 울타리 나무.
* 화화花火 : 꽃불.
* 저녁夕宴 : 저녁 연회.

기아棄兒

어머니, 당신의 말아末兒 ── 아버지의 유복遺腹 ── 나입니다.
나는 적영赤嬰입니다. 진나신眞裸身입니다.
어째 어째 나를 단 한 아들
묘장墓場에 이런 빙사氷砂에 내버렸습니까.
또 무섭게 크게 입 벌리고 옵니다.
나의 눈의 위, 앞
무시무시한 자악紫齶의 수성獸性
창백으로 번쩍이는 상치上齒 낮에 닫는 찬 혀
이상하다 아 ── 털 깊은 구강口腔
검은 타액唾液 ── 호흡의 매媒
횡탄橫呑일다
아 ── 묵색墨色으로 홟아 물든 나여
약한 혼에 삼입滲入하는 마약魔藥의 향響이어
구강口腔에 또 구강口腔 결아缺牙의 가온
아 ── 나신裸身의 아픈 진탕振蕩이어
한 가운데 한 가운데에 떨어지며 날려 말(捲)리면서
어머님 전지全智의 어머님 당신의 말아末兒 ── 애달픈 나입니다

丁巳의 작－H, R, 양 형께

(삼광 1호, 1919. 2)

★ 제목 옆의 괄호 속에 '12월의 시'로 되어 있다.

* 제목 기아棄兒 : 버려진 아이.
* 유복遺腹 : 아버지가 죽은 뒤에 낳은 아이.
* 적영赤嬰 : 벌거숭이 아기.
* 빙사氷砂 : 얼어붙은 모래사장.
* 자악紫齶 : 자색의 잇몸.
* 타액唾液 : 침.
* 횡탄橫呑 : 횡령과 같은 말.
* 삼입滲入 : 스며들다.
* 결아缺牙 : 이가 빠져서 없는 것.
* 진탕振蕩 : 몹시 흔들리어 울림.

신아新我의 서곡

용사야 들으라 미래의 문간에 나가들으라
관능의 폐구廢坵, 아, 낙월落月의 저底로
고요히 애처롭게
존욕일尊蓐日의 곡, 신아의 송
위僞의 골동骨董에 매魅한 낡은 나는 가고
영아嬰兒는 참회의 암闇 삼위일체의 태胎에 협소頰笑하다
자연, 인간, 시간.

신아는 부르짖다, 「오 ── 대아大我의 인력引力에,
감전感電된 육의 산목删木 ── 일아一我, 일아一我야,
신아新兒의 피는 세상의 비롯과 끝에 흘러가고, 흘러오다.
나에게 슬픔 없고, 무섬 없고, 괴롬 없다.
참나 ── 무한의 상傷과 멸망 밖에
아 죽음과 늙음은,
조화의 화화花火일다, 석연夕宴일다」라고.

丁巳의 작-H. R 양 형께

(삼광 1호, 1919. 2)

★ 이 작품은 이미 ≪태서문예신보≫에 일차로 발표된 것인데, 자구에서 서로 차이가 보이기 때문에 여기에 다시 수록한 것이다.

* 존욕일尊蓐日 : 앞의 <신아의 서곡>에서는 '존尊한 장일葬日'로 되어 있음.
* 협소頰笑 : 말하면서 웃다.
* 산목刪木 : 깎아 다듬은 나무.

야유揶揄

군의 육肉 ── 찬 가을, 굳은 겨울,
군아, 그대 한번 입 다물면.

군의 영靈 ── 진리의 싹 나오는 부드러운 봄,
군아, 그대 한번 눈 닫으면.

군의 眼 ── 암闇의 녹문綠門에 드는 신월新月,
군아, 그대 한번 연인과 향하면.

丁巳의 作－N. R 양 兄께

(삼광 1호, 1919. 2)

* 제목 야유揶揄 : 남을 빈정거림. 놀림.
* 신월新月 : 초승달.

봄

가을가고 결박 풀어져 봄이 오다
나무, 나무에 바람은 연한 피리 불다.
실강지에 날 감고 밤 감아
꽃밭에 매어 한 바람, 한 바람씩 탕기다.

가을 가고 결박 풀어져 봄이 오다
너와 나 단 두 사이에 맘의 그늘에
현음絃音 감는 소리, 타는 소리
새야, 봉오리야, 세우細雨야, 달아

—'어린 弟妹에게'에서

(태서문예신보, 1919. 2. 17).

* 실강지 : 실가지.
* 현음絃音 : 현악기의 소리.
* 세우細雨 : 가랑비.

밤

달지고 꽃 지저기는 동산에
고는 밤의 접문接吻을 받다
나의 가슴에 눈물이 괴어가다

피곤과 뇌에 부닥기던 만유萬有는
밤의 손바닥에 어루만지며
고요히 자다, 고요히 자다.

—'어린 弟妹에게'에서

(태서문예신보, 1919. 2. 17)

* 접문接吻 : 입맞춤.
* 만유萬有 : 우주간에 있는 모든 것. 만상萬象.

열매

애愛는 밀색蜜色으로 익고
이곳, 저곳에 취자醉者의 떠듬들니마
아 여름은 열리다, 사랑의 가지에
붉게 열리다.
「노래하라, 노래하라」고 때는 손뼉 치고 가다.

—'어린 弟妹에게'에서

(태서문예신보, 1919. 2. 17)

* 밀색蜜色 : 꿀색, 꿀빛.

앵鶯

꽃핀 골에 울리는 봄 소리
부드럽게 가슴에 방울 떨어지다
아, 꾀꼬리야
백일을 녹(溶)고
때는 가는 길에 명정酩酊한다.
아, 꾀꼬리야.

—'어린 弟妹에게'에서

(태서문예신보, 1919. 2. 17)

* 제목 앵鶯 : 꼬꼬리.
* 명정酩酊 : 정신을 차랄 수 없을 만치 술에 취함.

상자傷者의 연宴

향기로운 해구海口, 밤, 벽암碧闇,
작은 상자傷者의 연宴이 열리다,
아아, 꾸역, 꾸역 쓸어들다 「나도, 나도」 라고
(뭍에, 왼 뭍에 초대장을 보냈다,
가난한 상자傷者에게, 그 소장燒場으로)
아아, 황금의 랑浪에 떨리는 가슴,
아아 붉은 쏘일의 상자傷者, 상자,
(뭍에, 왼 뭍에 초대장을 보냈다
가난한 상자傷者에게, 그 소장燒場으로)
상자傷者야, 병태病胎로부터 난 傷者야,
지금,
지금,
흘러가는 연宴,
열리다, 열리다, 열리다.

—'단장 5편' 중에서

(삼광 2호, 1919. 12)

* 벽암碧闇 : 푸르고 어두운.
* 소장燒場 : 불 때는 곳.
* 병태病胎 : 병든 태아.

미아迷兒

삼일 일기되는 말일의 연宴,
가장 슬픈 「회의」의 마친 암모暗暮
요수妖獸, 귀곡鬼哭의 찬 그윽한 사막이다,
고古 로-마교 신녀神女 스타일의 난발亂髮의 여女,
검은 서녘, 검은 서녘에,
아아, 아아라 탄식해 온다.
『어디로란 말까,
어디로란 말까,
아아, 길 잃은 적아赤兒 어대로란 말까』

—'단장 5편' 중에서

(삼광 2호, 1919. 12)

* 암모暗暮 : 어두운 저녁.
* 요수妖獸 : 요망스런 마귀.
* 적아赤兒 : 발가벗은 아기. 어린 아기.

서방西邦의 여女

아아 향로香爐에 타는 피녀彼女의 말과 웃음,
아아 희게, 굳게 눈물어려 겹치는 암闇일다.
싸움 일다, 싸움 일다, 슬픈 백인전白刃戰 일다.
아아 서방西邦의 여女의 울어 떠는 팔,
아아 금반金盤에 봉捧한 『시든 운명』아,
가다, 가다, 서방西邦의 여女.
기지旣知의 음蔭,
눈물의 흐름에,
솟는 묘墓,
문 빽인 성색星色의 미지에
문 빽인 성색星色의 미지에
가다, 가다, 서방西邦의 여.

* 향로香爐 : 향을 피우는 조그만 화로.
* 백인전白刃戰 : 백병전.
* 음蔭 : 그늘.
* 성색星色 : 별빛.

격리자隔離者

토족土足의 적跡일다, 참혹한 유린이다.
공空에, 녹유색綠油色의 닫고 닫은 관조觀照의 공空에.
무거운 베일의 안, 나족裸足으로 흑흑 우는 자야,
또 몸부림 하였구나, 의취饐臭 나는 마분魔粉.
황옥黃玉의 벽, 어디를 뚫고 들어왔나,
아니다, 아니다, 네 안역眼閾을 보라
그곳에 나를 부르던 뜨거운 손 자욱이 있다,
너야, 실좌實座에 돌입突入한 너야,
너는 굳은 의지에 격리된 전간자癲癎者다.
네 맘은 꽃나무 밑을 숨어 흐르는 인황수燐黃水다.
아아 네 맘에, 네 흐름에 살 벋는 자는
헌데장이, 불구자, 낙오의 무리—,
아니다, 아니다, 네 안역眼閾을 보라,
그곳에 나를 부르던 뜨거운 손 자욱이 있다.

—'단장 5편'중에서

(삼광 2호, 1919. 12)

★ ≪삼광≫ 2호에는 <西邦의 女>에 이어진 하나의 작품으로 되어 있는데 ≪폐허≫ 1호에서 바로잡아 새로 '격리자隔離者'란 새로운 제목을 붙여서 분리한 것이다.

* 녹유색綠油色 : 안트라센유 색.
* 나족裸足 : 맨발.
* 의취饐臭 : 쉰내.
* 마분魔粉 : 마귀의 분.
* 안역眼閾 : 눈꺼풀.
* 보좌寶座 : 부처님 또는 하느님의 자리.
* 전간자癲癎者 : 간질 병자.
* 인황수燐黃水 : 사전 확인 불가.

봄

어느 날 태양은 작은 약차約車에
초록 친의襯衣 어린 딸을 태우고 왔다,
홍련색紅蓮色의 넥타이는 향기스럽게
펄펄 날리우다, 『애愛, 생生』이라고,
삼森, 원園, 포圃로
눈(雪)에 머리 엉킨 동자童子떼, 샘바르게
톡톡 튀어 나와, 고갯짓 하며,
『이애야, 우리 집 토방도 들러 가거라』고

―'단장 5편'중에서

(삼광 2호, 1919. 12)

★ 이 작품은 유년 학생에게 가歌케 하기 위하여 작한 것이다.

* 친의襯衣 : 속옷.
* 홍연색紅蓮色 : 붉은 연꽃 색.
* 포圃 : 채전. 야채 기르는 곳.

실솔蟋蟀

실솔은 무릎에 침롱針籠 놓고
운다, 운다, 작은 박자치고 운다,
『스쳐 떨어진 열락悅樂아,
감친 눈터진 사랑아, 이어차, 이어차』
(가을의 험킨 빗을 풀어 흔들면서)
실솔蟋蟀은 작은 박자치고 운다, 운다,
『화가는 수심愁心아
자는 어린 딸아(인형을 가리킴)
고운 신랑 태고 오는 아침아, 이어차, 이어차』
(가을의 색 헌겁 책력을 열면서)

—'단장 5편'중에서

(삼광 2호, 1919. 12)

★ 이것은 여느 때, 우리나라 「민요개량」을 생각하였을 적에, 고요한 추야에 바느질 하는 소녀 등에게 가歌케 하려고 시작한 것이다

* 침롱針籠 : 바늘 바구니.
* 실솔蟋蟀 : 귀뚜라미.

苦泣

적십자기赤十字旗의 뒤번치는 마노瑪瑙 바닥의 거리
창제窓際를 지내는 몽롱한 '날'은
내 맘에 찬 비소鼻笑를 뿜어 던지고 간다.
아아, 하늘 가득히 날아오는 진흙 덩이어
아아, 괴이한 함정에 떨어진 내 맘아
운다, 운다 독사毒蛇의 설舌
11월의 칼날 같은 새파란 혀에
위협된 맘 취우驟雨 같이 운다.
아아, 심회색深灰色의 안개, 추도墜道의 밑
슬픈 알음軋音으로 가는 작은 환영幻影아.

(여자계 4호, 1920. 3)

* 마노瑪瑙 : 석영이 섞인 보석 중 하나.
* 창제窓際 : 사전 확인 불가.
* 비소鼻笑 : 코웃음.
* 취우驟雨 : 소낙비.
* 심회색深灰色 : 깊은 회색.
* 추도墜道 : 사전 확인 불가.
* 알음軋音 : 알력軋轢의 소리. 불협화의 소리.

눈으로 애인아 오너라

지금 애인이 빨간 메꽃 같이 입 벌렸다,
강 위를 술 취한 기미氣味로 지내는 바람아,
애인의 그 입으로 하나, 둘 굴러 나오는
반딧불(螢火) 같은 진주형眞珠形의 「말」을
곱게, 곱게 휩싸 오너라.

아아 애인아, 너와 나의 사이에는
회의에 퍼진 큰 들이 격해 있다
그곳에는 연색鉛色의 눈이 쌓이고, 쌓여온다,
아아 애인아, 지금이야말로 네가 올 때다.

갈대꽃(荻花)의 물근 그림자에 부닥쳐도
상하고, 울기 쉬운 내 마음은
지금 울고, 아아 흉골胸骨이 부어오르도록 또 울어,
납촉액蠟燭液 같은 뜨거운 눈물로
너도 올 수 없고, 나도 갈 수 없는 눈 속에
작고, 작은 지름길(徑路)을 만들었다,
눈 안으로, 눈 안으로 애인아 오너라.

아아 봄 저녁의 나비(蛾) 같이
네 애愛의 단 화판花瓣에
집개로 잡아 뜯어도 떨어지지 않을 만큼
즐겁게 부부리 박았던 내 마음은
이렇게 크고, 벅찬 눈에 덮이어
운다, 운다. 애인아, 나의 전 존재를 맡은 애인아.

내 마음이 추워도, 더워도 모르던
네 화려한 꽃밭 같은 그 품으로
생화를 내어, 내 품으로 떨어진지가
날짜로 말하면 구백구십오일,
아아 내 눈물이 남嵐풍에 쓸(退潮)리기 전,
눈 안으로 눈 안으로 애인아 오너라.

아아 이곳은 네 영혼의 노숙장露宿場일다,
달은 아무것도 없는 공허한 모래 언덕위에 고소苦笑하며,
마국魔國의 저자의 눅눅한 환락에 중독된
다만 울뿐의 약한 병렬病熱의 마음은

어렴풋이 눈떠, 광야曠野의 옛 꿈의 터(趾)로
눈물에 가로 말려(逆捲)오는
애인의 뱉은 그 괴로운 '말'의 촉합觸合으로
「생의」 이양異樣의 해음諧音을 듣는다, 아아
눈 안으로, 눈 안으로 애인아 오너라.

애인아 너는 내 전 생애의 한 '모델'일다,
동시에, 너는 내 생명에 의한 천재 화가이다,
나의 주간의 환등 같이 몽연蒙然하고, 짜른
반수半獸, 반귀半鬼의 쪼각 쪼각의 과거는
그것이 모두의 인간으로 태어
네 가슴 안의 영롱한 벽에
훌륭한 '틀에 낀 초상肖像'이 되어 걸려 있다.

아아 너는 나의 전 존재의 비서관일다,
아아 너는 나의 전 존재의 발동기發動機 일다
나의 생애는 너의 손에 의하여 기록되며
나의 객차 같은 실재實在는
너의 애愛의 화력火力에 의하여 닫는다.
애인아, 너의 눈은

나의 생명의 노정기路程記며,
애인아, 너의 입은
나의 생명의 오페라(歌劇)며,
애인아, 너의 언제든지 따뜻한 손은
나의 너에게 받드는 송가頌歌, 애의 옥반대玉盤臺일다
아아 눈만으로, 눈만으로 애인아 오너라.

(창조 6호, 1920. 5)

* 기미氣味 : 기분.
* 연색鉛色 : 납색.
* 납촉액蠟燭液 : 미초 탈 때 흐르는액체.
* 경로徑路 : 지름길.
* 화판花瓣 : 꽃잎.
* 부부리 : '부리'의 강원, 함경도 방언.
* 남풍嵐風 : ? '아지랑이와 같은 바람'으로 해석할 수 있다.
* 노숙장露宿場 : 노숙인들이 모이는 곳.
* 이양異樣 : 이상한 모양.
* 해음諧音 : 화음 하모니.
* 몽연蒙然 : 몽롱한.
* 노정기路程記 : 여행할 때의 경로를 적음.
* 송가頌歌 : 찬양하는 노래.
* 옥반대玉盤臺 : 옥으로 만든 예반 대.

小曲

검정 낀
토굴土窟의
어구(入際)에서
소리의
곰팡 슬은
병계病鷄가
스풀에
떨어질 듯한
석일夕日을
바라다보면서
울음(啼)은
이상해라!

(창조 6호, 1920. 5)

* 병계病鷄 : 병든 닭.

내 마음

큰, 처음 세계의 황혼
자주 유리의 밑, 숨은 운율韻律을 밟아가는
내 마음의 연한 걸음 거리어,
아아 가슴에 우뚝한 봉형峯形의 비애는
비리게, 연기나 넘치고,
엽사葉簑를 메인 내 마음은
태양의 입구 같은
장엄에, 향기로운 진순眞醇에 떨어든다.
아아 저 껌은 돌 지붕의 옛집으로
떨어 내쫓긴 상냥한 내 마음은
지금, 영원의 풀밭에 쪼그려 앉았다,
아아, 아아, 내 마음은
애愛의 고운 등에 비치일 때마다
야수野獸의 뜨거운 목에 접문接吻하고
프로렌스의 희미한 제종祭鍾을 들으면서
넥쏘스의 「리-라춤」을 춤춘다.

―'고뇌의 여旅'에서

(삼광 3호, 1920. 4)

* 봉형峰形 : 산보우리 모양.
* 엽사葉簑 : 나뭇잎으로 만든 도롱이.
* 진순眞醇 : 참되고 순수한 것.
* 제종祭鍾 : 제사의 종소리.

인형

기차의 창에
목 내민 각시야,
휘져라, 휘져라.

여섯 살의 각시야,
비가 들 모기 같이 날아온다.
휘져라, 휘져라.

지내는 언덕마다에,
지내는 언덕마다에,
휘져라, 휘져라.

할머니와
할머니와
수건을 휘져라, 함께 휘져라.

—'고뇌의 旅'에서

(삼광 3호, 1920. 4)

★ 제목 옆의 괄호 속에 '동요童謠'로 되어 있다.

벽구碧鳩

별 그윽이 깜박이는 꿈의 터, 빈 영靈에

파란 비둘기는 날아 달려옵니다.

아— 좁은 윤輪 감의 길로 「일어나라, 일어나라」고,

목에 주묵朱墨의 글이 매어 있습니다.

그 뒤에는 영저嶺底에 힘없이 졸던 달이

눈(雪)을 활활 털면서

청철색錆鐵色의 구름 안으로 허덩허덩 쫓아옵니다.

아—달은 '기밀機密'을 잃었다고 그 문에 웁니다.

(여자계 5호, 1920. 6)

* 윤輪 : 바퀴.
* 주묵朱墨 : 붉은 빛깔의 먹.
* 영저嶺底 : 높은 재의 아래 기슭.
* 청철색錆鐵色 : 정교한 합금빛. 혹은 푸른 합금빛.
  '청철색靑鐵色'을 이렇게 표현한 것이 아닐까 한다.

무도舞蹈

은반銀盤에 고운 대답 받은 밤
보드랍고, 짤막한 손으로
녹악綠幄에 봄은 피아노 타고
나는 젊은 미래의 손목 잡다.

내 집에 가장 어진 미래 오(訪)다.
아—미래와 나는 무도舞蹈하다, 무도舞蹈하다.
밀월蜜月의 높은 혼돈混沌에
붉게, 푸르게 쌓는 아침을 노래(頌)하면서

태양은 가슴에 떠오르고
영겁永劫은 미소에 턱 고이다.
아—녹악綠幄에 봄의 피아노 음音 흐르고
즐거운 밤, 미래와 나는 춤추다. 춤추다.

(여자계 5호, 1920. 6)

* 은반銀盤 : 은으로 만든 쟁반.
* 녹악綠幄 : 녹색의 장막.
* 밀월蜜月 : 결혼 직후의 몇 달. 허니문.
* 혼돈混沌 : 천지개벽 초에 하늘과 땅이 아직 분리되지 않는 상태를 일컬음.
* 영겁永劫 : 영원한 세월.

석양은 꺼지다

젊은 신혼의 부부의 지저귀는 방房의
창에 불 그림자가 꺼지듯이 석양은 꺼지다.
석양은 꺼지다.
애인아 방안으로 흠뻑 우서다고.
나의 질소質素한 처녀의 살 같은 깨끗한 마음을 펄(擴)쳐서
네 눈이 부시게 되도록, 너에게 보이마.
내 마음에는 지금 받은
황혼의
맥 풀린 힘없는
애통哀痛한 접문接吻의 자욱이 있을 뿐일다.

애인아 밤 안으로 흠뻑 우서다고,
나의 이 연(柔)한 마음을 펄쳐
가을의 향기로운 석월夕月을 싸듯이
너의 부닥기고 고적한 혼을 싸주마

애인아, 밤 안으로 흠뻑 우서다고
너의 웃음 안에 작은 막을 치고
지구의 끝에서 기어오는 앙징한 '새벽'이
우리의 혼 앞에 돌아올 때까지
너와 이야기 하면서 꿀을 빨듯이 자려한다.

애인아, 밤 안으로 흠뻑 우서다고
너의 그 미소는 처음 사랑의
뜨거운 황홀에 턱 괴인
소녀의 살적가(鬢際)를 춤추어 지내는
봄 저녁의 애교 많은 바람 같고
또 너의 그 미소는
나의 울음 개인 마음에 수繡놓은 작은 무지개(虹) 같다.

애인아, 밤 안으로 흠뻑 우서다고,
나의 가장 새로운 황금의 예지의 펜으로
너의 영롱한 웃음을 찍어
나의 눈(雪)보담 더 흰 마음 위에
황혼의 키-스를 서언序言으로 하여
아아 그 애통한 키-스의 윤선輪線 안에
너의 얼굴(肖像)을
너의 긴-생애를
단홍丹紅으로 남藍색으로 벽공색碧空色으로
너의 가장 즐기는 빛으로 그려주마.

애인아 밤 안으로 흠뻑 우서다고

내 마음이 취해 넘어지도록
너의 장미의 향기 같고
처녀의 살 향기와 같은 속힘(底力) 있는 웃음을 켜(呻)려 한다.
애인아 우서라, 석양은 꺼지다.

애인아 밤 안으로 흠뻑 우서다고
네 웃음이 내 마음을 덮는 한 아지랑이(靄)일진댄
네 웃음이 내 마음의 앒에 드리우는 꽃발(花簾)일진댄
나는 그 안에서 내 마음의 고운 화장을 하마.
네 웃음이 어느 나라에 길 떠나는 한 태풍일진댄, 구름일진댄
나는 내 혼을 그 위에 가볍게 태우마
네 웃음이 내 생명의 상처를 씻는 무슨 액液일진댄
나는 네 웃음의 끓는 감과坩堝에 뛰어 들마
네 웃음이 어느 세계의 암시, 그 생활의 곡목의 설명일진댄
나는 나의 귀의 굳은 못을 빼고 들으마.
네 웃음이 나에게만 열어 보이는
너의 비애의 비밀한 화첩畵帖일진댄
나는 내 마음의 홍수의 속에 잠기도록 울어주마.
愛人아 우서라, 석양은 꺼지다.

(폐허 1호, 1920. 7)

* 질소質素 : 소박한.
* 윤선輪線 : 빙빙 도는 선.
* 벽공색碧空色 : 푸른 하늘 빛.
* 감과坩堝 : 도가니 용광로.

벽모碧毛의 묘猫

어느 날 내 영혼의
오수장午睡場(낮잠 터)되는
사막의 위 수풀 그늘로서
벽모碧毛(파란 털)의
고양이가, 내 고적한
마음을 바라보면서
(이애, 너의
온갖 오뇌懊惱, 운명을
나의 열천熱泉(끓는 샘) 같은
애愛에 살짝 삶아주마,
만일, 네 마음이
우리들의 세계의
태양이 되기만 하면
기독이 되기만 하면.)

(폐허 1호, 1920. 7)

* 오뇌懊惱 : 뉘우쳐 한탄하고 번뇌함.

태양의 침몰

태양은 잠기다. 저녁구름(夕雲)의 전광자癲狂者의 기개 품 같이, 얼음비(氷雨) 같이 여울(渦)지고 보랏빛으로 여울지는 끝없는 암굴에 태양은 잠겨 떨어지다.

태양은 잠기다. 넓은 들에 길 잃은
소녀의 애탄哀歎스러운 가슴 안 같은
황혼의 안을 스며(潛) 태양은 잠기다.
태양은 잠기다. 아아 죽는 자의 움푹한 눈 같이
이국異國의 제단의 앞에, 태양太陽은 휘돌아 잠(翔沈)기다.

(폐허 1호, 1920. 7)

★ 이 전편의 시안에 특히 「저녁」이란 말이 많이 쓰여 있으나 이는 한 세기말적 기분에 붙잡힌 나의 최근의 사상의 경향을 가장 솔직히 나타낸 자일다. 독자여 양지하라.

애인의 인도引渡

흙비 같이 탁한
무덤 터(墓場)의 선향線香내 나는 저녁 안개에 휩싸인
끝없는 광야의 안으로
바람은 송아지(雛牛)의 우는 것 같이
조상弔喪의 종소리 같이
그윽하게 불어오며
나의 영靈은 사死의 번개 뒤 번지는
흑혈黑血의 하늘 밑
활문산에 기도하는 기독같이
엎드려 운다.
「애인을 내다고」 라고,
아아 내 영靈은
날 때 데리고 온 단 하나의
애인의 간 곳을 찾으려
여름의 울도鬱陶한 구름 안 같은
끝없는 광야曠野를 헤매는 맹인盲人이로다.

(폐허 1호, 1920. 7)

* 선향線香 : 가늘고 긴 선 모양의 향.
* 울도鬱陶 : 마음이 궁금하고 답답함.

음락淫樂의 궁宮

나의 금다색金茶色의 면사面紗를 쓴 고뇌가
나의 영靈과
불탄 터와 같은
태양이 떠오르는 검은 구름의 앞,
한 무리 유령의 주정酒酊하는
야연野宴의 괴이한 천막밖에 서 있으매,
삼일월三日月의 눈썹, 구란형鳩卵形의 맑은 눈,
얼굴 둥글 납다대한 한 고운 소녀가,
왼편 벗은 살찌고, 뽀얀 어깨에
보옥寶玉 자루의 작은 비(箒)와
호박琥珀의 작은 바게츠를 걸고
우리가 속 끌려 있음같이 무엇에 끌려 있는
하늘을 비웃는 것 같이 쳐다보면서 걸어온다.
소녀는 말한다.「너희들의 서 있는 곳은
교살絞殺, 참살斬殺, 팽살烹殺, 인살磷殺의
□ □ □ □ □ □ □ □ □ □ □ 일다.
그리고 너희들의 生命의 淫樂의 터일다.
나는 너희들의 서 있는 길을,
내가 너에게 준(授) 영靈의 위에 벌려진
너희들의 본능의 벌 떠듬(蜂騷)의 터를,

온갖 음락淫樂의 더러운 엉덩이(尻)를
곱게 곱게 찌르러 왔다.
그리고 너희들의 공허한 가슴 안에
눈물과 창조의 신선한 피를 부으러 왔다.
나는 또 너희들의 영靈의
온갖 우치愚痴한 눈물과
온갖 나태懶怠의 눈곱을 닦으러 왔다.
아아 나는 너희들의 참 생활의 풀무 채를 끌려 왔다.」

(폐허 1호, 1920. 7)

* 면사面紗 : 비단으로 만든 얼굴 가리개.
* 구란형鳩卵形 : 비둘기 알 모양의.
* 바케츠 : '물동이'의 일본어.
* 교살絞殺 : 목 졸라 죽임.
* 참살斬殺 : 목을 베서 죽임.
* 팽살烹殺 : 삶아서 죽임.
* 인살磷殺 : 돌로 찌어서 죽임.
* 음락淫樂 : 음란행위를 즐긴.
* 우치愚痴 : 어리석고 못남.
* 나태懶怠 : 느리고 게으름.

새 결심

나는 세상없어도 그들과는 다시 눈을 견주지 아니하겠다.
── 내 눈이 밤눈 어둔 온갖 벌레의 등燈이 되더라도 ──
나는 세상없어도 그들과는 다시 입을 견주지 아니하겠다.
── 내 입이 도랑가에 꿈벅이는 굼벵이의 나팔이 되더라도 ──
나는 세상없어도 그들과는 다시 귀를 견주지 아니하겠다.
── 내 귀가 하루살이나 파리의 소변 함이 되더라도 ──
나는 그들의 세계를 보기에는
내 마음이 너무 큰 어지럼과 분노를 느낀다.
나는 그들과 이야기함에는
내 마음이 너무 큰 부끄럼과 염권厭卷을 느낀다.
나는 그들의 말을 들음에는
내 마음이 너무 큰 저림(痙攣)과 쓰라림(疼痛)을 느낀다.
나는 그들에게 「얼빠진 장님(盲人)」이라고 불릴 때가
너의 가장 장엄莊嚴한 큰 세계世界를 바라볼 때다.
나는 그들에게 「얼빠진 벙어리」라고 불릴 때가
너의 가장 유창流暢한 열변으로 이야기할 때다.
나는 피등彼等에게 「얼빠진 귀머거리」라고 불릴 때가
너의 가장 그윽한 독창獨唱을 들을 때다.

(폐허 1호, 1920. 7)

* 도랑 : 조그만 개천.
* 압권壓卷 : 책 가운데 가장 잘 된 것. 가장 뛰어난 부분.
* 동통疼痛 : 몸이 쑤시고 아픈 것.

망모亡母의 영전에 받드는 시

당신은 땅위에 장님의 미륵彌勒을 남겼어라.

나의 육체는 비애의 큰 화산이러라.

아아 나의 비애는 무덤구녕(墓穴)과 같은

엷은 자주(薄紫)의 한 작은 렌즈를 가졌어라.

나는 그곳으로, 내 마음에 자욱한

당신의 죽음에로 적막한 발자취와

당신의 난서亂書한 피의 유서와

당신의 일생의 빈고貧苦, 참담한 전기를 읽을 때,

아아 나는 울어라, 나는 미친 소같이 뛰며 울어라.

(폐허 1호, 1920. 7)

* 미륵彌勒 : 미륵보살 미래불.
* 난서亂書 : 어지럽게 쓰다.

참혹한 얼굴이어!

동틀 머리, 언제든지 아무도 없는 벌판에서
벌레 한 마리도 눈뜨기 전
온갖 생물의 더러운 눈빛(眼光)에
네 얼굴이 스치기 전, 상하기 전
사막의 단 한 개의 반송盤松 같은 내가
내 전신의 열을 가득 담은
정淨한 접문接吻을 준 너의 두 뺌을 어찌 하였느냐.
아아 너의 포도주에 취한 저녁 장미와 같은 두 뺌을 어찌 하였느냐.
어째, 너는 그런 참혹한 꼴(姿)을 하였느냐.
긴 동안의 황혼, 어느 사람 하나 배행으로 나와 주지 않는 들 벌판에서
너의 얼굴이 근화菫花의 잎 같은 흔적은 햇발의 그늘에 묻혀 잠길 때까지
나의 눈이 뒤틀릴 만큼, 바라 보내던
너의 그 고운 뒷모습을 어찌하였느냐.
아아 나의 위에 춤추는 제비 잔등이 같은 그 뒷모습을 어찌하였느냐.
어째 너는 어째 이런 인적人跡 끊어진 무서운 밥 속을
빨간 몸으로 초초悄悄히 오느냐.
아아 너는 그 해골 뿐의 파선破船 같은 몸을
어디로 운전하여 가는 것이냐.

(폐허 1호, 1920. 7)

* 반송盤松 : 키가 작고 가지가 옆으로 퍼진 소나무.
* 배행 : 나이가 비슷한 친구(輩行).
* 근화菫花 : 씀바귀 꽃.
* 초초悄悄 : 조용히. 고요히.

혈血의 시

— 보성步星군의 앞에 바친다.

나는 너의 부허浮虛한 어용御用의 탄미자가 아닐다.

나는 너의 들척지근한 연지臙脂내 나는 접문椄吻을 얻으려고 허둥거려 쏘대는 성욕의 걸인도 아닐다.

나는 진리의 망에 부딪혀 넘어질 때,

내 몸이 선지 피투성이가 될 때,

나는 그 피를 저 속사포의 탄환 같이

네 이마에 던져 뿌릴 때 한 잔인성의 쓴 기쁨을 느낄 때

나는 비로소 우레 소리보담 더 큰 포효로써

뛰고, 뛰어 노래한다.

(폐허 1호, 1920. 7)

* 부허浮虛 : 마음이 들떠서 허황됨.
* 어용御用 : 임금이 쓰다. 자신의 이익을 위해 권력에 영합하여 행동하는 일.

백과전서

아아 네 얼굴은 온갖 진리의 백과전서일다.

아아 네 얼굴은 가장 걸작의 로맨스일다.

아아 네 얼굴은 일편의 인생의 통속적 강화講話일다.

(폐허 1호, 1920. 7)

미소의 화여花輿

내 영靈을 실어가 네 미소의 꽃가마(花輿)야
내 영은 네 미소에 휩끌려
그 애愛의 작은 거화炬火를 놓(放)고
저물어가는 태양의 힘없는 빛(光)의 위를
이상한 잇기(苔) 덮인 화강석의 언덕의 위를
울어 비는 듯한 어린 목초의 위를
폐환자의 천식과 같은 훗훗한 바람의 위를
줄 끊어진 연鳶(凧)같이
향방 없이 비틀거려 가는도다.

그대여, 심경深更의 고요한 여수도원의
와사등의 흐르는 수풀 빛(森色)의 둥근 움푹한
창과 같은 너의 큰 눈의 서늘한 그늘에는
성자의 처음 순례의 정淨한 꿈에 땀 흘리는
어느 귀여운 사람이 모로 누워 있을 것일다.
(노래하면서, 노래하면서, 노래하면서)
나는 한갓 그이에게 만나려는 나머지에
의지 없는 가련한 내 영은
노방(길가)에 따라 내버리는
한 방울의 포도액에 취해 빠져

이렇게 향방 없이 휩끌려 가는도다.

그대여, 네 우물거리는 석류와 같은 그 입에는
어느 귀여운 사람에게 맡은 '말'을
내 마음의 갈아올(耕立)린 넓은 밭고랑에
뿜어 뿌려 주렴이 아니냐 생각한다.
나는 한갓 그것을 받으려는 나머지에
유선流船과 같은 네 미소의 위에 뛰어 오르는 것일다.
아아 내 영을 실어가는 네 미소의 꽃가마(花輿)야.

(개벽 3호, 1920. 8)

* 제목 화여花輿 : 꽃가마.
* 거화炬火 : 횃불.
* 염색染色 : 물들이다.
* 유선流船 : 흐르는 배.

발 상傷한 순례의 소녀

소녀여, 발 상(傷)한 자축어려 가는 소녀여
소녀여, 석양은 철병鐵屛과 같은 포도덩굴과
단향檀香 나뭇잎의 무성한 높은 고개를 넘어
야사野死한 사람의 시해屍骸의 위를 헤매이는
주린 솔개에게 채듯이
지명도 모르는 곳으로
뉘 가슴엔지 붙 안기어 가버렸다
아아 지상은 초상집(喪家) 같이 얼차릴 수 없이 떠들썩어린다
아아 소녀여, 이런 때 너는 어디로 가느냐.

소녀여, 발 상(像)한 자축어려 가는 소녀여,
너는 인생의 최고촉最高燭의 불일다
아아 너는 천국의 정淨한 거리, 성두城頭에 비치는 성자의 눈동자 빛 같은
혼魂. 애愛. 힘의 상야등常夜燈일다.

소녀여, 발 상(像)한 자축어려 가는 소녀여,
소녀여, 악마의 질투 깊은 으르렁거리는 웃음 같은 여름 황혼의 끈끈한 바람결에
은 쇠사슬의 지환指環에 달린
처녀의 고운 가슴의 열쇠라고도 할만한

작은 십자가를
자랑하듯이 순례자의 방울(鈴)같이
처량하게 흔드는 소녀여,
석양은 전혀 그 종적을 숨(晦)겨 버렸다.
이런 때 너는 어디로 가느냐, 아아.

소녀여, 발상한 자축어려 가는 소녀여,
소녀여, 신에게 파견되어, 어디로런지,
뉘 뒤를 쫓아감 같이
또는 뉘를 맞으러 감같이 무엇에게 부딪혀도
수그리지 않는 큰 삼가(愼)는 침묵과
한 작은 빨간 운명의 「티켓」을 가지고 가는 소녀여,
석양은 전혀 그 종적을 숨(晦)겨 버렸다,
소녀여, 이런 때 너는 어디로 가느냐.

—8월 19일 황혼 —— '문산역'을 지나다가—

(개벽 4호, 1920. 10)

* 자축어려 : '자축거리다'. 다리에 힘이 없어 자꾸 절면서 걷다.
* 철병鐵屛 : 쇠로 만든 병풍.
* 단향檀香 : 박달나무 단향나무 향기.
* 성두城頭 : 성 위.
* 지환指環 : 가락지.

이두二頭의 백마白馬

하늘의 넓은 나라로
식은 땀 같은 비 떨어지는 저녁
이상한 사막으로
태고로부터, 지금까지
달과 태양의 걸음 자취밖엔
사람이고는 하나도 지낸 적 없는
어린 아해의 마음 위 같은 사막으로
한 쌍의 꽁지 빨딱 세인 흰말이
황금의 차에 '불'을 잔뜩 실고
「살라 무찌르겠다, 살라 무찌르겠다」.
마을의 삼림森林 앞으로
마을의 삼림森林 앞으로
헐떡, 헐떡 달려온다.

(학생계 2호, 1920. 9)

* 삼림森林 : 나무가 많이 우거진 곳.

나무꾼과 작은 잔나비

절둑바리의 작은 잔나비가
무슨 지적을 했는지
무슨 지적을 했는지
술감탁이의 나무꾼에게마저 죽어
모래강의 위, 푸른 잿빛의 펜끼 바른
철교의 아래, 지구의 끝과 끝에 꾀인
칙 줄에, 고소苦笑의 얼굴로 매달려 있다.

(학생계 2호, 1920.9)

* 술감탁 : 술 감태기.
* 펜키 : 페인트.
* 고소苦笑 : 쓴 웃음.

중대한 궤짝

궤짝을 가져갔도다. 큰일, 큰일
중대한 궤짝을 가져갔도다. 큰일, 큰일.
늙은 은행銀杏나무 밑에
천세千歲나 만세萬歲나 명좌瞑坐하여 있던
성자聖者의 속 깊은 침묵 안으로
누런 비단 솜에 쌘
오동梧桐의 수繡 놓은 둥근 회색 궤짝을 가져갔도다. 큰일, 큰일.
저녁노을(霞) 낀
세기의 경계되는
긴 축동築垌을 빠져
광인狂人 같은 빨가벗은 중(僧)의 운부運夫가
궤짝을 가져갔도다. 큰일, 큰일.

(학생계 4호, 1920. 1)

* 명좌瞑坐 : 눈을 감고 앉아있다. 명상하다.
* 쌘 : 싸인.
* 축동築垌 : 못을 쌓아올리다.
* 운부運夫 : 운전수.

송頌

—신청년 4호에 기寄하여

저리로
저리로
야생의
장미를
받들고 가자
　「새벽은 오다
　새벽은 오다」

지상에 자는 사람들아
저리로
저리로
애愛의
조향朝饗을 가지고 가다.
　　「새벽은 오다
　　새벽은 오다」

냇물을 넘어
언덕을 넘어
옛 성지城趾를 넘어
저리로

저리로

화관花冠과

진리의 길을 걷는

닳지 않는 고운 신을 가지고 가자

「새벽은 오다

새벽은 오다」

어여 가자

어여 가자

순례하러 떠나는 성자聖者의 무리 같이

저리로

천국의 폭죽 같은 태양이 떠나오는 그리로

부활의

새벽을 맞으러 가자.

(신청년 4호, 1921. 1)

* 조향朝饗 : 아침의 향연饗宴.
* 성지城趾 : 성터.
* 화관花冠 : 꽃의 가장 고운 부분으로 꽃부리에 해당된다. 칠보七寶로 장식된 여자의 관. 기녀妓女 · 동기童妓 · 무동舞童 등이 쓰는 갓 모양의 관.
* <최초 문단 및 사상계의 개평>(현대, 1921. 2)에서 황석우는 '조향을 가지고 가다'에서 '가다'가 '가자'의 오식으로, '그리로'가 '거리로'의 오식으로 밝히고 있다.

봄과 3인의 어린아이 박사

장소는 하늘도 방각方角도 보이지 않는 암흑이다.
악한惡漢의 가슴만 같은 성풍腥風이 창일漲溢하는 암흑이다.
지면地面 —— 세계의 끝으로, 끝까지의 지면地面 —— 에는
수없는 백동관白銅棺의 귀퉁이가,
우툴두툴 삐져나오고
그 넓은 주위에는
먼지가 「무덤을 둘러싼 안개같이」 엉겨 있다.
관棺의 안에서인지 어디서인지
우주의 중축中軸이 뛰어 흔들리도록
—— 바이올린의 애통哀痛한 소리가 끌리어 오른다. ——
이 때 자연의 「예루살렘」의
벽옥碧玉의 성비城扉는 고요히 열려
그 안으로 봄은 오동통한 작은 손에
신의 「마음 되는 조양朝陽을 글고
나오도다, 나오도다, 나오도다.」

봄

나는 다시 소생甦生하도다, 소생하도다.
나를 믿어라, 나는 자연의 독생자獨生子
「마침, 동방東邦으로, 동방으로

촌村의 대표자, 나의 대표자
인간 대표자 —— 3인의 어린아이 박사는
황금의 이履, 백포白袍, 청대靑帶로
멀리 멀리 암흑을 타넘어
예루살렘의 성하城下에 이른다.」

어린 아이 3인의 박사

오오 봄아, 너는 자연의 종신終身의 왕이 되라.
촌村의 왕이 되라, 나의 왕이 되라
너는, 죽은 자에게 「혼魂」을 주며, 꽃을 주며
여윈 자에게 「살」을 주며
또 너는, 네가 난 고가高價의 꽃과 과실에
결코, 결코 적은 소유권을 베풀지 않고
비록 무지한 아이들이
그것을 꺾더라도, 훔치더라도
너는, 조금도 노怒치 않는도다.
아아 너는 부富의 가장 크고, 철저한 해방주의자이다.

봄아, 너는 자연 종신의 왕이 되라
촌의 왕이 되라, 나의 왕이 되라.
아아, 아이들이 너의 무릎에 종일토록 앉았서도
네가 달게 오수午睡하는 침대 앞에서
떠들고, 발버둥질 치고, 또 네 고운 얼굴을 할키어 베더라도
너는 결코 그들을 쫓아낸 일이 없다.
너는 결코 거짓으로라도 손 한번 든 일이 없다.
너는 결코 원언怨言 한마디 한 일이 없다.
아아 네 마음은 인류 최고의 「바이블」이다.
봄아 너는 자연의 종신의 왕이 되라.
인간의, 인간 사상의 섭정攝政이 되라.
또 너는 네 존재의 경계를 선택치 않는다.
생명이 있는 자의 곁에는
의혈蟻穴이나 구더기들이 들끓는 도랑가이나
해양 식인종의 목소木巢에도
해록海鹿의 작은 식물의 앞에도
한날한시에 가는도다.
너는 애愛의 가장 크고, 철저한 해방주의자이다.

봄아 너는 자연의 종신왕終身王이 되라
인간의, 인간 사상의 섭정이 되라.
또 너는 개체個體의 「생의 형식」을 구속치 않는다.
굼벵이는 기게 하고, 호접蝴蝶은 날게 하고
모기와 벌은 쏘게 하고, 나무에는 잎, 풀에는 꽃을 줌과 같이
── 박애博愛의 신神, 평등의 신, 자유의 신 ──

봄

나는 다시 소생甦生하도다, 소생하도다.
나를 믿어라, 나는 자연의 독생자
나의 감정에는 언덕이 없고
나의 눈에는 색色이 붙은 물체가 없고
다만 생명이 있는 자의 곁에는
나의, 여름 한철 걸려 기른 아이들을
학살한 구적仇敵의 곁, 그 자손의 곁에도
그를 살리고, 그를 일으키려 가노라.
나는 인공호흡기와 같은 기계가 아니고
온갖 생물의 마음의 큰 뜰에 있는 「사상思想」이며, 애愛며
「주의主義」노라, 불멸의 실재實在노라.

◇ 어린아이 3인의 박사

봄아, 너는 자연의 종신의 왕이 되라
촌의 왕이 되라, 나의 왕이 되라.
인간의, 인간사상의 섭정이 되라.
아아, 우리는 네 사상을 실으려 왔노라.
네 애愛를 실으려 왔노라, 네 주의를 실으려 왔노라.

(청년, 1921. 4)

* 방각方角 : 방법, 방향, 나아가는 길.
* 성풍腥風 : 피비린내 나는 바람.
* 장일漲溢 : 물이 범람하여 넘치는 것.
* 백동관白銅棺 : 백동(구리)로 된 관.
* 성비城扉 : 성의 문.
* 조양朝陽 : 아침 해.
* 소생甦生 : 다시 살아남.
* 이履 : 신발.
* 백포白袍 : 흰색의 도포.
* 청대靑帶 : 푸른색의 띠.
* 종신終身 : 명을 마칠 때까지.
* 원언怨言 : 원망의 말.
* 섭정攝政 : 임금을 대신하여 정치를 함.
* 의혈蟻穴 : 개미 굴.
* 목소木巢 : 나무로 된 집, 새집.
* 호접蝴蝶 : 나비.
* 구적仇敵 : 원수.

토土의 향연饗莚

우리는 시뻘건 흙에 돌아왔다.
우리는 하늘을 우러러
강한 번성력蕃盛力을 가지고
외외巍巍히 뻗쳐 올라가는 젊은 느름나무 같이
우리의 생명을
흙의 피의 고약鼓躍하는 심장 속에 심어 박을 때, 비로소
우리의 영靈의 신장하는 안정을 얻는다.
……………………………
……………………………
우리는 시뻘건 흙에 돌아왔다.
우리는 이미 인간의 피를 빠는 시문屍蚊이 아니다.
우리는 대지의 마르지 않는 백포도 빛의 피와
우리들의 땀의 뿌란데를
우리들의 영靈의 나날의 음료로 하여 있다.

(대중시보 1호, 1921. 5)

★ ……부분은 검열에서 삭제된 부분으로 추정된다.

* 외외巍巍 : 높고 높은 모양.
* 고약鼓躍 : 북을 치면서 펄쩍펄쩍 뛰다.
* 시문屍蚊 : 죽은 모기.
* 뿌란데 : 술의 일종.

장미촌의 향연

서곡序曲

고독은 내 영의 월세계月世界
나는 그 위의 사막에 깃들어있다.
고독은 나의 정열의 불토佛土
나는 그 위에 한 작은 장미촌을 세우려 한다.
그리하여 나는 스스로 그 촌의 왕이 되려한다.
아아, 나는 고독에 돌아왔을 때, 비로소
나의 혜지慧智가 눈뜸을 알(認識)았다.
고독은 고통이 아니고, 나의 혜지慧智에의 즐거운 여명일다.
실로 고독은 신과 인과의 애의 경계,
이곳에 들어와야
신의 감춘 손(秘手)을 쥠을 얻는다.
아니다, 고독 그 자신이 '애'일다.
신과 인과의 애, 신인동체神人同體의
가장 합리적의 강하고, 정淨한 애일다.
아아 고독은 애의 절정일다.
이 위를 넘어서는 애가 없다.
아아, 나는 이 위에 한 작은 장미촌을 세우려 한다.

(장미촌 1호, 1921. 5)

* 불토佛土 : 부처님이 사는 땅.　* 혜지慧智 : 지혜.

장미촌의 제1일의 여명

아아, 나는 스스로 그 촌의 왕이 되려 한다,

여명의

태향苔香을 먹음(含)은

신비적神秘的의

강한 음향은

천지창조 뒤의

바다의 타(彈)는

그윽한

첫 조음潮音 같이

물속의 잠긴

무겁게 괴로(重苦)은 종소리같이

도젊는 우주의

연한 힘줄(筋筋)속으로

맥박 쳐 나오며, 여울져 나(渦出)와

진眞, 선善, 미美의

전적 생활의 먼 제단에 향(參詣)하는

'인간성'의 짜낸(織立)

내 영靈의 새로운 심장에 피가 되어 떨어져 돌며,

부어든(注入)다

(장미촌 1호, 1921. 5)

* 태향苔香 : 이끼의 향기.
* 조음潮音 : 바다 물결 소리.
* 도젊는 : 사전 확인 불가.
* 참예叅詣 : 참석하다.

구상丘上의 누淚

눈물일다, 눈물일다,
지금 나는 어느 언덕 위의
이름도 없는 한 무덤 속을 바라다보면서
하염없는 눈물을 흘리고 있다, 눈물일다, 눈물일다.

아아, 실은 그곳에는 나의 유음아乳飮兒와 같은
가련한 젊은 과거가
한스러운 쓴 창백蒼白의 얼굴로
임종의 때의 그 참아 볼 수 없던 모습대로
그대로, 저녁비의 부슬부슬 오는 하늘을 쳐다보고
가로누워 있다.

나는 지금 그것을 바라다보면서 성대히 울고 있다
눈물일다, 눈물일다,
이곳에 묻힌 것이 자기의 과거냐고 생각하면, 나는
다못 울지 않고는 있을 수 없다,
아니, 나의 지금의 마음(氣持)이 마치 이런 것을 바라보고
있음과 같은 애처롭고 슬픈 그것일다.
나는 지금 확실히
밝는 새벽의 태양을 기다리면서 그런 언덕 위에서

울고 있다,

눈물일다, 눈물일다,

바라보면 바라볼수록 눈물, 하염없는 눈물이 흘러온다.

(개벽 17호, 1921. 11)

* 제목 구상丘上 : 언덕 위.
* 유음아乳飮兒 : 젖먹이 아이.

중간기의 시편들

● '반송伴頌'의 시편들(1931. 11~1931. 12)

소녀의 마음 – 반송伴頌 (1)

소녀의 마음은 봄 잔디 풀!
그는 밟으면 우그러지고
그는 불대면 타진다.

소녀의 마음은 유리궁琉璃窓 풍경!
그는 바람 부닥치면 울리고
그는 내던지면 깨진다.

(조선일보, 1931. 11. 8 / 문예월간 3호, 1932. 1 재수록)

소녀의 마음과 정열

소녀의 마음은 초록빛!
소녀의 정열은 빨간 앵도櫻桃 빛

(조선일보, 1931. 11. 8)

소녀의 가슴속

소녀의 가슴속에는 조그만 연못이 있다.
아아, 그들이 그 가슴을 세상에 해방하여 준다면
나는 그 가슴속으로 기어들어 그 연못 속에
조그만 별 같이 영원히 잠겨 있겠소.

(조선일보, 1931. 11. 8)

저 처녀의 가슴속!

꽃핀
잔디 밭 같은
저 처녀의
가슴속엔 누가
사랑의 산도야지 새끼를 몰아넣었더랬소?
아아, 그 짓밟힌 가슴속이 몹시도 참혹하구료.

(조선일보, 1931. 11. 8)

눈물의 시내

소녀의 가슴속에는
눈물 졸졸 흐르는
조그만 시내가 있습니다.
그 눈물을 왼 몸의 구곡간장九曲肝腸의
가늘고 큰 모든 수많은 골짜기를 휘돌아
그 눈거ㅅ풀……도득한 둔덕(堰)을
넘어 쏟아져 내립니다.

사랑을 주시려거든 – 반송伴頌 (2)

사랑을 주시랍니까.
사랑을 주시려거든
'고통의 가시'랑 빼고 주세요.

(조선일보, 1931. 11. 10)

사랑

사랑은 재잘거리기 잘하는
제비의 혼魂!
그들은 사람들의 입술 위의 추녀 끝에
보금자리를 치고 있다.

(조선일보, 1931. 11. 10)

사랑의 꽃의 이름

사랑은 꽃 이름
사랑은 사람의 정열 위에 피는 꽃
그는 눈물의 이슬을 받아먹고
자라나는 꽃!

(조선일보, 1931. 11. 10)

애기는 솔솔 자오

애기는 솔솔 자오
애기는 그 품속에
고운 잠을 안고 솔솔 자오
애기는 그 품속에
뉘에게 보이지 않으려는
고운 잠을 꼭 안고 솔솔 자오

(조선일보, 1931. 11. 10)

저의 혼만은 그이를 찾아가게 합니다. – 반송伴頌 (3)

저의 몸은 비록 그이와 산 넘어 물 건너 멀리 갈리어 있으나
제 혼만은 날마다 몇 번씩
그이를 찾아가게 합니다.
그이의 아파하는
마음의 상처 깊은 곁을 찾아가게 합니다.
그이의 누워 앓는
쓰라린 마음을 잠시라도 간호해 드리기 위하여

(조선일보, 1931. 11. 12)

눈동자, 웃음!

눈동자는 사랑의 제일선의 외교관!
웃음(微笑)은 그 밀약의 조인調印!

(조선일보 1931. 11. 12)

바닷가의 해당화! – 반송伴頌 (4)

바닷가의 저기 핀
고운 해당화는 누가 낳아 노신 딸님인가요?
바닷가 저기 핀
고운 해당화들은 어느 배에서
내리는 누구를 맞으려고 한봄 동안을 밤이나 낮이나
바닷물만 바라보면서 있습니까요?

(조선일보, 1931. 11. 17)

꽃의 마음을 볼 수 없는 나

꽃의 모양 저렇게 고웁사오나
그 마음도 또한 그지없이 고우오리라.

그러나 내 눈은 그 마음을 보지 못하는 병신이오라
내 코끝에 서리어오는 향기를
그 손길이 아닌가 하여 손 내밀어
쥐여볼 듯이 이리저리 휘 더듬어 본다.

꽃의 마음의 모든 것

꽃의 그 고운 마음의 갈피 속을 누가 헤쳐 봤으랴.

꽃의 그 고운 마음의 흘러가는 곳을 누가 알랴

아아, 꽃의 그 가슴 가운데 맺힌

빨간 사랑의 응어리를 누가 들여다 봤으랴

아아, 누가 그것을 만져 봤으랴

나비 밖엔 나비 밖엔.

(조선일보, 1931. 11. 17)

꽃만은 타지 마라라

하늘타고
산도타고
사람도 타 없어진다 하더라도
땅 위의 꽃만은 타지 마라라
꽃은 '우주의 혼'이 땅 위에서 피어보이는 것이란다.

(조선일보, 1931. 11. 17)

날아다니는 조그만 미소년 – 반송伴頌 (5)

봄바람은

꽃들과

어린 이파리들의

뜨겁게 사모하는

태양나라의 미소년美少年

그는 카나리아의 눈동자 같이 귀여운

날아다니는 조그만 미소년–

(조선일보, 1931. 11. 19)

안면방해

밤중이 되어도
봄바람과
꽃들과
이파리들은
풀 사이의
나무 가지 위에서
부시락 바시락
괴상한 소리를 내며
젊은 내 몸은 잠 못 이루오.
이 안면방해 어디 가서 호소하면 좋소.
그 호소 받아주는 관가는 어디 있소?

(조선일보, 1931. 11. 19)

내 혼

내 혼은 꽃을 떠나서는 하루도 못 사오
내 혼은 꽃을 사랑하며
꽃의 마음속에서
꽃의 사랑 속에서 자라는 조그만 새요.

(조선일보, 1931. 11. 19)

풀과 나무와 산들의 세수

오늘은 하늘이 비를 내려 오랫동안 먼지에 끌었던
풀과 나무와 산들의 까칠한 얼굴을 곱게 씻어줍니다.
울지 않는 순-한 애기 같은
그들의 얼굴을 곱게 씻어줍니다.

(조선일보, 1931. 11. 19)

내가 미운 것 – 반송伴頌 (6)[1]

담 밑에 어느 고운 꽃 한 송이를 심었더니
누가 악착하게 그 목을 잘라가 버렸소.
아아, 그를 쉴 새 없이 찾아오는
봄바람이 그것을 보면 얼마나 섧게 통곡하겠소.

(조선일보, 1931. 11. 26)

1) 원 발표지에는 伴頌(5)로 되어 있으나, 이는 잘못인 것 같다.

동무를 위하여 조롱 속에 드는 파랑새

조롱 속에서 파랑새 울어대면
공중을 날아가던 다른 파랑새는
그 소리 듣고 날아내려
쉽게 갇힌 내 동무를 구해내려는 마음에
제 몸도 그 조롱 속에 던져 버립니다.

(조선일보, 1931. 11. 26)

풀의 잠자는 것

풀도 밤이 되면 잠잡니다.
뜰 안의 함수초含羞草는 언제든지 밤이 되면
그 까닭인지 이파리를 처녀의 종아리 같이 곱게 오므리고
기―ㄴ 가지의 팔목 위에 안기어 고요히 고요히 잠잔다.

(조선일보, 1931. 11. 26)

* 含羞草 : 콩과에 속하는 일년초. 남미원산 관상용으로 재배한다.

아침에 일어나는 나의 가슴속 – 반송伴頌 (9)

아침에 일어나는 나의 가슴속에는
힘이 분노와 같이 치밀어 오른다.
아침에 일어나는 나의 가슴속에는
힘이 잠 깨인 호랑이같이
기지개 펴고 소리 용감히 외친다.

(조선일보, 1931. 12. 1)

조선의 혼, 조선 사람의 마음

조선의 혼은
조선 사람의 마음은
어디서 캐어 왔습니까.
그 씨는 북방에도 묘향산妙香山의
박달나무 뿌리 밑에서 캐어 왔답니다.

(조선일보, 1931. 12. 1)

사람에게도 달이 있다

사람의 몸에도
태양의 반사를 받아서 비치는
달이 하나 달려있다
그것은 곧 사람의 눈동자!

(조선일보, 1931. 12. 1)

달은 왜 저리 달아나우

달은 왜 저리 달아나우.
달은 무슨 일로 저렇게 빨리 달아나우.
달은 태양이 자고 나오는
그 새벽 성문을 열어주는 열쇠를
가지고 가는 게 아닐까요?

(조선일보, 1931. 12. 1)

저 달을 물들여 놓고 싶다

하늘 위의
병든 색시의 창백한 얼굴빛 같은
저 달을 물들여 놓고 싶다.
빨갛게나
아주 까맣게나.

(조선일보, 1931. 12. 1)

밤에 발자취를 찾으려 하오나 – 반송伴頌 (11)

아침에 들에 나가
밤에 다녀 가옵신 발자취를 살피려 하오니
그 흔적痕迹을 찾을 수 없고
다못 이슬방울뿐이 풀잎 위에 고여 있다.
아아, 밤은 풀들과
무슨 애끊는 사단 있어
왼 밤을 울다가 눈물만을 남기고 가옵셨나.

(조선일보, 1931. 12. 2)

원단강설元旦降雪

눈은 하늘의 마음속에 피었던 꽃
이 꽃들이 정월 초하룻날에 떨어져 내리는 것은
그날에 오시는 봄의 걸어 드옵시는 길을 곱게 치장하는 것이랍니다.
곧 봄의 걸어오시는 그 발등과
고운 의상에 띠끌이 띄어 오르지 못하게 하기 위하야
곧 봄의 걸어 드옵시는
그 벗은 연한 발밑 살을 상하지 않게 하기 위하여

(조선일보, 1931. 12. 2)

태양과 달

태양은 하늘의 시뻘건 염통(心臟)덩이
달은 어느 조그만 천체의 병든 허파덩이

(조선일보, 1931. 12. 2)

태양의 의義딸

전등은 땅 위에서 태양의 밤 사무를 대리해보는
태양의 조그만 의義딸이랍니다.

(조선일보, 1931. 12. 2)

별의 세계의 세민향細民鄕

은하는
별들의 세민이 들어 사는 곳
그는 곳 별들의 세계의 세민향細民鄕!

(조선일보, 1931. 12. 2)

별과 달

별들은
샘 빠른 여자의
날카로운 눈동자 빛 같고
달은
음탐淫貪한 여자의
길게 빼 물은 혀 바닥 같습니다.

(조선일보, 1931. 12. 2)

여자 – 반송伴頌 (12)

여자는 사랑 뽕잎을 먹는 누에나비
여자는 사랑의 먹지 못하면
그 생명의 실을 짜내지 못한다.

(조선일보, 1931. 12. 3)

★ 이 작품은 1928년 12월호 ≪조선시단≫에 발표된 작품이다.

여자의 눈동자

눈(眼)속의
까만 섬 위에
조그만 솔 씨 같이 쪼그리고 앉아
눈에도 보이지 않는 낚시 줄로서
세상의 많은 남성들을
솜 터럭보다 더 가볍게
손쉽게 낚아가는 낚시 군은 여자의 눈동자.

(조선일보, 1931. 12. 3)

마음의 악역惡役

사랑은 마음의 악역
그 병균은 사랑의 눈 속으로부터 뛰어든다.
그 병의 주되는 증상은 「번민!」

(조선일보, 1931. 12. 3)

감신병感神病의 하나

사람은
사랑의 열병을 앓을 때
신이란 헛것을 보고 중얼 대인다.
사랑은 곧 사람의
감신병感神病의 하나
또 그 애인 동지는 헛것들 씌인 무당巫堂!

(조선일보, 1931. 12. 3)

사랑은 욕심쟁이

사랑은
사랑의 마음의 꽃을 따먹는 새!
사랑은 정열의 불꽃(焰)을 주어먹는 새!
그러나 사랑은 욕심쟁이!
사랑은 한 달의 잔치 밥도 저 혼자만 먹겠답니다.

(조선일보, 1931. 12. 3)

● 기타의 시편들(1928. 8~1935. 5)

무제無題

산은 자연의 현판懸板(栅)!
해양은 자연의 산 냉장고!
들은 자연의 채마전菜麻田

'근영수곡 近詠數曲' 중에서

(동아일보, 1928. 8. 29)

★ 이 작품은 원래 제목이 없이 발표된 것인데, '무제無題'는 편자가 붙인 것이다.

* 채마전菜麻田 : 채소밭. 야채밭.

자연일제自然一題

해양은 우주의 조그만 우물!
강과 내는 그에의 긴 홈(筧)!
시내는 그에의 물 거르는 터!
그 시내에 물 길어 붓는 것은 높은 두레박!
그 태양의 두레박을 시중하는 자는 바람!
구름은 하늘의 가마 가운데 끓이는 저수貯水병이라!

'근영수곡近詠數曲' 중에서

(동아일보,1928. 8. 29)

우주일면宇宙一面

우주는 보기 싫은 불고자!
두 눈 중의 하나는 빨간 눈! 하나는 뽀얀 눈!
그 위에 또 빨간 눈은 크고, 뽀얀 눈은 작다.
빨간 눈은 태양! 뽀얀 눈은 달!

'근영수곡近詠數曲' 중에서

(동아일보, 1928. 8. 29)

사랑과 잠

잠은 사랑과 같이 사람의 눈으로부터 온다.
그러나 사랑은 사람의 눈동자로부터 도적발로 살그머니 들어가고
잠은 사람의 눈꺼풀로부터 공연하게 당당히 들어간다.
그러므로 사랑은 좀도적의 소인小人, 잠은 군자君子!
또 그들의 다를 곳은 사랑은 사람의 마음 가운데 들고
잠은 사람의 몸 가운데 들어간다.
그리고 사랑의 맛은 달되 체하기 쉽고
잠의 맛은 담담淡淡하여 탈남이 없다.

'수상곡隨想曲' 중에서

(동아일보, 1928. 8. 30)

* 담담淡淡 : 물이 맑은 것. 달빛이 선명하고 밝은 것. 음식이 느끼하지 않는 것. 고요하고 맑은 것.

잠의 영화기사

잠은 영화기사映畵技士!
그는 밤마다
번番 제題를 바꾸는 새로운
긴 꿈의 필름을 끼고
사람 사람들의 눈의 왕성 가운데 들어가
그 눈가(瞼)의 삼일월형三日月形의 철비鐵扉를 굳게 닫고
그 문지개 틈을 느른된 납물(鉛液)로써 봉해버리고
그 문지개 어구에 검은 무장武裝의
억센 눈썹의 파수병把守兵을 좇아 세우고
교통금지! 일체 다른 팬의 입장을 허락지 않고
그 높은 동자瞳子의 꼭대기에 작은 막을 치고
하루날 일에 피곤하여 싸움 마친 병사와 같이
돌바닥에 쓰러져 누운 괴로운 혼을 위로하는
가지가지의 자미滋味로운 비밀한 걸음을 동틀 때까지 비치어 준다.

—'隨想曲'중에서

(동아일보, 1928. 9. 2)

* 눈가(瞼) : 눈시울.
* 연액鉛液 : 납의 액체.

일배一盃의 잠!

일몰日沒 후의 대지 위에
밤은 만뢰萬籟의 무릎 곁에 와서
빛 검으나 귀여운 기－ㄴ 손으로
일배一盃의 잔을 권한다.
만뢰萬籟는 그 잔을 받아
샛노란 잔을 마시며
그 깊은 감치는 맛
그 간지러운 황홀한 향기에 취하여
콧노래 즐겁게 높게 낮게
쿠 쿠
콜 콜
나뭇잎은
바람에게 달래이어
간들
간들
산은 고개를 곯어 박고
들은(人事不省) 네 활개 쩍 벌렸다.

—'隨想曲'중에서

(동아일보, 1928. 9. 10)

* 만뢰萬籟 : 여러 가지 물건에서 나는 온갖 소리.

여자의 마음

여자의 마음은 왜사倭紗 손수건
조그만 밝은 광선의 앞이면
그 속에 싸인 물건이 내어다 보인다.

(조선시단 2호, 1928. 12)

신神

사람들은
진리와 멱 붙잡고 싸움하다가
힘 부쳐 지게 되면 뒷손으로
신神이란 건달乾達을 불러
그 싸움의 중재를 청한다.
신은 곧 사람들의 싸움을 말려주고
추어주는 술잔간이나 흐지부지 얻어먹고 지내는 우주 최상의 낭인浪人이란다.

(조선시단 5호, 1929. 4)

* 건달乾達 : 가진 것도 없이 난봉을 부리는 사람.
* 낭인浪人 : 직업도 없이 놀고먹는 사람.

그대들 혁명가!

그대들 혁명가의 의지는 창천과 같고
그대들 혁명가의 혼은 그 존귀함이 사막에 피는 사보텐의 꽃과 같고
그대들 혁명가의 정열은 태양 위의 프로미넌스와 같고
그대들 혁명가의 피는 지심地心을 뛰어 휘도는 용암 액 같고
그대들 혁명가의 주먹은 저 타오르는 태양덩어리와 같고
또 그대들 혁명가의 분노하는 감정은 벽력과 같고 원자탄의 폭발과 같고
그대들 혁명가의 기상은 높은 산봉우리 위에 주저 앉은 맹호와 같고 사자와 같다.

'이단자異端者의 시'에서

(조선시단, 1930. 1)

* 사보텐 : 선인장.
* 프로미넌스 : 화염火焰.

신과 부처님!

신과 부처님은
무지한 사람들의
졸음 오는 몽롱한 환상 가운데
쓰러뜨리면 다시 일어나는
재주 부리는 '오뚝이'

'이단자異端者의 시'에서

(조선시단, 1930. 1)

소녀의 혼

소녀의 혼은 어느 곳에 들어있습니까?
소녀의 혼은 그 고운 유방 가운데 들어있습니다.
소녀의 혼은 그 유방 속에 꽃과 같이 피어 있습니다.
그 꽃은 들 가운데 적막하게 핀 영란鈴蘭과 같습니다.
사랑은 그 꽃에서 열리는 다못 한 개 뿐의 과실!

(문예월간 3호, 1932. 1)

* 영란鈴蘭 : 방울꽃과 같이 생긴 꽃.

꽃들의 눈물

향유香油 같은
파란 이슬은
꽃들의
고운 눈에서 떨어진 눈물.

향유香油 같은
파란 이슬은
하늘 높이 있어
땅 위에 내려오지 않는
야속한 별들에게
짝사랑 하소연 하던
꽃들의
그 고운 눈에서 떨어진 눈물!

(문예월간 3호, 1932. 1)

* 향유香油 : 향기로운 향내가 나는 화장용 물기름.

은행 알만한 주머니

이름 모를 아가씨
치마 밑에 차고 온
주머니
주머니
삼베 주머니
주머니 속에 또 주머니
파란 주머니
은행銀杏 알만한
그 주머니
노란 금돈
삼천 량
바악 바악 들었소
그 주머니는 무엇
(解 ── 꽈리)

(신생 38호, 1932. 2)

★ 이 시는 '수수께끼'(童謠)의 큰 제목 아래 '은행 알만한 주머니'로 발표된 작품이다. '개작改作'이라고 한 것으로 보아 이전에 어디에 발표된 것이 아닐까 한다.

봄바람

봄바람은
풀밭으로
잔디밭으로
조그만 조그만
청 잠자리 같이
두 손으로
풀싹과
꽃봉오리와
꽃잎들의
귀여운 귀를 잡아 흔들며
다리치기 하며 작란 겁니다.

(신생 38호, 1932. 2)

부평초浮萍草

강물 위에
부평초浮萍草
둥실 둥실 떠나가오

강물 위에
부평초
은하에서 흘러온
조그만 파란 목선같이
둥실둥실 떠나가오.

강물 위에
부평초
돛대도 안 달고
짐도 안 싣고
바람으로 사공삼아
나루마다 거쳐서
풀숲마다 거쳐서
둥실둥실 떠나가오.

강물 위에
부평초
이 세상 가서 다시 오지 않는
엄마 계신 곳
사랑하는 누이동생 있는 곳 찾아
그 넋이라도 실코 오려는 배같이
넓고 넓은 물 세상
나루마다 거쳐서
풀숲마다 거쳐서
물결 딸코 물결 따라
정처 없이 둥실둥실 떠나가오.
밤에도 쉬임없이 별 아래로 달 아래로
노 바람의 사공에게 '어기어차' 노래 불러
둥실둥실 떠나가오.

(신동아 4호, 1932. 2)

※ 시 제목 바로 옆의 괄호 속에는 '少年詩'로 되어 있다.

* 제목 '부평초浮萍草' : 개구리밥.

꽃 위에 앉는 나비

꽃 위에 앉는
나비는
어머니의
따뜻한
품속에 안기는
애기와 같이
별들의
고운 가슴에 안겨
그 꽃슬(花蕊)의
젖꼭지를 물고 있습니다.

—끙끙거려 응얼대면서

(신생, 1932. 3)

★ '소년 시(舊稿)'란 큰 제목으로 <꽃 위에 앉는 나비>·<나비들의 넉킹>·<갓 난 꽃들> 등 3편을 발표하고 있다.

* 꽃술花蕊 : 꽃의 수꽃술과 암꽃술. 화예花蕊.

나비들의 노킹!

첫 봄날의
나비들은
풀숲과 나무숲 속을 날아다니며
꽃봉오리 위에 귀대어 엿들으며
그 꽃봉오리의 굳게 닫힌 도어를
톡 톡 톡 Knock해 봅니다.
「여보! ㅁㅁ꽃님(孃)! 어서 나오시오.
지금껏 무얼 해요? 화장?」이라고
재촉하는 듯이.

(신생, 1932. 3)

갓 난 꽃들

봄날의
봉오리 속에서 나오는
어린 꽃들은
목 위에
파란 침 밸기(涎衣)를 걸고
귀엽게 방긋 거립니다.

(신생, 1932. 3)

* 침밸기(涎衣) : 턱받이, 어린애들이 침 흘리는 것을 받게끔 만든 턱받이.

봄의 애기들!

얼굴도 안 뵈는
봄은 어느 새에 벌써
언덕 위에

머리 빛 파란
곱고 귀여운
풀의 애기들을
송송히 나누었소.
그 풀들은
따뜻한 햇살 밑에

(신동아 6호, 1932. 4)

일몰日沒

석양은
두 뺨에
화려한 웃음을 띠우면서
공중의 용자
공중의 젊은 거인 같이
서천의
지평선 아래로 씩씩하게 고요히 내려갑니다.

석양은
천지를 진동하는 환호성이 끓어오름과 같은 구름 속에
땅 아래서 처녀군處女群의 꽃다발을 던져 올림과 같은 구름 속에 포위
되어
서천의
지평선 아래로 씩씩하게 고요히 내려갑니다.

(동방평론 2호, 1932. 5)

★ '日出과 月出'이란 큰 제목으로 <일출日出>과 <월출月出>이 발표되고 있다.

월출月出

달은
녹색 수건으로
머리동인
여인의
스포-츠 걸과 같이
하늘 위로 떠 달려 오릅니다.

달은 불붙은
백금 덩이의
포환砲丸처럼
나는 듯이
힘차게 하늘로
하늘로 떠 달려 오릅니다.

별들은
손에
조그만 응원기를 번득이는 듯
곳곳에
촘촘히
얼굴 들고 나옵니다.

(동방평론 2호, 1932. 5)

공장의 아침

공장의 아침 기적은
전진戰陣의 장나팔長喇叭 같이 분다.
천지는 긴장해진다. ── 구름도 바람도
하늘 위에는 홍안紅顔의 거인 태양이 나섰고
따위에는 집집에서
일터로 나가는 젊은 노인勞人들이
작업복으로 가뜬히 무장하고
동원動員! 동원動員! 거리로 달려 나간다.
서방에서 마치소리 햄머-소리
기계 움직이는 소리 또는 사람들의 외치는 소리 자동차, 전차, 마차의 바퀴소리 털털털 들들들 지상地上의 한날의 장엄한 노동행진곡은 이렇게 시작되어 간다.
이 모든 소리는 커다란 강철기악鋼鐵器樂의 관현악 ── 종합악綜合樂이다.
이 관현악이 울리는 가운데서 부富와 문화의 성스러운 용감한.

(삼천리 4권 10호, 1932. 10)

* 전진戰陣 : 진을 치고 싸우는 곳.
* 장나팔長喇叭 : 긴 나팔.
* 노인勞人 : 노동자.
* 강철기악鋼鐵器樂 : 강철로 된 악기.
* 종합악綜合樂 : 여러 가지 악기로 연주하는 음악.

북풍래北風來!

북풍의 난무亂舞! 북풍의 고함高喊! 북풍의 돌함突喊!

북풍은 진군한다. 북풍은 유량嚠喨한 나팔을 불며 진군한다.

오-북풍취北風吹! 오-북풍래! 오-북풍의 총습래總襲來! 오-북풍은 동원하였다.

북풍의 대열, 북풍의 진열은 만리에 연하였다.

북풍은 바다를 휘마는 홍도洪濤같이 쏟아 몰려온다.

오-북풍은 밀림을 벗어난 매호대猛虎隊같이 빨가벗은 「빨치산」의 돌격대같이 기사단騎士團같이 의용군단같이 또는 복병伏兵하였던 야전 병같이 일기一氣에 쏟아져 몰려온다.

북풍은 하늘의 위대한 노기같이 소리치며 쏟아져 몰려온다.

(삼천리 33호, 1932. 12)

* 돌함突喊 : 돌발적인 함성.
* 유량嚠喨 : 음악의 음색이 거침없고 똑똑함.
* 홍도洪濤 : 큰 파도.
* 빨치산 : 러시아어 partizan 별동대, 유격대.
* 기사단騎士團 : 기사들의 단체.
* 복병伏兵 : 요긴한 곳에 숨어 있다가 적을 치는 병사.

첫 겨울의 눈

첫겨울의 하늘에서 고요히 내리는 하얀 눈송이!

첫겨울의 하늘에서 고요히 내리는 조그만 천녀天女들과 같은 하얀 눈송이!

오－그에게 초록 치마를 입혔으면 그 얼굴, 그 맵시 얼마나 더 고우랴?

(신생, 1932. 12)

★ '白雪 · 十二月'이란 큰 제목으로 <첫 겨울의 눈> · <곱게 내리는 눈> · <십이월가十二月歌> 등 3편이 발표된다. 이 작품은 시 제목 옆의 괄호 속에 '연시軟詩'라 하고 있다.

* 천녀天女 : 직녀성. 여신女神. 선녀仙女와도 같은 여자.

곱게 내리는 눈들

눈은 내려옵니다.

눈은 소복한 소녀들과 같이 치마 가뜬히 여미고 두 발길 곱게 모아 내려옵니다.

눈은 날개 돋친 듯이 곱게 사르를 내려옵니다.

눈은 내리고 내려옵니다.

눈은 뒤에 뒤를 이어 내리고 내려옵니다.

눈은 머—ㄴ 하늘에서 땅 위의 낙원을 그리워 내리는 소녀대少女隊와 같이 내리고 내려옵니다.

눈은 머—ㄴ 하늘에서 땅 위에 사는 어느 한분의 어여쁜 장부丈夫의 사랑을 다투어 얻으려는 소녀대와 같이 쏟아져 내려옵니다.

눈은 모양도 고우려니와 그 성깔도 끝없이 고웁니다.

땅 위에 개미 하나, 먼지 하나 다치지 않고

고운 발길로 소리도 없이 곱게 사뿐히 내려옵니다.

— 비단 폭 위에 내리는 꽃송이들과 같이도 —

(신생, 1932. 12)

★ 이 작품은 시 제목 옆의 괄호 속에 '우右의 별음別吟'이라 하고 있다.

* 성깔 : 성질을 부리는 형세. 날카롭고 매서운 성질.

12월가

십이월은 장남아壯男兒!

십이월은 북극의 장남아!

십이월은 북극의 피를, 혼을 가진 대기의 장남아!

십이월은 북극의 대기 가운데 사는 단 하나의 강력의 영웅아!

그는 동철원골銅鐵圓骨의 소유자!

그 근육은 철퇴도 포환도 받지 않는 두터운 두의兜衣 같이 굳고

그 주먹은 일타一打에 하늘도 쪼개 부술 듯하다

맹풍猛風! 거풍巨風은 그 세찬 호흡!

(신생, 1932. 12)

★ 이 작품은 시 제목 옆의 괄호 속에 '경시硬詩'라 하고 있다

* 장남아壯男兒 : 장대한 남자.
* 동철원골銅鐵圓骨 : 구리와 쇠로 된 둥근 골재.
* 철퇴鐵槌 : 쇠몽둥이.
* 두의兜衣 : 투구.
* 맹풍猛風 : 사납게 부는 바람.
* 거풍巨風 : 거대한 바람.

나뭇가지 위의 눈송이

나뭇가지 위에 덮인 눈송이
그는 눈찌와 시선이 고운 꽃들이다
하얀 눈동자 ——

나뭇가지 위에 덮인 눈송이
그는 입술과 웃음이 고운 꽃들이다
하얀 이틀의 ——

나뭇가지 위에 덮인 눈송이
그는 숨결이 고요하고 화기로운 꽃들이다
하얀 젖가슴의 ——

그들은 그 피 담긴 심장도 희고
그 가는 골수骨髓도 희고
그 혼도 희다.

나뭇가지 위의 눈송이
그들은 찬바람 가운데 피는 들의 성스런 꽃
그들은 빨간 햇빛을 먹고 목숨 고웁게 사라지는 꽃.

(삼천리, 1933. 1)

* 눈찌 : 눈매.
* 이틀 : 이가 박혀 있는 상하 악골의 구멍이 뚫린 뼈. 치조齒槽.

안眼 · 비鼻 · 이耳 · 구口

—해창海彰에게

눈알 ── 천체天體다. 한 개의 우주계통이다.

눈동자 ── 그 우주의 천심天心에 왕좌王座한 아리따운 태양이다.

속눈썹 ── 눈의 세계의 성곽城郭에 환립環立한 향기로운 계수군桂樹群이다.

코 ── 우주의 푸른 대기 가운데 꽂은 키(舵)다.

입 ── 인간의 고귀한 식물食物을 찧(搗)는 방앗간이다.

이(齒) ── 그의 건고健固한 옥 맷돌이다.

(조선중앙일보, 1934. 6. 17)

* 환립環立 : 둘러서다.
* 계수군桂樹群 : 계수나무 무리.
* 건고健固 : 굳세고 굳은.

오전회비五錢會費

여보게 동무! 오늘은 어디서 모일까?
오늘은 출출한 저녁 모스럼에 십전 식만 가지고
애꾸 갈보네 모줏집에서 모여보지 않으려나?
모줏집은 우리들의 한잔 위안의 가장 즐거운 호－ㄹ이 아니요 바－니까……
그곳은 우리들의 술잔 아래의 공동입담소共同立談所이니까.
그것도 좋은 말일세. 그러나 더 묘안妙案이 있네.
이 불경기한 때에 우리에겐 십전도 벅찬 부담일세.
경비 적게 걸리는 곳으로 모이세. 저번 그곳이 좋을 줄 아네.
그곳 알겠지! ㅁㅁ의 무시룻 떡집 마랴!
그곳은 때만 잘 맞추어 가면 무엇보다 조용하니까!
그러한 떡집이야 말로 우리들 무산노동자의 이상적 집회소요 회견소일세.
짠지 냉 스프(짠지 김치국)에 백수차白水茶 백비탕 커피를 얼마든지 마음대로 거저 마실 수 있지 않던가?
그곳은 우리들의 배 실속 차리는 밥 대신의 유일한 케이크 호－ㄹ 백수차구락부白水茶俱樂部일세.
그곳은 좌판 의자도 있고 새끼 금방석도 있어
마주 둘러앉아서 이야기하기에는 아주 맞춤 곳이지!
이야기를 위해서는 이만치 좋은 곳이 없네.

이곳에서 담담한 백수를 마시면서 이야기하는 것은
그 시큼하고 텁적지근한 모주와 비지가 따를 맛이 아닐세.

(조선문단 21호, 1935. 2)

* 모스럼에 : ? 저녁'어스름'(어둑한 상태)의 의미가 아닐까 한다.
* 모줏집 : 막걸리 파는 집. 싼 술집.
* 공동입담소共同立談所 : 공동장소로서 선 채로 담소를 나누는 장소.
* 무시루떡 : 무를 섞은 시루떡.
* 백수차白水茶 : 맹물 차. 백비탕과 같은 말.
* 백비탕 : 맹탕으로 끓인 물.
* 백수차구락부白水茶俱樂部 : 맹물을 나눠 먹는 동호인들의 모임.
* 좌판 : 땅에 깔아놓고 안게 하는 판자.
* 텁적지근한 : 시고 달짝지근한.
* 모주 : 술을 뜨고 찌꺼기로 거른 술.

말기의 시편들

● 해방 당시의 시편들(1946. 3)

봄바람

봄바람 어디서 왔나?
강물의
얼음 속으로
호르를 날아 나왔네.

봄바람 어디서 왔나?
산 숲의
바위틈으로
호르를 날아 나왔나?

(태평양 1호, 1946. 3)

봄의 동무

땅 위로
고운 머리 내미는
풀싹들!
애기다
귀여운 애기들이다!
성아聖兒들이다.
그 이름은 봄이다
마음의 소녀들아
손 고이 손 고이 씻고나와
이 봄의 동무들 받아 맞아라.
그리하여 그에게
수놓은 신에
노란 색동저고리
당홍치마 입히고서
낮이면 온 손에 손을 잡고
뛰며 놀고
산과 들로
어깨동무 맴을 돌고
밤이면은 「달아달아」
달 위에서

계수나무 가지 꺾어내라.

네입 내입 노나 먹세.

(태평양 1호, 1946.3)

* 성아聖兒 : 성스런 아이.
* 노나 : 나누어.

3월 1일

3월 1일 조선 사람의 나라를 잃은 설움이 머리끝까지 치밀어 오르던 날이다.

3월 1일 조선 사람의 자유에의 동경이 불같이 폭발되던 날이다.

3월 1일 조선 사람의 목을 훔켜 죄이는 악마의 손가락을 물어 제치이고 숨을 돌리려든 날 이다.

3월 1일 조선 사람이 주먹으로 지옥문을 두드려 깨트리고 뛰어 나오려든 날이다.

3월 1일 조선 사람의 손발을 채워 놓은 착고를 성난 범같이 몸부림질하여 깨뜰어 벗어 버리려든 날이다.

그 날의 조선 사람의 덩어리로 흘린 피는 그 얼마나 되던가!

그 피는 어느 시냇물 어느 강물로 씻겨 흘러갔을까!

그 피는 흘러가지 않았다. 그 피는 어느 억수장마에도 씻겨 흘러가지 않았다. 그 피는 조선 사람이 밟고 있는 땅속으로 숨어들어 굳세고 굳세인 풀이 되어 꽃이 피었다.

그 꽃은 해의 3월 1일마다 땅 위에 피어오른다. 그 꽃 속에는 조선 사람의 파묻힌 혼이 깃들어 있다.

그 향기는 조선의 봄날의 바람을 이르고 그 빛은 조선 사람의 모든 정열을 물들인다.

3월 1일 그날의 조선 사람의 뼈저리던 울음소리는 뭇 소조小鳥의 노래 되어 지금 조선의 강산에 아리따운 음악을 아뢰고 있다.

(태평양 1호, 1946. 3)

* 착고着錮 : '차꼬'와 같은 말로 옛날 형구刑具의 한 가지.

옛 종소리

동방신국 조선의 도읍
이름조차 한양성 장안
하나님은 그 도읍 지켜
하루 세 번 자유 종 쳤네.

뎅엥 데엥 울려 펴지는
그 종소리 씩씩했었다
그 종소리 끊기고 말자
우리나라 숨이 멈췄다.

이제 다시 그 옛 종소리
듣게 되니 눈물이 난다
곱고 맑다 그 옛 종소리
분명할 새 자유 종소리

반가웁다 눈물이 난다.
데엥 데엥 그 옛 종소리
우리나라 목숨 피어나
억 천만년 길이 살지라.

(대동신문, 1946. 3. 4)

나의 정열

나의 지금의 정열은 붉은 불이 아니다.
나의 지금의 정열은 아리따운 꽃이 아니다.
나의 지금의 정열은 노래 무르녹은 새가 아니다.
나의 지금의 정열은 산정山頂의 호수湖水와 같은 푸른 물이다.
나의 지금의 정열은 넓은 바다와 같은 푸른 물이다.
그 바닥은 백사장이다.
그 물은 가을 바람기 같아 서늘하고 상쾌하다.
하늘 빛 색의 고요한 정열!
나의 혼은 그 속에 뛰어들어 구슬을 줍는다.
나의 혼은 천녀天女와 같이 노도사老道士와 같이 그 속에 그 모래 위에 뛰어내려
샛별 같이 빛나는 노란 구슬을 줍는다.

(대동신문, 1946. 3. 5)

* 도사道士 : 도 닦는 사람

자유

나는 설탕과 같이 달고 임금林檎과 같이 맛좋은 자유도 싫다.

나는 또한 황금관과 다이아몬드 경환頸環 같은 찬란한 자유도 싫다.

나는 더러우나마 산고에 애쓴 피 묻은 달걀 같은 자유가 그립다.

나는 작으나마 바위틈을 비집고 나오는 단풍과 소나무와 같은 자유가 그립다.

나의 그리워하는 자유에는 꽃이 없어도 좋다. 옥분玉盆 가운데의 화초 꽃은 자유의 꽃이 아니다.

(대동신문, 1946. 3. 5)

* 임금林檎 : 능금
* 경환頸環 : 목걸이

소시곡 小詩曲

아침 해는 나는 듯이 눈 위를 걸어간다.

아침 해는 눈 위에 붉은 발자욱을 남기고 간다.

아침 해는 눈 위에 붉은 키ㅡ스 자욱을 남기고 간다.

아침 해의 고운 키ㅡ스에 눈송이들의 뺨마다 밝아졌다.

아침 해는 젊은 어머니와 같이 눈송이들의 이마 위를 쓰다듬어 만지고 간다.

(신태양, 1958. 3)

나의 호흡과 말!

나는 산, 들, 바다와 함께, 대지와 함께 호흡한다.

나는 별의 무리, 해와 달과 함께, 창공과 함께 호흡한다.

나는 우주와 함께 호흡한다.

나는 우주의 대기 속에서 조그만 개미들과 풀싹들과도 함께 호흡한다.

나는 사나운 사자, 호랑이들과도 함께 코를 마주대고 호흡한다.

나는 그들과 우주의 달콤한 대기를 씹어 나눈다.

나는 그들과 함께, 우주의 허파와 신축伸縮과 함께 호흡한다.

나의 생명의 피, 나의 마음, 나의 지혜, 나의 혼은 우주의 모체母體에서 받은 것이다.

나는 우주의 마음과 함께 웃으며 운다.

우주는 나의 살의 신경이 통하는 전신상全身像이다.

나는 또한 우주와 또한 우주와 함께 말한다.

나의 말, 나의 노래는 우주의 목 속에서 나오는 소리의 멜로디이다.

그러나 나의 말은 우주의 소리를 전하는 가장 오음誤音 많은 졸변拙辯이다.

(현대문학, 1958. 4)

* 신축伸縮 : 늘고 줆. 늘이고 줄임.
* 오음誤音 : 잘못된 소리.
* 졸변拙辯 : 졸렬한 말. 더듬으며 지껄이는 말이란 눌변訥辯과도 같은 말.

개나리 꽃

봄이 왔네.
봄이 오는 고갯길에
고운 개나리꽃 피었네.
봄맞이 하는 소녀들과 같이
개나리꽃 늘어서서 피었네.
봄의 나라의 노란 깃(旗)발과 같은
개나리꽃, 평화의 꽃!

(현대문학, 1958. 6)

새벽

새벽 속에서 해가 떠오르는 것이 아니다.
햇빛이 나팔꽃과 같이 피어 벌려지는 때가 새벽이다
새벽은 햇빛이 만화 병풍이 펼쳐지는 것이다.
새벽은 해의 오렌지 향기와 같은 입김이 퍼져지는 때다.
새벽은 머－ㄴ 햇발에 비치는 모든 생명의 빛이다
새벽은 햇빛의 첫 향기에 취해가는 우주의 두 뺨 빛이다.

(동아일보, 1958. 11. 19)

봄날의 새벽풍경

봄날의 동트는 새벽풍경!
그는 꽃 피기 전의 꽃봉오리 속이다.
그는 하늘의 꽃봉오리 속이다.
그는 푸른 허공의 꽃봉오리 속이다.
그 속으로부터 아침 해는 피어오른다.
그 속으로부터 아침 해는 붉은 모란꽃 피기와 같이 피어 펴져 오른다.

(동아일보, 1958. 12. 13)

숨길 구멍

하늘은 얕다 숨이 막힌다.

하늘은 모둘 뜀에 머리가 치받칠 듯하다

하늘은 기지개에 주먹이 꾀져 나갈 듯하다

하늘은 파라솔을 펴 놓은 듯이 땅을 폭 덮어 버렸다.

하늘은 땅과 입술을 마주 대일 사이이다.

나의 숨 쉬는 입김은 하늘에 서려 올라 구름이 뜬다.

그는 하늘 아래 흩어져 안개가 자욱이 낀다.

나는 그를 도로 마셔 숨 쉰다.

그는 기구氣球속의 가스와 같은 묵은 바람이다.

하늘은 밀폐密閉한 방속과 같은 좁은 허공이다.

대지는 하늘을 천정으로 한 조그만 토막土幕이다.

가슴이 답답하고 머리가 탁한 술에 취하듯이 터분하다.

하늘에 훠언하게 창문을 열어 제치자

하늘을 터뜨려 나의 숨길 구멍을 터놓자

끝없는 우주의 푸른 대기를 마음껏 갈아 마시자.

(현대문학, 1959. 1)

* 모둘 뜀 : 두 발을 모아서 뛰다.
* 토막土幕 : 움막. 움집.

웃음에 잠긴 우주

어느 여름날의 이른 새벽이다
나는 잠깨어 눈떴다
나의 머리맡에 와 앉은 꼬마 고양이도 눈떠서 야웅 한다.
고개 들어 창문을 열고 뜰아래를 보니
담 밑의 채송화들도 눈떠서 귀엽게 웃는다.
하늘도 가슴푸레 눈떠서 웃음을 흘리고
머—ㄴ 재 아래의 아침 해도 눈떠서 빙그레 웃고 떠올라 오는 듯
왼 세계가 눈떠서 웃는 순간이다.
웃음에 잠긴 우주다

(자유문학, 1959. 1)

* 가슴푸레하다 : '가슴츠레하다'와 같은 뜻으로 졸려서 눈이 흐릿하고 자꾸 눈이 감길듯하다.
* 재 : 고개. 산령山嶺.

우주의 혈맥

숨을 쉬면
하늘이 헐떡거린다.
내 흉곽胸廓과 같이
내 가슴의 고기 덩이와 같이 ──
내 생명의 피의 한 방울은
하늘의 창안蒼顔도 붉힐 수 있다.
내 손목 위에서 우주의 혈맥은 뛰논다.
우주의 희로애락은
내 심장 내 핏방울의
지호指呼를 받는다.

(현대문학, 1959. 4)

* 흉곽胸廓 : 흉부胸部의 골격. 가슴.
* 창안蒼顔 : 늙은이의 쇠한 얼굴.
* 지호指呼 : 손짓하여 부름.

초대장

꽃동산에 산호탁珊瑚卓을 놓고
어머님께 상장을 드리렵니다.
어머님께 훈장을 드리렵니다.
두 고리 붙은 금가락지를 드립니다.
한 고리는 아버지 받들고
한 고리는 아들딸, 사랑의 고리
어머님이 우리를 낳은 공로 훈장을 드리렵니다.
나라의 다음가는 가정상家庭賞, 가정 훈장을 드리렵니다.
시일은 <어머니의 날>로 정할
새 세기의 봄의 꽃.
그날 그 시에는 어머님의 머리위에
찬란한 사랑의 화환을 씌워주세요.
어머님의 사랑의 공덕을 감사하는 표창식은
하늘에서 비가 오고 개임을 가리지 않음이라
세상의 아버지들, 어린이들,
꼭, 꼭, 꼭 와주세요.
사랑의 용사,
어머님 표훈식表勳式에 꼭 와 주세요.

(자유문학, 1959. 6)

★ 이 작품은 유고로 발표되었다.

* 산호탁珊瑚卓 : 산호로 만든 탁자.
* 표훈식表勳式 : 훈장을 주는 행사.

봉선화

향기도 깊은
순진하고,
어진
빠알간
봉선화.

동방 소녀의 사랑
정열의 꽃.

그 정열의 미모여
풍기는 그 향기는
맡을수록 정들어 간다.

그 부드러운 꽃잎은
쥐어짜면
손톱 위를 물들려는
<애정>의 고운 액液이
넘쳐 솟아 온다.

(자유문학, 1959. 6)

★ 이 작품은 유고로 발표되었다.

들국화 한 가지

눈,
웃음 짓는
깨끗한 고운 모습이어!

들국화의 매력에
발길 돌리기 안타까워
덥벅 대들어
꽃 한 가지를 꺾었네.

미녀를 사로잡듯이
그 꽃가지를
젊으나 젊은 벗에게 보냈다네.

그리고는
그 젊은 벗의 행복을 빌었다네.

(자유문학, 1959. 6)

★ 이 작품은 유고로 발표되었다.

잠!

밤마다 오는 그는 오늘밤도 또 왔다.

그는 와서 나의 집 방문을 장난치듯 두드린다.

나는 그를 환영하여 방문을 열어 주었다.

그는 쨍긋거리며 내 방문을 걸어 들어왔다.

그는 다정히 내 손을 쥐고 손등을 부벼주며, <왼 종일 수고했네.> 한다.

그는 보드라운 손으로 나의 등을 두드리며 <왼 종일 수고했네.> 한다.

또 그는 이마의 땀을 씻어주며 <왼 종일 수고했네.> 한다.

그는 나의 베개 곁에 앉아 나를 위로하는 고소한 재미있는 이야기를 해 준다.

나는 그이의 달콤한 속삭임에 맥 놓고 취해 버린다.

그는 밤마다 나를 찾아오는 즐거운 벗 <잠>이다.

그는 나의 혼을 꽃밭 속으로 끌고 간다.

나의 혼은 꽃밭 속에서 밤새도록 꿈과 술래잡기를 한다.

(자유문학, 1959. 6)

★ 이 작품은 유고로 발표되었다.

* 쨍긋거리다 : '찡그리다'가 원형으로, 못마땅하여 얼굴 이마 따위를 주름지게 하다.

우주의 기승奇勝

별 위에
사람이
산다.

별 위에
소가
밭을 간다.

별 위에
꽃봉오리가
숨을 쉰다.

그 별은
구름 속에
녹음속인 양 묻혀있다.

그 별은
인간만이 아는
우주의 기승奇勝 —— 지구다.

(자유문학, 1959. 6)

★ 이 작품은 유고로 발표되었다.

* 제목 '기승奇勝' : 기묘한 경치.

눈동자 뒤의 전망

눈동자 뒤의 전망展望!
눈동자 너머는 가지 너울거리는 푸른 수풀길(綠林路)이 있다.
그 숲 위에 사랑의 조그만 파랑새들이 날아가 앉는다.
그 복판에 마음의 꽃 핀 비원秘苑이 있다.
마음의 백악관白堊館이 있다.

눈동자 뒤의 전망!
눈동자 너머는 그림주련과 같은 기ㅡㄴ 산협山峽 길이 있다.
그 산협 밑으로 생명의 조그만 돛배들이 왔다 갔다 한다.
그 끝단 곳에 마음의 명랑한 푸른 바다가 있다.
마음의 첩첩한 섬들이 있다.

눈동자는 마음의 성지聖地의 등대燈臺!
영혼의 성가聖家의 문등門燈!
진리의 영접자迎接者!
우주의 어부漁父!
그는 우주의 바다 속에서 진 · 선 · 미의 금붕어를 낚는 영리한 어부!

(신태양. 1959. 6)

★ 이 작품은 유고로 발표되었다.

우주

우주는 공백의 세계가 아니다.
우주에는 지혜가 가득히 차 있다.
우주는 지혜에 찬 두뇌와 같다.

우리는 공백의 세계가 아니다.
우주에는 혁혁한 역사가 있다.
우주 투쟁사가—인간 창조사가—

우주는 커다란 신비의 서고(書庫)다.
푸른 하늘은 그 역사의 첫 페이지를 연다.
별들은 그 서문의 빛나는 글자다.

구름과 노을들은 그 표지 그림이다.
해와 달은 그 원 부분의 제명제호다.
그 문적文籍은 무량질이다.

(자유문학, 1959. 12)

★ 이 작품은 유고로 발표되었다.

* 서고書庫 : 책을 넣어두는 곳집.
* 제명제호題名題號 : 표제의 이름表題과 책 같은 제명이 되는 이름.
* 문적文籍 : 서적.

● 일본민요번역(1931. 10)

정의 꽃

정의 꽃은
만날 때뿐
헤어진 뒷면
시들어버린다.

(불교 89호, 1931. 10)

창문窓門 한 겹

범은 천리의
풀숲도 넘어가건만
이 몸엔 창문窓門 한겹이
뜻 같이 안 되노나!

(불교 89호, 1931. 10)

견우화

아침에 피었다
저녁에 시드는
나팔꽃조차도
이슬에게 하루 밤의
잠자리를 빌려준다.

(불교 89호, 1931. 10)

제2부

산문

시론과 시단 및 논쟁의 문제, 그리고 문학 일반의 평문들

일본의 정치현상과 사상, 그리고 회상기와 인물론

잡지 및 시집 출간사와 편집후기, 그리고 수필과 기타 설문답

◆ 일러두기

◇ 제2부 산문에서는 산문 전체를 유형별로 구분하여 편성했다. 그리고 원전 그대로 표기한 것은 이미 나와 있기 때문에 독자의 편의를 위해서 모두 현행철자법으로 바꾸어 편성했는데 그 용어들의 표기는 아래와 같이 하였다.

★ '~일다'와 '~아닐다'→'~이다' '~아니다'

★ '彼(等)'→'저(저들)'/ '此(此等)'→'이(이들)'/ '此外에'→'이외에'

★'~일一에도'→~'하나에도'/ '~이二에도'→'~둘에도'

★ '~이람은'→'~이라 함은'/ '~우에'→'~위에'

★ '及'→'및'/ '殆히'→'거의' /'所云'→'이른바'

★'~쌤은일다'→'~때문이다' /'如함은'→'같음은'

★ '在한'→'있는' 또는 '있었던'/ '在함에도'→'있어서도'/ '在하여는'→'있어서는'

★ '左의'· '左記'→ '위의' '상기上記'(세로쓰기와 가로쓰기의 관계이므로)

★ '者'→'것/ '者가→'것이'(사물을 지칭할 때는 '것', 사람을 지칭할 때는 '자')

시론과 시단 및 논쟁의 문제, 그리고 문학 일반의 평문들

시화詩話

– 시의 초학자에게

◇

시인은 신의 옥좌에 대좌하는 영광을 가졌다.

시인은 실로 예술계의 제왕이다. 시인의 감흥은, 곧 신인神人과의 접촉— 그 회화會話이다. 그러나 신의 말은 세균보다 섬미纖微하다. 이 섬미의 확도擴圖가 곧 '표현表顯'이다.

◇

시에는 '영율靈律'한 맛이 있을 뿐이다. 기교라 함은 결국 '영률의 정돈'에 불외不外하다. 다시 말하면, 율이라 함은 기분의 직목織目(오리메)을 이름이다. 이 기분의 기機의 기미機微를 앎에 이르러야 비로소 일인의 시인됨을 얻는다.

◇

색채色彩 · 향香 · 형形의 조장造粧 · 선택 · 조화 등은 고固히 기교의 중요 항목이나 이는 근僅히 그 외율, 곧 그 장식粧飾 형식에 불과하다. 「시는 회화적이 되지 않아서는 아니 된다.」 함은, 곧 이곳에 그 중한 근저根

柢를 둔 말이다. 회화성은 시의 필수요소의 하나이다. 그러나 단單히 장식으로의 하이칼라적의 회화적 가공加工이어서는 아니 된다. 그 색채, 그 향, 그 형이, 곧 시의 혈액의 색 · 향, 또는 이것에 적適한 자연형自然形이 되지 아니 하여서는 고귀한 가치를 점하기 불능하다.

◇

시는 회화적 요소와 공히 음악적 요소와의 정精을 악握한 예술이다. 그러므로 '음향'의 절제 세련이 시의 가장 긴요한 공부이다. '음향'은 시란 산 인격의 호흡, 그 맥의 고동鼓動이다. 이것이 보통 시의 음성율 · 음량율音量律 등이라 하는 것이다.

◇

시의 상징파라며, 민중파라며, 사상파寫象派 등이라 함은 그 내용으로 보담도 색채, 향, 음향의 배열형식 여하에서 구별되는 자者이다.

(매일신보, 1919. 9. 22)

◇

시에는 '인어人語'와 '영어靈語'의 별別이 있다. 시의 용用하는 어語는, 곧 이 영어이다. 영어라 함은 인간과 신과의 교섭에만 쓰이는 한 어학語學이다. 그러나 이 '말'에는 사서辭書도 없고 학교도 없다. 그러므로 천재가 아니면, 그 '말'을 할 수 없다. 이 영어靈語에 의하여 철綴한 자라야, 비로소 시라는 이름이 붙는다. 피彼 '인어人語', 곧 '현실어'에 의하여 철綴한 속요俗謠 · 가歌 등 또는 상매예술파商賣藝術派(면포麵麭 또는 명리 때문에 마치 '십전 만년필' 같은 싼 원료의 모의의 완구 예술파)의 작이 비록 얼마큼 '시'의 형식을 구具하여 있다 하더라도, 그는 결코 시가 아니다. 강

强히 그것을 시라 하려면 혹 '인어시人語詩'라고나 칭함이 그것들에게 대한 최상의 우우優遇라 하겠다. 현대의 아시아시단도 그중 몇 사람을 제한 외에는 아직도 이 인어시人語詩의 영역을 벗어있지 못하다.

◇

현실어의 가장 곱고, 가장 완전한 자가, 영어靈語에 취取하여는 그 근근僅僅한 '받침'의 용用에밖엔 충치 못하게 된다. 영어靈語에는 영어靈語로의 특별한 자모가 있으나, 영어靈語의 '성性'의 조화調和 강긴强緊의 보용補用에 예컨대 'ㅣ' · 'ㅅ' 같은 자로 제공되는 자이다.

◇

현실어는 한 공기(어느 조직체의)이다. 그러나 영어靈語는 한 액液이다. 곧 '절대미絶對美'의 액이다. 그러므로 시는 한 액체이다.

◇

시인은 시를 보지 아니하고, 시의 미를 듣는다. 여기가 '시의 감상의 비결'이 풀리는 곳이다. 범인의 눈에는 시는 '색을 가진 문자'로밖에 아니 보이나, 실은 그 색이 원림遠林의 금禽과 같이 작은 '바이오린'을 가지고 그 웅이 가歌하여 있기 때문이다.

◇

시인의 시작의 태도는 신에게 호괘呼掛될 때 그 음성의 여하에 의하여 결決하는 자이다. 곧 태도라 함은 신과 대립, 또는 대좌할 때의 그 감정을 이름이다.

◇

시인에게는 명상이라는 일상 과목이 있다. 그러나 명상이라 함은 글자와 같은 '생각함'이라는 의미가 아니다. 명상은 시인에게 취取하면 「신의 묘혼渺昏한 궁전에 입入하려는 마음의 한 재계齋戒」에 불외하다.

◇

시인이 가장 높고, 가장 유현한 자아의 보좌에 진進할 때, 곧 무엇의 확실한 미를 훔킬 때, 그 미에 촉할 때, 그이는 직直히 취醉한 신경과 '입'과의 두 존재밖에 아무것도 인認할 수 없게 된다. 그 신경의 전체는 한 관현악이 되고, 그 입은 다못 가歌함에 개폐開閉된다.

◇

자아 최고의 미를 훔키며, 그 미에 촉觸할 때의 '느낌'을 보통 '영어靈語' 혹은 '신령神靈'이라 한다. 더 강하게 말하면, '영감inspiration'은 신의 설백雪白의 향기(句)로운 협頰에 촉할 때, 그 손을 꽉 쥐일 때 일어나는 '혼魂의 정淨한 육감'이다. 이 육감의 적滴이 엉겨, '뜨거운 말'이 되어 전 신경의 섬유의 현絃에 스쳐 떨어질 때가, 시 서정시의 낳는 경境이다. 시가 한 액체란 의의意義는 이곳에서 더욱 밝게 진盡하여진다.

—에도랑우江戶浪寓에서

(매일신보, 1919. 10. 23)

기분과 예지叡智

기분은 큰 암시의 세계를 끌어오는 한 선풍旋風이다. 기분은 한 건축의 도안圖案이며, 시인의 한 암호전보이다. 기분은 물리학의 공식과 같은 한 미謎이다.

이것은 물론 기분의 제2의적 설명이 되겠다. 그러나 이것으로도 충분히 기분의 특질을 해解할 수 있다. 기분은 실로 석무夕霧와 같이 몽연朦然히 내來하는 자이다. 결코 무슨 특별한 외外의 자극이 있을 때에만 드문드문 오는 자가 아니다. 이 기분뿐은 마치 미행尾行과 같이 항상 시인의 마음에 전부纏付하여 있는 자이다. 이렇게 말하면, 시인은 혹 신神의 시찰인視察人(注意人物)과 같이도 생각하겠지마는, 그러나 기분은 시인의 동정動靜을 살피는 자가 아니오, 기분은 그 자가 먼저 말함과 같이 시인에게 어느 미래를 알게 하려하는 한 암호전보暗號電報가 되기도 하고, 그 미래를 축築케 하는 도안圖案이 되기도 한다.

◇

그러므로 시인은 어느 기분에 접할 때에는 먼저 그것을 한 미謎나 공식을 해解할 때와 같은 고심으로 읽지 않으면 아니 된다. 보통 시작에 충분한 경험이 없는 인인人人은 무삼 기분에 촉觸할 때는 공연히 뜬 흥미에 덤벙거리다 마침내 놓치고 만다.

◇

시가는 물론 기분 예술이다. 그러나 그 기분뿐의 단순한 겉껍질의 표현이어서는 아니 된다. 기분은 어느 기분에든지 일종 애미哀味를 가졌다. 이것은 기분의 특성=천성天性이라고도 할 것이다. 그러나 곧 이 단순한 애哀의 표현이어서는 아니 된다. 기분은 어느 미지의 세계를 포包할 한 분위기雰圍氣에 불과하다.

◇

근대 진보한 일본시인 중에 혹 '기분시' 등 운운한 사람이 있었다. 그 뿐 아니라, 이미 이것에 의하여 된 시품詩品이 많다고 할 수 있다. 이런 것은 그 몽롱한 분위기(기분)를 다만 한 찬미형식에 의하여 표현한 자이다. 이런 시에는 고固히 하등의 철저한 내용이 있는 자가 아니다. 정직하게 말하면, 나의 스승 미키로후三木露風 씨도 한참동안 이런 시를 시試하다가 일시 젊은 신진시인측新進詩人側으로부터 예혹銳酷한 공격을 받은 때도 있었다.

기분시라 함은 곧 '분위기시雰圍氣詩'라는 말과 동양同樣이다. 이 세계에 과연 이러한 진묘珍妙한 시가 있을 것인가.

기분이라 함은 더 한번 말하면, '마음의 한 작은 몽롱한 환등幻燈'이라 할 수 있다. 어찌 하였든지 우리가 어느 기분에 촉觸할 때에는 한 포상泡上의 세균을 검사하는 것과 같은 섬밀纖密한 눈으로 그것을 풀어 읽지 않으면 아니 된다. 이것이 시작詩作의 제1단의 요루要壘이다. 기분은 어느 때에는 무립霧粒보다도 더 작고 또 어느 때에는 천지보다도 더 현황玄黃하다.

◇

제1의 단계를 벗어난 기분은 다시 한 열熱에 의하여 선풍旋風의 세勢로 시인의 심야心野에 덮여들 때는 비로소 예지는 '혈안광血眼狂'이 되어 그 기분을 좌우로 헤치고 그 기분의 밑에 출렁거리는 해소海嘯와 같은 감정에 뛰어든다. 이것에서 '어語의 굴착堀鑿'이란 극렬劇烈한 운동이 일어난다. 시를 축築할 말은 결코 자전字典이나 토중암土中岩에 매몰되어 있지 않다. 곧 그 감정의 낭층浪層 사이에 끼어 있기 때문이다. 이것이 시작의 제2단의 요루要壘이라 할 수 있다. 이곳에서는 예지는 단單히 한 기계機械, 곧 그 잠부潛夫로서 이용되는 자이다.

이 운동(말의 굴착掘鑿)이 상당한 역域에 이르면 시인은 비로소 손벽을 치며 붓을 잡는다. 물론 그 '말'의 운구運驅, 조립은 큰 감정의 역力으로 하지 않으면 아니 된다. 예지는 다만 그 어조語組의 순서의 정돈, 첨산添刪의 노勞를 취함 만에 불과하다.

어語의 저장貯藏

시인의 창고에는 아무 것도 없다. 다만 약간의 '말의 섬'이 쌓여 있을 뿐이다. 물론 이 '말' 안에는 그 찰나찰나에 얻은 기분으로 이겨 만든(粘造) 말과 또는 그 시인의 평일에 특별히 사랑하던 말과의 2종이 있을 것이다. 그러나 이 특애어特愛語를 남용하든지 빈용頻用하여서는 아니 된다. 이것은 '벽어癖語'라 하여 배척하나니, 곧 이 '특애어特愛語의 남용'을 지指함이다. 시에 풍風이 있는 것은 우리의 환영하며 숭배하는 바이나, 결코 이 미여운 벽癖이 있어서는 아니 된다.

어語의 저장은 시인의 제1의 쾌락이며 도락이라 하겠다. 시인은 마음에 드는 말에는 비록 일언일구一言一句라도 그것을 구하기에 애쓰며 심지어 자기의 애첩을 여與함도 사辭치 않는다. 시인의 말의 저장은 아주 쉽게 말하면, 곧 그 미래를 축築할 목재木材, 석재石材, 분식품粉飾品 등의 예비이다.

어느 기분(대소를 물론하고)이든지 그대로 놓치는 것은 예술가의 무능과 태만怠慢을 고백하는 큰 수치이다. 더욱 시를 쓰는 사람은 어느 한 기분만으로 완전한 작作이 못 될진대, 아쉬운 대로 그것으로 한 마디의 말이라도 만들어 저치貯置하도록 하지 않으면 아니 되겠다.

(삼광 3호, 1920. 4)

★ 이 <시화>의 앞부분은 ≪매일신보≫에 선외選外로 뽑힌 글로 1919년 9월 22일과 같은 해 10월 13일자로 두 차례에 걸쳐서 발표된 것이다. 그리고 뒷부분은 같은 '시화'란 제목으로 1920년 4월호 ≪삼광≫지에 발표된 것인데, 그 일부는 ≪매일신보≫(1919.10.13)에 실린 것과 중복되고 있다. 그래서 그 중복된 부분은 제외하고 나머지만 여기에 수록하고 있는데, 여기에 수록된 <기분과 예지>와 <어의 저장>분은 정우택의 『황석우연구』에서 재인용 수록한 것임을 밝혀둔다.

조선시단의 발족점과 자유시

시를 쓰는 제군에게 고합니다. 우리 동방 고려에도 시가의 경사로운 시대가 왔습니다. 지금은 정正히 신시가의 용흥기湧興期라 하겠습니다.

나도 차기此期에 출한 제군과 함께 시를 쓸 영광을 가진 사람의 일인입니다. 그러나 나는 시를 쓰는 것보담 먼저 우리 시단의 토대를 정할 '논論'부터 시試치 아니면 안 될 괴로운 책임이 있음을 감感하며 있습니다. 제군이여! 최근 우리 조선에는 신체시란 말과 그 시풍詩風의 유행이 각 지식계급에 만연되어 있습니다. 나는 그 말을 들을 때마다 혼도昏倒할 만치 더 큰 고통을 느낍니다. 제군이여! 신체시라는 말은 일본 명치 초기시단에 일어난 말이니 피彼 이노우에井上 · 야하다矢田 · 소도야마(外山)박사 등의 『신체시초』를 그 효시로 하는 자입니다. 이는 일본 재래 제1일 문자의 가요로부터 서시西詩의 모의模擬에 이移하려는 과도기의 5 · 7 · 7 · 5 기타 등등의 음수의 제한을 가진 한 간생시間生詩에 불과합니다. 곧 와카和歌를 서시西詩에 의擬하여 연聯을 분하여 만든 것입니다. 그 당시에는 신식 와카新式和歌 변태 와카變態和歌라고도 칭하였을 것입니다. 최근 일본에서는 이 신체시란 말은 피彼 시단사詩壇史나 철綴하는 이들에게밖에는 이미 한 폐어廢語가 되고 있습니다. 제군이어! 일본의 시가 이렇게 신체시로부터 일어났으니까 우리 조선시단도 신체시로부터 서시西詩에 이移하려는 한 '조선신체시'라고도 명名한 한 예비시豫備詩로부터 시始하는 것이 그 당연한 순서일 듯하나, 일본에서 신체시가 일어나던 그 연대의 사정과 금일부터 우리의 경우와 정도에는 스스로 큰 현별懸別이 있습니다. 제군이 아시는 바와 같이 그때의 일본에는 그 재래의 와카和歌와 서어시西語詩의 다만 둘이 있었을 뿐입니다. 이곳에서 곧 와카和歌로부터 서시형西詩形과 같은 일문시日文詩를 얻으려니까 자연 서시모의西詩模擬의 습작되는 소위 '신체시'가 산래産來한 것입니다. 그러나 금일의 우리는 벌써 서문시西文詩나 일문시日文詩를 충분히 저작詛嚼하였습니다. 우리에겐 이 신시新詩가 일어날 하등의 연유가 없습니다. 우리가 억지로 피 일본에서 일어난 신체시의 시풍과 그 구조격舊調格(음수의 제약) 등에 거據하여 이것을 만들려면, 신체시가 일어나지 아니할 한限도 없습니다마는 우리는 이미 서문시西文詩나 일문시日文詩에 의하여 시로의 완전한 형식을 배웠습니다. 비록 시의 초공자初工者에게라도 그것을 참작하여 완전한 시형의 시를 써갈 수 있습니다. 저 명치시단에 신체시가 일어났던 불운의 사정은 벌써 우리에겐 제각除却되어 있습니다. 지금의 일문시는 세계 강시형强詩形의 하나 되는 지위를 점하여 있습니다. 우리는 이런 훌륭한 시형의 참작의 편이 있음에도 불구하고 구태여 피 한문시漢文詩나 조선 민요체의 시험에 약입躍入하여 그 위에 멀리 남의 폐시廢詩형식까지 배워 그곳으로부터 새로이 일문시나 서문시형의 모의模擬에 향하려 함과 같음은 호기好奇의 심한 자가 아니냐 생각합니다. 이것은 다만 우리의 진화進化만 지지遲遲케 하는 무익의 노력입니다. 제군이어! 우리 시단은 적어도 '자유시'로부터 발족치 않으면 아니 되겠습니다. 그리고 시단이 차차 깨우는 때를 따라 상징시, 혹 민중시, 인도시, 혹 사상시寫象詩 등에 시詩를 분하여 나가는 것이 그 가장 현명한 순서라 하겠습니다. 적어도 우리가 일문시단, 세계시단에 대립하며 나가는 데는 이들 시형에 한하겠으니까 우리 개성의 독특한 새 시형을 세우지 않아서는 아니 되겠습니다. 그러나 우리의 '힘'과 '재능'은 아직 이곳에까지는 급及하여 있지 못합니다. 우리는 모든 것이 늦어 있습니다. 제군이어! 나는 제군 앞에 이 자유시로써 우리 시단의 발족점으로 함을 창唱하고 아래에 간략히 대체大體를 말하여 보려 합니다.

── 자유시自由詩

자유시의 발상지는 더 말할 것 없이 피彼 불란서입니다. 자유시 이전에 재한 서시西詩는 음수音數 · 체재體裁 등에 관한 복잡한 괴난怪難한 법칙에 지배되어 있었습니다. 저 알렉산드리안조調의 12철음綴音의 법칙과 같음은 그 현저한 예입니다. 이것은 '1행 1단락제'라고도 한 법칙이었습니다. 이 법칙에서는 1행에 포包한 의미는 차행次行에 급及치 않음을 그 원칙으로 하였습니다. 곧 그 행행行行이 각각 '의미독립'을 보保치 않아서는 아니 되었습니다. 이런 부자유의 고전적 외적 제율制律이 시인의 자유분방의 정상情想을 구속 압박하여 왔습니다. 근경近頃 우리의 흔히 듣는 '안쟌부맨'이란 어語는 이 시대의 토산어품土産語品입니다. 곧 피 법칙에 반한 시는 '안쟌부맨'이라고 호呼하였기 때문입니다.

이 전제시형에 반항하여 입立한 자가 곧 자유시입니다. 자유시는 그 율의 근저를 개성에 치置하였습니다. 자유시의 창개자創開者는 피 유명한 상징시단象徵詩團의 베르렌느, 말라르메, 베르아렌 등 제 시인입니다. 차외此外 프랑시스, 랭보, 레니에 등도 이 자유시파의 혁혁한 시인이었습니다.

근일 구미歐美와 일본에서 보통 시라 운운함은 곧 이 자유시를 지指함입니다. 일본에서 자유시의 이름이 생함은 저 미토미큐요우三富朽葉(故

人), 가토가이슌加藤介春, 후쿠쓰지고지로福士幸次郎 등의 자유시 운동으로부터 시始함인 듯합니다. 따라서 율이라 함도 이 자유시의 개성율을 이름입니다. 이 율명律名에 지하여는 사람에게 의하여 혹 내용율內容律 · 혹 내재율, 혹 내심율內心律, 혹 내율內律, 심율心律이러고 호呼합니다. 그러나 이는 모두 자유시, 곧 개성율을 형용하는 동일 의미의 말입니다. 나는 차등此等 종종의 명名을 포괄하여 단單히 '영율靈律'이라 호呼하려 합니다.

(매일신보, 1919. 11. 10)

★ 이 논문은 매일문단에 응모하여 '선외選外'로 뽑힌 시론이다.

시의 감상과 그 작법

–중등학생에게 여與하여

최근의 조선에 일어난 새 문예운동 중에 아마 시가처럼 일반대중에게 형형색색의 오해, 냉대, 경멸을 받아 있는 것은 없을 것이다. 어느 때 평양서 장춘長春 군이 나에게 이런 말을 한 일이 있다. 「조선서는 시인의 명가名價는 모보某報 기자의 명성만도 못하다」고. 이것은 저 장춘 군의 입으로나 나왔을 만큼 적언適言인 줄 안다. 과연 오늘날 조선에서는 시가가 이 대지의 경멸을 받아 있다.

경멸도 이 정도를 더 하강치 않는 때까지는 오히려 참을 점도 있겠다. 그러나 적어도 일국一國 일민족一民族의 최고문화의 노역자勞役者를 일개의 신문기자 더구나 모보某報 기자 이하로까지 하시下視한다는 것이야……

이것은 지금까지 조선 사람이 써온 시가 중에 존경을 받을 만한 작품이 없다는 것보담 아직 조선 사람이 예술의 인간생활에 대한 지위라든지 그 권위를 모르는 까닭이라 하겠다. 따라서 예술의 감상력도 없다. 조선인의 예술에 대한 태도를 보면, 실로 난폭, 조말粗末, 오만, 무례, 필설筆舌로 형용키 어려운 온갖 야성을 극하여 있다. 가령 음악회 같은 곳에 가본다 하면, 조선인의 예술에 대한 태도의 여하를 잘 알 수 있다. 더구나 소위 음악가 중에서도 청중에게 놀림거리가 되어 10전이나 20전의 매예자賣藝

者 모양으로 「박연폭포朴淵瀑布」를 자랑하듯이 득의만면得意滿面으로 부르는 치자痴者까지 있다 하니까 이 위에 더 말할 것은 없지마는 이런 것으로써 가뜩이나 예술을 정당히 이해치 못하는 민중의 앞에 예술의 신성神聖과 존엄을 더욱 더욱 더럽혀가는 저 저급 음악가 등의 죄는 여간 태장笞杖 같은 형벌쯤으로는 도저히 그대로 용서할 수 없다. 이것은 마치 혼인婚姻집이나 상가喪家에 가서 '단발귀'斷髮鬼'나 '달타령'하는 것과 마찬가지가 아닐까.

또는 조선인의 시가 중에는 사주전私鑄錢 같은 안조품贋造品 절도품窃盜品이 1, 2가 아니다. 그러므로 일반 민중이 조선인의 손에서 된 시품詩品을 용이히 믿어주지 않는 것도 무리가 아니겠다. 그러나 또한 일반민중이 어느 시를 읽을 때 그 시 안에서 무슨 의미를 찾으려고 하는 것과 그것의 유무에 의하여 그 시의 가치를 정하려는 것은 감출 수 없는 사실이다. 본래 이만큼 조선인은 예술에 대한 태도가 유치하다.

1. 시에서 의미를 찾으려는 경향을 배排함

시에는 법률 문구나 격언이나 이언俚言 같이 하등 의미가 있는 것은 아니다. 아주 쉽게 말하면, 시는 비譬컨대 인간의 얼굴을 봄과 같다. 시에서 의미를 찾는 것은 마치 어느 미인의 얼굴 보고 그 피부 안에 잠재한 무슨 의미를 찾으렴과 같이 그 피부 안에는 피와 뼈가 있을 뿐, 그 안에 무슨 의미가 있겠는가. 우리는 다만 그 얼굴이라든지 코라든지 입이라든지 귀라든지 이마라든지 뺨이라든지 그 전체의 색깔이라든지 형체라든지 하는 것의 여하에 의하여 그 미의 가치를 정하는 자이다. 시도 역 그 구구句句의 부분 또는 그 전체의 통상通相(Das cemeinsame)의 여하에 의하여 그 가치를 정하는 자이다.

보통 내용이라는 것을 '의미'로 오해하는 듯하다. 내용이람은 의미가 아니고 그 내면에 담겨 있는 기분 전체 , 곧 생명을 이름이다. 저 상징시에 재한 '암시'라든지 민중시에 재한 '민중생활의 표현'이라든지 하는 것도 내용이 아니고 그 시의 독특한 '길' 한 주의에 불과하다.

시에 대한 태도는 의미의 탐색이 아니고 어디까지든지 감상이다. 감상은 첫째는 눈이라는 기계로써 한다. 그런데 시에 대한 눈은 어느 때는 코도 되고 귀도 되고 어느 때는 촉각觸角의 대용도 한다. 둘째는 입이라는 기계로써 한다.

눈으로 시를 보는 것은 곧 시의 형체와 빛깔의 부분, 부분 또는 전체의 질적 통일과 형식의 조정을 보며, 그리고 그 눈을 통하여 그 시의 내면에 잠류潛流하는 '피'의 향기를 맡고 그 고동의 강약, 완급, 고저를 듣고 또는 그 시의 살갗(肉)의 거칠고 보드라움과 냉온冷溫을 살핀다.

그리고 입으로는 읽는다는 것은 영靈의 연한 혀(舌)로써 그 시미詩味를 핥는다는 것이다. 그런즉 시의 감상이란 것은 결국 오관五官으로써 그 형形, 색色, 향香, 향響, 살갗, 맛(味)을 보고 맡고 듣고 부딪(觸)치고, 맛보는 것에 지나지 못한다. 저 특종特種 시가詩歌 되는 사상시라든지 우의시寓意詩가 아닌 이상에야 무슨 의미가 있으랴.

더 한 번 평범하게 자세히 말하면, 시의 감상은 자구의 미불미美不美 또는 그 배열의 교불교巧不巧를 봄이 아니고, 곧 그 기분의 얼굴(日語로는 氣分の姿)를 보는 것이다.(그러나 이것은 저 관상학자觀相學者와 같이 무슨 시의 골상학骨相學이 있어서 그것에 의하여 보는 것이 아니라는 것은 주의하여야겠다.)

2. 운韻이니 자수니 하는 외형율론外形律論을 배排함

한시漢詩라든지 옛 서문시西文詩는 귀찮은 두운頭韻이니 각운脚韻이니 또는 글자의 고저高低니 청탁淸濁이니 하는 등의 외형율에 지배되어 있었다. 그러나 근대시에는 이런 인간의 내적 생활에 하등 교섭과 통양痛痒이 없는 외적 제약은 전혀 버려버렸다.

다못 근대시에는 —— 작년 동冬에 매일문단 위에 이미 누누屢屢히 말한 것 같이 —— 기분의 직곡直曲이라든지 고저라든지 강약이라든지 청탁이라든지 하는 내재율內在律, 곧 심율心律이 있을 뿐이다. 이것에 취就하여는 후일 이것보담 좀 고급의 시화詩話를 발표할 때에 자세히 말하기로 하고, 다시 더 노노呶呶함을 멈추겠다.

본래 ≪학생계≫ 편집인의 주문이 첫째는 통속적, 둘째는 간이簡易를 요구하니까 술어術語 같은 것도 전문적의 알기 어려운 술어는 될 수 있는 대로는 피해 쓴다.

그러나 요사이 어느 잡지에 들어온 모군의 「조선시인의 3결점」이라는 원고를 우연히 보게 되었다. 그 원고 안에 「시라는 것은 우주에 향하여 기起하는 감정과 자기의 이상을 화해和諧하여 써 특별한 미를 현양顯揚하는 자이니 사회 일반의 생명이 실로 차此 시의 정신을 반伴하여 그 가치를 현顯한다」 하는 시의 정의가 크게 씌어 있다. 내가 전문적 술어와 또는 시와 과학적 정의를 떠나 이 글을 써나올 때, 혹 이런 반양방한적半洋半漢的의 적어도 다소라도 근대교육을 받은 사람의 두뇌로서는 저 한학시대漢學時代에 돌아가기 전에는 용이히 해득解得키 어려운 까닭을 알 수 없는 용어庸語를 썼는지 떨리고 겁이 난다.

이런 류類의 정의와 입설立說은 그 원고 안에 하품이 날만치 수없이 있다. 그러나 그 중에 「근래 신식시인은 이상만 보고 시형은 전혀 상관치 안하여 염簾이니 운韻이니 하는 것은 몰교섭沒交涉에 부付하나니 차역此亦 불완전함이 극하니라」 하는 말이 제1 눈에 번쩍 띄었다.

특히 이것이야말로 「조선인의 외형율론을 배한다는 것의 문제론」으로서 잡아올 것인 줄 안다. 이것은 일부 식자識者의 「자유시형의 시에 대한 우치愚痴한 불평」을 대표한 자라고도 할 수 있다. 그러나 이런 불평은 자기의 「시대의 낙오자 되는 정직한 비밀을 폭로시킬 뿐이지, 그것이 지금 20세기의 인류사회에는 실행도 실현도 되지 못할 자이다. 우리가 이 논자와 같이 「조선인의 새 시가에는 염簾도 없고, 운도 없으니 불만야不滿也」라 함은 곧 「20세기의 새 문명을 버리고 다시 한학漢學, 한시漢詩 시대로 돌아가라」 함과 같다. 아아 한학의 안에서 나라까지 잃고 그곳에서 겨우 겨우 취醉함이 풀려 참으로 자기의 깃드릴 신생명의 궁지宮祉를 닦으려는 벼 싹이나 죽순竹筍 같이 돋아 나오는 민중에게 한학으로 돌아가라 함은 무슨 무학無學, 완명頑冥, 심지心地 사나운 우론愚論이냐. 이 위에 또 무엇을 멸망시키려는 것이냐, 나는 한갓 우리 사회에 이런 민중의 방향方嚮을 그르치는 시대 뒤진 무지몰각無智沒刻한 사이비적似而非的 식자識者의 발자취가 아직까지도 꺼지지 아니한 것을 그윽히 근심하며 슬퍼하여 마지않는다.

(학생계 4호, 1920. 11)

시의 감상鑑賞

시는 물론 시각視覺에 소訴하는 예술이다. 전호에서 「시의 감상은 결국 오관으로써 한다.」고 한 말이 있는 듯하다. 그러나 그것은 다못 '시각을 통한 영靈의 오관으로써 한다'는 말의 한 축이었고, 결코 저 병적 이상상태異常狀態에 재한 감각의 속각續覺을 가지고 한다 함은 아니다. 이런 것은 이론을 가지고 말함이 아니고 독자의 예술적 생활의 그 직접 경험에 소訴할 문제인 줄 안다. 「영에 오관이 있다」는 것을 무슨 말로 이것을 능히 설명함을 얻겠는가. 이것을 설명하는 임무는 그는 철학상, 인식상의 임무이며, 이곳에서는 그것을 노노呶呶할 그런 참월僭越한 권리는 없는 줄 안다. 그러나 나는 후일 「영靈의 감관연구感官硏究」라는 글을 발표할 때 충분히 이것을 설명할 기회가 있겠다는 것을 말하여 두려 한다. 이런 것을 선외線外의 말이니까 그만 두고 본론에 들어가 나의 시의 감상 및 작법에 대한 우견愚見의 일부를 말하려 한다. 그러나 나는 어디까지든지 '영의 감관의 실제에 대한 깊은 신념'의 위로부터 이것을 말하려 한다. 이렇게 말하면, 혹 나를 영육이원론자靈肉二元論者로 오해할 이가 있을는지도 모르겠다. 그러나 그것은 적어도 여러분 앞에 나의 사상의 전부를 발표할 때 그 때 무엇이라고 하든지 정할 일이겠다.

대체 감상이라 함은 무엇인가. 먼저 감상 그 물건의 자의字義부터 말하여 나가자. 감상이라 함은 영어의 Appreciation이란 것의 역어이니, 손쉽게 말하면, 그 글자 자신이 시명示明하여 있는 것같이 「감鑑(보아)하여 맛본다.」는 것의 의미이다. 요사이 일본문단에서 유행하는 감미니 미해味解니 하는 말은, 곧 이 감상이란 말의 정신의 일부에 대한 별칭어別稱語에 불과하다. 그러나 단순히 감상을 '맛보는 것'이라고만 말하여서는 또한 오해가 생길 줄 안다. '맛본다'는 것은 물론, 그 음식의 달고 쓰고 맵고 짠 것을 맛보듯이 육肉에 달린 입으로 맛본다는 것이 아니고, 곧 청聽 · 시視 · 촉觸 · 후嗅 등 감각의 전적 활동을 하는 '영의 미각' – '마음의 미각'으로써 한다는 것이겠다. 마음은 원래 만능이다. 그러므로 마음에 통하는 귀라든지, 코에는 혀(舌)도 이(齒)도 있다. 이곳에 가장 좋은 예를 하나 들진댄, 음악은 원래 청각에 소하는 예술이 아닌가. 그럼에도 불구하고 역시 음악을 맛본다 하지 않는가.

어쨌든 우리가 감상이란 말의 의미를 설명할 때에 미해味解니 미별味別이니 감미感味니 하는 그 '미味'자를 피할 가능성과 그 대어對語를 갖지 못한 한은, 아무리 하여도 감상이란 것을 위와 같은 해석으로써 만족(불만이나마)할 밖에는 다른 도리가 없을 것이다.

물론 생리학자 심리학자로 하여금 이것을 말하게 하면 귀나 코에 '혀'와 '이'가 달려 있다고는 정기正氣로서는 말 못할 것이다. 그러나 예술가 더욱 인간의 영과 날로 추측하는 시인의 견지로서는 코나 귀에 혀와 이가 달려있지 않다고는 저 과학의 회뢰賄賂나 받기 전에는 또한 말함을 얻지 못하겠다.

감상이란 말의 개념은 '맛본다는 것'이라는 일언에 의하여 더 길게 늘여 말할 것이 없이 지극히 간단명료하게 설명된 줄 안다.

다음에 일어나는 문제는 「그러면 시는 여하히 감상할 것인가」하는 것이 되겠다. 물론 시의 감상의 태도는 그 제작의 때에 있는 태도와 조금도 다름이 없다. 제일은 예술 감상의 일반 원리 —— 통칙通則의 하나 되는 평범하고도 필요조건 되는 '무관심'을 요한다.

이 무관심이라는 말 —— 곧 미적관조의 요건으로의 무관심설에 취就하여는 미학자 등의 학설이 자못 분분紛紛한 바이다.

그러나 이것에 대한 여러 학설의 소개라든지 또는 그것에 대한 비평이라든지 하는 것은 또한 후일로 미룰 수밖에는 없다.

좌우간 이 무관심설을 현금 일본문단에 있어서도 품위의 가장 높은 예술가 등의 다수에게 수용되어 있는 것은 사실이다.

그런데 무관심이라 함은 어떠한 것인가. 무관심이라 함은 독일어의 Disinterestedness의 역어인데, 곧 이해득실의 온갖 사념邪念, 사상邪想, 소위 욕慾의 영토, 본능, 실제적 세계로부터 떠난 황홀恍惚, 망아忘我 —— 혹은 몰아沒我, 탈실脫實이라고도 함 —— 의 경境에 있는 마음의 상태를 가리킴이니, 마음이 이러한 경에 있지 아니하면, 예술의 진정한 제작과 감상이 불가능하다 함이다. 저 독일 철학자 칸트Kant의 설에 의하면, '소유의 본능'으로부터 초월하는 것이 미적 태도의 근치根致 · 본경本境 · 진경眞境이라 한다. 이설異說이 분분히 일어나는 곳은 곧 이곳이다. 차등此等 이설의 그 대표설 될 만한 것의 경개梗概라도 따서 몇 마디 소개하고 싶지마는, 이것은 앞서 말한 약속에 의하여 후기後機로 미는 것이 도리어 독자제군의 연구를 어지럽게 아니하는 가장 현명한 방법이 될 줄 안다.

감상 상에 있는 무관심이라 함을 알기 쉽게 말하면, 우리가 어느 작품에 대할 때 그 작자 되는 인물에 대한 감정이라든지, 또는 ≪개벽≫ 5호에 말함과 같이 그 작품을 통하여 자기의 명예를 높이려는 야심이라든지 하는 결국 자기의 이해를 중심으로 한 선입견이 아닌 허심虛心, 탄회坦懷, 공정公正, 무사無私한 그 작 위에 나타난 것 이외의 무엇에게는 조금도 붙잡히지 않는 위僞없는 순백醇白한 마음으로써 하는 것을 이름이다. 또한 일례를 들어 말할진댄, 우리가 어느 미인이나 꽃을 대할 때, 그 미인이라든지 꽃을 소유하려는 욕심이 일어날 때는 이미 그 미적 태도 —— 감상의 정당한 태도는 파괴하여 버린다 함이다.

그런데 요사이 일본문단에서는 이 무관심이란 것을 친절이란 일어一語로서 대용하려는 경향이 보인다. 예컨댄, 향자向者 요미우리신문讀賣新聞 지상의 키무라쓰요시木村毅씨의 소설월평에 대한 모씨의 「비평의 이면에는 친절이 없어서는 안 된다」 함과 같음이 그것이다.

혹 사람에게 따라 문예 감상의 태도의 요조要條로서 친절이니 경건이니 하는 것을 마치 그 무관심이란 자에게 부속하는, 곧 무관심 그자의 대표적 속성으로서 거擧하는 사람이 적지 않다. 그러나 이것은 전혀 그 그릇된 식상識相의 관찰에서 나온 무용無用의 시험됨을 면치 못한다. 저 무관심의 경지에 가서 다시 이 위에 친절이니 경건이니 하는 문제가 생겨날 까닭이 없다. 친절과 무관심은 전혀 딴 물건이다. 저 키무라木村씨의 평에 대한 모씨의 부르짖음 되는 그 친절(물론 항다반 돌아다니는 말이지마는)과 같음은, 곧 종래의 무관심설의 일개 수정설이라고도 볼(무관심과는 그 출발점이 전연 다른)자인 줄 안다. (설사 그 설이 무관심과 관심과의 장소長所를 종합한 소위 신 무관심설 혹은 이상 무관심설理想 無關心說이라 하더라도)

제2는 주도정밀周到精密한 주의를 요한다. 그 무관심이 어느 작에 대할 때 요하는 감상의 제1의적의 『순정조건純正條件』의 원鴛이라 할진대, 주의注意이라는 것은 그의 '앵鶯'이라 할 수 있다. 그러나 한 가지 말할 것은 주의注意와 친절이 다르다는 것이다. 주의는 다못 저 무관심주의나 친절주의의 공통적으로 요구하는 조건의 하나가 될 뿐이다. 작품평 중에 친절이 있고도 정밀 주도한 주의의 결한 비평이 오죽이나 많지 않은가.

무관심이 원鴛이 되고 주의가 앵鶯이 되며, 이 둘이 서로 가장 건전한 결합을 얻어야 비로소 작품의 완전한 감상이라 한 아해兒孩를 낳는다. 원앵鴛鶯 같이 결합된 그 무관심과 주의의 제일차의 활동은, 곧 그 작의 전부를 정녕丁寧하게 읽을 것, 한 번이나 두 번에 모를진대, 세 번 네 번 거푸 읽을 것, 그 작에 나타난 사상 또는 기분이 자기의 흉벽胸壁에 분명하게 비치어 올 때는, 제2차의 활동으로서 그 작의 파적派籍과 유類를 가릴 것, 곧 파적의 위로는 그것이 상징작품인지, 사상주의寫象主義이나 인도주의의 작품인지 판별하며, 또는 그 유類의 위로는 그것이 사생품寫生品인지 억정품抑情品인지, 혹 사상시나 서정시인지 민요인지 시극인지, 또는 일보를 더 가까이 들이밀어, 그것이 '밤'을 가歌한 자인지 아침이나 해나 달이나 비나 눈이나 구름이나 애愛의 고민이나 생의 번뇌나 비애나 노래한 자인지 하는 것을 가리여 낼 것.

그리고 제3차의 활동으로서는 그 구상構想(착상着想)과 묘사 기분의 포화飽和, 발색發色 등의 발광發光 여하를 볼 것(그 장점부터 볼 것).

— 위선爲先 이만 이하는 차속次續 —

부附 - 감상의 실례

제군에게 시의 감상의 길을 가장 밝게 보이기 위하여 본지 제4호 현상란에 발표한 제군의 시품을 취하여 약간의 비평을 가하여 보려 한다.

첫째 일등으로 당선된 황군의 <3행시>는 아직 시로서는 미성품이나 그 결점은

(1) 기분이 너무 헐다는 것,

(2) 실솔성蟋蟀聲과, 계성鷄聲의 조합釣合이 취하여 있지 못하다는 것,
이것을 선으로 시示할진대,

— 실솔성

— 계성

하등의 표현이 없는 것, 실솔성과 계명성의 단순한 2개의 소리가 있을 뿐.

둘째, 하河군의 시는 장점과 결점이 상반相伴한 황군의 시보다는 기분도 새롭고 시인으로의 빛나는 많은 소질과 재완才腕과 및 시작의 다소의 경험도 있고, 또는 불완전하나마 한 개의 그럴듯한 조자調子를 가진 시다.

그리고 제일 눈에 반갑게 띄는 것은 "자연을 살리려는 그런 존귀한 고심의 자최"가 있는 것이다. 곧 군의 말은 시작의 그렇게 맹문이 아닌 것을 증명하는 예술의 의인법이라는 높은 곳을 밟아 있다. 그 결점은,

(1) 의인법의 활용이 너무 미숙유근未熟幼近한 것,
(2) 말에게 눌리어 기분이 많음으로 울퉁불퉁 난조亂調하게 비어져 나온 것,

그러나 이 시가 비록 피형彼形의 대소와 선의 방도方圓 곡직曲直의 차가 평균치 못한 벽석甓石과 같은 말에 짓눌려 있으나 그 기분은 일종의 어느 그윽한 양질의 '잠광潛光'을 가져있다. 이 작자가 만일 말의 구사의 큰 자유만 얻게 되면 그 전도는 다망多忙하다 하겠다.

셋째, 하군의 시는 「말의 세련되어 있는 점으로는 황군의 시보다도 하군何君의 시보다도 몇 갑절이나 상수이다. 그러나 그 기분의 발색發色과 향響이 너무 엷고 약하다. 작자의 입에다 귀를 대어도 오히려 그 말소리가 들리지 않을 만큼 그만큼 약하다. 이 작자에게 바라는 것은 좀 높은 소리, 실과 실이 스치는 듯한 무력한 엷은 '애성哀聲'이 아니고, 영의 폐장肺腸 —— 마음의 전선全線에서 울려나오는 큰 '지성地聲'」으로서 높게 힘있게 노래하여 받고 싶다는 것이다.

너무 평이 혹에 지나쳐 있을는지도 모르겠다마는, 이것은 다못 나의 제군에게 '시의 감상의 참길'을 열려 보이려는 그 속임 없는 가장 솔직한 일편一片의 열충熱衷, 단성丹誠이 그리 시킨 줄 안다. 독자여 양지하라.

(학생계, 1921. 1)

★ 이 글의 서두에 나오는 '장춘長春 군'에서 '장춘長春'은 창조동인이었던 '전영택田榮澤'을 이름이다.

일본시단의 2대 경향

—— 부附 사상주의寫象主義

일본시단의 주조는 일언으로 말하면, 물론 구어시口語詩의 자유시 운동이라 하겠다. 그러나 이 주조만에는 미키로후三木露風, 히나쓰고노스케日夏耿之助를 비롯하여 야나기자와타케시柳澤健 · 사이죠야소西條八十 · 키다무라하쓰오北村初雄의 여러 청년시인의 손에 의하여 인도되는 상징주의 운동과 또는 이에 반항하여 일어난 후쿠다마사오福田正夫 · 토미타사이카富田砕花 · 가토카즈오加藤一夫 · 시로토리세이고白鳥省吾 등의 민중시가운동과 두 큰 경향이 있다. 나는 이것에 취就하여 나의 아는 바의 일단을 간단히 베풀어보려 한다. 그러나 불행히 이것들 소개에 공供할 만한 재료에 관한 서적 등을 원방에 두었으므로 평소에 마음먹었던 것같이 되지 못함을 유감으로 안다.

1. 일본상징주의의 시가에 취就하여

일본의 상징주의의 시가는 『해조음海潮音』의 저자 고故 우에다빙上田敏 박사 및 고故 이와노호메이岩野泡鳴 · 감바라아리아케蒲原有明 등 작가의 손을 거쳐 미키로후三木露風에게 의하여 비로소 완성된 것이니, 일본에 상징주의의 시가 생김은 겨우 10 수년 전의 일이다. 일본에서 처음으로 이것을 소개한 이는 우에다빙上田敏 씨이니, 그의 저著『해조음海潮音』은 곧 일본문단에 이탈리아 · 영국 · 독일 · 불란서 등 서구 상징시를 소개한 그 효시이다. 서구의 상징예술의 소개에 취就하여는 이와노호메이 씨의 공적도 적다 할 수 없다. 호메이泡鳴 씨의 작으로는『석조夕潮』·『비련애가悲戀哀歌』·『암闇의 배반杯盤』·『호메이집泡鳴集』기타『해보기사海堡技師』(극시) 등의 시집이 있다. 그런 중『암의 배반』과 같은 것은 씨의 대표작, 그 가장 상징적 요소가 풍부한 작이라 하겠다. 실로 시인으로의 호메이泡鳴는 일본상징시사의 유력한 지위를 점령한 사람이라 하겠다.

감바라아리아케蒲原有明는 로제트의 감화를 받아 불란서 상징시에서 배워 처음으로 일본에 상장주의의 전문적 기치를 세운 사람이니, 씨는 실로 일본 상징시의 제1일기 대표시인이라 할 수 있다. 씨의 작에는『독통애가獨統哀歌』·『춘조집春鳥集』,『아리아케집有明集』등의 시집이 있다.

미키로후三木露風 씨는 아리아케有明 씨의 후에 나타난 시인으로서 일시 관능파官能派시인의 두목 키다무라하꾸슈北原白秋 씨와 일본시단 2대가라 병칭되던 사람이니, 일본시단의 전시사全詩史의 위로부터 씨의 지위를 찾을진댄, 씨는 일본시단의 제3기 대표시인이라 하겠고, 또는 상징시의 위로 보면 제2기의 대표시인이라 하겠다. 씨의 작에는『폐원廢園』·『고적한 새벽』·『흰 손의 엽인獵人』·『환幻의 전원田園』·『양심良心』·『자화상』, 또는『폐원』과『고적한 새벽』을 합한『로후집露風集』이 있다. 씨의 이 여러 시집 중『흰 손의 엽인』·『환의 전원』과 같음은 씨의 그 가장 심수深邃, 유현幽玄한 상징시경을 대표한 작이다. 차에 별로 로후시화露風詩話란 것이 있다.

씨는 원래 미래사未來社의 두목으로서 다수한 제자를 가졌었다. 그러나 지금은 시작을 멈추고 흔히 동요의 작과 2, 3문학잡지의 모집시선에 힘써 있다. 씨의 문하로부터는 이미 많은 유재有才의 시인을 내어 있다. 그 중 가장 장장鏘鏘한 사람은 근경近頃 불란서양행설佛蘭西 洋行說이 있는 시왕동인詩王同人 야나기자와타케시柳澤健와 키다무라하쓰오北村初雄와 시모타시코우霜田史光 등 제군이다. 이들은 현금 일본 상징시단 ── 그 전 시단에 업수히 여기지 못할 세력과 지위를 점령하여 있다.

또 차외此外에 오카자키키도岡崎綺堂에게 일시日詩 상징시의 제3기 대표시인이라고 어느 때 ≪제국문학帝國文學≫에 소개된 히나쓰고노스케日夏耿之助 · 하기와라사쿠타로荻原朔太郎의 두 대입물大立物이 있다.

히나쓰고노스케日夏耿之助는 원元 ≪가면假面≫ · ≪시인≫ 등의 주재자로서 시집『전신轉身의 송頌』을 가졌다. 씨는 현재 일본시단에서 드물게 보는 무서울 만큼 한 고답적, 귀족적, 고전적인 경건한 강한 혼의 소유자이다. 씨가『전신의 송』을 내인 미쳐서 하기와라사쿠타로荻原朔太郎는 씨를 '일본 처음의 진상징시인眞象徵詩人'이라고 격상激賞하였다. 산구우마코토山宮允씨는 씨의『전신轉身의 송頌』을 구각口角에 거품을 세워 칭찬하였다. 씨의 저 시가연구詩歌硏究 중에도 씨의 시에 대한 비평이 들어 있다.

하기와라사쿠타로荻原朔太郎는 미키로후三木露風의 공격자로 일시 일본시단에 용명勇名을 떨쳤던 인이니, 씨의 작에는『달을 짖는다』라는『시집과 시의 원리』와 미키로후 공격논문 등이 있다.

씨는 일시 미키로후씨파의 예술을 맹렬히 공경하였었다. 당시 노쿠지요네지로野口米次郎 무로우사이세이室生犀星 등으로 하여금 말케 하면 씨를 혹은 일본의 대천재라고 하였을는지도 모르겠다. 그러나 그 당시 씨의 시상詩想과 감각이 비교적 새롭고, 예준銳雋하였달 뿐이요, 그 시경詩境이라든지 기교는 로후露風씨에게 수백 층이나 떨어져 있었다. 상징주의란 무엇이냐. 상징주의에 취就하여는 우리 문단에서 2, 3의 인이 이것을 소개한 일이 있었다. 그러나 그는 모두 한 단편적 소개에 불과하였다. 일본에서도 아직 그 주의, 곧 상징예술에 속한 기개인幾個人을 제한 외에는 이것에 대한 정당한 이해를 가진 사람이 태殆히 없다 하여도 가하다. 제일 이것에 관한 학자의 연구품은 고사하고 그 소위 전문시인의 논문조차도 몇 개가 아니 된다. 일본 유식계급에게 얼마큼 등한시되어 있느냐는 것을 보더라도 이것이 얼마큼 난해의 초동양적의 고급예술 됨을 미루어 알겠다. 조선인으로서 아직 이것을 모른다는 것을 그다지 허물 삼을 일이 되지 못한다.

일본시단에서도 이것이 수입된 지 십유여 년에 이것에 관한 연구로서는 겨우 로후시화露風詩話와 카와지류코우川路柳虹 산구우마코토山宮允 등의 2, 3의 논문이 있을 뿐이다. 그러나 로후시화는 상징시화 되기에는 너무 단편적이므로 그 안으로서는 이것이라고 끌어낼 자가 없다.

그러나 이 3인 중에는 이것에 취하여 가장 학술적 비교적 완전한 연구를 가진 이는 산구우마코토山宮允씨라 하겠다. 씨는 원래 미래사동인으로 시가詩歌, 특히 애란시가愛蘭詩歌의 전공자로 상징주의 연구에 조예가 자못 깊은 인人이다. 씨의 저역물著譯物에는 『현대영시선』 이옛츠의 『선악의 관념』 시문연구詩文研究 등이 있고, 시의 창작품으로는 많아야 10여 편 내외가 되겠다. 이 시에 취하여는 저 우에다빙上田敏씨와 혹사하다. 그러므로 씨를 시인이라고 함보담 시가학자 혹은 시가감상가라 함이 씨에게 대한 존칭이겠다.

그런데 씨는 상징주의에 취하여 그저 시문연구 중에 아래와 같이 해설하고 있다.

상징주의는 서구의 소단騷壇에 발원한 자로서 일부 인사에게 의하여 아국문단에 소개된 근대 상징주의를 이름이니 차에는 광협이의廣狹二義가 있다.

2. 광의의 상징주의

광의의 상징주의는 이것을 지적 상징주의와 정서적 상징주의와에 대별할 수 있다. 그런데 지적 상징주의를 2종에 분하여 하나는 「관념 또는 사상 뿐을 환기하는 지적 상징주의로, 하나는 관념 또는 사상, 공共히 정서를 환기하는 정서적 지적 상징주의로 할 수 있다. 우리가 단單히 상징주의라 부르는 근대 상징주의는 특히 이 '정서적 상징주의' 및 '정서적 지적 상징주의'를 가리킴이다.

1) 지적 상징주의

지적 상징주의는 지적 상징 또는 지적 상징의 결합에 의하여 어느 관념, 사상을 표시하는 상징주의이니, 풍유諷諭 · 우화寓話 · 비화譬話 등은 다 이 지적 상징주의에 속한 것이다. 불란서 상징주의의 생기生起 이전, 곧 근대 상징주의의 발생 이전에 재在하여 이것이 주요한 상징주의이었다.

근대 상징주의는 왕왕 이 지적 상징주의와 혼동된다. 상징주의를 기교적이라고 배척하는 사람들, 또는 상징작품을 지적 작위知的作爲의 소산이므로 특수한 지식으로서 하지 않으면 이해키 어렵다고 이것을 기피하는 사람들은 대개 근대 상징주의를 풍유 · 우화 내지 비화 등의 지적 상징주의와 혼동하였다. 그러나 양자는 명백히 구별치 않으면 안 된다. 윌리엄 블레이크는 양자의 구별을 창도唱導한 근대 최초의 작가이었다. 저 소위 「환幻 또는 상상은 이옛츠(Yeats)의 포연布衍하여 있음 같이, 필경畢竟 오등吾等의 상징주의와 동일물同一物이다.」 저것(彼)은 이것(此)을 다음과 같이 말하였다. 환幻 즉 상상想像은 「현실에 변함없이 사실 존재하는 것의 표시이다.」 우화와 풍유는 「기억의 낭娘으로부터 낳는 것이다」. 이옛츠도 회화繪畫의 상징이라 제題한 논문 「선악의 관념」에 독일의 어느 상징화가의 말을 끌어 양자의 별別을 명백히 하여있다. 왈曰「상징주의는 다른 방법에 의하여는 도저到底 완전히 표현함을 얻지 못하는 사물을 표현하고, 이것을 이해함에는 상당한 본능을 요할 뿐이다. 그런데 풍유의 표현하는 사물은 다른 방법에 의함과 동양同樣(같은 모양), 또는 그 이상 표현함을 얻고, 이것을 이해함에는 상당한 지식을 요함」.

「상징주의는 실로 어느 불가견不可見의 본질의 유일의 가능한 표현, 정신의 불꽃의 주위와 투명한 램프이다. 그런데 풍유는 구체물 혹은 인의 숙지熟知하는 원리의 종종 가능한 표시의 하나로서 공상이나, 상상은 아니다. 하나는 계시啓示다. 또 하나는 오락娛樂이다.」 우왈又曰 상징은「그 환기하는 정서가 지知의 위에든지 음영陰影의 단편 이상의 관념과 연락하면 풍유작가諷諭作家, 또는 현학가衒學家의 완구玩具가 되어 곧 멸망할 것이다.」 이들의 말은 지적 상징주의의 성질을 가장 명확히 설명한 자이나, 다시 더 엄밀한 과학적의 말로 양자의 성질을 열거하여 볼진댄 지적 상징주의는,

① 지知 또는 공상의 소산인 것.
② 항상 내용으로 하는 관념, 우又는 사상이 있고, 작품의 형식은 부적符籍 됨에 불과함.
③ 형식과 내용 되는 관념, 또는 사상과는 항상 밝게 분리됨.
④ 내용이 항상 주가 되고, 형식은 항상 경미輕微의 의미를 유함에 불과하고 구상성具象性에 핍乏함.
⑤ 내용이 되는 관념사상을 파악하는 때문에, 감상鑑賞에 제하여, 심미적 향락을 방방하는 지知, 의지의 활동을 요함.
⑥ 예술적 표현으로서 심미성 급 필연성에 핍乏하여, 순일純一, 적확的確한 본질적 표현이라 함이 불능함.

이들의 성질은 '지적 상장주의'의 작품, 예컨대『이소부伊蘇夫의 우화

寓話』·『토兎와 구龜의 이야기』·『팔견전八犬傳』·『마-자의 환幻』·『천로역정天路歷程』 등에 취就하여 이것을 알 수 있다. 스펜서의 『신녀왕神女王』도 지적상징주의적 대서사시로 그 안의 수소隨所에 사-ㄴ 서술이 있음에도 불구하고 그 풍유적 결구結構는 현저히 전편全篇의 심미적 저치底値를 상傷하여 있다.

2) 정서적, 지적 상징주의

정서적, 지적 상징주의는 어느 관념, 사상, 상징 또는 일군의 상징에 의하여 표시하는 점에 재하여 지적 상징주의와 동일하다. 그러나 구상성에 부富하고, 차次에 베푸는 「정서적상징주의」와 함께 본질적 되는 예술적 표현인 점에 재하여 「지적상징주의」와는 다르다. 앞의 말과 같이 '정서적 지적 상징주의'에 재하여도 관념과 사상을 표시하나, 이것을 표시하는 상징, 곧 형식은 단순한 부첩符牒 이상의 중요한 의미를 가졌다. 또 「지적상징주의」에 재함과 같이 그 작품의 형식과 내용을 명료히 구별키 어렵고, 양자 혼융渾融한 일체를 이루어 감상자에게 허하는 것이다. 내용 즉 형식, 형식 즉 내용, 양자 서로 떠나지 못할 관계에 있다. 따라서 내용되는 관념과 사상은 왕왕 불확정하여 명료를 결하여 있다. 고대의 위대한 예술작품에는 이 「정서적 지적 상징주의」의 예가 많이 있다. 예컨대 셰익스피어의 『햄릿』·『리어왕』, 괴테의 『파우스트』, 단테의 『신곡神曲』, 근대문학으로는 입센·메테르링크·단눈치오 등의 극 및 소설의 대부분은 「정서적, 지적 상징주의」의 작품이다. 곧 『햄릿』은 박행한 덴마크丁抹 왕자의 묘사인 동시에 일반의 철학적 성격을 상징하고, 『리어왕』은 요계澆季의 세世에 깃들인 왕의 역사인 동시에 시인적 성격을 상징하여 있고, 또 『파우스트』는 석학 파우스트의 역사되는 동시에 인간의 고민으로 해탈에 이르기까지의 상징이며, 『신곡』에 쓴 3계界는 다만 중세의 기독교

사상의 재현再現에 그치지 아니하고, 갱更히 인생의 제상諸相의 상징으로서 보편적 의미를 가지고 있다. 보통 사회극이라고 불러 있는 입센의 희곡, 이옛츠의 신화전설에서 취재한 신비적 상징극, 단눈치오의 소설도다 표현된 사실이 단순한 사실에 그치지 아니하고, 갱更히 광범, 심각한 보통적인 어느 것을 암시한다. 차종此種의 예술작품은 벌써 단순한 현실계의 진실이 아니고는 한 창조이며, 산 힘이고, 우리에게 다대한 감동을 주는 것이다.

2. 협의 상징주의

1) 정서적 상징주의

이것은 음音 · 형形 · 색色 · 향香 · 미味의 상징에 의하여 어느 종의 정서, 기분을 환기하는 것이다. 이와 동일 또는 근사한 심적 상태를 환기하는 상징 또는 상징의 결합에 의하여 어느 심적 상태를 표시하는 바의 상징주의이다. 이 상징주의는 정서를 환기하는 본래의 성질로부터 시가에 씌어있다. 말라르메 · 베르레느 · 매테르링크 등 불란서 벨지음白義耳의 상징시인의 작품은 대개 정서적 상징주의의 작품이다.

이 상징주의는 정서적, 지적 상징주의 공히 근대 상징주의의 본질을 형성한 자이다. 지금 우리가 상징주의라고 부르고 있는 근대 상징주의의 특질을 열거하면, 다음과 같다.

① 인人 또는 상상의 소산이다. 단 이에 상상이람을 통찰洞察 이상주의, 환각 등 온갖 자연주의, 논리적 논의論理的論議, 물질주의적 구체적 과학적 사실에 반하는 것.
② 내용으로 하는 관념, 사상, 정서 기분 및 형식은 동양同樣의 가치를 유함.

③ 형식과 내용이 분리되어 있지 아니하고, 이자혼융二者渾融한 이체二體에 이르러 있는 것.
④ 구상성具象性에서 부富함.
⑤ 형식과 내용과는 혼융한 일체를 짓고, 구상성에 부하여 있음으로써 '지적 상징주의'에 재함과 같이, 감상에 제하여 심미적 향락을 방妨하는 지知, 또는 의지의 활동을 요치 않는 것.
⑥ 예술적 표현으로서 가장 심미성 급 필연성에 부하며, 사물의 순일純一 적확的確한 본질적 표현인 것.

상기 3종의 상징주의의 관계는 반드시 제외적除外的이 아니고, 상관적 됨을 얻는다. 곧 한 작품의 안에는 이들 3종의 상징주의가 둘 이상 병존하여 있는 경우가 있다. 또 문학사상에 재하여는 특히 저 불란서 퇴당파시인頹唐派詩人의 창시에 계係한 정서 기분의 상징을 목적으로 한 정서적 상징주의를 가리켜 상징주의라 한다. 우리는 이것에 「지적 정서적 상징주의」를 가하여 다시 광의의 상징주의를 주장한다.

문학상의 상징주의운동은 앞서 말함과 같은 정서적 상징주의에 의한 불란서 퇴당파 시인에게 의하여 창시된 자이다. 그러나 이 운동은 전全구주歐洲에 파급하여, 노르웨이那威의 입센, 이탈리아伊太利의 다눈치오, 포르트갈葡毒牙의 유제니오 드 카스트로의 일파, 스페인西斑牙의 시백詩伯 캄포아모르, 영길이英吉利의 옛츠 · 러셀, 시먼즈, 기타 러시아露西亞 · 네덜란드和蘭 · 벨지음白耳義 등의 많은 작가에 영향을 여하고, 갱更히 최근의 회화 조각 등의 조형미술도 그 영향을 입어 가지고 상징주의의 종종의 복잡한 양식이 생하여 왔다. 그러나 종종 복잡한 양식이 있으나, 상징주의의 작품은 모두 그 본질적, 정신적 되는 점에 일치하여 있다. 상징주의는 흥체적興體的 재료의 상상적 처치에 의하여 본질을 암시하고 「천국과 지옥의 결혼」, 곧 영육합치의 대환희경大歡喜境을 체현코자 하는 노력이다. 블레이크의 소위 「사립砂粒 안에 세계를 보며, 야화野花의 안에 천국을 보며, 장중掌中에 무한을 쥐며, 일시一時의 안에 영겁永劫을 쥐는 상상적 예술, 본질적 예술이야말로 우리의 지지코자 하는 상징주의의 예술이다.」

사실주의寫實主義와 자연주의가 항상 객관을 중요시함에 반하여, 상징주의는 현저히 주관적이다. 호프만시탈이 그 시사詩社의 강령에 재하여 「정신적 예술」을 창도한 것이나, 시먼즈가 문학상의 상징주의에 취하여 「문학을 영화靈化코자 하는 노력」이라 한 것이나, 이옛츠가 본질의 유일의 가능한 표현정신의 불꽃의 주위의 투명한 램프 혹 「계시啓示」라 한 것이 모두 상징주의의 주관적 요소를 지시 역설한 자에 불외하다. 이 의미에 재하여 상징주의는 또한 이것을 주관주의, 정신주의라 볼 수 있다.

이것이 씨의 상징주의에 대한 해설의 일단이다. 우리는 이것에 의하여 다소일망정 상징주의의 무엇 됨을 알게 되었다. 그러나 일본 상징시는 어떠한 자인가. 나는 이에 일본의 싱징시의 2, 3을 들어 제군의 음미에 공供하려 한다.

해설解雪 (미키로후三木露風)

시내 골짜기는 가슴 벌여 이렇게 말하도다.
　(홍수의 물
　빼쭉빼쭉한 눈(雪)
　불의 살(征矢)의 힘
　일시에 오도다)

보라, 시내 골짜기의 봄 오는 곳
그 흉곽胸廓은 녹도다.

그 심장은
늑골을 눌러 오르키면서 부르짖도다.
(노래할 거나 나는
영화榮華 있는 자의 지나는 때
취할거나 나는
괴로움의 감사로서)
이렇게 시내 골짜기는 부르짖도다.

시내 골짜기의 입은 어린 국화의
그 위에 벽감碧紺의 하늘 걸리도다.
얼마나 곱고 맑은
'휘양陽' 쓴 어머니의 눈으로써.

어머니의 눈은 이렇게 말하도다.
(어린 국화와, 영란鈴蘭과
칙(葛)을)
먼저 신전에 바치라.

그러나 시내 골짜기는 울리도다.
가슴과, 머리와 심장과
(취하라, 취하라, 취하라
날아(運)라, 날아라, 날아라.)

적조赤鳥 (감바라아리아케蒲原有明)

빨간 까마귀요, 그렇지 않으냐.
빨간 소리로 울어대요
미치광의 여부조女夫鳥.

항라 가사袈裟 척 걸치고
마음 산란한 까마귀가 울어대요.
장로조長老鳥, 니조尼鳥

빨간 까마귀 울었을 때
감청紺靑의 백합꽃이
뚝 떨어져 넘쳤대요.

참말 상냥하고 낄긋한
꽃이었다. 화란和蘭의
바라몬의 사법邪法의 까마귀가 밉다.

이국의 까마귀가 울 때
죽어서는 「간난」이가 또
빨간 소리로 울었대요.

참말 그렇지 않으냐.
빨간 까마귀의 빨간 소리.

인묵忍默 (히나쓰고노스케日夏耿之助)

풀 깊은 언덕의 이슬을 밟아 누르고 밟아 눌러
떠오르는 해를 예배하는
작은 몸의 침묵한 마음
해 빛 푸른 풀을 황금으로 물들이고
까마귀 이름대고, 마음조차 휘요輝耀하는 아침
몸은 가을바람에 불려
마음은 강하고 모진 착목搾木에 걸리면서.

가동街憧 (키다하라하큐슈北原白秋)

붉으스럼한 충충한 코, 번지르르하게 벗겨진 이마
바람 맞은 입술의 갓(端), 빛없이 애 끓이는 눈
무엇인지 본다. 석영夕榮의 동자瞳子 같이 느끼는 낙일落日에
열병의 소리 울려나는 벽돌집이냐, 지랄하는 거리냐.

보는 동안에 소주의 거품, 부글 거품져 탄식한다.
그 거리여, 즐비櫛比한 뾰족한 지붕 피 배어 흐느거리고
구름 빨겋게 번조煩操하는 해아 달게 마차의 무리는
영靈의 잇는 곳을 찾으면서 창을 떨어 바라보다.

그 창에 눈먼 노인 호을로 무딘 칼을 갈며,
또는 벙어리 뒤를 나는 실소失笑를 머금고 계집을 달래다.

다음에는 귀먹은 깨끗한 여승은 삼매선三昧線을 뜯는다.

그렇다고는 하나 빛이여 지랄하는 거리는 또 술과 노래에 흐트러진 舞蹈의 행렬, 빨긋빨긋 음광淫狂을 띄며

마차의 뒤를 보지도 않고 의미 없이 노래하여 넘어지다.

※ 이것은 <안顔의 인상印象>이란 일절이다.

혼魂의 동경憧憬의 나라 (산구우마코토山宮允)

아아 그러면 떠나갈거나

영靈의 동경의 나라로

밤과 낮의 키스에

흐리는 생명의 환희에

황혼의 박명薄明의 안에

혼은 항상 꿈 꿔는 황혼의 박명

젊은 여승女僧의 경건한 침묵과

칠채七彩의 아지랑이와 온갖 행복의 깃들인 나라

그곳에 혼은 고요히 날개를 벌여, 만물은 한갓

상징의 정치精緻를 다투리라.

그곳은 자연의 정성된 환대의 나라

홍작紅雀은 순은純銀으로 황홀을 노래하고

나뭇잎은 푸른 환희를 지저귀고

노방路傍의 돌의 마음의 흘러 녹는 환희는 넘치다.

아아 그러면 갈거나 황혼의 박명의 안에

실로 혼은 너무 미묘하고
백일의 요설에 귀먹어
비밀의 기아로부터 절명하려 한다.
그곳에 신비는 상징에 꽂 열고, 만상이 향기 피워.
잡기 어려우나, 확실한
생명에 차다.

탄식 (야나기자와타케시柳澤健)

믿음성 적은 내 사랑에
달의 얼굴 희멀금 하여
서로 울을 때, 탄식할 때
희고, 붉은 구름을 타고
멀리 썩 멀리 나는 가련다.
눈물에 젖어 미소하는
휘멀금한 달의 얼굴을 쫓으며 ——

추秋

푸른 하늘 날아가는 새
아무것도 없는 안을, 밝은 안을,
날아가는 새
나의 마음.

무제 (사이죠야소西條八十)

가도, 가도, 암만 가도
끝없는 거친 들에
희멀금한 꽃만 피어 있고나
이런 적막한 길(旅)을
나는 이때껏 한 적이 없어

슬쩍 돌아보니, 나는
님의 얼굴의 위를
향방도 없이 헤매서.

천상액사天上縊死 (하기와라사쿠타로萩原朔太郞)

먼 밤에 빛나는 솔잎에
참회의 눈물을 흘리며
먼 밤의 하늘에 흰
천상의 솔나무에 목을 매고
천상의 솔나무를 그리워하며
기도하는 모양으로 매달렸다.

영겁永劫의 힘 (이와노호메이 岩野泡鳴)

애달다, 하늘에 별 하나
그립다 그대는 어디 있느냐.
함께 들 가에서 손을 잡고
그대에게 언약한 즐거움도
지금은 깨진 몽환夢幻

그 첫 사랑의 추억은
저녁 물결과 함께
그대에게 울려 오르나
가슴엔 대답조차 없고나
나는 남의 많은 따님

또는 희한稀罕한 남의 아내에게
사랑을 보내어 가슴 볶이는 몸이로라.
사랑에야 둘이 있으랴
아아 외로운 영겁의 힘일세라.

(폐허, 1920. 7)

★ 결미에 '後續稿는 이하 차호'라 하고 있으나, 황석우는 ≪폐허≫를 내면서 동회에서 탈퇴했기 때문에 이 후속고는 없는 셈이 되고 만다.

시가의 제 문제

1. 시가의 본질

시가는 인간의 감정 문화의 가장 고급 요소를 가진 정서 조직체이다

시가는 곧 인간의 정서문화의 최고층의 조직체이다. 시가는 인간의 혼의 섬유조직의 원료소原料素이다.

시가는 그 형태학상으로 보면 그는 일종의 정서공업情緖工業이라 할 것이다. 그는 곧 언어 건축공업의 가장 미술적으로 발달된 것이다. 그는 또한 언어 직물 공업으로도 볼 수 있다.

다시 말하면, 시가는 언어의 조각, 언어자수言語刺繡, 언어회화言語繪畫라고 할 수 있다. 시가는 또한 리듬을 가진 점에서 언어음악, 언어무용이라고도 할 수 있다.

시가의 언어에는 색채의 방사放射가 있고 음향의 악주樂奏가 있다.

곧 시를 눈으로 볼 때에는 그는 일개의 현란한 선구조線構造, 색구조色構造를 가진 건축물이며 회화이며, 또 그것을 입으로 외울 때에는 그 말들의 자신이 일정한 운율을 반伴한 소리를 외치는 미묘, 현묘玄妙한 음악의 탄기彈機이다.

2. 시가의 운율 문제

시가의 운율은 시가 자신의 발어發語의 악센트이다. 그 시가 자신의 말의 악센트 되는 운율은 피彼 영어 등과 같은 말의 음성으로 결정되는 것이 아니다.

그는 말의 호흡, 곧 말의 폐장肺臟에서 나고 드는 호흡의 억양, 고저, 장단에서 결정된다. 그것을 소위 내재율, 기분율氣分律이라 하는 것이다.

그는 곧 말의 심장에서 약동하는 감정무도感情舞蹈의 선율旋律 —— 피의 선율 되는 심율心律이라는 것이다.

음성이나 음수 등에서 보는 운율은 말의 외재율, 외체율外體律, 외장율外裝律, 외식율外飾律 됨에 불과하다. 그는 자유시의 운율이 되지 못한다. 자유시는 그런 음성, 음수 등의 외형율外形律을 무시하고 그것에 반역하여 그것을 파괴한 곳에서 성립된 것이다. 따라서 자유시의 운율은 자유이다. 그러기 때문에 자유시는 그 쓰는 시마다 새로운 운율이 창조된다. 곧 자유시는 운율 자유, 창조의 시이다. 음악가가 자유시를 이용하여 그 곳에다가 어느 음계 배치로서 부곡附曲하는 것은 그 음악가 제멋대로의 작란作亂이다. 그것은 그 시 자신이 가진 음조직音組織 —— 어감조직이 아니다.

시를 읊는데 있어서는 그 시를 읽는 사람의 심금에 울리는 감격대로 그 소리를 자유롭게 혹고或高, 혹저或低로 읊을 것이다.

그러나 시를 읽는다는 것에서는 운율 감만을 감미함이 아니요. 그곳에서 어語의 질, 어의 미味, 어의 향기를 감미鑑味한다. 운율은 이것 등의 전체적 조화에서 생기는 것이다. 곧 운율은 말의 질, 말의 미味, 말의 향기, 또 이 밖에 말의 색채, 말의 선 등의 혼융渾融한 조화상태의 극치에서 생겨나는 것이다.

운율은 말의 미적 동작이다.
운율은 말의 음악적 동작이다.

3. 시의 기교 문제

시의 제작에는 아무래도 '형용'이 첫째가는 기술적 조건이다. 형용이 제 지경에 이르르지 못한다면 그 시는 죽은 것이다. 그 형용은 '과부족'을 모두 피한다. 가령 개꼬리를 묘사하는 데는 그것을 말 꼬리같이 크게 그려도 안 되고, 또는 쥐꼬리같이 작게 그려도 안 된다. 개 꼬리는 어디까지든지 개꼬리답게 그려야 한다. 그것이 곧 형용의 현실성, 자연성, 타당성을 중히 여기는 소이所以이다.

현 시단의 많은 시는 거의 이 형용기술에서 실패하고 있다.

형용은 운율까지를 지배한다고 할 수 있다. 곧 형용은 운율을 낳는다고 할 수 있다. 형용은 시 전체의 생명을 지배한다. 곧 시는 일어一語의 형용에서라도 실패한다면 그 시 전체가 죽는다.

운율은 기분이며 형용은 그 시의 용모, 스타일 또는 그 일체의 동작을 표현하는 묘사이다.

그러므로 시의 형용이 완성되지 못한 곳에는 운율의 존재가 없다. 곧 운율은 그 형용을 따르는 기분이다. 형용은 물조직物組織이며 운율은 그 조직에 의존한 생명작용이다.

형용지상주의의 입장을 가져온 나의 예술인적 편집偏執이 곧 이런 관점의 위에 있다.

시 예술에 있어서는 그 작품기교의 전 노력이 오직 형용의 완성에 있을 뿐이다. 이곳에서 나의 이르는 바의 형용은 그 용모화장容貌化粧과 같은 외적 묘사에 그치지 않고 그 내적 묘사까지를 일괄해서 하는 말이다.

형용은 말에 의한 영사映寫이다. 형용은 곧 그 물의 형상, 그 마음의 동작 전체를 그려내는 카메라의 활동이다.

4. 시의 내용 및 효용 문제

시의 내용문제는 더 말할 것 없이 사상 및 감정 문제이다. 그러나 이 사상문제 및 감정문제는 그 인생관 또는 그 예술상 입장에 의하여 그 내용의 형태가 달라진다. 곧 정신주의적 인생관, 또는 인생관에 수반하는 상징주의, 인도주의, 인상주의, 초현실주의 등의 기타 종종種種 형태의 정신주의적 예술에 있어서는 그에게 적응하는 사상 내용, 감정 내용을 요구한다.

그러나 이는 모두 전 시대의 xxx 자유주의에 속한 예술 분립의 소승현상小乘現狀이다.

오늘날의 시대는 이미 바꾸어졌다. 오늘날의 예술에서 시에서 요구하는 사상 및 감정은 인간의 xx관적 인생관에 즉한 그것이다.

한 갈음 더 나가 구체적으로 말하면, 오늘날의 시가는 인간의 현시대적 xx인적존재 그 생활환경을 반영하는 사상 내용 감정 내용을 요구한다. 곧 xx인으로의 현 과정의 생활 현실 및 그 운동xx, xx, xx를 노래하는 사상 및 감정을 요구한다.

시대는 인간에게 그 시대의 명하는 생활 역할을 요구한다. 인간에겐 또 그 시대의 문화조직, 생활 질서 창조의 임무가 부여된다.

그러면 오늘날의 조선의 새 시대는 조선 사람의 시가에서 어떠한 사상 내용, 감정 내용을 요구하는가?

오늘날의 조선의 시대적 현실은 조선인의 시가에게 조선인의 특수한 xx적, xx적 xxxx에 xx하는 사상과 감정을 요구한다. 그는 곧 강한 xx의식 —— xx욕에 불타오르는 '힘'의 시를 요구한다.

시가는 다른 일체의 정신문화와 같이 인간의 실생활 가운데서 한 개의 생활수단으로서 생겨나는 것이다.

시가는 곧 인간을 위한 인간의 생활을 위한 것으로서 생겨나는 것이다. 시가는 한 개의 생활방편, 생활무기이다.

이 점에서 시가는 당연히 인간생활의 무슨 것에게 유용하게 효용效用되어야 한다. 그것은 곧 인간의 생활보고生活報告, xxxxxx문 등의 방편으로 효용될 수 있는 것이다.

(조선시단, 1934. 9)

최근의 시단

— 양명 · 보성 · 요한 · 춘원 · 춘성 제군의 시를 읽고

1. 머리말

비평이 따르지 않는 작作같이 고독한 자는 없다. 비평 없는 작作은 마치 인간의 짝 없는 독신자와 같다. 만일 생물학상의 견지로부터 예술을 말함을 얻는다 할진대, 비평 없는 작作은 예술의 반단위半單位라고도 할 수 있다. 독신자가 한 이성과 합하여 인간의 단위로의 일개의 완전한 인격과 성의 조화와 생식 능력을 얻는 것과 같이, 일개의 작은 비평이란 이성과 합하여 비로소 그 참 위치를 얻는 자이다. 근일 우리 유식청년 남녀 사회에도 짝 없는 사람이 많다. 그 원인은 첫째는 호상의 이해를 얻을 수 없는 것, 둘째는 각자의 허영, 허욕, 셋째는 각자의 존대尊大 등에 있다 한다. 조선문단에 비평이 없는 것도, 혹 이런 원인이 아닐까. 과시果是 우리 문단에 비평이 없는 원인은, 첫째는 작가와 평가評家와 또는 독자와의 이해를 얻을 수 없는 것, 곧 평評이 좀 혹酷에 들면, 그 평가와 작가와의 우의가 끊어질 지경의 감정문제가 생겨나며, 따라서 독자는 그 평의 관寬, 혹酷에 의하여 작가와 비평가와의 친 · 불친을 저울질하려하며, 둘째는 작가는 항상 그 작가치作價値 이상, 천만 배 이상의 비평을 얻으려 하며,

또는 평가는 남의 작의 비평을 통하여 자기의 성가聲價를 높이려는 허영, 악욕惡慾을 가지며, 셋째는 하등 조건과 이유 없이 작가는 평을 믿지 아니하고, 평가는 남의 작을 업신여기는 것 등에 있다 할 수 있다.

이런 현상은 과도기의 사회에 있어서는 아니 보랴 안 볼 수 없는 것이나, 저 잡지나 신문 지상에서라든지, 또는 여러 사람의 모인 곳에서라든지 왕왕 우리가 듣는 소위 남의 작의 비평은 모두 사의私意, 사혐私嫌, 또는 예例의 자기自己를 높이려는 등의 불순 불결한 선입견, 공리심으로부터 나오는 참되지 못한 비 예술적의 태평駄評 · 악평惡評뿐이다. 원래 우리의 문단에는 무슨 한 가지라도, 곧 시면 시, 소설이면 소설에 대한 체계를 이룬 근저 깊은 수양을 가진 사람은 일인도 없다. 남의 잡지나 작물作物에서 1행이나 2행의 새 글을 보면, 보는 대로 그대로 활용하는 까닭으로 한 시간 후에 한 말이 두 시간 후에 달라지고, 두 시간 후에 한 말이 세 시간 후에 달라온다. 따라서 남의 작에 대한 비평도, 또한 이와 같다. 저들의 소위 '평'이란 것은 이지理智라든지, 무슨 투철한 예술안藝術眼으로 하는 것이 아니고, 앞서 말한 것과 같은 먼저 인물에 대한 감정으로서 한다. 그러므로 작일昨日 천재와 걸작이 금일에 와서는 영零이나 영 이하의 것이 되고 만다. 평만 이럴 뿐 아니라, 소위 작이란 것도 또한 남의 평을 받을 만한 것이 없다. 소위 소설이란 것은 거개 불량청년의 이성유혹異性誘惑의 광고문, 또는 그것에의 공변된 편지와 같으며, 소위 시라는 것은 물들인 글자를 어린 아이의 색 보자기같이 모아놓은 것 같은 것뿐이다. 이런 중에도 톨스토이 연然, 사옹沙翁 연, 입센 연, 대시인 연, 대사상가 연하고, 코가 하늘에 달 것 같이 주제넘음을 빼고 있다. 설사 신뢰할 만한 의미의 비평가가 어디 숨어 있다 하더라도 이런 곳에 무엇이라고 비평의 붓을 던질 것인가.

주제넘음 빼는 것은 (무인산협無人山峽에 사는 샌님이 천자일권千字一

卷을 배워 가지고 나는 천하 대문장가 대문학가라고 자고自高 하더라도) 그 성질에 의하여 도리어 동정하고 귀엽게 여길 점도 있겠다. 그러나 그 중에는 남의 논문이나 시가를 훔쳐다가 자기 것같이, 더구나 큰 신문의 위에 걸어놓고, 민중을 속여 팔아먹는, 남의 신발이나 단장 등을 훔쳐가는 절도보다 더 작고 추한 좀도적까지도 있다.

이런 말은 좀 탈선인 듯하나, 일전 어느 우인友人이 나에게 향하야 「유학생 사회에서 누구누구 꼽는 가운데 너를 불평객의 일인으로 꼽더라」고 말하여 준 일이 있다.

이것이 아마 나에게 대한 적평適評 일는지도 모르겠다. 그렇다. 지금과 같은 나의 역경을 불러온 것은 나의 연래年來의 불평인줄 안다. 나는 여태까지 조선의 온갖 사회, 소위 유재계급有才階級, 인물계급, 지식계급의 온갖 저뇌아低腦兒, 온갖 근시안자들을 닥치는 대로 욕하며, 또는 그네들을 모멸하여 왔다. 정직하게 말하면, 지금도 욕을 아니 하는 바는 아니다. 그러나 이런 누열陋劣 · 불결의 양심도 없고 인격도 없는 분자들에게 어찌 욕이 아니 나가겠느냐.

이렇다 저렇다 길게 말할 것 없이 나는 한갓 조선 문단에 향하야 위대한 작품이 나오는 것보다 위선 작가의 「사람으로의 인격연마와 또는 온갖 신흥작품의 성장과 발육을 저해치 않는 정당한 의미의 비평이 그 작품과 반伴하여 날로 번성하여 감을 바라 마지않는다.」

2. 최근의 월간물 위에 나타난 제군의 시

우인友人들에게 시의 월평을 써 나가 달라는 주문을 자주 받았으나, 독자 제군도 아시는 바와 같이 각 잡지가 달을 맞추어 1개월에 5종이면 5종, 6종이면 6종이 한꺼번에 나오는 것이 아니라, 한 가지가 석 달에도 한번,

넉 달에도 한 번씩, 심함에는 한호나 두호나 내놓고 반년이나 1년도 아무 소식 없이 천연스럽게 시치미를 떼고 있는 잡지까지 있으니까, 이런 현상의 잡지에 있어서 월평을 시험하려는 것은 마치 유치원에 다니는 어린아이의 성년 이후의 신혼 여행담을 필기하려고 연필을 깎아 가지고 기다림과 같다.

그러나 7월, 8월, 9월 사이에 나온 각 잡지, 서광, 개벽, 서울, 창조, 공제, 학생계, 폐허 등은 월평을 쓸 편리함보다 그것을 시험케 할 만한 자료를 여與하여 주었다. 비록 「많은 자료라고는 하나, 그 질은 물론 양으로 보더라도 석 달 동안에 여러 사람이 발표한 시의 전 분량이 일본 월간문예 잡지에 발표된 일인의 작의 반분에도 미치지 못한다.」 이런데도 불구하고 「조선 문단에는 시 쓰는 사람이 너무 많다」고 왕왕 불평을 말하는 사람들의 심정도 또한 모르겠다.

1) 양명羊鳴군의 시

군의 ≪공제≫ 1호에 실린 <새 생명>이란 시는 평민화平民化된 초인超人 ── 평민의 분을 바른 초인 ── 의 붉은 고뇌를 노래한 것이나, 인간의 거짓 없는 태양 빛과 같은 본연의 절정에 올라가 검푸른 썩은 지수池水와 같은 공기를 마시는 현대의 인류를 질타하는 그 기상이야말로 생생하고 웅웅雄雄하다. 그러나 「신지神智, 신애神愛의 태양이어 비노니 민절悶絶케 하여라. 소사燒死케 하여라.」 함은 근대시인의 감정으로서는 너무 원시적이며 조폭粗暴하다.

예술품으로의 결점
① 너무 경구적인 것
② 너무 단편적인 것

2) 보성步星군의 시

≪공제≫ 1호에 실린 군의 시 <그가 뉘냐>에는 장점보다 결점이 많다. 첫째는 그 제題 <그가 뉘냐>라는 것부터 잘못된 줄 안다. 그 시 안에 나타낸 인물은 「푸른 영원의 물결 밑으로 연기같이 쳐져 가는 어미를 부르는 발가숭이 1인밖엔 없다.」 그러면 인물은 이것을 보는 군과 또는 그 발가숭이 2인 뿐이다. 이곳에 그라는 3인칭을 쓸 수 없는 것이 아닌가. 그리고 군과 만날 때는 항상 하는 말이지만, 군에게는 '말'로써 기분을 담는 그릇을 삼지 아니하고 '맘'에 의하여 기분을 지으려는 경향이 있다. 예컨댄 「신비한 가슴에 유원幽遠한 물결이 선려鮮麗한 선율에 춤춘다」는 것이라든지 '푸른 영원의 물결'이라 함과 같은 것이 그것이다.

그러나 군의 시에 접할 때는 언제든지 하늘을 흔들 듯한 파랑波浪이 출렁거리는 칠漆보다 더 검은 바다 밑을 드려다 보는 듯한 감이 있다.

또 군의 동지에 쓴 <배암에 물린 참새>라는 시도 또한 '연애의 흐른 어미의 깃'이라든가 '희망의 환희'라든가 '절망의 이슬'이라든가 하는 등 일견 무슨 숙어와 같은 말을 함부로 쓴 그런 결점이 있다.

그러나 이 시는 본래 '귀족문화'의 반항자 타매자唾罵者 되는 군에게는 놀랄 만치 드물게 보는 상징적 요소의 풍부한 작이다.

동군의 ≪폐허≫ 1호에 쓴 <네 발자국 소리>란 시는 마치 온갖 촌리의 까치새끼란 까치 새끼는 모조리 잡아먹은 탐욕의 죄 깊은 까마귀가 한가히 작은 적막한 '매미'로 전화하려 할 때의 무섭고 아프고 슬픈 그 순간의 번약煩躍, 오열의 광자狂姿를 봄과 같은 근대인의 뿌리 깊은 속의 속타(燃)는 고뇌를 읊은 자이다.

그러나 이곳에도 또한 군의 고질되는 '동경의 이슬'·'전율의 미동'·'공포의 밤'·'신비의 가마귀'·'압박의 쇠사슬' 등과 같은 군의 독특의 예어藝語가 있다.

3) 요한耀翰군의 시

군의 ≪창조≫ 7호에 쓴 <생과 사>는 마치 봄 저녁의 담밀淡蜜과 같은 향기로운 바람을 업고 떨어지는 비단실의 타래(束) 같은 세롱細瀧에 빰을 스치우는 듯한 여성적 미를 가진 연하고 상냥한 기교 정돈되고 감각의 섬묘纖妙한, 불각不覺에 독자의 뜨거운 접문接吻을 뺏는 색깔보다 맛좋은 시다.

그 시의 '생'의 (1) · (2)는 마치 자녀도 친가도 없는 새파란 소년 상부孀婦가 간간奸慳, 잔악한 시모媤母, 시형媤兄에게 견디기 어려워 온갖 학대, 모멸, 참무讒誣를 당하면서 한갓 그 이웃집 어린아이들의 귀여운 '지저귐'에 마음을 붙이고 —— 길고 찬 '하까나이(덧없는)' 애수에 싸이어 산 보람도 없이 부평초같이 그날그날을 울어 지내는 그 슬픈 로-맨스를 듣는 것 같다.

그리고 그 아래에 아편에 중독된 사지백체四肢百體가 풀어진 임종의 사람같이, 또는 폭풍의 미치게 부채질 하여 가는 겨울밤의 언덕 위에 깜박거리는 힘없고 약한 애처로운 촉화燭火같이 금강석의 조각 같은 성진星辰이 나열한 영생의 새벽을 우러러 목이 턱턱 막혀 탄식하는 군을 반기는 듯, 안으려는 듯 샘물 같은 정淨한 눈동자, 유량嚠喨한 목소리로 노래하듯이 부르는 그 '사死'의 정다운 고운 얼굴이야말로 안전에 어릿거려 못 견디겠다.

그러나 군의 시는 어느 시를 읽어 보든지 무슨 칼로 익이고 화철火鐵로 단근질됨과 같은 아프고 쓰리고 날낸 강하고 깊은 그런 내적 큰 고뇌가 아니고, 항상 얕은 기분 바람에 날리는 가벼운 재기로써 말을 구사하여 있는 혐의가 있다. (그곳에 또한 미가 없는 바는 아니지마는) 군은 어디까지든지 감각을 중히 여기는 사람이다. 그러나 나는 군에게 「좀 더 깊은 사색을 가하여 받았으면」 어떨까 한다.

기분이 깊은 점으로는 <생과 사>보다 도리어 ≪창조≫ 6호에 읊은 <외로움>이란 시가 좋은 줄 안다. 그런 길을 버리지 말고 그보다 더욱 더 깊은 길로 나가주기 바란다.

4) 춘원春園군의 시

나는 춘원 군이 다시 문단의 사람이 될 여가를 가진 것을 퍽 기뻐한다. 그러나 ≪창조≫ 7호 권두에 쓴 <강남의 봄>이란 시는 암만 생각하여 보아도 시로서 쓴 것 같지는 아니하다. 본래 장난 좋아하는 군이니까 혹 문예의 감상력이 유치한 현하 조선민중에게「이 치한들! 이런 것이나 보고 즐겨라」하는 피육皮肉으로 썼는지도 모르겠다. 그러나 그것을 흠뻑 동정하여 말하면 군의 권련상자卷煙箱子로서 군모軍帽를 해 쓰고 소라 나팔에 죽총竹銃을 메고 전쟁 흉내를 내어 시골 버드나무 밑 논두렁으로 대보활보大步濶步로 경쾌하게 쏘다니던 유년 시대를 회고하면서 쓴 초심의 명작이라 하겠다. 이밖에는 더 무엇이라고 쓸 수 없다.

5) 춘성春城의 시

≪서울≫ 5호의 <한강유漢江遊>란 시와 ≪학생계≫ 2호의 <월색月色>이란 군의 시는 모두 흥미 깊게 읽었다. 만일 그것이 선유船遊나 월색의 단순한 시가 아니고 작자의 심상心像을 그리는 시였다면 얼마나 좋았을는지 모르겠다. 그러나 이것이 월색이나 선유의 단순한 사생시라 하더라도 군의 자연에 대한 불같은 동경, 꿀 같은 애착을 가진 한 마리의 호접胡蝶이나 새와도 오히려 정사情死를 사양치 않을 듯한 그 청순淸醇, 열렬한, 고귀한 정조情操에는 감복 안할 수 없다.

그러나 그가 가장 큰 결점은 그 기분과 조자調子가 아직도 충분히 한시와 조선고가의 영역으로부터 벗어나지 못한 것이라 하겠다.

이외에는 월탄月灘 군과 동원東園군의 시가 있으나 몸이 피곤하여 그 것의 평은 후일로 미루고 위선 이만 그친다.

(개벽, 1920. 11)

최근시단 개별概瞥

조선의 신흥 시가공업詩歌工業은 그 생산량의 빈약함도 말할 것 없거니와 더욱 그 생산기술 ── 제품기술에 있어서는 실로 유치기술幼稚技術 그대로의 것이다.

그 일반의 제품기술은 일종의 외제품의 조모방粗模倣의 유치기술幼稚技術이다.

이러한 시가품詩歌品이 시장에 나가 고객의 학대를 받는 것은 당연한 일이다.

그들은 그 원료질原料質로나, 또는 그 가공 기술상으로나 하등의 시장가치를 갖지 못한 유치한 저급의 조제품 난제품이다.

각 잡지를 통하여 시장에 나타난 지명知名의 몇몇 우수한 시인의 작품 중에도 그 제품 기술에 있어서 여지없는 실패를 연출하고 있다.

이에 그 몇몇 작가의 작품을 들어 그 작품의 기술 가치를 검토해 보려 한다. 그 의식가치는 별문別問에 부付한다.

김기림金起林군의 작

≪중앙≫ 5월호 중의 <아스팔트>: 이 작의 제1연의 「아스팔트 위에는 4월의 석양이 조렵고」라는 구句의 그 소운所云 '조렵고'는 무슨 다른 말의 오식誤植이 아닐까? 그 말대로 보면 그 어의가 통해지지 않는다. 그 점에서부터 불만을 느끼기 시작하였다.

그리고 그 제3연의 「소리 없는 고무바퀴를 신은 자동차의 애기들이………」라는 구는 형용불구形容不具 형용미지形容未至에서 실패하였다. 「고무바퀴를 신는다」는 것은 너무나 독단에서 조주早走하는 형용이다. 이런 형용을 약식형용류略式形容類라고 하나, 이것은 까닥 잘못하면 실패하게 되는 것이다.

기림군의 이 시구는 일종의 형용유산形容流産이 되고 말았다. 고무바퀴를 별안간 신는다고 해서는 독자로 하여금 기괴奇怪의 경이를 느끼게 할 것이다. 고무바퀴를 신으로 의형화擬形化 시키는 데는 먼저 그 고무바퀴를 신으로 형용하는 전제 설명이 있어야 한다.

곧 그 구句를 「소리 없는 동구란 고무바퀴 신을 신은 자동의 애기들이………」이라고 해야 한다. 이래야 그 형용의 구상성이 완비된다.

그 이유는 고무바퀴는 그 이름과 가치 고무바퀴이지 신이 아닌 까닭이다.

그리고 「네 가슴은 구름들의 피곤한 그림자가 쉬러오는 회색의 잔디밭이란」 구도 성공된 형용이 아니다. 그러한 경우의 피곤이라는 수식어는 다른 보족어를 끌고 그 구름이라는 말 위로 가야한다. 그 말이 구름이란 말 아래의 어떤 말에게 붙어서 그 아래 말의 수식어로 될 경우에는 그 다부성多夫性의 수식어의 위치에 대한 쟁탈시비가 일어나게 된다. 문장에 있어서는 그러한 애매한 용어법은 삼가야 한다. 곧 이 말은 구름이라는 말을 빼어 놓는다면 '피곤한 그림자'로 될 것이 아니냐? 그 '피곤한 그림자'라는 것이 요행히 말을 이룬다면, 그 어머니와 그렇지 못한 경우에는 작자의 문장 기술을 힐책하는 문제로 들어가게 된다. 그것이 혹 '구름들의 여윈 그림자'라고 되어 있다면 그 '여위다'는 것은 그림자를 수식하는 말로서 그 어의가 분명해질 것이다. 그러나 '피곤한 그림자'라는 것은 말을 이루지 못한다. 작자의 이 시구를 늘여서 본다면 그것은 "구름들의 피곤한 그림자"로 볼 수 있다. 작자도 그러한 뜻으로 썼을 것이다. 그러나 시문詩文은 간략한 문장이니 만큼 더 까다로운 시비가 많아진다. 그리고 그 구름의 그림자가 쉬러오는 가슴속의 잔디밭이라고 형용해 놓은데 또 시비꺼리가 있다. 왜 그러냐 하면 그 가슴속이 왼 종일 하늘을 떠돌아다니던 피곤한 구름들의 순례자의 그림자가 쉬러 오는 잔디밭 같은 평화로운 안식소라면 그곳의 분위기를 지배하는 색채는 그야말로 평화로운 명랑한 것이 되지 않아서는 안 될 것이다.

그곳의 색 분위기를 회색이라고 해놓는다면 그 잔디밭이 어느 불안한 수심에 잠기는 일종의 지옥이 되지 않을 것인가.

또 그리고 그 말 연의 「바다를 꿈꾸는 바람들의 탄식」이라는 구는 형용의 개성이 드러나지 못하였다. 따라서 그 해석이 곤란하게 되었다.

곧 '바다를 꿈꾸다' 함이 「바다 되기를 꿈꾸다」는 말인지 무슨 말인지가 모르게 되어 있다. 그리고 그 말 연 말구의 「작은 아스팔트의 거리는 지평선의 흉내를 낸다」는 것도 일종의 어여쁜 술어 진열에 불과하고 말았다 할 수 있다. 지평선의 흉내를 낸다는 것은 바다를 꿈꾸다는 말보다 더 해석이 곤란해지는 말이다.

그러나 이 시 가운데의 「내의 마음은 우울한 해저!」라고 함과 같은 일구는 형용이 매우 얌전한 구이다. 작자가 이러한 조자調子로만 나가 준다면 작자의 시인적 대성은 그 날을 가기可期할 것이다.

작자의 ≪신동아≫ 5월호에 발표한 <호텔>이란 시 가운데도 '호텔'의

흑단의 층계를 「두께를 재껴 놓은 오르간」이라고 형용한 일구가 있었다. 이러한 형용은 참으로 만 냥의 가치가 있었다. 그것은 얼마나 현대인적의 선명한 감각이냐?

조영출趙靈出군의 작

≪중앙≫ 5월호 중의 <단편斷片>: 이 작에 있어서도 그 형용 상의 많은 결점을 발견할 수 있었다. 곧 이 시 가운데의 「녹 쓴 비파 줄의 예술의 단편」이라던가 「사바裟婆의 침상」이라던가 「마주魔呪에 썩어진 뭇 해골」이라던가의 시구는 일종의 형용 기만欺瞞에 속한 것들이다.

김기림군의 「바다를 꿈꾸다」 또는 「작은 아스팔트의 거리는 지평선의 흉내를 낸다」라는 것은 형용부족에 속하는 자이나 조군의 이것들은 무리한 형용 기만에 속하는 것이다. 조군의 시에는 이러한 형용 상 실수가 많이 왔다.

더욱 그 중에 '묘지의 밤은 여신의 살결같이 보드랍다'라는 구가 있다. 이것은 의인법의 초경에 재在한 직유 비유형의 반 의인법의 묘사 수법이다. 그러나 이것은 일종의 비유의 대상 착오에서 원인된 실패된 묘사이다.

'밤은 보드랍다'고는 쓸 수 없다. 밤은 일종의 색기체色氣體 현상인 이상 그 밤의 속성을 묘사하려면 고요하다고 하든지 혹 쓸쓸하다고 하든지 침침하다고 하든지의 류類로서 형용하지 않아서는 안 된다.

밤의 살결이 보드랍다고 쓰려 할 때에는 기림군의 '고무바퀴'에 재한 경우와 같이 그 밤을 먼저 무엇으로든지 의인화 해 놓지 않으면 안 된다.

이 구를 고친다면 '묘지의 밤은 곱게 잠자는 여신의 숨결'같이 고요하던지 혹은 「묘지의 밤은 애인을 잃은 젊은 여신의 가슴같이 쓸쓸하다」 던지라고 해야 그 형용이 방불해 질 것이다.

그러나 군의 금번 ≪조선시단≫ 지상에 발표한 작과 같은 것은 전 시단의 주목을 끄을만한 가작이다.

군의 재기才氣 곧 그 시인적 소질은 누구보담도 크게 주목된다. 군의 재기는 영롱한 옥괴玉塊 그 물건이다. 이 작자는 역작에 의한 과작만 하면 대기대성大器大成 하리라 믿는다.

송순일宋順鎰 군의 작

≪신동아≫ 5월호 중의 <조춘풍경早春風景>: 이 시는 대체에 있어서 기분에 요령 있는 작이다.

그러나 그 제1연의 벽두에서 수사상의 치명적 실수를 범하여 있었다.

곧 그는 제1연의 「포프라 높은 가지 끝에는 젖 빠는 애기 같이 보드라운 숨소리가 들리는지!」라는 것이다. 이것은 상하 어語의 연락이 통해지지 않는 구시句詩이다. 그것은 다른 것이 아니다. 그는 곧 「…애기 같이 보드라운 숨소리가 들리는지!」라는 구이다. 말이 이렇게 되어서는 그 윗말의 피가 아랫말의 혈관으로 통해 가지를 못한다.

이것은 「……젖 빠는 애기의 그것과 같이 보드라운 숨소리가 들리는지!」라고 고쳐야 한다. '그것과 같이'라는 것은, 곧 그 숨소리를 가리키는 말이다. 그저 '……애기 같이'라고 해서는 그 말은 아래로 접속이 못되고 그대로 떨어져 버리고 만다.

그리고 그 구를 받치는 그 대음 구의 「내려오는 태양도 수레를 멈추고 빙그레 웃네」란 구도 개작을 요할 자이다.

그 태양이 빙그레 웃는다는 것은 어린이의 귀여운 숨소리에 대한 표정으로서 형용한 것이나 이 빙그레 웃는다는 것은 때에 의하여는 피육皮肉의 웃음으로도 이용되는 말이다. 더구나, 태양 같은 거물이 빙그레 웃는

다고 해서는 기미氣味가 나빠진다. 그러므로 이런 곳에서는 그 웃는 의미를 분명히 나타내 놓아야 한다. 곧 「태양도 그 숨소리가 귀여워 수레를 멈추고 빙그레 웃네」라고 하지 않아서는 안 된다. 그리고 '태양이 내려온다.'는 것은 일종의 감각 착오이다. 또 태양을 수레를 타고 다니는 태고시절의 허깨비를 만들어 놓은 것도 너무나 낡은 감각이다.

그리고 제3 · 4연의 「울타리를 쑤시는 병아리가 경이의 세계에 도취되어……」라는 구는 역시 일종의 형용 기만이다. 경이의 세계에 술 취하듯 취하는 감각이 어디 있을까? 놀랍고 이상스러운 세계에 대한다면 정신이 어리둥절해질 터이지 취할 리야 있을 것인가?

그리고 그 밑이 「아아 위대한 생명의 어여쁜 탐구자여」라는 대구이었다.

이것도 상구上句를 받친 제 배구配句가 아니다. 경이의 세계에 몽롱하게 도취되어 있다는 병아리가 어느새 자라서 생명 진리 탐구의 철학자가 되었다는 말인가?

이것은 '오오 위대한 세계에의 어여쁜 어린 생명의 순례자여!'라고 고쳐야 상구의 기분을 가연可然하게 받는 대구가 될 것이다.

그 말 연의 제구諸句는 모조리 용두사미의 실패된 구들이었다. 그리고 이 작자는 자유시의 율律 조직의 기교에 대한 관심이 적었다.

위에서 말한 어린이 숨소리에다가 태양의 빙그레 웃는다는 것을 대립시켜 놓은 것과 같음은 그 율적律的 관심이 등한한 것의 호실례好實例의 하나이다.

대비조對比調의 시에 있어서는 그 기분 조화 —— 율律 조화가 가장 고심을 요하게 된다.

그러나 이 작자는 동요시인으로의 귀여운 소질이 풍부하게 유로流露되어 있었다. 그 점에서 작자의 장래를 축복할 적지 않은 기대를 가지게 되었다.

4. 모윤숙毛允淑, 주수원朱壽元 양 등의 시

≪신가정≫ 5월호 중의 <어머니>: 모윤숙, 주수원 양 작가는 동일한 제목으로 썼다. 그것은 아마도 잡지사에서 과거科擧 보이듯이 내어 준 제목 밑에서 쓴 것 같다. 그래서 그럼인지 그 두 분의 시에는 아무런 열정적 감흥이 없었다. 그 두 편의 시는 즉석에서 아무렇게나 시구를 불러준 매문식의 문장 그것이었다.

모씨의 시는 그 구문이 토막토막의 무슨 돌멩이 고임같이 되어 완전한 문장을 이루어 있지 못한 감이 없지 않았다.

그 제1연의 '거룩한 새벽'이라든지, 또는 '광란스런 마음바다'라든지 하는 구들은 새로운 시문여성詩文女性의 어휘로 보기에는 그리 칭찬할 수 없었다.

그 제2연의 「탄식과 멍에로 삶이 비틀거리고 위선과 속임에서 이 몸이 씻기울 때」 라는 것과 제3연의 「수많은 사랑 그 찬란한 궁전엔 꺼지고 흩어지는 색등이 어렸거늘 수식 없는 내 어머니 그 가슴에 영원한 사랑이 끌어 흐릅니다.」라고 함은 무슨 말들인지 잘 모르고 말았다. 이 시에는 적이 실망을 느끼게 되었다.

그 중에 '위선과 속임'이란 구가 있는 듯하였다. 그것은 보통 용어 상식상으로 그렇게 못 쓰는 말이다. 위선이란 것은 속임의 한 종류이다. 그 어법은 마치 '문학! 예술!' '팔! 사람!' '다리! 사람!'이라고 하는 류의 말과 같다. 그러한 말의 용법은 금후에 주의하기 바란다.

주수원 씨의 시상과 그 구문은 모윤숙씨와 동일한 학교를 나오니 만치 대동소이 하였다. 그러나 주씨의 시에는 더 심한 어구가 있었다. 곧 「아름답고 고흔 노래」라느니 「존귀한 당신을 명상합니다」라는 것이었다.

이 작자는 전혀 동일한 개념의 말을 포개서 써 버렸다. 「아름답고 고운

……」이란 말은 그 개념을 어떻게 구별해야 할런지 작자에게 일 답을 요구하고 싶다.

또 이 작자는 '명상'이란 말을 사람을 눈감고 그리워 생각하는 의미로 활용하였다. 그것은 잘못이다.

'명상'이라 함은 철학 상 술어로서 「진리를 추구하여 사색한다.」는 말이다. 사람을 '사색한다'는 데는 천부당 만부당한 말이다. 어쨌건 모씨나 주씨는 우리들의 눈물겨운 동반자로 생각한다. 따라서 그네들의 열심 있는 수양 노력을 바랄 뿐이다.

—망언다죄妄言多罪

(조선시단, 1934. 9)

희생화와 신시를 읽고

희생화는 물론 소설은 아니다. (작자는 무슨 예정으로 썼는지는 모르나) 이것은 하등 예술적 형식을 갖추지 아니한 그저 사실이 있는 대로 그대로 기록한 소설도 아니고 독백도 아닌 일개 무명의 산문이다. 그러나 아무리 예술적 형식을 갖추지 아니한 초보의 무명의 산문이라 하더라도 사실의 기록으로서는 너무 허위와 과장이 많다. 그리고 묘사도 불충실 하리만큼 급행적急行的, 광도적廣蹈的, 단편적斷片的이다. 더 일언을 하여 말하면, 단조하면서도 내용의 전체의 포화飽和가 취하여 있지 못하며, 또는 외면적이면서도 너무 개념적의 조대粗大한 천상淺相의 외면 묘사이다. 더구나 S의 아우되는 국주國柱(작자 자신)의 심리활동의 필연성, 곧 그런 경우에 있는 14~5세의 소년이 가질 심리(감정)의 필연성이 조금도 나타나지 않았다.

그 기록이 사실의 기록으로서 허위가 있다는 것은 그것을 ① S와 K와의 회화 안에 영어 Love is blind. But, our love has eyes를 썼다는 것과 ② 또는 S와 그 모친과의 최근의 유행어를 가지고 한 회화 등에서 찾아낼 수 있다.

왜 그러냐 하면, 사건은 10년 전의 일이라 하며 또는 더욱 학교는 동교 동학한 것 같이 써 있지 아니한가. 만일 지금으로부터 10년 전의 18~9세

되는 소년학동少年學童에게 위와 같은 영어와, 또는 최근의 유행어(최근의 유행어라 하나 이것은 물론 다만 조선을 표준하고 하는 말)를 쓴 것이 사실이라 할진댄, 그들은 적어도 중등 이상 정도의 학생이라 할 수 있다. 그러나 과연 10년 전의 조선에 이런 영어와 경향傾向, 술어術語를 능히 쓸 만한 중등 이상 정도의 학생을 동학케 한 학교가 있었는가? 이런 학교는 10년 후의 지금의 조선에도 오히려 없는 바가 아닌가? 억지로 동학한 것이(한 의자에 동좌 동학한 동학이 아니고, 설사 반을 같은 동교학이라 하더라도) 사실이라 하던 그는 어느 공립이나 사립 보통학교(소학교)가 분명하다. 작자가 아무리 S와 K의 천재를 과장하여 이것을 변명한다 하더라도 그는 빨간 허언이다. 제1 작자 자신이 S와 K와의 그 당시의 영어회화가 무엇인지 몰랐으나 그 당시 자기(14~5세의 소학생)에게 똑똑히 들린 일구가 있는데, 지금 생각하면 「………」라 한 것이 일면으로 가장 어색하게 작자의 기록이 허위인 것을 자백함이 아닌가.

그리고 S의 아우 되는 작자의 그 당시 곧 그런 경우에 있는 14~5세의 소년의 가질 심리의 필연성이 나타나 있지 아니하다는 것은 다름 아니라, 곧 그 소년의 감각에 특별한 장애가 있는 무신無神, 둔감의 인人이 아닌 이상, 또는 그 소년이 그와 정반대로 육陸에도 천년, 해海에도 천년, 남의 쓴 사정, 단 사정을 능란히 헤아려 줄만한 상당한 연배의 고로인苦勞人과 같은 충분한 분변력分辨力 있는 사람이 아닌 이상에야 S와 K의 야중夜中 동반이라든지, 남산밀회를 발견한 뒤의 S의 가정에 하등 풍파가 일어나지 않았으랴. 제1 S와 K와의 야중 동반, 남산밀회, 더욱 산중에서 자기를 속여 떨어내 버리고 은신한 것을 발견하였을 때의 표정은 부자연을 극한 허위 투성이다.

문장으로는 그 풍경사생風景寫生 같은데 이르러는 꽤 좋은 부분이 있다. 그러나 그 형용에 너무 같은 말을 중복첩용重複疊用한 혐의嫌疑가 있고, 전체의 필촉筆觸도 그다지 깨끗지 못하다.

'신시新詩' 작자에게 ──

작자여 군이 어느 때 나에게 시작을 가져와 보아 달라고 할 때 ── 군의 시를 읽은 뒤 ── 나는 군에게 「시의 초경初境에는 하수의 사상시가 되기 쉽다」고 한 말이 있었다. 혹 군이 기억하는지, 군의 그 처녀시품處女詩品을 읽은 나로서 다시 ≪개벽≫ 지상에서 군이 발표한 시품詩品을 읽게 된 때에 그 기꺼움은 무엇이라 말할 수 없다.

그러나 그 시의 전부가 서정시 되기에는 너무 사상에 소訴하여 지내 있고 또는 사상시로서는 요령을 이해키 어려울 만치 수사가 어질어져 있으며 또는 표현이 너무 유치하다 할 수 있다.

첫째 <구름>이란 시곡詩曲을 보면,

> 흘러가는 구름,
> 따라가던 나의 눈,
> 자취 없이 스스로 스러지는
> 피녀彼女의 환멸 보는 순간에
> 슬며시 풀어지며
> 무심히 픽 웃고
> 잇대어
> 눈물짓다.

라 하였으나 작자여, 무엇이 슬며시 풀어지며, 또는 무엇이 픽 웃고 무엇이 눈물짓자는 말인가. 흘러가는 구름이 그랬다는 것인가. 혹 따라가는……의 눈이 그렇다는 것인가. 다시 되고 할 겸 자세히 읽어보라.

그리고 둘째 <생의 철학>이란 시에,

「우주만유宇宙萬有의 본질이 모두
생이란
철학적 직각直覺 속에」라 하여 놓고는
「들에다 귀를
가만히 기울여 보고
쇠메다 손을
슬며시 대어 보았다.
미친 듯이.」

라 하였으니, 이것이 무슨 의미인가. 그것을 다시 「우주만유의 본질이 모두」라는 것을 전제라 하고, 그 나머지의 구를 단안斷案으로 보더라도 그 본질 되는 자의 설명도 정의도 아닌 전연 무의미 불통의 말이 아닌가. 군으로 말하면, 상당한 학문과 철학적 수양도 있는 터인데, 이런 것을 더구나 시형까지 빌어 '생의 철학'이라고 써 내놓는가. 나는 군에게 대한 우의友誼의 위로 보든지, 무엇으로 보든지 대단히 유감으로 안다. 이 위에도 군의 전편의 시에 취하여 할 말이 많지만 생각하는 점이 있어서 참는다.

만일 <희생화> 작자와 <신시> 작자가 조금이라도 나의 이 평에 불복과 불만이 있을 때는 나와 같이 이렇게 숨기지 아니하고 대담하게 말하여 주기만 바란다.

그리고 최후에 일언을 가하려는 것이 있다. 본지 11월호의 나의 <최근의 시단>이란 글 꽁문이에다가 누군지 모르나 일본 이쿠다쬬코우生田長江 씨의 「문학신어 소사전」 중에서 끌어내온 '시'의 강석講釋을 부쳤는데 그 전문이 아래와 같다.

시라고 하는 것은 무엇인가
시라고 하는 것은 운문을 가르쳐 말함이니 그 특색은 노래로 부를만한 음조를 가진 것과, 또 형식이 긴장한 것과 보통의 문장과 비교하여 전도되어 있는 것이니 이상 3종의 성질 중 어떠한 것이든지 1종만 구유具有한 것이면 시라고 할 수 있는 것이다. 가사와 시조는 조선고래의 시요, 근자 신체시는 「서양시를 모방한 것」이오.(하략) 운운하였다.

이런 것을 소위 『사전』이란 황공무비惶恐無比한 이름 붙은 책자에다 박아낸 저 「이쿠다쬬코우生田長江たる者」도 대 바가야로野郞이지마는 이것을 아무 고찰도 없이 번역하여 내는 이도 무책임을 극한 사람이라 할 수 있다. 이것이 저 쬬코우長江 씨의 눈에 들어갈는지, 안 들어갈는지는 모르나 제일 먼저 쬬코우 씨에게 일언을 하려 하노라. 씨가 시의 특색으로

① 歌へるやうな調子のある事
(노래로 부를만한 調子가 있는 것)
② 夫から調子のひさしまつてゐる事
(그리고 調子의 緊張되어 있는 것)
③ 文句の並べ方が普通の文章に較べるとひつくりかへしになつてる事
(文句의 竝列이 普通 文章에 比하면 顚倒되어 있는 것)

라고 한 것을 다소 불만이나마 이의가 없다 하더라도 「이상의 세 성질 중 어느 것이든지 한 가지를 가진 자가 시다」 함에 이르러는 사스가(소문대로)의 일본 일류문학자라고도 할 만한 저의 무학無學을 아니 웃을 수 없다.

씨의 이 세 가지 중에 하나 되는 전도된 문장이 하등 조건 없이 시 됨을 얻는다 할진대, 신문 3면 기사의 전도된 것도 시며, 긴장미를 가진 보통문의 격문檄文도 시인가. 「이쿠다쬬코우生田長江는 그릇된 시의 강석을 한 사전을 낸 바가야로」라 하는 것을 「馬鹿でこざる, 誤りし詩の講釋をなせる辭典を出したる生田長江樣は!」이라고 쓴다 할진대 씨는 무엇이라

할까. 시가 아니라고는 항언抗言 못할 줄 안다.

그러나 이것을 번역하여 낸 이의 「신체시는 서시西詩의 모방한 것」이라는 말에는 자못 분개를 이기지 못하는 바이다. 만일 이것이 저 일본 명치초기시단에 일어난 신체시에 대한 정의다 할진대 그는 모르겠다. 최근의 일본 시단이나 또는 우리들이 쓰는 시는 (시형은 비록 서시형을 모방하였다 하더라도) 곧 일본인이 창조한 시, 또는 우리가 창조한 독립한 시이다. 시형詩形과 시는 다르다. 시를 덮어놓고 서양시의 모방이라 하는 것은 적어도 한 민족의 그 국민시가 운동에 여與하는 이 위에 더 넘는 심한 큰 모욕은 없는 줄 안다.

(개벽, 1920. 12)

주문치 아니한 시의 정의를 일러주겠다는 현철玄哲 군에게

현군! 개벽 문예부장의 현철 군! 군의 그만한 정녕한 호의는 감사하오. 그러나 나는 군에게 시의 정의를 일러달라고 주문한 일도 없었고, 또는 군에게로부터 그런 주정군의 허튼 맹세와 같은 모욕을 받을만한 막된 글을 쓴 기억도 없소. 좌우간 술김에 하는 허튼 소리거나, 또는 농담이거나, 진담임을 불구하고, 적어도 문자 상에의 말로 나타난 이상에는 그대로 잠자코 있을 수는 없소.

나는 본래 그것이 군의 손에 의하여 된 것인지도 전혀 몰랐을 뿐 외라, 그것이 신문지상의 문제까지 되었다는 소식도 비로소 군의 소위 '비평을 알고(?) 비평을 하라'는 글을 읽고 겨우 알았을 뿐이요.

군이 만일 「시인의 황군에게 시의 정의를 이르고 싶다」는 말을 평소의 사석에 있는 때와 같은 흉허물 없는 농담으로 하였다 할진대, 따라서 이 글 안에 있는 나의 온갖 말도 그와 같은 의미로 받아줄 줄 아오.

── 군에게의 답

첫째 군의 그 글 제목부터 말하여 나가려 하오. 「비평을 알고 비평을 하람」이 대체 무엇인가. 비평의 의의를 알고란 말인가, 아쉬운 대로 「비평의 길을 알고 비평을 하라」고나 고치라, 이런 막연漠然을 극한 몰상식의 말의 용법이 있는가, 이러고는 남에게 시의 정의를 일러 주겠다고? 버르장이 없는 현철군!

내가 언제 어느 장소, 또는 어느 지상에서 군에게 시의 정의, 더구나 군의 개견個見도 아니고 남의 것을 번역하여 일러줌과 같은 시대에 뒤진 몇십 년 전, 내지 1세기나 2세기 전에 통행하던 낡아빠진 정의를 일러 달라고 하였는가?

내가 시의 정의쯤도 모르는 그만한 저뇌아低惱兒인지 아닌 것은 현명한 독자와 나의 양심의 판단에 맡기고라도, 내가 만일 이것을 알려고 할진대, 이곳에 도서관도 있겠고, 학자도 있겠고, 나의 선배, 우인友人되는 시인도 있겠는데, 위정 삼전우표三錢郵票를 써서 수륙水陸 4~5천리나 격해 있는 시인도 아니고 비평가도 아니라는 군에게 이 우를 끼치겠는가. 내가 그나마 내 글 꽁무니에다가 일종 피육皮肉같이 달라붙은 군의 그것에게 취就하여 심하게나 말을 하였으면 모르거니와, 지나가는 말로 일풍一諷을 여한 것에 불과한 것인데, 그만한 말에 발끈하여 가지고 군이 알지도 못하는 시의 정의를 가르치라는 둥, 한층 더 떠 나의 행동(?)이 국민협회 기관신문 기자 누구와 같다는 등의 신사답지 못한 타락서생墮落書生의 도전적 조자調子 같은 경폭輕暴한 말을 토하는가?(군이야 말로 자중하라) 그 신문기자에게 여與하는 군의 글 가운데도 내 눈에 거스르는 곳이 한둘이 아니지마는, 그것은 나의 구태여 용훼容喙할 바도 아니고, 또는 그런 곳에 함부로 뛰어들 인격의 나도 아니요. 나는 다못 나에게 여한 군의 글에 취就하여 체면상 싫지만은 한두 말을 보報하려 할 뿐.

둘째 「따로 군에게 답변 아니 하더라도 알아들을 만하니까 그만두고」 라 하였다. 군이 대체 이 황석우를 3세나 4세 먹은 어린 아이로 아는가? 이것은 결국 군의 문견 문제로 돌아갈 뿐이고 나의 그 가부可否를 탄할 것은 되지 못하는 줄 아오.

셋째, 「아무 고찰 없이 번역한 무책임은 아닌 줄은 알아들었을 듯 하구려.」라 하였으나 이것은 또한 무슨 밑도 끝도 없는 주어酒語인가?

넷째 「신문학사전은 이쿠다쵸코우生田長江의 한 사람뿐 아니라, 모리다소헤이森田草平와 가토아사도리加藤朝鳥의 3인의 공편한 것이다.」 하였다. 이것을 보면 군의 독서 범위가 얼마나 좁은 것과, 또는 무책임하다는 책망을 억만 번 들어도 싼 그런 병病 —— 일종의 부주의증不注意症이 있는 것을 용이히 찾아낼 수 있소. 군은 그 3인이 합저한 것만 보았지, 이쿠다쵸코우 일인이 만든 것은 보지 못한 것 갔소. 그리고 내 글 가운데 '신문학 사전'이라 쓴 곳이 어디 있소. 나는 이쿠다쵸코우씨의 '문학신어소사전'이라고 쓴 밖에는 미안하지마는 그 3인의 합저물合著物을 1인의 저작물이라고 쓸 그런 가련한 두뇌는 갖지 않았을 듯하오.

넷째, 「신체시가 서양시를 모방하지 아니하였다는 증거가 어디 있는가.」하였다. 이것도 군의 고질같이 보이는 그 부주의증의 한 징후라 하겠소. 내 글을 군의 말과 같이 다시 4독 5독 하라, 내 글 가운데 「신체시가 서시의 모방이 아니라」고 한 곳이 있는가, 없는가.

물론 일본 명치明治 초 시단에 일어난 저 우에다上田, 야노矢野 일파의 시, 그네들이 스스로 신체시라고 표방한 시는 일종 서시西詩의 모방이었소. 그러나 내가 말하는 시는 적어도 신체라는 명칭을 떼어버린 시, 자유시를 가리킴이요, 그렇기에 내 글 가운데 「………이것이 저 일본명치 초기시단에 일어난 신체시에 대한 정의일진대 모르거니와」라 아니 하였는가, 나는 군이 최근 일본시단이나 우리 조선 신시단에서 쓰는 바의 시를

'신체시'라고 인認하여 있음과 같은 그 무학한 태도를 분개하는 마음의 한 부리를 단적으로 나타내임에 지내지 못하오. 이렇게 말하면, 영리한 군은 「아니, 그것은 다못 신체시에 대한 정의(?)이지 자유시에 대한 것은 아니라」고 교묘히 말해 빠지려 할는지 모르겠소. 그러나 「시라는 것은 무엇인가」 하여 놓고 나중에 가서 「근자 신체시는 서시西詩를 모방한 것이라」 하지 않았는가? '근자'면 멀게 잡고라도 2, 3년 내외 되는 최근을 가리킴이겠구려, 그런데 과연 군의 소위 근자의 일본 시단이나 조선 신시단에서 이 신체시를 쓰는 사람이 한 사람이나 있는가? 군의 소위 근자의 우리에게는 신체시라는 이름조차도 잊어버리게 되지 아니 하였는가? 이것을 보면 군의 소위 '근자 신체시는'이라 함은 근자의 자유시를 가리킴이 분명치 아니한가?

신체시가 없어진지 몇 십 년이나 되는 금일에 재하여 '근자 신체시는' 운운하는 군이 나에게 시의 정의를 이르고 싶다? 또는 일본 근대시사近代詩史를 보라고?

다섯째, 나의 「시형과 시는 다르다」는 말의 의미를 몰라서 「상想자가 빠졌다는 둥」, 「시와 시형의 두 가지가 있느냐는 둥」, 즉 (A=AB)가 아니냐는 등의 여러 방면으로 갈팡질팡 헤매다가 예까지 들어 「조선인의 짓는 한문시는 아무리 조선 사람이 짓더라도 한시라 하고, 또는 한시를 모방하였다고 하지 않는가? 그러면 군은 이런 말을 할 터인지? 만일에 조선 사람도 서양문으로 시를 작하면 서양시라고 할 수 있으니, 이것은 한자로 지은 고로 한시라고 하여도 가하지마는, 소위 신체시는 일문日文이나, 조선 문으로 작한 이상은 일본인의 창시創始라 할 수 있고, 조선인의 창시한 것이라 하겠지마는, 결코 그렇지 아니한 것이니, 한시의 한자는 한음漢音의 한자가 아니고, 조선인의 한자漢字이며, 바이런의 시는 일문으로 번역하든지, 조선문으로 번역하든지, 바이런의 시라 하겠고, 서양 사람인 이상은 서양시라고 아니할 수 없겠지」 하여 놓고는 「이것을 보면 한시라고 하든지, 서양시라고 하는데 모방이라고 하는 것이 그 시상詩想을 가리켜 말하는 것보다도 그 시형을 가져 말하는 것이 대부大部가 아닌가? 그러면 내가 소위 신체시라고 하는 것은 서양시를 모방하였다는 말에 시형이 모방되었다는 것은 군도 시인한 바가 아닌가」 하였다.

군! 군이 이와 같이 시형과 시상을 갈라서 서양시의 모방이라 함은 시형의 모방이란 의미라고 말할 만한가? 고상한 두뇌를 가졌을진대, 나의 이른바, 「시형과 시는 다르다」라는 말을 (A=AB)가 아니냐고까지 말하지 아닐 것이 아닌가?

물론 시형, 곧 한시형이라든지, 신체시형이라든지, 서양시의 압운시형이라든지, 자유시형이라든지 하는 시형을 갖추지 아니한 시는 없다. 그러나 나의 말한 「시형과 시는 다르다」는 것은 시형을 갖추지 아니한 시가 있다는 것이 아니요. 그 의의意義, 곧 시의 의의와 시형의 의의가 다르다는 것이요. 다시 알아듣기 쉽게 말하면, 시형은 한시형이나 서시형을 빌더라도 우리의 말 또는 우리의 독립한 감정(정서) 사상으로서 철綴한 자이면, 곧 우리의 독립한 시라 하는 말이요. 그러니까 일문시(俳句와 和歌는 제하고)나 조선문 시가 비록 시형 뿐은 서시형西詩形을 모방하였다 하더라도 그는 의연依然 일인日人의 시, 조선인의 시란 말이요. 군이 나의 말한 「시형과 시는 다르다」는 것을 「상자가 빠지지 아니 하였는가, 상자를 붙이지 아니하고는 그 말의 의의를 분명히 모르겠다고」 하나, 이것은 군이 시에 대한 충분한 수양이 없는 까닭이라 하겠소. 군이어! 나는 군에게 다른 긴 말로 이것을 노노呶呶히 답하는 것보다 이 일어, 곧 「서시형을 모방한 일문시日文詩를 일문시상日文詩想이라 아니하고, 그저 일시日詩라고 하지 않는가?」 하는 한 말로써 군의 완명頑冥한 의혹을 풀어주려 하노라.

그러므로 「시형과 시는 다르다」는 것의 그 시란 말은, 곧 그 내용을 가리킴이요, 이것은 한 습관상의 용어법, 이런 것은 구태여 무교양한 억견臆見을 부려서 질문할 여지가 없는 줄 아오.

그리고 이 다섯째 번에 끌어온 군의 글 가운데, ① 조선인의 짓는 한문시는 아무리 조선 사람이 짓더라고 한시라 하고, 한시를 모방하였다고 하지 않는가, 그러면 군은 이런 말을 할 터이지, 만일에 조선 사람도 서양문으로 시를 작하면 서양시라고 할 수 있으니, 이것은 한자로 지은 고로 한시라고 하여도 가하지마는 「소위 신체시는 일문이나 조선문으로 작한 이상에는 일본인의 창시라 할 수 있고, 조선인의 창시한 것이라 하겠지마는」 이라 하였다. 이래서는 군과 함께 시를 논한다 함은 좀 난사일 것 같소.

물론 국민시가의 요건의 일로서는 그 시가 그 국민이 소유한 독특한 '랭게지' 됨을 요하오. 그러나 나의 '랭게지'와 문자와는 다르오. 문자는 어느 민족이 발명한 문자든지, 이것은 조금도 상관이 없소. 문자는 비록 지나인 支那人의 한자나 라틴 글자나 인도 범자梵字나 조선 정음이나 일본인의 가나假名 됨을 불문하고 '랭귀이지'가 조선인의 '랭귀이지'나 영인英人의 '랭귀이지'나 불인佛人의 랭귀이지면 그만이요. 결코 문자를 가지고 국민시가의 구별을 가리킴은 아니요, 그러나 이것도 다못 랭귀이지의 독립 위에 입한 국민생활의 존속할 때까지의 일시적 조건에 불과하지, 랭귀이지를 초월한 국민생활, 곧 일어一語에 통일된 국민생활이 실현될 때는 이 요건은 곧 말제抹除될 것이요, 예를 들면 저 영국과 미국은 동일한 랭귀이지를 가졌으되 의연 각각 그 국민 시가 되는 지위를 일치 않아 있지 않은가, 그러므로 한자나 한어 일문이나 일어, 인도글자나 인도어로 시를 썼다고 그것이 한시라든지 일시 혹은 인도시의 모방이라고는 할 수 없소.

그리고 ② 「결코 그렇지 아니한 것이니 한시의 한자는 한음의 한자가 아니고 조선인의 한자이며, 바이런의 시는 일문으로 번역하든지, 조선문으로 번역하든지, 바이런의 시라 하겠고, 바이런이 서양 사람인 이상에는 서양시라고 아니할 수 없겠지」라 하였다. 그러니까 일언으로 말하면, 조선인의 한시는 조선인의 한시라는 말이구려, 군의 소위 「한시의 한자는 한음漢音의 한자가 아니고 조선인의 한자이라」는 때문에, 이것이 도대체 무슨 예어囈語인가, 한자라고 하며 한시라고 하여 놓고는 한인의 한자라는 둥, 조선인의 한자라는 둥, 또는 조선인의 한시라는 둥, 한인의 한시라는 둥, 군은 무슨 술 냄새에라도 톡톡히 중독이 되었소, 한시면 어느 나라 사람이 지었든지 한시이고, 또는 한자면 한자이지 한인의 한자는 무엇이며, 조선인의 한자는 무엇인가? 또는 바이런이 「양인인 이상에는 서양시라 하겠고」라 하였으나, 일본 노쿠치요네지로野口米次郎의 영시는 노쿠치씨가 일인이니까 영시라 아니하겠는가? 대답 좀 하라. (이것은 물론 영국서 노쿠치씨의 시를 영국 국민시가의 하나로 인정하는 바는 아니겠지마는)

또는 그 다음에 「이것을 보면, 한시라고 하든지, 서양시라고 하는데 모방이라고 하는 것이 그 시상을 가리켜 말함보다도 그 시형을 가져 말하는 것이 대부大部가 아닌가?」 하였다. 그러면 군이어, 신체시는 서시의 시상의 모방이 아니고, 그 시형 뿐의 모방이니까 조선인이나 일본인의 독립한 시 됨을 얻는다는 말인가? 그러면, 영국인이나 불국인이 인도인의 시상을 가지고 시를 썼다 할진대, 군은 그 불인이나 영인의 쓴 시를 인도시의 모방이라 하겠는가? 군의 어의語義가 너무 애매하여 이 점에 취就하여는 군의 분명한 답변을 기다려서 말할 수밖에 없소. (감기를 들어 몸도 거북하고 하니까)

독자에게 여與하는 일언

민족혼이, 인류혼人類魂으로 다양의 독립한 각 민족의 국어가 일어一語로 통일되어가려는 금일에 재한 우리에게는 소위 국민시가 운운하는 말의 가치부터 의혹적인 것이나마 우리가 억지로 어느 시기까지 소위 국민적 색채를 가진 시가詩歌 위에 서서 나아갈 동안은 이 국민시가의 요건을 그 '랭귀이지' 위에 두는 것보다 그 시의 작자가 그 국민의 일원되는 것의 위에 둘 수밖에는 없습니다. 그리고 둘째는 그 국민성을 표현한 것임을 요하겠습니다. '랭귀이지'는 그 시에 재한 물적 재료, 곧 그 사상, 감정을 발표하는 한 그릇에 지나지 못하는 것이니까, 영어나 불어로 철綴한 시라는 조선인이나 일본인이 그 일본인, 또는 조선인으로의 민족성에 촉觸한 정조情操나, 사상을 표현한 것일진대, 곧 일본인이나 조선인의 국민시가라 하겠습니다. 더구나 시형과 같은 자못 세계적이 되다시피 하였으니까 우리의 쓰는 시가 서양에서 생긴 시형을 모방하였다고 그것을 「시형뿐을 모방하였다는 의미」로 라도 서시의 모방이라고 하는 것을 불온당한 말입니다. 나는 모방이란 이 두 자를 그다지 문제로 하는 바는 아닙니다마는, 이미 세계적으로 공개된 시형, 곧 인류공통의 시형이라고 하여도 가한 서시형을 가지고 쓴 것에게 모방이라는 문제가 생겨날 리가 없지 않습니까? 이 말을 한 개벽 문예부장인 현군이 여러분 앞에 내게 사죄를 하면 이르어니와 그렇지 않을진대, 나는 조선시단의 한 사람, 또는 시에 대한 모욕을 받은 원고, 피해자의 한 사람으로서 어디까지든지 싸울 작정입니다.

현玄군에게

현군 어쨌든지 나는 군에게 모욕을 받았음에 불구하고 분함보다 도리어 반가운 정이 많소. 우리들의 소위 명성이니 우정이니 하는 것을 희생하더라도 이렇게 늘 싸워 나가지 아니하면 안 되겠소.

어느 문명국민의 생활 쳐놓고 하나로 저 비평이란 정미기精米機를 거쳐 나오지 안한 것이 없소 마는 조선인의 생활(정신적)을 쌀로 비유하게 되면, 흙바닥에 굴린 인각粈殼, 쭉정이, 머리칼, 티끌 기타 온갖 부정물不淨物이 섞인 궂은 싸라기와 같소. 우리는 한 끼라도 모래나 티끌, 머리칼

섞이지 않은 맛있는 정한 완전한 쌀밥을 먹어본 적이 없소. 그러므로 우리는 늘 얼굴이 창황색蒼黃色이며 사람다운 힘이라고는 조금도 없소.

이것을 정화하는 데는, 곧 조선 2천 만민중의 영靈에 완전한 미곡米穀을 제공하는 데는 조선인의 생활을 맹렬猛烈, 준혹峻酷한 비평의 앞에 다지지 않으면 안 되겠소. 이 견지 위에 서서 나는 군의 나를 모욕한 그 글을 가장 참의 우인友人, 참의 식자識者를 얻은 때와 같은 반가움으로써 환영하오. 나에게 만일 틀린 곳이 있거든, 조금도 기탄없이 여하한 욕이라도 하여주오. 다못 인격 비평이 아닌 한도 권내에서.

(개벽, 1921. 1)

『자연송』에 대한 주朱군의 평을 궤독跪讀하고서

저뇌低腦한 필자는 주군의 『자연송』 평을 일종의 작품 중상中傷으로 밖에는 안 봤다. 그렇지 않다면 내 말을 열 번이라도 취소하지요.

주군의 그 붓끝을 잡은 동기가 여하하든 그것은 주군에게로는 실로 의외지사意外之事의 말하자면, 좀 신중한 곳을 잃은 편에 가까운 무엇이라 하겠다. 나는 다못 주군에게 금후의 재삼의 깊은 반성이 있기를 바랄 뿐이다.(비록 우자愚者의 말이나마) 나의 이 답변문을 쓰기에 이르기까지 모든 희비극이 교착交錯한 분규의 경로는 당분간 침묵을 지켜버리려 한다.

거두절미하고 우선 주군에게 대한 답변으로서는 첫째 나더러 과거에 있어서 신비적 상징주의에 철저해 왔다고 하나, 그것은 나를 욕하려는 전제로서 세우는 말이다. 나의 그 소위 과거가 언제였는지의 시간거리를 지적함인지도 모를 말이다. 나는 그런 공격을 받을 작풍을 버린 지가 오래다. 그런 작풍은 대정大正 9, 10년도의 사회운동 전선에 나섰을 때, 이미 청산해버리고 말았다. 그 후에는 내 자신이 '상아탑'이라는 호號조차 쓰지 않았다. 내가 상징시를 도대체 쓴 일이 없다. 그런 것을 썼다면, 1, 2편의 희작戱作에 불과하였다. 무엇보다도 내가 일본 상징시단(미래사) 동인이 됐을 때도 그런 류의 시작을 쓰지 않았다. 그것은 나의 일문시日文詩 습작이 최초로 발표되는 우에노음악학교上野音樂學校 기관지 ≪음악≫과 또는 미래사 발행인 ≪리듬≫에 게재한 모든 시편을 보면 잘 알 일이다. 내가 조선에서 일시 상징시인이란 오해를 받게 된 것은 첫째는 내가 미래사동인이 됐던 것, 둘째는 ≪폐허≫ 창간호 지상에다가 그 당시 일본시단 경향을 소개할 때에 상징시에 대한 시의 이론과 그 작품 소개를 하게 된 뒤일 것이다. 그러나 이따위 소리는 왜 하는 것이냐? 그것이 『자연송』 평과 무슨 관계가 있느냐? 게다가 광고자나팔廣告者喇叭 운운은 또 무슨 말이냐?

그 광고문에 대한 불만이라면 차라리 담박淡泊하게 평을 쓰는 것이 제 길이 아니냐? 이런 것이 정히 평의 모독, 곧 평의 일종의 악희惡戱라는 것이다.

군의 소운所云 그 평되는 자는 철두철미 광고문 더구나 『자연송』 중의 모某군의 서문에 대한 야릇한 그런 고상하다 할 수 없는 반감으로서 나온 것에 그치고 말았다. 『자연송』을 진지眞摯한 감상적 태도로 통독했다느니, 어쨌느니 하는 것은 독자를 속이는 신사답지 못한 거짓말이다. 이랬던 저랬던 나에게는 주군류의 ◎◎한 ◎◎◎[1] 시인 등으로부터 중언부언 귀 가려운 되지 못한 첨사諂辭를 느려 받는 것보담은 근저 없는 악언이나마 비방誹謗을 받는 것이 편하다. 귀찮은 정실관계가 그만큼 없어질게니 말이다. 곧 나는 군 등에게로부터 이런 악언이 머리를 들고 나오기를 예기도 했고 고대도 했다.

군의 그 평문은 억지로 만든 악언이다. 민소憫笑할 악언이다. 더욱이나 군의 문장으로 보더라도 그 세련되지 못한 점, 또는 앞 뒤 연락이 닿지 않는 점, 기타 모든 점이 아직도 십년의 공을 더 요하는 전도가 먼 유치한 글

1) 원문 그대로 표기한 것이다.

이다.(바쁜 중에 쓰느라고 그리 됐겠지!) 둘째에 있어서 힘이 어떠니 하고, 풍자가 어떠니 비유가 어떠니 하고 밤 전대 가운데서 도토리 알을 꺼내들고, 이것이 제일 맛좋은 밤이요 하는 거와 같이 한껏 재주를 피어들어 놓은 예시들은 미안하지마는 그것은 독자의 웃음만 사고 말았을 게다. 그것을 들어 놓은 것은 그보담 나은 딴 시편을 그대로 불문리不問裏에 묵살시켜 버리려는 아리땁지 못한 계략에서 나온 소위가 아니라면 본래 시의 깊은 길에 들지 못한 군의 두뇌 관계로 그리 된 것이 아닐까 한다. 행幸히 이 두 가지의 어느 편이 되지 아니기만 바란다.

군이 시비하느라고 들어 놓은 시 중에

> 논두렁과
> 개울에는
> 수없는 천문대가 있다.
> 그 천문대들에는
> 올챙이로부터 영전해온
> 개구리라는 천문학자가 있다.
> 개구리들은
> 불숙이 내밀은 눈알을 망원경으로 하여
> 눈 부시는 듯이 지긋이
> 하늘은 위의 기상을 살펴보다가
> 비가 올 듯하면 일제히 개골개골
> 울어댄다.
> 그것이 곧 개구리들의 비 온다는
> (기상보고란다)

와 같은 시가 어디를 나무랄 점이 있느냐? 비오기 전에 농촌 개울 둥지에서 울어대는 개구리를 보고 그것을 천문학자, 곧 기상학자로 취한 것이 시로서 무책임한 문학모독이냐? 장난이냐? 시인으로의 군 등의 감성은 여간 의심스럽지 않다. 농촌에 있어서는 개구리는 거의 일반 원시 농민의 일개의 간단한 측후기가 되다시피 하여 있지 않느냐? 군 등의 그것의 시비는 대답하기가 오히려 부끄러워진다.

셋째에 있어서 고의故意인지 오식인지는 모르겠으나 나의 쓴 시론으로서는 들어놓은 것 가운데 의미도 통하지 못하게 '수없이'라 하고, '배'는 '비'라 하고, '영전해온'은 '영전해요'라고 한 것이라든지, 그리고 심함에는 시구詩句를 들다가는 그 꼭 있어야 그 시편의 생명을 이룰 중간이나 그 밑받침 구를 빼어버린 것은 정말 숭배치 않을 수 없는 심리로구나! 그래 말이 좋다. '별'들을 하늘의 애기들로 보고 우뢰를 식상食傷한 하늘의 배 끓는 소리로 취한 유머와 꽃을 식물의 생식기, 화밀花蜜을 '꽃의 월경액'이라고 한 것 등이 시의 모독이며 유희문자遊戲文字의 나열이란 말이냐? 말 말자! 부족가언不足可言이다. 박물학 교재로는 부정확 불완전하다? 그러면 『자연송』을 보통학교 이과 교과서용으로 만든 자로 알고 읽었더란 말이냐. 웃을래야 웃기가 아깝구나. 이런 말은 내 시를 모욕한다는 것보담 조선시단 전체를 모욕하는 괴이한 초견식超見識의 폭언의 하나이다.

넷째에 있어서 이런 문자의 유희가 시집이란 명칭을 붙이고 나온 것은 유사 이래 처음이겠다? 요렇게도 알음이 박학인 주군이든가? 가조가조可弔可弔! 『자연송』은 주군류의 평을 안 받아도 다른 현명한 —— 주군보다 몇 백배나 진보된 —— 독자계급의 평자가 있겠고 겸하여 그 시집 가운데 주군배의 그런 막된 공격의 얕은 중상中傷의 딴 쪽에는 그렇게 쉽사리 곤두박질해 넘어지지 않을 엄연불후儼然不朽의 가치가 있다. 시기猜忌로 그랬다면 너그러이 용서해주마. 그만한 평문(?)을 쓰는 대담한 양반이니 시기猜忌는 과연 않았겠지! 자유시의 개조開祖니, 천재 아니 한 것이 또한 시비꺼리가 됐단 말이냐. 그것은 모혈某頁(페이지)의 서문 가운데 든 말구를 광고문을 이용해 놓은 것이 아니냐? 그 광고문은 시단사원들이 쓴 것이다.

그러나 그것을 내가 스스로 썼다면 더욱 트집 잡기가 좋겠구나! 그것을 내 손으로 썼다 하자. 그렇다면 어쩔 테냐? 무슨 점잖지 못한 시비냐? 그런 것을 시비하려면 군 등이 최근에 내놓은 그야말로 위대한 '트래쉬'의 모임에 불과한 모시집의 혼도가경昏倒可驚할 그 광고문에도 스스로 책하는 바가 있어야 안하겠느냐? 그 광고나팔은 군의 말과 같이 뉘 신분에 맞는 그것이더냐? 왜 쓸데없이 군 등의 품격을 스스로 상케 하는 폭언을 농하여 나에게 달려드는 게냐? 可笑可笑한 일이다. 끝으로 주군의 '단문短聞' 운운云云의 명술어名術語를 나열한 명평문을 궤독삼독跪讀三讀 했음을 일생의 잊지 못할 영광으로 안다. 나는 이로부터 주군을 숭배하는 학도의 1인이 되겠다.

사천년래 처음 가는 세계적 대시인 명 평론가의 주군! 좌우간 금번에는 군의 계몽으로 말미암아 배운 것이 많소. 나도 그 글 가운데서 논문재료께나 얻었소. 그것뿐이 감사감사하오. 그러나 이번 일은 동지同志 도덕으로나 군의 자체면自體面 관계로나 군의 큰 실수라 아니할 수 없소. 이 다음에는 시의 이론투쟁이나 톡톡히 하여 봅시다 그려. 군의 시작에도 좀 방맹이질을 해놓아야겠소. 이번에는 칼만 울리고 말았다. 분한 일이다. 하늘을 우러러 한번 통쾌하게 웃고나 말자.

(동아일보, 1929. 12. 24~25)

현대조선문단

1

문단은 그 시대의 뇌腦며 산 초상肖像이다. 시대의 감정과 의식은 문단이란 스타일에 상징현象徵現되는 것이다. 현대조선문단도 그 안眼 그 이耳의 감수성 및 활동이 퍽 신민迅敏하고 치밀한 과정에 이르렀다. 실로 바랄 만한 장래를 가졌다. 그러나 금일의 조선 문단처럼 감상력 없는 ── 이해력 없는 ── 자부광自負狂의 심한 것은 없다. 소위 비평은 일종 과장이 아니면 경멸이다.

본래 예술이라 함은 천재를 의미함이다. 천재는 항상 유형의 윤곽 외를 걷는다. 그곳에 예술의 독립한 존尊한 생명이 있다. 천재는 그것에서 새 세계를 찾고 위대한 창작을 산産한다. 또는 천재는 오직 그곳에서만 한없는 희열을 느끼고 고독을 느낄 뿐이라. 그러므로 천재의 속俗에 대한 태도는 어느 정도까지는 무신경無神經이며 몽매蒙昧하며 모순이 있다. 그곳으로부터 오해－충돌－예합睨合을 낳는다. 그러나 이는 그 예술의 존엄과 가치를 상傷해울 하등의 이유가 되지 않는다. 예술은 어디까지든지 불가혼동－신성불가침의 절대 생명을 가졌다. 그러므로 예술의 감상 및 비평에는 오직 냉冷하고 심각하고 책임감에 연燃하는 충실한 예술의 안眼을 요할 뿐이다.

소위 현대조선문단은 아직 문단으로서는 극히 미미치치微微稚稚한 것이나 그 자부광自負狂의 태도와 망평妄評에는 우憂치 않음을 얻지 못하겠다. 또는 작자의 예술생활 이외의 결자缺疵로써 그 재능과 작품의 가치를 혼동하려는 경향이 있다. 또는 사원私怨과 사정私情으로 그 예술의 칭폄稱貶을 좌우로 하는 인사까지 있다. 이런 것으로는 도저히 그 예술의 존엄과 가치를 범犯할 수 없다. 부족, 범함을 받지 않는다.

나는 이 점에서 안서岸曙 군의 출마를 권한다. 촉促한다. 군이어! 나오라. 군을 진실로 요해了解하는 자 아직 살아 있다. 그 자의 눈에는 천재를 아끼는 눈물이 종횡縱橫하고 그 손에는 참회와 위안의 장미를 들었다. 천재에는 정신의 파자跛者가 많다. 천재라 함은 결국 정신의 파자跛者 그를 의미함이다. 그대는 확실히 가장 현저한 정신의 파자跛者이다. 나는 남에게 선先하여 그것을 애愛하며 모慕하려 한다.

(매일신보, 1918. 8. 28)

2

조선 문단에는 춘원春園 군의 습작 『무정無情』이란 소설밖에는 아직 하나도 꼽을만한 변변한 창작이 없다. 번역에도 그렇다. 그러나 이 비례로는 '가家'·'대가大家' 등의 참율僭率이 너무 많다. 예컨대 소설대가―문학대가―음악대가―번역대가로부터 심함에는 법률대가 민법대가 형법대가 수학대가 기타 하하何何 대가와 같다. 일종 '대가국'을 이름과 같다.

제군아 자중하라. 이 위에 더 우리의 '못 생긴 것'을 외인外人의 앞에 들어내어서는 아니 되겠다. 우리 조선에는 과학계급―예술계급―사상계를 통하여 아직 '가家'라고도 부칠만한 실력 있는 사람도 없다. 문학과文學科 출신이면 문학가로, 법과法科 출신이면 법률가, 소설 2, 3편만 쓰면 소설가로 알아서는 아니 된다. 또는 서적 1.2 책 번역한 위에 된 '글'이나 아니 된 '글'이나 많이 쓰면 곧 대가로 아는 듯하나, 대가라 함은 세계적 의미를 가진 말이다. 그렇게 함부로 아무데나 부치는 천하고 싼 명사名辭가 아니니다.

만일 우리 조선에 일본 신문기자 잡지기자 가假히 흑암주육黑岩周六－부전화민浮田和民 같은 인人이 있다 할진대 제군은 장將히 이네들을 무엇이라 부르려 할까. 문학대가의 위에 대大를 부쳐 '대문학대가大文學大家' 혹은 '대문호大文豪'라고 라도 부를까.

애哀닯다. 아직도 제군에게 허칭虛稱한 지라류支羅流의 과장광誇張狂이 남아 있지 않다. 일본에서는 이네들을 가리켜 '대가'와 '호豪'는 고사하고 아직 문학가라고도 부르는 사람이 없다.

일본문과 나전문羅甸文의 ㄱㄴㄷㄹ을 겨우 깨쳐 그 사람들의 과학과 예술을 따뜸따뜸 부쳐보는 우리 어린 학생들을 가리켜 문학대가가 무엇이며 음악대가가 무엇인가.

우리 조선 전 문단에 일본 삼문사三文社에게 비할만한 뚜렷한 문사가 1인도 없지 않는가. 어느 곳에 문학대가가 있으며 문호가 있는가.

혹 우리 가운데도 자홀自惚하여 문학대가로 자임할 사람이 있을까.

만일 어느 곳에 전 세계 문단 창작 낭독회가 있다 할진대 제군은 과연 어느 걸작을 가진 어느 대가를 보일까. 제군은 결코 제군의 작고 옅은 '힘'을 자부치 말라. 제군은 제군의 과거에 있는 자부가 제군을 어느 경우에 이르게 하였던 것을 기억치 못하는가. 나는 그것을 생각하면 골육骨肉이 왕왈 떨려 금일의 조선 문단이 이렇게 빈궁하고 왈자스럽다. 나는 한갓 문단에 있는 우인友人들에게 「그대들의 경頸한 자홀自惚의 인刃에 끊지 말고 더 철저하게 더 크게 더 깊게 노력」하라고 부르짖으려 한다.

(매일신보, 1918. 8. 29)

최근 문단 및 사상계의 개평

— K형께

신년문단의 월평을 쓸 계획이었으나 조선 내지와 동경에서 소위 신년호라는 명목으로 발간된 잡지가 2, 3종에 지나지 못하므로 그 재료를 얻기 위하여 부득이 ≪공제≫ 2호와 ≪현대≫ 8호를 합하여 제목을 위와 같이 하고 ≪현대≫ 편집주임에게 빌려 받은 약간의 지면에 조선 최근의 사상계와 및 각 잡지 문예품에 대한 개평을 쓰려 하노라.

≪신청년≫(신년호)

◇ 시

월탄 군의 <눈물의 꿈길>이란 시는 그 어구도 꽤 보드랍게 연마되며 그 표현의 수법도 거의 일가의 풍을 이루어 있다 하여도 과찬이 아닌 그런 경역에 들어있다. 그러나 그 정열이 너무 엷고 미지근하고 약하다. 더 좀 가늘게 강하게 뜨겁게 그리고 더더 구상적具象的으로 노래하여 받고 싶다. 제일 이 시안에 싸인 작자의 선천적으로 높은 품위를 가진 그 혼魂이 불행히 사람에게 천착하게도 보인다고 할 수 있는 일종 쓰지도 않고, 달지도 않은 중간미를 가진 안가安價의 천박한 성적 타락자의 '비애 향락'

의 후주근한 기분에 젖어 있는 것은 퍽 아깝다 할 수 있다.

동군의 <운명의 만가輓歌>는 그 시상이라든지 어의 기교가 시 되기에는 아직 젊다.

동경 ××생이란 이의 시는 작시의 경험이 그렇게 많지 못한 초보의 작 같이 보이나, 그는 겨우 저 십년 전에 있었던 일문시日文詩 중에서 많이 찾아낼 수 있는 일종 '조자調子뿐의 시'라고도 할 만한 그런 시의 음성율적 조자音聲律的 調子의 한 모방에 불과하다.

난봉瓓蓬 군의 역시譯詩 <아름다운 꽃>(괴테의 시극)은 매우 재미있는 시험인 줄 안다. 그러나 원래 아직 시화되지 못한 거칠고 속된 조선말이라, 어찌함인지 일문으로 번역된 자를 읽은 때와 같은 그런 친함을 느낌을 얻지 못한다.

추곡秋谷 군의 <애愛와 이성異性>이란 시는 산문이나 경구로 쓰는 것이 도리어 그 큰 효과를 얻었을 것이라고 생각한다.

그리고 나의 <송頌>이란 작중에는 「조향朝饗을 가지고 가자」가 '가다'로 되며, 또는 그 종연의 '태양이 떠오르는 거리'가 '그리'라고 오식되어 있다는 것을 자기의 작을 자평할 수 없는 대신에 말하여 둔다.

◇ 산문

솔속 군의 「어느 곳에 행복이 있나」라는 것은 내용은 물론, 그 제목부터 일개의 묵곳은 뻣뻣한 논문, 나로서는 그것을 연한 의미의 산문으로서는 평하기 불가능하다.

춘강春岡생의 「금계동金鷄洞 Y군을 생각하고」라는 소품문小品文과 은하隱荷군의 「나의 과거」는 무엇이라고 평하는 것보다 무언으로써 그의 후일을 기대하는 것이 최상의 평이 되겠다. 그러나 차군此君의 조그만치도 장식粧飾과 오기傲氣 없는 미완성 그대로의 적나라한 그 질소質素한 진실은 크게 촉목矚目할 점이 있다.

회월懷月 군의 소설 「애화愛花」는 다른 잡지의 풍부한 지면을 빌어 ≪여자계≫ 유향唯香씨(여성)의 소설 「어린 영순英淳에게」라는 작에 대한 인상을 쓸 때 함께 평하려 한다.

≪개벽≫ 신년호

◇ 시

<설월雪月과 같이>라는 시는 호왈號曰 보월步月이란 이의 작이나, 이것이 혹 저 보성步星군의 제2 아호인지도 모르겠다. 만일 참으로 보성군이 보월이라고 개호를 하였다 할진대, 나를 지번지번한 성가신 잔인한 사람이라고 생각할는지 모르겠다마는 나는 좀 그 탈을 벗겨놓으려 한다. 「가슴에 흐르는 나의 연애도」라는 구를 보면 암만 하여도 보성군인 것이 틀림없다. 그러나 이것이 설사 보성군이 아닌 보월군의 시라 하더라도 나는 이 시를 작년 11월 ≪개벽≫에서 보성군의 시를 평할 때와 동일한 말로 평하니 할 수 없다. 이 시는 저 단순화된 눈(雪)을 애愛에 비하여 노래한 자인지, 또는 애를 눈에 비하여 노래한 자인지는 모르겠으나 좌우간 이 어느 것의 하나가 되겠다. 그러나 그 어느 쪽으로 보더라도 공히 어語의 연결과 기분의 면밀한 통일이 없는 애매 불투명한 표현의 부득요령不得要領의 작이다. 나는 이 시를 외울 때 마치 조선하급극장에서 저 화양和洋절충의 청년문사식의 새롭고도 낡은 사이비적 배우의 즉석가卽席歌를 들음과 같은 골계滑稽를 느꼈다.

≪현대≫ 제8호

사상계

≪현대≫의 김항복金恒福 군의 「종교에 대한 관견」과 ≪공제≫ 2호의 정태신鄭泰信 군, 유진희兪鎭熙 군, 김제관金齊觀 군, 김두희金枓熙 군 등의 제논문은 최근 조선사상계의 소식을 엿볼 호재료가 될 줄 안다.

김군의 「종교에 대한 관견」이라든지 정군의 「진리의 성전」이라든지 유군의 「노동문제의 사회주의적 고찰」이라든지 김제관 군의 「국가의 이성 및 정책과 진리의 반항」이라든지 김두희 군의 「전후 세계대세와 조선노동문제」 등은 모두 일각一角의 권위를 쥐일만한 존경할만한 가치 높은 글이라 하겠다. 그 내용에 대한 소개 및 비평은 혈수頁數(페이지의 수) 관계로 차기로 미루려한다.

그러나 나는 이 5군의 글에 의하여 최근 조선사상계의 주조가 현대 인류의 최고의 인생철학이라 할 만한 사회주의 위에 입立하여 인류생활의 허위 부자연의 온갖 차별상을 타매唾罵하고 인류의 양심의 해방, 인류의 생존권의 평등을 주장함에 있는 것을 알았다. (김군의 논문은 그 대상이 다르나마)

나는 조선사회 운동(좁은 의미에 사상운동) 선구자라고도 할 만한 정태신 · 유진희 · 김재관 · 김과희 4군과, 또는 방면이 다르나마(현재에 재하여는) 김항복 군의 장래와 이 5군을 가진 조선사상계의 금후의 그 추이, 진전을 자못 많은 기대와 흥미를 가지고 바라보고 있다.

(조선 문단과 사상계에는 좋은 의미의 후원자가 없다고 낙망한 듯이 불평을 말하는 청년 음악가 홍영후洪永厚 군의 창혈蒼血이 넘치는 얼굴을 바라다보면서 끝임)

―1921. 1. 15―

추언追言: 언제든지 하는 말이지마는 조금이라도 나의 이 평에 대하여 납득키 어려운 곳이 있는 때는 지면 또는 사신私信으로라도 기탄없이 질문하여 주시기 바람.

(현대, 1921. 2)

현대문단의 해부

—— 나의 경애하는 변영로 형께 올림

1. 저들의 문단적 발심의 검핵檢覈

지적 열축기捩搐期 전후에 있었던 청년의 심리는 일종의 무정부적 세기말적 퇴폐적 상태를 정로한다. 그 특질의 하나로서는 물物에 느끼기 쉽고 또한 까닭 없이 서글프며 따라서 눈물이 약하여진다. 그리고 하등 근저 없는 회심悔心(自負心)이 높아져 함부로 권위자에게 반항하고 싶게 된다. 저 천성적 야심가의 만심慢心은 별물別物이나마 청년기에 있는 일시적 만심은 그 공명심의 발달에 반伴하여 자연히 발아하는 것이다.

차기此期에 재한 청년은 지知에 부富한 자는 정치, 사상, 과학 등 방면에, 정情에 부한 자는 문학에 닿는다.(종교에 닿는 자도 있지마는) 이때가 일반 청년의 비교적 강한 문예적 의지 —— 문단에의 전심轉心 —— 을 낳는 원시기元始期, 계몽기라 할 수 있다.(물론 인간의 일시적의 막연한 본능적이라고 할 심미심審美心은 그것을 피 아동시대(영아시대)에 소溯라 하여 논치 않으면 안 될 것이다. 그러나 그것은 하등의 의지를 성成치 못한 자이니 때문에 문단적 발심으로서 논키는 부족하다.) 그리하여 청년기의 그 '누취성淚脆性'은 저 유치한 영탄적(感傷的)의 원시적 시가, 산문(기타 예술)을 낳고 또는 그 만심慢心은 저 권위를 함부로 비난(경멸)하는 비과학적의 비평을 낳는다.

세소운世所云 실연失戀이니 가정상家庭上 풍조이니 기타 불행한 사정 등은 인간의 문학에의 회심回心의 직접 동기가 되는 때가 적지 않으나 그만한 경우에는 다못 그에의 일개의 원인援因 혹은 도화선導火線됨에 불과하다.

그러나 특히 조선 일부 청년의 그 문단에의 전심轉心의 상태를 검핵檢覈하여 보면 그 십중팔구十中八九까지는 저 지나식支那式의 헌 '입신양명立身揚名'이란 공명적 의식 위에 세운 비자연의 '인조심人造心'에 불과하다.

곧 저들은 그 '입신양명'이라는 통로를 정치로부터 문예의 위에 바수어 놓았음에 불과하다.

저들 가운데는 문예가가 될 소지素地(소능素能, 혹은 소질素質)의 없는, 곧 무역상이나 잡화상 또는 회사원밖에는 되지 못할 길 틀린 사람이 많다. 이는 모두 저 '입신양명'이라는 허영에게 붙잡히기 때문이다.

2. 저들의 창작심리

위와 같은 인조적人造的 의식 위에서 출발한 저들의 창작욕(예술욕)은 원래 하등 인간고人間苦의 오저奧底의 화선火線에 촉觸한 그런 참을 수 없는 강하고 깊은 미적 충동으로의 것이 아니다. 그는 다못 저 썩은 유수溜水 같은 불결을 극한 원시적의 정치적 감정에서 증상蒸上하는 명예욕과 일종의 '고등사지高等邪智'의 손에 이끌리는 성욕性慾의 충동으로부터 약출躍出하는 것이다.

저들은 실로 일표一瓢의 명성을 얻기 때문에는 저들의 양심이 여하히 누열陋劣한 죄악을 범하더라도 조금도 그것을 고苦로 아니한다.

1) 저들은 원작자의 신하頣下에서 그 글을 표절하는 것도 감히 한다.

2) 또는 어학자의 앞에서나 또는 자기의 십년지교十年之交나 되는 우인友人들의 앞에서 자기의 알지도 못하는 불어니 독어니 영어니 하는 것을 안다는 새빨간 허언도 감히 한다.
3) 또는 남의 시가 일자의 위치만 바꾸어도 그 시의 선율과 기분 전체를 깨트리게 되는 남의 시가를(重譯이라고 하기 싫기 때문에 곧 원문역이라고 만착瞞着하려고 하기 때문에) 되지도 못한 시대지적時代遲的 자기류의 조자調子를 부쳐 선율의 순서를 아무렇게나 바꾸어 원문에는 얼토당토아니하게 번역하는 것도 감히 한다.
4) 또는 남의 명성을 떨어뜨리기 위하여 남의 글을 오식誤植, 인명과 기타 술어術語의 오식도 감히 한다.
5) 또는 매음녀나 악도惡徒나 저뇌아低腦兒에게 만구萬口의 찬사를 나증羅証하여 그의 정조나 덕행이나 총명을 찬미하는 천한 행위도 감히 한다. 저들의 양심은 마치 저 바닥 터진 포토浦土와 같다. 저들의 양심은 화철火鐵로 저어도 하등의 느낌이 없을 만큼 그만큼 극도로 마비되어 부끄러울 치자恥字는 풍속과 인정이 다른 이국의 방언으로나 알 밖에는 그런 글자 형용도 획수조차도 모른다.

3. 저들의 작품과 비평의 정도와 그 작품

저들의 작품 특히 그 이른바, '산문예술' 되는 것은
1) '지푸라기 석쇠' 같은 이른바 구상(構想)에다가
2) '주물러 시든 호고엽胡苽葉 같은 힘없고 구녕 난 천淺한 모의적模擬的 감정'을
3) 저 태양의 앞에 있는 무립霧粒의 연자鏈子 같은 성욕의 끈끈한 눈물 사지邪智의 채사彩絲로서 이리저리 얽어 붙여 놓은 것, 다시 말하면, 저 일본 초기의 '자연주의의 가는 뼤줄 위에'를 다듬지 않은 송목봉

松木棒 같은 거친 획劃으로 비틀비틀 받쳐 써나가는 전도가 구만리 나 되는 애달픈 모양에 불과하다.

그리고 저들중의 가장 내라고 뽐내는 사람의 소위 역譯 아닌 창작시란 것은 마치 반쯤은 썩은 우후雨後의 초가지붕 위로부터 대해大海를 향하는 바람에게 불려 그야말로 '애닯아라' 하고 떨어지는 2,3의 우적雨滴이 사지상砂地上에 삼태성三台星 같이 버려져 잠시 무슨 암시를 뵈이는 듯한 '반짝임'을 계속하다가 그만 자취도 없이 지저地底로 숨어들어가 버림과 같은 시이다.

그 비평

그리고 저들 일파의 그 비평 되는 자는 하등의 예술안藝術眼, 또는 예술적 책임감, 정의감으로의 것이 아니다. 그는 저 광견狂犬의 통곡성과 같은 팔방충八方衝의 일단의 악성惡聲이다.

저들의 비평 중의 가장 맹렬하다고 일컫는 자는 인신공격, 또한 그 이른바, 예술적 비평이라는 것은 당자도 읽기에 얼굴이 화끈거릴 일개의 아유阿諛와 자기의 즐기는 사람의 그 명성의 교활한 선전에 불과하다.

그 비평의 심리는 사대주의의 감정과 또는 조선인 전래의 학대본능(일종의 잔인성)의 2개 심리에 지배되어 있다.

저들은 자기의 평석平昔에 구인蚯蚓이나 분충糞蟲 같이 경멸이 여겨오던 사람이라도 그 사람이 출세하여 어느 잡지의 주간이나 부장은 고사하고 어느 유력한 단체의 잡지부 사무원이라도 하나만 하면, 그 뒤를 피육편肉片이나 골편骨片을 가지고 놀리는 사람의 뒤를 꼬리쳐 따라다니는 '개'와 같이 따라다닌다.

그 심리를 추궁하면 결국 무엇보담 '명성'이 탐나기 때문이다.

그리고 세력(사회적 세력)이 약한 듯한 사람에게는 시비是非의 곡직曲直 불문하고 타매唾罵하여 달려든다. 이것이 그 학대본능의 발동이다. 낭일曩日의 모군에게 이해 없이 달려들던 모군은 정正히 그 본능을 극도로 발휘한 자라 하겠다.

그리고 저들은 예술이나 기타 학리學理를 비평할 그런 하등의 풍부한 지식이 있는 자가 아니다. 그들은 다못 상대자를 저뇌니 무식하니 횡설수설橫說竪說이니 상식이 공허하니 자칭 무엇이니, 또는 가석可惜하니 가소롭다니 자중하라니 연구하라니 무엇을 가르쳐 주겠다니 하는 등의 사이비적似而非的 감정적 어구를 몇 마디 기억하여 있을 뿐이다. 그러나 그것도 조리 있게 적당한 곳에 활용할 지식조차 없다. 재능은 원래부터 영零이다.

≪개벽≫ 2월호에다가 나의 10년 전의 우인友人 되는 현철玄哲 군이 신체시와 자유시는 동체이명同體異名이고 또는 한시에는 한음漢音의 한시와 다른 것을 시인으로 자처하는 황군 같은 이도 그것을 모른다는 것은 가석可惜한 일이라고 과녁 틀린 산산散散한 악구惡口를 한일이 있다. 내가 그때 현군의 여덟까지나 되는 허언을 일일이 들어 「신체시와 자유시의 엄정한 구별」이란 답고答稿를 써 보냈으나 그것이 불행히 사적 감정 운운의 괴이한 이유 하下에 서 금재禁載되어 버렸다. 나는 그때 조선문 잡지에는 다시는 붓대를 아니 들기로 결심하였다. 그리고 각 잡지에의 그 이른바, 촉탁囑託이니 동인이니 고문이니 주원主援이니 특별기고자니 하는 일체의 관계를 끊고 홍양청년회洪陽青年會가 나더러 조선엔 있지 말고 죽던지 어디로 고비高飛하던지 하라고 분부함 같이 자살을 하여 버리든지 그야말로 어디로 가버리든지 하려고 하였다. 그러나 우연히 조선을 뛰어 들어왔다가 어느 친우의 거절할 수 없는 간촉懇囑에 의하여 이런 붓대를 다시 잡게 되었다. 이것이 또한 문단의 제군의 적지 않는 노혐怒嫌

을 살 줄 안다마는 내가 비록 조선으로부터 축출을 당하는 한이 있더라도 내가 어찌 나의 양심을 속임과 같은 그런 아녀자兒女子다운 천한 아유阿臾를 하겠느냐. 내가 조선문에 잡지나 신문에다가 나의 양심을 속이며, 또는 조금이라도 자기 양심에 부끄러운 글을 발표하였다 하면 '홍양청년회가 나더러 죽으라고 하는 분부'를 내릴 때를 기다리겠느냐. 내가 자진하여 제군의 앞에서 훌륭히 절복折腹하여 버릴 것이다.

≪개벽≫ 1월호에 현군에게 보낸 나의 글 중, 상전上田, 또는 '정조情操' 운운의 구句는 '정상井上' '시전부矢田部' '정서情緒'란 것의 오식誤植이기로 자에 정오正誤하여 둔다.

그리고 시와 시형의 그 독립한 의의意義와 신체시와 자유시는 다르다는 것 또한 한시는 한음漢音의 한시든지 대만음臺灣音의 한시든 일음日音이나 조선음의 한시 됨을 불문하고 의연依然 한시라는 나의 소론所論에 틀림이 없다는 것은 책임을 가지고 말하여 두며, 그리고 최후에 제군의 잡지 또는 일반 인사가 나를 "조선 유일의 신진시인이니 천재시인이니 청년시가靑年詩家니 조선시단의 명성明星이니" 하고 불러준 것밖에는 나는 시인이라 자처한 일도 없고, 또한 자칭 시인의 명목하에서 뜻을 상징주의라 하고서 시를 쓴 기억도 없다. 이렇게 준(내가 청치 않은) 호號를 도루 가져가려면 가져가고 그것은 임의대로 하라.

이와 같이 조선인의 비평이란 것이 그 근저의 의혹 적은 물건이다. 천재시인이라는 것은 무엇이며, 자칭 시인은 무엇이며, 또한 주필이니 촉탁이니 찬성원이니 고문이니 동인이니 주원이니 회장이니 되어 달라는 것은 무엇이며 죽으라느니 도망을 하라니 하는 것은 또한 무엇이냐? 이것이 금일의 조선문단의 비평적 정신의 착란증錯亂症을 가장 활변인活辯人으로서 말하여 있는 줄 안다.

현문단과 작품과 문사의 거짓 없는 총평

1) 주망문단蛛網文壇

현 문단은 영리한 야심가의 명성으로 낚자는 일개의 주망에 불과하다.

2) 고리문단高利文壇

현 문단은 얼마 아니 되는 싼 일전 가량의 작품을 사람들에게 읽혀 가지고 문호나 시성詩聖이라는 칭호, 곧 분에 넘는 명성의 이자를 얻으려 한다.

3) 매음정賣淫町의 문학

조선 문의 소위 신소설이란 자는 양가의 청년남녀의 색욕을 선동하는 무화無畵의 춘화도春畵圖 연애의 프리머-에 불과하다.

4) 양장한 가녀街女

금일의 조선 문사는 전혀 이 양장한 스트리트 걸임이다. 피는 그것보담 더 천할는지도 모르겠다.

5) 정신계의 절도竊盜

저들은 1인도 남의 작품에서 절도를 행하지 않는 자가 없다.

6) 정신계의 부랑자

저들은 실로 정신계의 대 부랑자이다. 그리고 피등의 문단은 그 과굴窠窟에 불과하며 그 잡지는 여성과 민중에게의 애愛와 숭배를 요구하는 공연한 유혹문誘惑文, 협박문에 불과하다.(次續)

(신민공론 1호, 1921. 6)

※ 이 글의 마지막 '차속次續'이란 원고는 아직 찾지 못하고 있다.

일본의 정치현상과 사상, 그리고 회상기와 인물론

국가 및 정치의 생물학적 심리학적 고찰

현대의 인류는 꽤 만성의 열의 높은 정치병에 걸려 있다. 정치는 정신상의 일종의 유행병이다. 이 병은 인간에게 저 가벼운 골통증骨痛症 혹은 소양증瘙癢症과 같은 일종의 쾌미를 주(與)는 병이다. 언제든지 이 병은 큰 위험도 있는 대신에 취미도 있고, 사회적 존경도 받는 앓기 좋은 병이다. 그러므로 금일의 청년들이 보통의 좌담에도 정치, 요리점에서도 정치, 노상에서도 정치, 하나에도 정치, 둘에도 정치를 말하는 것은 그것을 알아채(看破)기 때문이다.

그러나 정치병은 어디로부터 왔는가? Aristoteles는 그 미균黴菌이 인간의 천성에서 발생되어 왔다 한다. 「인간은 지배하며 지배되는 성질을 가졌다. —— 결국 인간은 일개의 정치적 동물이라」고 곧 정치는 인간의 천성병이라 함이다. 이것은 A씨 일류의 정치학적, 인조적人造的 숙명론으로의 2단논법의 그릇된 학설이다. 왜 그러냐 하면 인간의 지배욕 또는 그 피지배성(어느 학자의 소위 '자기억손성自己抑損性')은 인간의 공통적 천성(본능)이 아니다. 인간의 지배욕은 일부의 특수 능력계급의 전유욕專有慾이며, 또는 지배된다는 것은 자기의 저항력의 부족을 느낄 때의 부득이한 경우에만 한하여 나타나는 현상이다. 인간은 누구든지 타로부터 지배

됨을 싫어한다. 금일의 민중의 관료에의 항거이라든지, 부용민족附庸民族의 정복계급에의 반항 —— 독립의 요구 —— 과 같음은 곧 그것의 산 증거이다. A씨는 그 소위 지배하고 지배되는 본능으로부터 초월한 자는 신이 아니면 수류獸類라고 하였다. 현대의 가장 각성한 인간은 타에의 지배도 요구하지 아니하고, 또는 자기의 피지배도 바라지 않는다. 그런 현대의 인간은 곧 씨의 소위 신이나 수류獸類가 되어 있다 할 수 있다. 그리고 인간의 정치욕은 인간의 천성의 산물은 아니다. 인간의 정치욕은 인류의 위에 국가가 나타났을 때 그 질서의 욕망(정리의 요구)으로부터 발생한 것이다. 곧 정치의 기원은 국가의 기원과 그 출발을 같이하여 있다. 국가는 인류생활의 과정에 있어서 나타난 것이다. 곧 국가는 인류의 생활이 몇 십만 년에 뻗치는 지배, 피지배의 관계가 없는 막연한 무정부 상태의 군거시대群居時代로부터 민족, 부족시대를 지내, 민족시대에 들어섰을 때, 저 무력전武力專 인간계급 장군배將軍輩의 손에 의하여 나타난 것이다. 이것은 금일의 일반사가, 인류학자, 사회학자, 국가학자 등의 이의 없이 인정하는 바의 인류의 공연한 과정이다. 그러므로 국가와 그 기원을 같이 하는 정치도 또한 인류의 일과정의 산물이라 볼 수밖에는 없다. 곧 정치는 인간의 후천병後天病이다. 국가 없는 곳에는 정치가 없다. 그러나 피彼 맨-씨는 국가를 가장권家長權으로부터 서서히 발달한 것이라 하며, Plato는 「개인은 국가의 작은 수手, 국가는 개인의 확대된 자」라 하며 아리스토텔레스는 「부부는 정치적 생활 —— 지배하고 지배되는 생활 —— 의 최초(先驅)」라고 말하였다. 이것에 좇(從)을진댄 인간의 정치균政治菌도 그곳에서 찾지 않으면 안 되겠다. 그러나 제1설은 역사적 증거가 없는 설이며, 제2설, 제3설은 조금 재미있는 학설이나 개인의 생활은 정치적 생활이 아니고, 또는 부부의 생활은 치자治者, 피치자被治者의 관계에 의한 생활이 아니다. 그는 성애性愛에 의한 특수생활이다. 설령 맨 씨의 가족생활과 A씨의 부부생활을 인간의 정치생활의 맹아기萌芽期 곧 정치균의 잠복기라 본다 하더라도 국가만 일어나지 않았다면 그 균菌은 모두 자멸되었을 것이다. 정치는 어디까지든지 국가가 난 것이다. 국가는 전혀 저 스퓨렐의 소위 '천재' 또는 크로포트킨의 소위 '무장武裝'이라는 특수권력계급의 정복의 결과로부터 생긴 자이다. 일반민중의 선천적 정치욕의 충동에 의한 자는 아니었다. 따라서 가장권의 진화에 의한 자도 아니었다. 결국 인간의 정치균은 저 아메리카 토인의 매독이 Colombus의 손에 의하여 백인종의 천지에 전파되었다 하듯이 일파의 장군배의 손에 의하여 일반민중에게 전파된 것이다. 곧 저 일파의 권력계급, 야심계급의 정치욕은 제도를 낳고, 특수의 역사와 교훈을 낳아 그것의 암시, 또는 불佛의 사회학자 Tarde가 말함과 같은 모방에 의하여 차차로 널리 일반 민중에게 기하급수적으로 전염, 전파된 것이다. 현대의 동양 일부 청년의 아는 그 정치욕은 전혀 이 전염작용에 의한 것이다. 오인吾人의 정치욕이 인간의 천성으로서가 아니고, 후천적 곧 전승적傳承的, 특수적이라 함은 결코 일개의 궤변이 아니다.

가령 저 문학적 종교적 분위기의 농후한 곳에서 자라난 아동이 무의식적으로 자연 문사풍이나 시인, 종교가 기질을 갖추어 오는 것이라든지, 또는 우리가 음악가를 볼 때 음악가가 되고 싶어 하며, 학자의 대 저술을 읽으면 학자가 되고 싶어 하며, 저 사상가나, 영웅, 대부호大富豪의 전기를 읽으면, 사상가, 영웅, 혹 세계 제일의 부호가富豪家가 되고 싶어 하는 것은 전염이나, 모방이 아니면 무엇인가. 정치욕도 이런 작용에 의하여 후천적으로 발달된 것이다. 정치는 결코 인간의 근본욕도 아니고 보편적 본능도 아니다. 정치욕은 특수적, 그리하여 유행적의 것이다. 정치는 인간의 정신적 분업의 그 작은 부분의 하나에 불과하다. 보편성을 구비 못한 것은 '본능' 혹은 '천성'이라 할 수 있다. 금일의 인간사회에 정치 이외에 문학이나 미술이나 상공업이나 농업이 있는 것이라든지, 또는 심함에는 정치적 생활의 건조, 천박, 부허浮虛, 저급을 비웃을 뿐만 아니라, 그것의 가치까지 부인하는 사람이 있는 것은 정치욕의 특수적인 것을 가장 밝게 설명하는 것이 아닐까. 이것을 저 스퓨렐 씨로 하여금 말하게 하면, 「그는 인간의 본능으로부터 타락한 자라」고 말한 것이다. 이런 것은 인류의 역사적 사실과 오인吾人의 경험을 무시하는 관찰이 되고 말아버릴 것이다. 본래 정치는 인간의 정신적 분업으로서 발달된 역사를 가졌다. 곧 정치는 저 천재적 무장계급의 '초승超乘의 욕망'에서 발아하여 그리하여 학자, 종교가 등의 살수撒水, 비료肥料, 또는 일반민중의 '정리整理의 욕구'에 의하여 발달된 자이다. 이 소위 '정리의 욕구' 되는 것도 생물(인간)의 천성적 절대적 욕망이 아니다. 이것은 정돈되지 못한 과정에 있는 인간의 후천적, 일시적 현상에 불과하다. 인간의 '정리의 욕구'는 인간의 경험에 의하여 생긴 감정이라고 함보담 일개의 이상理想(理智)이다. 동물 또는 야만인간에는 '질서의 감'이 없다. 설령 어느 일부의 야만인간의 일부분에 그것이 있다 하더라도 그는 예외라 할 수밖에 없다. 곧 인간의 '질서의 욕망'은 인간이 상당한 문화를 갖게 된 뒤의 말이다. 일어日語로 '출래합出來合의 욕망'이라 함은, 곧 이런 것을 말함이다.

금일의 여러 청년의 까딱하면 '위대한 인물'이 되겠다는 그 소위 '초승超乘의 욕망' 되는 것도 어느 특수한 분위기의 전염 또는 모방에 의한 것이 그 대부분이다. 따라서 현대 청년의 정치욕 되는 것은 이 욕망을 배경으로 한 것이다. (어느 사회학자 중에는 '초승의 욕망'을 인간의 본능이라고 말하는 사람이 있다. 그러나 그는 천재의 욕망과 범인의 욕망을 혼동한 말에 불과하다.) 그 가운데는 혹 저 단순한 '종족보존의 욕망 —— 소위 애국심 ——'에 의한 자도 있겠지마는, 이는 극히 소수이다. 사람에게 의하여는 이것을 자기의 그 '초승의 욕망'의 간판으로 쓰는 자가 많다. 그러므로 정치가(一云 志士)의 흘리는 눈물을 믿을 수 없다는 것은 곧 이것이다. 저 여자의(창녀)의 눈물과 정치가의 눈물은 거진 같은 것이다.

그러나 현대의 인간의 정치병은 불치의 것일까? 인간에게는 원래 불치병 되는 것이 없다. 특히 정치병 같은 것은 일개의 유행병이다. 그는 양생養生만 잘하면 올리지 않는다. 설사 정치병이 불치병이라 하더라도 그의 운명은 대포大砲 발명되지 못할 이전의 석성石城과 같고, 또는 경찰의 손에 딸리운 도인盜人과 같다. 결국 그 성은 파괴되며, 또는 그 도인盜人은 잡히거나 자살하여 버리거나 할 것이다. 현대의 소위 불치병 되는 것의 그는 피 의학醫學이 성년되지 못하였을 때에 있는 일시적 명사名詞에 불과하다. 현대의 인간의 가장 무서워하는 코레라, 흑사병, 폐결핵, 위암 등도 저 매독과 같이 한 개의 주사로 고칠 때가 멀지 아니하여 올 것이다. 의학은 무한한 수명과 풍부한 천재의 정력을 가지고 있다. 금일의 불치병은 도저히 의학의 그 적수가 되지 못한다. 인간은 이미 자연을 정복하고 또는 눈에 보이지 않는 신神까지 정복하였다. 이런 능력을 가진 인간의 손에 금일의 소위 '불치병' · '난치병' 되는 것이 홀로 정복되지 않고 그대로 배기겠는가? 인간의 정치병되는 것도 지방에 의하여 심한 만성의 바탕 나쁜 것이 있다. 곧 몇 천만의 민중의 몸을 빨갛게 벗겨 언 강 위에 세워, 바람도 임의대로 막지 못하게도 하고, 산 입에다(소나 말같이) '재갈'도 질러놓고, 개나 도야지같이 술 지검이(酒粕)이나 '겨죽粥'도 먹이고, 또는 사람을 시체나 '검불' 혹 탄목炭木같이 구렁텅이나 고庫간 속에 쳐놓고 살려도 버린다.

저 로-마의 Tiberius Nero제帝의 학정, 진秦의 시황始皇의 폭정, 로露의 이반제帝의 악정, 영英, 불佛, 포葡, 서西의 식민지의 일부 인사에게 대한 비인도非人道를 극한 그 박멸정치撲滅政治, 특히 저 불佛의 대안정치對安政治, 전前 노露의 전인구의 9분을 노예로 만들어 그에게 저 우마세

牛馬稅와 같은 인두세人頭稅와 25개년의 병역을 부負케 한 그 만정蠻政, 또는 그의 유태인 학살과 같은 도수정치屠獸政治와 같음은, 곧 이런 유類의 정치이다.

그러나 이런 정치균은 조만간 적당한 주사의 발명에 의하여 근멸根滅될 줄 안다.

그리고 또 말할 것은 저 '국가의 생명'에 대한 문제이다. 곧 국가는 '가사체可死體'이냐' '불가사체不可死體이냐' 하는 것이다. 일본의 어느 정치학자는 국가를 '영구불멸의 생명체'라 말한다. 그러나 이것은 부족가취不足可取의 말이다. 사회는 물론 인류의 역사가 종결될 때까지는 존재할 그런 영구, 불멸성을 가졌다. 왜 그러냐 하면, 인간은 도저히 홀로 깃드릴 성질의 물건이 아니다. 또한 금후 인류가 모두 죽어버리고 한 사람만 남아 있는 우주가 생기리라고는 상상키 불능하다. 이런 한에는 인간의 군거성群居性(공동생활)이 영원히 파괴되지 않을 것이다. 그러나 국가는 한 제도이다. 일정의 수명을 가진 한 개의 생명체이다. 이것은 외래의 정복 또는 기타 원인에 의하여 (저 개인의 생명과 같이) 사망을 내하는 것이다. 이것은 저 인류의 역사, 그 국가의 많은 흥망의 자취가 증명하는 것이 아니냐. 이런 역사적 사실이 있음에 불구하고 국가가 '불가사체不可死體'라 함은 무슨 무학無學한 일이 아닌가?

(대중시보, 1921. 5)

일본정치 및 정당

—— 육항정치陸航政治 —— 山間政治 —— 운명에의 반역정치

민중의 사상을 긍정으로 아니한 국가는 물을 떠난 육陸으로 역행하는 배와 같다. 현대의 일본정치는 여하? 그는 물을 떠난 배의 육陸에의 무리한 키(舵)질이다. 결국 일본은 어느 산간으로라도 향하려 함이다. 이런 정치가 행하는 곳에는 그 선체가 키(舵) 자체의 많은 고장과 또는 본의 아닌 약한 초목들의 역살轢殺이 있을 뿐이다. 저 일본 내각이 자주 변동되는 원인과 또는 사상박해, 인권유린의 원성이 끝이지 아니하고 끓어오르는 그 원인은 곧 이곳에 있다.

일본정치는 확실히 육에의 역행, 일개의 육항정치陸航政治이다. '배'의 육항이라 함은 그 처음부터 운행불가능의 성질의 것이다. 곧 일본정치는 이 '불가능'을 가능되게 하려는 일개의 괴이한 미신의 정치이다. 원래 일본 국가는 이 키(舵)질에 의하여 진항進航되는 것이 아니다. 그는 다못 저 자본, 무력 또는 관료의 견력肩力에 의하여 끌려 있다. 따라서 그 진항은 비상한 둔행鈍行이다. 그 정치되는 것은 한 형식뿐이다.

오늘날 일본 국가가 희랍, 로―마 계통의 구주歐洲의 새 문명의 앞에 그 나라를 연지 겨우 50여년에 미치지 아니하는 안에 질약疾躍하여 세계 강국의 그 하나 되는 지위를 점령한 사실이 있음에 불구하고, 일본 국가의

둔행鈍行 운운하는 것은 전혀 일개의 무언誣言 같이도 생각하리라. 그러나 일본의 그 '국가문명' '정치문명' 되는 것은 기하幾何도 진보된 자가 아니다. 그의 다못 진보된 것은 산업문명(상공문명)과 민중의 사상과 문예뿐이다.

나의 이른바, 일본정치가 육항적陸抗的이라 함은 결코 나의 새로운 창언創言이 아니다. 다못 나는 이 새로운 술어를 발견하여 일본의 두뇌 있는 정치가, 일반 청년 민중의 실제에 있어서 그렇게 느껴 있는 것을 이것으로써 형용할 뿐이다. 저 오자키尾崎 씨, 이누카이쯔요시犬養毅 씨, 오쿠마大隈 씨 같은 정치가도 현대의 일본정치가 육항적인 것을 느껴 있는 것을 그네의 연설, 혹은 그네의 발표하는 글 등에 의하여 역력히 증명해 낼 수가 있다.

일본에 재완才腕과 큰 포부 있는 정치가, 인물이 없는 바는 아니겠다. 그네들이 민간에 엎디어 있을 때는 호언豪言, 장어壯語를 하지마는 한번 '각상閣上의 인人'이 됨에 이르러는 3개월이 되지 못하여 민중으로부터 '품쟁'이니 변절한變節漢이나 하는 조매嘲罵를 들쓰게 되는 것은, 곧 일본정치의 그 불발不拔의 중심방침이 육항적이기 때문이다. 일본 내각 쳐놓고 민중의 모욕 아니 먹은 내각이 있으며 또는 그네의 재야在野 시의 정치적 포부를 만족히 실현시켜 본 정치가가 일인이나 있는가. 그러므로 일본 내각이 변동되는 그 원인의 팔구는 그 정견의 성공한 때가 아니고, 그 키 자체의 고장좌절이 날겼슬 때이다. 단기短氣한 정치가(자기의 정견에 가장 충실한 정치가)는 3개월 혹은 1년이 되지 못하여 그 '키'를 상해 놓거나 부러트려 놓는다. 그러나 비교적 민중에게 욕을 덜 먹고, 또는 장기의 내각을 거느린 정치가는 그 무능하거나 자리自利에 영리한 자에 불과하였다.

일본 정치는 그 내각에 대하여만 육항적이 될 뿐 외라, 그 국가의 외적 팽창책도 육항적이다. 곧 일본의 이른바 제국주의의 최종의 도착지가 조선을 통하여의 지나支那의 만리장성 밑까지 보인다. 일본 정치는 비상히 산간을 동경하여 있음이다. 이것은 확실히 그릇된 정치이다. 일본은 그 지세로 보더라도 바다로부터 발전할 천성(운명)을 가진 나라이다. 천성에 반하는 자는 멸망한다. 저 금일의 영국이 세계 제1위의 강국의 지위를 점령한 것은, 곧 그 천성에 따르는 정치를 취하기 때문이다. 영국은 누구나 다 아는 바와 같이 해상의 패자이며, 육의 패자는 아니다. 그 내정조차도 어디까지든지 민중의 사상을 배경으로 한 해항적海航的이다.

저 노서아가 궤멸潰滅된 그 원인도 민중의 사상을 역행하는 육항정치되기 때문이 아니었던가? 일본 정치는 이 노서아와 같은 정도의 극단의 육항적은 아니다. 그러나 그 정도에는 차가 있을지언정 누가 보든지 현대의 일본정치를 육항적이 아니라고는 할 수 없다. 저 향군치向軍治 씨와 같은 사상가는 나에게 대하여 이것을 가장 웅변으로 설명하여 줄 줄 안다.

희噫, 일본이어 '바다'로 나가라, 바다에서 살아라. 곧 저 라스킨의 이른바 '정신적 정부'를 세우라. 나는 이 러스킨 씨의 부르짖은 바의 '정신적 정부'란 말을 고쳐 '해海의 국가', '해의 정부', '해의 정치'라 부르려 한다. 일본이어, 곧 '해의 국가'를 세우라.'해의 정부'를 세우라. 그리하여 일본의 국민적 팽창책도 육陸이 아니고 해의 위에서 구하라. (나는 일본의 이른바, 제국주의의 찬성자는 아니지마는)

정당 —— 웅시정당熊視政黨 —— 상하정당裳下政黨 ——

일본 정당은 나무를 기어 올라가는 곰과 같이 뒤를 볼 줄 모른다. 아니, 그 뒤를 돌아다보는 눈이 전연 없다.

일본 정당은 다못 앞으로 저 원로의 안색과 그 손의 어디로 향하는 것만 바라보고 있을 뿐이다. 그러므로 일본 정당은 저 야마카다아리아케山縣有明 씨의 얼굴과 그 손의 조직 및 형체와 그들의 근력筋力의 활동에 의

한 그 내적 기식氣息은 잘 이해하여 있다. 그 얼굴과 손에 세문細紋이 몇 천조千條 있는 것까지라도 모조리 말아 있다. 그러나 일본 정당은 뒤로 민중을 돌아볼 간신肝腎의 눈이 없다. 일본 정당은 민중의 사상은 전혀 읽을 줄 모른다. 사전을 헤치면서 보아도 민중의 마음을 읽는 총명한 눈을 가진 천재적 정치가가 있다 하더라도 그는 모두 불우의 참혹한 경우에 빠져버리었다. 저 일시 '헌정憲政의 신神'이라고까지 일컬었던 이누요犬養 씨, 오자키尾崎 씨의 금일의 그 경우를 보라. 또는 보편론을 창도하던 시마다島田 씨의 금일의 그 경우를 보라. 그는 마침내 그가 속하였던 헌정회憲政會로부터 탈당까지 하게 되지 않았는가?

금일의 일본 정당은 무엇을 하여 있는가? 저들은 다못 정당이라는 당하黨下에 엎디어 적당敵黨의 멱자覓疵, 악구惡口와 원로, 황실에의 천한 아첨만 일삼아 있지 않는가, 그리고 저들의 이른바, 정당은 하나도 투기적 아닌 자가 없다. 언제든지 끊질 새 없이 일본 신문 잡지에서 하는 말이지마는 재래의 일본정당의 그 정치 도덕 되는 자는 저 금일의 산업도덕보담도 더 극도로 타락되어 있다.(차호에는 일본 정당의 그 내부를 해부하여 제군의 앞에 공개하여 보려 한다. 지금 그 재료 수집 중이다.)

(대중시보, 1921. 5)

현 일본사상계의 특질과 그 주조

–현 일본 사회운동의 그 수단

현 일본사상계의 특질

(일본인은 인간지상감人間至上感, 현실지상감現實至上感에 지배된 일개의 감정독재感情獨裁의 인종이다)

일본인은 일개의 천성의 인간지상주의, 현실지상주의의 인종이다. 다시 말하면, 일본인의 그 민족성의 특질은 인간적이며 현실적이며 감정적이란 것이다. 이것은 일본인의 민족성의 그 주된 특질이다.

일본인은 실로 인간긍정, 현실긍정에 대하여는 일개의 부동의 철저한 맹목적 직감을 가지고 있다. 그 직감의 앞에는 여하히 위대한 체계를 가진 철학적 이론이라 하더라도 하등의 따뜻한 대우를 받지 못한다. 설혹 일시 그의 다소의 이해와 동정을 받는다 하더라도 그와의 교섭은 곧 끊어져 버리고 만다. 그 직감은 실로 위대한 찬 완고頑固에 철하여 있다. 일본인은 거의 그 완고불발頑固不拔의 인간지상감, 현실지상감에 화석化石되어 있다 하여도 과대한 실언은 아니겠다. 일본인은 철두철미 인간에 즉하여 현실에 즉한 충효忠孝한 와석종신臥席終身을 인생의 지상의 윤리로 한다. 다시 말하면, 일본인은 인간에의 충효, 현실에의 충효를 완전히 함을 그의 인생에 취取하여의 최고의 의무로 안다.

그러므로 일본인은 인간반역이라든지, 현실반역과 같음은 일종의 이단異端, 심함에는 일종의 저뇌아低腦兒의 치사癡事로까지 안다. 이것은 저 허무주의에 대한 일반 유식계급 및 공산주의자, 무정부주의자 등의 그 태도를 보아도 알 수 있다. 또한 일본인에게는 위대한 공상, 곧 위대한 철학적 능동적의 그것이 없다. 일본인의 그 생의 태도는 어디까지든지 형이하적形而下的, 수동적(충동적) 대상적 목전적目前的이다. 그러므로 일본인은 목전의 문제에 대하여는 비상히 진면목이며 충실하다. 그 진면목과 충실은 일종의 병적이라고도 할 수 있는 열광성熱狂性조차 띄어 있다. 그러나 그 영원한 미래에의 큰 예감력이라든지, 상상력은 확실히 결핍하다. 이것은 그 민족성이 극도의 현실적이기 때문이다. 따라서 일본인의 그 현실성은 어디까지든지 낙천적이다. 그러나 이것은 일본인의 그 민족성의 그 통계학적 고찰로의 일개의 비교상의 말에 불과하다.

일본인의 민족성이 인간적이며 현실적이라 함은 그의 역사나 실생활보담 그의 문단의 상징주의나 허무주의 작가의 수가 얼마나 되는 것과, 또는 그런 주의의 작품의 일반 민중의 넓은 공명과 환영을 받지 못하는 것을 보면, 그것을 잘 알 수 있다. 금일의 일본의 자각한 민중계급의 저 상징주의에 대한 공격과 그 비난과 같음은 특수한 이유가 있는 것이나, 그 주의가 금일의 일본인의 민중적으로의 특수의 자각이 생하기 전에 있는 그 소위 전성全盛을 극하였다는 시대를 소溯하여 보더라도 그 노력은 실로 미미하였다. 그런 예술은 일부 귀족적 천재 계급의 일종의 사치의 오락적 유희에 불과하였다. 더구나 허무주의적 경향을 가진 작품과 같은 것은 일종의 영양부족의 타약자惰弱者 실연자류失戀者流의 동정조득同情釣得의 '손 요술 예술'로 취급하였다.(현 일본문단은 인간지상주의 현실지상주의의 문단이다)

일본인은 그 소위 인간의 가치라든지, 현실의 가치라든지 하는 것은 감각적으로 긍정하여 버린다. 이만큼 일본인은 그 인간감 현실감에 철저하여 있다.(물론 그것에는 다소의 결점도 반伴하겠다마는)

그러므로 일본인에게는 그 인간 문제의 번민은 「인생은 어디서 어떻게 낳으며, 그 본질은 어떠하며, 그 가치는 어떠하며, 또 그 향할 먼 귀추는 어디냐」 하는 것보담 단도직입적으로 「인생은 어떻게 살아야 할까」, 곧 「인생은 그 생을 여하히 향락하여야 할까」 하는 곳에 집중된다. 그 이른바, '여하히'라 함도 장래보담 목전에 있는 것이다. 이 역시 일개의 비교상의 말에 불과하다. 그러나 좌우간 일본인이 그 인생의 이른바, 기원이라든지, 본질이라든지, 또는 그 먼 귀추라든지 하는 문제의 사색 등에 많은 시간을 허비치 않으려 하는 것은 사실이다. 그런 것은 저 일부 직업적의 철학연구자들의 서재 내의 연구 자료로 인정하는 밖에는 일본인의 일반은 전혀 그것을 일종의 무용지사無用之事와 같이 안다. 곧 일본인은 「인생의 기원이라든지, 가치라든지, 그 생존의 철학적 의의라든지, 또는 그 먼 —— 귀추歸趨라든지 하는 것을 묻는 것보담 제일 먼저 목전에 재하여 여하히 살아야 할까 함을 진면목으로 생각하라」고 부르짖으려는 감정을 다분히 가지고 있다. 실제에 일본인의 일반은 그렇게 부르짖어 있다. 이런 경우에 누가 일본인에게 향하여 「인간에게 그 생의 기원이라든지, 그 본질이라든지, 그 가치라든지, 또는 그 귀추 등에 대한 고찰과 탐구가 없다하면 그는 일개의 목전의 충동에만 의하여 움직이는 금수禽獸가 아니냐.」고 말한다 할진댄, 일본인은 곧 「인생의 기원이라든지, 본질이라든지, 가치라든지 하는 것은 우리가 이미 알대로 알고 있지 아니하냐. 이런 것은 설혹 모른다 하더라도 조금도 불명예가 될 리도 없고, 또는 구태여 알려고 할 필요도 없다. 왜 그러냐 하면, 인간의 원후류猿猴類로부터 진화한 것이라거나, 또는 인생은 무의의한 것이란 것을 안다하면, 우리들이

자연의 힘에든지, 신神의 은택恩澤에든지에 의하여 맨 처음 인간으로서 태어나며, 또는 사는 것이 죽는 것보담은 즐거운 이상, 우리가 지금 새삼스럽게 원후류猿猴類로 돌아갈 수도 없는 일이고, 또는 억지로 그 생을 부인하여 자살할 수도 없는 일이 아니냐. 더욱 또 인생의 귀추 같은 것도 인간이 천리안자千里眼者나 역자易者(복무자卜筮者)가 아닌 이상 그것을 예견 예지한다 할 수 없지 아니하냐. 인간의 생활은 진보하면 진보할수록 그 변화가 극렬한 것이다. 금일의 인간의 생활은 실로 변화난측變化難測의 진화의 도정에 있다. 이런 도정에 있는 우리 인간의 귀추를 복卜함과 같음은 저 추일秋日의 천후天候의 변화를 복卜함보담 더 곤란한 일이다. 저 학자 사상가 역자 등의 예언이 마침내 세상 사람의 웃음거리가 되고 마는 것은, 곧 이곳에 있다. 실로 금일의 학자 사상가 등의 예언같이 신용 없는 것은 없다. 원래 인생의 귀추를 말함과 같음은 사회와 인간의 생활이 극히 단순하던 때에 한한다. 그런 때에 있어서도 오히려 그것은 거의 실패에 그쳐버렸다. 그러나 인생의 귀추를 알려하는 노력은 부인치는 않는다. 차라리 그런 노력에 대하여는 일종의 경의를 표하려 한다. 그러나 그런 것은 저 일부 철학자의 할 일이며, 우리 일반 민중에게는 무용지사이다. 일반 민중은 다못 현재를 여하히 살아갈까 하는 견실한 생의 철학만 가지면 그만이다. 더구나 우리 일본인은 철학적 인종이 아니다.」(이것은 저자와 어느 일본대학생과의 회화 중의 일절이다) 이곳에서 일본인의 그 민족성이 저 스틸네르의 성격과 방불한 점이 있는 것을 발견할 수 있다. 이곳에는 그 생활난의 절박한 환경의 영향도 있다할 수 있다. 그러나 이것은 전혀 그런 것을 저 장황용만張皇冗漫한 철학적 이론을 가지고 반복에 반복을 가하여 성가시게 생각함과 같은 것을 그 성격의 허락지 않는 바에 있다. 일본인의 성격은 무엇보담 단기短氣하다. 그러나 일본인은 그 인간감 현실감에 대하여는 일층 절박한 단기短氣한 감정을 가지고 있다. 그 중의 그 생활감과 같은 것은 더 몇 층의 절박한 단기한 감정을 가지고 있다.

일본인은 실로 일종의 인간 신성불가침 현실, 신성불가침의 신조를 가지고 있다. 그러므로 인간의 신성을 상하거나 현실의 신성을 상하는 등의 사상은 저 황실의 존엄을 상함과 같은 불경행동不敬行動으로 안다. 그러나 일본인은 그 생명을 그야말로 저 홍모鴻毛보담 더 경히 여기는 일면이 있다. 이것을 얼른 보면 일본인의 성격의 어느 곳에 일종의 악마적 사교적邪敎的의 강한 반인간성 반현실성이 있는 듯이 보이리라. 그러나 이것은 일본인의 그런 것에서 오는 것이 아니요. 이것이야말로 일본인의 그 인간지존감, 현실지존감에서 오는 것이다. 곧 이것은 그 감정의 반동으로부터 오는 것이다. 일본인의 그 생명을 버리는 경우는 저 황실 및 동포 또는 자기의 애인 부모 형제 등에 대한 인간으로의 일종의 부상죄不常罪를 느낄 때나, 또는 생활난 혹은 실연 등에 의하여 인간으로서의 생의 완전한 향락을 맛볼 기회가 적을 것을 절망한 때다. 곧 그것은 그 인간지존감 현실지존감에 즉한 생의 소극적 표현의 수단이다. 그 절망되는 것은 인생 비관의 한 형식이 됨은 물론이다. 그러나 그것은 제2의 제3의 비관이다. 일본인에게는 인생의 의의라든지, 그 가치를 철학적으로 부정하는 곳으로부터 오는 제1의 순정비관純正悲觀에 즉한 생명포기와 같음은 실로 드물다. 이런 것은 저 시인 철학자 문인 계급에 있어서도 오히려 드물다 하겠다.

그러나 이런 것은 일본인의 사상이라든지, 그 두뇌의 양부良否에 관계된 문제가 아니고 그 민족성에 관계되는 문제가 되겠다고 하겠다. 성격은 개인의 것이거나, 또는 민족의 그것을 막론하고 그것은 원래 하등의 윤리적 비판을 가할 성질의 것이 아니다. 또한 성격은 하종何種의 것 됨을 불문하고 저 국가의 주권과 같이 절대로 높고 신성한 것이다.

이외에 있는 일본인의 그 민족성의 일면은 감정적이라는 것이다. 이것은 실로 일본인의 생활에는 그 중대한 지위를 점령하여 있다. 곧 이것은 일본인의 생활의 그 전 배경을 이루고 있다 하여도 가하다. 일본인의 미도 이곳에 있고, 그 자랑도 이곳에 있고, 그 혼魂조차도 이곳에 있다 할 수 있다. 그러므로 일본인에게로부터 이 감정을 빼어 낸다 할진댄, 일본인은, 곧 그 생활의 전 의의를 잃을 것이다. 다시 말하면, 일본인의 생활은 저 천체로부터 태양을 발거拔去함과 같은 큰 암흑을 이룰 것이다. 이만큼 감정은 일본인의 생활에 중대한 관계를 가지고 있다. 실로 이 감정 방면을 떠나서는 일본인의 생활과 그 존재를 말할 수 없다. 일본인의 생활을 일개의 국가로 비유하면, 일본인의 감정은 그 생활의 주권이며 최고권最高權이라 할 수 있다. 왜 그러냐 하면, 일본인은 모든 중대한 문제, 더욱 생사와 같은 지중지대至重至大한 문제에 이르러서도 그 최후의 시말始末을 처리하는 권력, 곧 그 최고의 재결권은 감정이 그것을 가지고 있기 때문이다.

이런 것은 일본인의 생활 가운데 있어서 도처에서 발견할 수 있는 현상이다. 일본인을 문학적 인종이라 함은, 곧 이것을 가리키는 말이다. 일본인은 실로 정치적 재능이라든지 철학적 재능 등에는 자랑할 점이 적다. 그러나 일본인이 감정적 인종이라 함은 결코 그 민족의 인격의 선천적 불구성不具性을 말함은 아니겠다. 일본인의 그 감정에는 조선인 지나인支那人 등이 추종치 못할 아리따운 문학적 세련을 가지고 있다. 그 감정은 실로 섬세하고 맑고 휘요輝耀하고 향기로운 것이다. 그리고 또 그 감정은 실로 조선인 지나인의 그 이지理智 이상의 활동을 하고 있다. 일본인의 감정은 실로 저 이지理智 이상의 예민한 고급의 직감력을 가지고 있다. 일본인의 성격이 동적이며, 산 기운이 있는 것은 그 인격의 토대가 이 감정의 위에 있기 때문이다. 일본인의 그 감정은 실로 산 감정이다. 그러나 일본인에게는 이지가 전연 없다는 것은 아니다. 일본인에게도 이지가 있다.

그것이 있어서도 여간 발달된 것이 아니다. 저 어느 일부 민족이 가지고 있는 것과 같은 구멍 난 때 묻고 매연 낀 호모護謨 조각 같은 이지가 아니다. 그 이지는 비인匕刃같이 날래고 차고 수정水晶같이 투명한 것이다. 다못 일본인은 그 이지를 감정으로써 움직여 감이 저 이지로써 감정을 부리는 경우보담 많다 할 뿐이다. 사람에게는 3종의 모형模型의 인이 있다. 곧 이지로써 감정을 부리는 사람과, 또는 감정으로써 이지를 부리는 사람이 있다. 이외에 이들의 중간성을 가진 이지 5분, 감정 5분의 일종의 세소운世所云 원만형圓滿型이라는 평범형의 인이 있다.(심리학자와 도학자 등은 이 타입을 인간의 성격의 그 이상형이라고 인認한다. 그리하여 그네들의 대부분은 인간의 인격의 정의를 '지智·정情·의意의 통일 상태'라고 말한다. 인격은 과연 이것들의 통일 상태 됨은 틀림없다. 그러나 저들의 이른 바 그 통일 상태라는 말 속에는 '평등량平等量의 원만한 조화'라는 일종의 어리석은 공상적 기대가 들어 있다. 통일에는 반드시 같은 분량의 것이 아니라 하더라도 그 목적을 달한다. 곧 감정 7분에, 의지 1분, 이지理智 2분이라 하더라도 그 통일을 훌륭하게 유지함을 얻는다 함이다. 이런 경우에는 감정이 그 주권을 가질 뿐이다. 곧 감정의 그 인격의 원수元首 권력자가 된다 함이다. 권력으로써 통일을 도모함은 만적蠻的이며 부자연이라 하겠지마는 그런 경우에 있어서는 구태여 감정을 깎아내려 이지理智와 의지意志의 결합을 저 인조비人造鼻와 같이 미봉彌縫할 필요는 없다. 이것의 인위적의 무리한 강제적 통일을 도모하려는 곳에서 개성을 타락시키며, 혹은 죽이는 것이다. 이곳에 있어서 저 소위 근대교육의 그 무지한 유성운동類性運動이 비난받는다.) 전자의 형型에 속한 인종은 지나인 인도인, 중자中者의 형에 속한 인종은 불인佛人, 일본인, 후자의 형에 속한 인종은 희랍인, 조선인 등이 그 대표적 인종이다.(이외에 무수한 중간성의 복합성의 인종이 있다.)

일본인은 그 성격에 자각한 인종이다. 곧 다시 말하면, 일본인은 고유의 성격에 일종의 인위적의 강제의 쇄자鎖子를 가함을 부자연하고 무용한 것으로 알만큼 그만큼 그 성격에 자각하여 있다.

일본인의 그 민족성의 특질을 종합하여 일언으로 간단하게 말하면, 일본인은 「인간지상주의, 현실지상주의, 감정지상주의의 인종이라」 할 수 있다.

일본인의 사상계는 그 토대를 이 민족성의 특질의 위에 두고 있다. 다시 말하면, 일본인의 사상계의 특질은 그 민족성의 그것과 같은 인간적 현실적 감정적이라는 것이다.

일본 사상계의 그 주조

현 일본 사상계는 세계지도의 소지명小地名보담 더 착잡 현란한 혼돈을 극하여 있다. 제일 저 국가주의와, 또는 그것을 중심으로 한 제국주의 황실중심주의 입헌정체주의 데모크라시주의 사회중심주의 사회봉사주의 반의회주의 등으로 비롯하여 국가사회주의 길드사회주의 기독사회주의 기타 군소의 개인주의 철저개인주의 친란주의親鸞主義 성웅주의聖雄主義 보은주의 독립자존주의 공동생활주의 노동공산주의 철인주의哲人主義 문화주의 인격주의 등이 잡림雜林 같이 불규칙하게 나립羅立하여 있다. 그러나 이것들의 대부분은 일종의 '헤살군軍'의 사상에 불과하다. 그 중에 홀로 벽공을 찌를 듯이 숭연崇然하게 걸립하여 있는 사상은 공산주의 무정부주의 인도주의 허무주의 등이다.

이 4종의 사상이 현 일본사상의 그 주조라 하겠다. 그러나 더욱 저 공산주의 무정부주의가 그 주조중의 가장 세력이 있는 것이 되겠다.

인도주의와 허무주의와 같음은 저 문단 일파의 문인에게 그 기분幾分의 세력을 유하여 있을 뿐이다. 이것들은 저 문단의 권외를 벗어나서는 민중의 사이에 널리 펼쳐갈 하등의 체량體量있는 세력을 갖지 못하였다. 그 중에 저 허무사상과 같은 것은 거의 일종의 응접실의 장식용의 화초사상花草思想으로 밖에는 아니 안다. 그러나 저 신흥의 사상계 문단에 있는 많은 청년 수재秀才 등의 그 가슴을 꽤 아프게 부딪혀 있는 새로운 '허무고虛無苦'가 그 작품, 혹은 그 연설 그 일상회화 가운데 색채 묻어 나오는 것은 크게 주목할 일이다.

그러나 저 인도주의와 같다함은 조만간 그 진립陣立하여 있는 곳에서 고사하거나 분사하거나 자살할 기미가 있는 것 같이 보인다. 실로 근경近頃의 인도주의는 여간 불평판不評判이 아니다. 이것은 현 일본사상계에 있어서는 일종의 큰 모욕조소侮辱嘲笑의 과녁이 되어 있다. 현 일본사상계의 인도주의에 대한 태도는 실로 극단의 경멸이다. 이 인도주의를 반항하는 저 일부 청년 혁명가 등의 태도를 보면, 가령 저 자본주의를 손이나 붓으로 반항한다면 인도주의에는 발이나 가래침 등으로써 대항하려 한다. 인도주의는 이만큼 한 천한 무참한 경멸을 받아 있다.

허무사상에 대하여도 다소의 경멸적 태도를 취하여 있다. 그러나 그 파괴적 감정에는 일종의 경의를 갖는다. 때에 의하여는 일종의 시기조차 갖는 경우가 많다.

최근의 일본사상계는 어찌 되었든지, 저 공산주의 무정부주의가 그 전무대의 7~8분까지를 점령하여 있다 할 수 있다. 말하자면, 현 일본사상계는 저 공산주의 무정부주의의 독무대라고 말할 수 있다. 그 중에도 저 공산주의의 배우俳優가 비교적 그 많은 수를 가져 있다 하겠다.

그러나 그 수의 약간의 차와 같은 것으로서는 그 세력의 우열을 말할 수 없다. 그것의 우열을 판단할 진정한 표준은 그것에 속한 인물의 인기와 그 기량 등이 되겠다. 이 양파에 속한 인물은 그의 실력과 기량 등이 거의 비슷비슷하다 할 수 있다. 지금 이 양파는 성대히 싸우고 있다. 그 전투의 성적도 서로 비등比等하다. 지금의 형세로서는 그들의 장래의 운명을 예고할 수 없다. 그러나 현 일본의 일반 민중의 저 무정부주의적 자각이 부족한 것은 금일의 사회혁명의 제일전第一戰에 있을 무정부주의의 운명에 대하여 적지 않은 불안을 갖게 한다.

그러나 이 양파의 사상은 모두 일종의 인간에 즉한 인간개량 현실에 즉한 현실개량의 기획에 불과하다. 이것은 저 일본민족성의 인간적 현실적이라는 특성의 연然케 하는 것이다. 그러고 또한 이 양파를 통하여 이지파理智派 보담 충동파가 많은 것도 그 민족성의 연케 하는 바이다. 곧 그 감정적이라는 특질의 연케 하는 바이다.(그러나 취중就中이 충동파는 저 무정부주의자에게 많다. 이것은 원래 저 무정부주의에 전속한 자라 하겠다. 현 일본 충동파의 9분까지는 모두 저 무정주주의자 등이다.)

더구나 현 일본의 공산주의가 비록 그 수의 위라도 저 무정부주의보다 우세를 점령하여 있는 것도 저 주위의 요구와 학리적 비판의 결과로부터 오는 필요 감정보다 그 민족성의 현실적이라는 특질이 지배된 현상이라 하겠다. 저 무정부주의는 더 말할 것 없이 공산주의보담은 기분幾分간의 초현실적의 사상이다. 곧 저 현실적 대상적 목전적目前的의 성격과 사상을 유有한 일본 일반 민중들에게는 아직 그 상상의 발이 저 무정부라는 전당殿堂의 앞에는 달하여 있지 못하다.

따라서 저 허무주의의 사상이 미미부진微微不振하는 것도 그 민족성의 연然케 하는 바이다. 그러나 허무주의는 보다 감정적이니까 일본인에게는 이것이 오히려 저 공산주의나 무정부주의보담은 많이 환영될 듯하다. 그러나 일본인의 감정은 어디까지든지 인간과 현실을 통하여의 것이다. 다시 말하면, 일본인의 그 감정은 인간과 현실에 예속된 형이하적의 혈조血潮의 극히 따뜻한 감정이다. 그러므로 저 허무주의와 같은 반인간 반현실의 얼음같이 찬 감정에는 하등의 공명을 받지 못한다. 더욱 그 소위 일본문단 및 사상계의 일부의 인사가 가지고 있는 허무사상부터 그 감정적 기초가 극히 애매한 악한 얕은 것이다. 그러나 저 인도주의에 대한 반항은 일본인의 그 민족성의 연케 하는 부분보다 그것은 차라리 일개의 특수의 사상적 신앙의 위로부터 온 것이라 하겠다. 만일 그것에 대한 반항에 다소의 감정적 요소가 있다 할진댄, 그것은 저 어느 특수의 신앙이 산출한 감정이라 하겠다. 사람에게는 사상이 감정을 낳는 경우가 얼마든지 있다. 일본인의 인도주의에 대한 반항적 감정을 낳은 이론이 되는 것은 더 말할 것 없는 저 소위 「폭력에 의한 계급투쟁」이라는 신조라 하겠다. 인도주의는 무저항적이다. 현 일본 혁명운동자 등이 인도주의를 배척함은 곧 저 계급투쟁의 신조의 위에 서서 그 무저항성을 배척함이다. 그러나 이것은 전혀 저 '계급투쟁'의 주장에 대한 신앙으로부터 필요적으로 발생한 것이라고는 볼 수 없다. 일본인의 성격에는 일종의 강한 맹목적의 반항성이 있다. 곧 일본인은 누가 때리면 대드는 인종이다. 그것은 거의 본능적이다. 그리고 또한 일본인은 일종의 강한 복수성(心)을 가지고 있다. 일본인은 자기를 해한 적에 대한 복수 행위를 일종의 예술과 도덕으로 알만큼 그것을 인간의 비상한 장쾌사壯快事로 안다. 아니 그것을 인정미人情美의 그 가장 꽃다운 것으로까지 안다. 이에 대하여는 이미 많은 시가詩歌, 소설이 나와 있다. 일본인의 과거의 생활은 일종의 복수미復讎美 연애미戀愛美에 도취한 생활이었다고 할 수 있다. 더구나 그 복수와 같음은 일본인의 과거에 있었던 그 미적 생활의 7분 이상이라 하여도 가하다. 이것은 실로 일본 고문학古文學의 그 가장 유력한 배경을 이루고 있다고 하겠다.

일본인의 이들의 성격이 저 인도주의의 부르짖음과 같은 '무저항'을 부인하는 바의 이론에 다소의 흥미를 느꼈을 것은 사실이다. 곧 일본인이 그 성격상 저 복수와 반항을 부인하는 바의 인도주의에 대하여 본능적으로 일종의 반감과 경멸을 느꼈을 것이라 함이다.

그러나 일본인의 저 인도주의를 배척하는 곳에는 —— 그 감정이 원래 일개의 사상의 위에 세워져 있을 만큼 —— 일종의 위대한 이론이 있다. 일본인은 이 이론의 위에 근거하여 저 인도주의를 배척한다. 이런 경우에 있는 일본인의 그 고유한 성격으로부터 반항적 복수적 감정은 다못 잠시 그 이론(思想)에게 가장 힘 있게 이용될 뿐이다. 이것은 마치 저 총희銃戲를 기호嗜好하는 천성을 가진 자에게 어느 금산禁山의 양養하는 살찐 꿩 학鶴 기타 수류獸類를 엽獵할 공인한 총을 들려주는 경우와 같은 그것에 불과하다.

각 사상의 내용 및 그 소속의 주요 인물과 기관

A) 공산주의

공산주의는 마르크스의 유물사관 및 자본론 등에 입각한 사상이니 이것은 일종의 사회인지상주의 조직절대주의의 사상이다.

(1) 그 파괴적 수단

단체적 반역 —— 일정한 조직적 전투 수단을 유有한 단체적 폭력으로써 현 사회에의 반역을 행하자는 의미이니, 그 주장의 유일의 근거는 현 사회를 파괴하는 데는 그 형식의 반역이 가장 힘이 있고, 또는 신속하다 하는 곳에 있다.

그러나 이것은 무엇보담 그 주의의 성질상의 필연의 요구에 의한 형식이 되겠다. 이 형식의 수단은 공산주의가 거의 본능적 감정적으로 주장하는 그 실현 수단의 생명이라고도 할 수 있다. 저 이른바, '일치단결' · '협동반역協同叛逆'이라는 등의 말은 공산주의의 유일한 표어이다. 그 결과 그 형식의 운동으로부터 나타나지는 저 소위 주모자(발의자 · 계획자)라든지, 주동자 등의 존재를 시인한다. 그것은 그런 형식의 운동에 있는 부득이한 현상으로서 인정한다. 더욱 어느 경우에 있어서는 정책상 그 존재를 필요로까지 인정한다.

그러나 공산주의는 저 소위 단체적 형식을 가진 협동일치의 반역 이외의 수단을 부인함은 아니다. 그는 다못 그 단체적 반역되는 것을 원칙상의 제1의의 수단으로서 주장할 뿐이다.

(2) 그 건설적 이상

대사회의 출현 —— 촌村 · 군郡 · 현縣등의 소비에트와 같은 제도에 기基한 일정한 조직을 유한 대 중앙집권 대 중앙 집산적의 사회, 곧 생활 전체에 대한 일정한 사회적 통제권을 유한 일종의 대사회를 건설코자 한다. 이것을 실현하며 또는 그 신 사회를 유지하려는 당연한 결과에 의한 정책상 정치 법률 권력 등에 대하여 아래와 같은 태도를 유지한다.

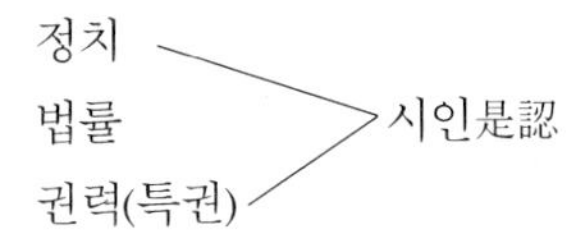

그러나 이에 대하여는 절대파, 상대파의 양파가 있다. 곧 절대파에는 공산주의의 영원성을 믿는 사람들이 속하고, 상대파에는 그야말로 공산주의를 일종의 과도적 수단으로서 인정하는 사람들이 속하여 있다. 지금의 현상으로서는 저 청년 공산주의자 등의 사이에 있어서는 후後의 상대파가 비교적 다수라 할 수 있다. 그러나 이것은 저들의 그 마음보담 그 입을 가신假信하고 그리하여 그것을 표준하여 하는 말이다. 좌우간 현 일본 청년 공산주의자 가운데는 거짓말이거나, 참말이거나 그 주의를 일시적의 방편으로 취하였다고 고백하는 사람이 많은 것은 사실이다. 더욱 저 무정부주의자 가운데서 「자기의 주의를 실현시키는 부득이한 수단으로서」라는 구실 하에서 저 공산주의로 이전한 자가 불소한 것도 사실이다. 이곳에서는 그 심리의 가진假眞을 판단하는 문제는 잠시 보류한다.

(3) 그 개인관個人觀

일본 공산주의자들은 결코 개인을 부인치는 않는다. 다못 그 개인이 조직으로부터 떨어지기에는 아직 실력이 부족하다 할 뿐이다. 그러나 이 개인관에도 양파가 있다. 일파는 인간은 개인적으로 조직의 손으로부터 떨어지기에는 일종의 선천적의 미완성품 되는 불가항적의 숙명을 가졌다고까지 극단으로 말하며, 일파는 지금의 인간이 조직으로부터 떨어지기에는 아직도 그 문화적 교양의 정도가 허락지 않는다고 한다. 후에 속한 사람들은 대개 「나도 무정부주의자다. 그러나 현 사회를 신속히 정리하자는 정책상 일종의 과도적 수단으로서 부득이 공산주의를 부르짖는다」고 한다. 현 일본 공산주의자의 그 십중팔구는 모두 이렇게 말하는 바의 후파에 속한 개인관을 가지고 있다. 그러나 이것은 일종의 정책론, 곧 정책적 개인관에 불과하다. 공산주의는 원래 그 주의의 성질상 개인을 사회 이상, 혹은 그 이상의 존재자가 될 가능성이 있는 것으로는 인정치 않는다. 그는 어디까지든지 사회를 제1의 지상존재至上存在로 보고 개인은 그 다음에 둔다. 심甚함에는 개인을 사회 때문의 방편물로까지 보려하는 그 정체의 심리를 폭로시킬 때가 많다.

(4) 그 주요 인물과 기관

공산주의에 속한 주요한 인물은 사카이도시히코堺利彦 야마카와히도시山川均 부처夫妻 아라하타카츠조荒畑勝三(寒村), 콘도에이조近藤榮藏, 타카츠마사미치高津正道 등이며 그 주요한 운동기관은 전위사前衛社 매문사賣文社 등이다. 그 기관지로는 전위사로부터는 ≪전위≫, 매문사로부터는 ≪농민운동≫이 발행되어 있다.

또 이외에 ≪사회주의 연구≫라는 야마가와히도시山川均 부처의 집필하는 개인 경영의 유력한 공산주의 선전 잡지가 있다.

또 이외에 특히 주의할 것은 일본 공산주자자 중의 사카이도시겐堺利彦보다 더 일층 그 세계적 명성이 높다 할 수 있는 카다야마센片山潛란 대입물大立物이 있는 것이다. 그는 지금 해외에 표박중이다.

B) 무정부주의

일본 무정부주의는 꼬드윈 · 푸르돈 · 스틸네르 · 빠쿠닌 · 크로포트킨(Kropotkin) 등의 인간의 지배와 피지배의 관계에 재한 생활을 부인하는 바의 사상에 입각한 개인지상주의의 사상이다. 곧 개인을 제1의 지상존재至上存在로 간주하는 사상이다.

무정부주의 안에도 저 푸르돈과 같은 사회적 무정부주의가 있으나 현 일본의 무정부주의는 몇 사람을 제한 외에는 모두다 저 스틸네르계의 개인적 무정부주의의 사상이다.

(1) 그 파괴적 수단

개인적 반역 —— 순연한 개인적 폭력으로써 현 사회에의 반역을 행하자는 의미이니 그 주장의 근본정신은 저 일종의 「사후의 어느 우월한 특권」을 점취占取하기 쉬운 직업적의 수모자首謀者 주동자 등의 산출을 막고, 또는 저 단체운동에 재하여 나타나는 종종의 온갖 무리無理를 구하려는 데 있다. 그러나 이 역시 그 형식의 반역을 제1의에 재한 가장 완전한 합리적 이상적의 수단으로서 주장할 뿐이고, 결코 저 단체적 형식의 협동운동의 신이라든지 그 효력을 부인함은 아니다. 무정부주의는 다못 저 1인 혹 수인의 상매적商賣的, 직업적의 수모자首謀者, 주동자 등의 손에 의하여 일어나며, 또는 그렇지 않다 하더라도 사후의 어느 우월한 특권, 곧 지배자 혹은 명예독점자 되는 특권을 탈취 횡령할만한 위험성을 포장한 재래의 인습적의 낡은 형식의 단체적 운동을 부인할 뿐이다. 만일 이런 위험한 성질의 단체적 운동이 아니고 그것을 자각한 각 개인의 어느 소수의 사람이나 권력에게 일종의 기계로써 이용되는 관계, 곧 이용하고 이용되지 아니하는 관계에 있는 자의적 자발적의 단순한 평등 인격자간의 협동으로의 단체적 운동일진댄, 무정부주의는 양수를 거하여 환영한다. 이것이 무정부주의의 저 단체적 운동에 대한 그 이상理想이다. 또한 저 소위 수모자 주동자라는 자가 '사후의 특권인'이 되지 아니하는 일개의 선량한 의미에 재한 단순한 발의자나, 경고자나, 또는 군중의 의지나 감정으로써 승인한 자진의 모험적 희생자 혹은 당자當者가 승낙한 군중의 사용군使用軍으로의 그것이라 할진댄, 무정부주의는 이것을 부인치 않는다.

그러나 단체운동은 그것이 아무리 합리적의 이상화된 것이라 하더라도 그것에는 종종의 예측할 수 없는 위험과 폐해가 수반한다고 한다. 이곳에서 무정부주의는 제1의로 개인적 반역을 주장한다.

(2) 그 건설적 이상

개인 왕국의 현출 —— 타의 지배, 견제, 간섭 등을 조금도 받지 아니하는 상태에 있는 자기 자율, 자기 자치의 이상향을 건설코자 함이다. 다시 말하자면, 자기가 자기의 완전한 소유자, 치자治者, 지배자로서 독립하여 그 생활을 만족하게, 또는 자유롭게 향락할 수 있는 바의 일종의 개인적 자유 왕국을 건설하자 함이다. 이 세계에 있어서는 각 독립한 개인과 개인 사이의 애愛와 그 평화, 곧 사회적 공동생활의 질서는 저 상호부조의 본능에 의하며 유지된다고 한다. 이것에 대하여는 무정부주의는 거의 일종의 절대의 낙관落款을 가지고 있다. 무정부주의는 어디까지든지 개인의 자립적 능력이라든지, 또는 그 상호부조의 본능을 낙관樂觀한다.

무정부주의에 이른바, 자율이라 함은 타율에 대한 말이니, 이것은 물론 저 자기가 정定치 아니하며 또는 자기의 힘에서 오지 아니한 타정적他定

的 타래적他來的의 초자기超自己, 반자기反自己의 강제적 위력, 곧 자기를 압박하며 강제하며 견제하며 간섭하며 지배하는 바의 —— 자기의지를 초월한 —— 우월한 위력에 의한 복종, 피지배의 생활을 부정하는 의미의 말이다. 무정부주의는 이런 초위력에 의한 지배, 피지배의 생활을 부인한다. 그 위력이 신이 되거나, 도덕이 되거나, 습관됨을 막문莫問하고, 이것을 부인한다. 따라서 그런 위험을 낳기 쉬운 온갖 조직을 부인한다. 그러므로 무정부주의는 저 정치, 법률, 권력 등에 대하여 아래에 나타낸 것과 같은 태도를 취한다.

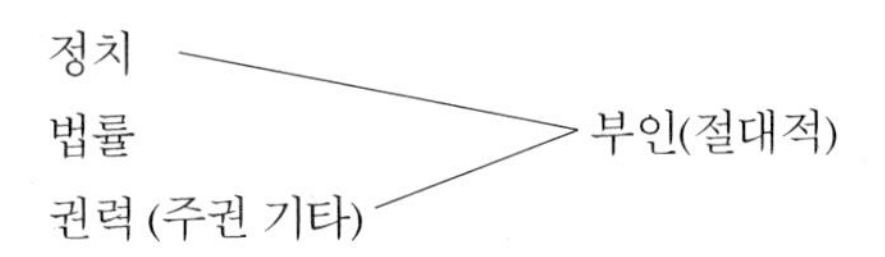

그러나 저 계약과 같은 법률행위와, 또는 그로부터 생하는 바의 구속과 같은 자는 무정부주의자의 다수가 시인한다. 그것은 곧 일종의 자기의 의지에 의한 자구속自拘束과 같은 형식으로 보기 때문이다.

(3) 그 사회관

일본의 무정부주의는 결코 사회나 단체를 부인함은 아니다. 그는 다못 개인을 제1의義로, 사회나 단체적 생활을 제2의義, 곧 개인생활 때문의 방편으로 알뿐이다.

그러므로 저 스틸네르 계系의 많은 무정부주의자들은 사회를 다수多數한 개인의 별명에 불과한 것으로밖에는 아니 안다. 따라서 인간의 사회성이라든지, 또는 그 사회의식이란 것을 그렇게 중대하게 보지 않는다. 곧 그것은 인간의 모든 방편욕方便慾에서 발생된 후천적의 제2의 천성과 습성의식에 불과한 자로 본다.

그러므로 사회가 개인의 자유로운 생활을 조금이라도 방해하는 죄악을 범할 때나, 또는 자기의 생을 향락하는데, 그 사회에 대하여 조금이라도 불편을 느낄 때는, 저 상호부조의 정신에 위반되지 아니하는 범위 내에 있어서 언제든지 그 사회를 파괴하여 버릴 것이라고 주장하고 있다. 이것은 저 순연한 스틸네르의 사회관 그것이다. 그러나 저 푸르돈 또는 톨스토이 계系의 무정부주의적 사상의 감화를 받은 사회적 혹은 준사회적 무정부주의자의 일파는 개인과 사회를 「나눌 수 있을 듯하면서도, 능히 나눌 수 없는 일종의 기묘한 인연을 유한 의사혼일체擬似渾一體」로 안다. 따라서 개인과 사회의 관계에 대하여는 일종의 중용적中庸的의 상대관을 갖는다. 다시 말하면, 그 개성감에 대하여는 저 개인적 무정부주의의 그 개성감에 지지 않는 맹렬한 감정과 철저한 주장을 갖고 있으면서, 그 사회성 혹은 사회적 생활이란 것에 대하여는 그 개성감에 지지 않는 극히 양순하고 겸손한 관찰을 가졌다는 것이다. 곧 이 종류의 사상에 속한 무정무주의자들의 흔히 부르짖는 바의 「자기가 건지어지려는 염念에 즉하여 사회도 함께 전지라」라는 말은 그들의 사회관이 위와 같은 상대관인 것을 잘 설명하여 주는 것인 줄 안다. 그러나 차종此種에 속한 무정부주의자는 극히 소수이다.

(4) 그 인물과 기관

무정부주의에 속한 그 주요한 인물은 오스기사카에루大杉榮, 이와사사쿠타로岩佐作太郞, 카토카즈오加藤一夫 등이니 오스기사카에는 크로포트킨의 사상 이와사사쿠타로는 푸르돈의 사상, 카토카즈오는 스틸네르의 사상이다. 그러나 이것은 결코 절대의 판단은 아니다. 이 세 사람의 사상은 모두 2~3 이상의 각종의 무정부주의를 포옹한 일종의 혼성사상混成思想이다. 곧 저 오스기사카에와 같은 인은 스틸네르의 사상도 다분히 가지고 있고, 또 이와사와 같은 인은 오스기사카에의 가진 일면을 겸유하며, 또 저 카토카즈오는 이와사의 가진 일면과 오스기사카에의 가진 일면을 가지고 있다. 그러나 이 세 사람의 사상의 특색은 조금씩 다르다. 오스기사카에와 카토카즈오는 보담 개인적 색채가 농후하기 때문에, 세상에서 이 사람들을 개인적 무정부주의자라고 부른다. 자기네들도 그렇게 수긍하고 또는 때에 의하여는 그렇게 스스로 표방도 한다. 그러나 이 둘 사이에도 그 사상의 특색이 각각 다르다. 곧 오스기사카에는 현실과 인생에 즉한 현실구가現實謳歌, 인생구가人生謳歌의 무정부주의며 카토카즈오는 허무에 즉한 현실저주 인생저주의 무정부주의이다. 그러나 이것도 일종의 상대적의 비교에 불과하다. 왜 그러냐 하면, 오스기사카에에게도 인생을 비관 저주하는 등의 허무적 경향이 없는 바가 아니고, 또한 저 카토카즈오에게 인생에게 춘정春情이 없는 바가 아니다. 카토 씨의 그것은 그의 발행하는 소위 '자유인'이라는 잡지가 제1 큰 증거가 될 것이다.(허무인의 앞에 자유인이 무엇인가) 또 저 이와사 씨의 사상의 그 오면奧面에도 오스기 씨와 같은 개인지상감과 카토 씨와 같은 허무감이 끌(沸湧)어 있지 않은 바가 아니다. 그러나 이와사 씨의 사상은 일종의 사회적 무정부주의의 사상이다. 그것이 씨의 사상의 다부분多部分을 점령하여 있다. 그러나 그네들의 그 근본주장은 거의 동일하다. 그리고 그네들의 그 주요한 운동기관은 노동운동사 자유인연맹 등이다. 이외에 5월회, 북풍회 등이 있었으나 이것들은 거의 폐회동양廢會同樣이 되고 말았다. 그 기관지로는 노동운동사로부터는 노동운동, 자유인 연맹으로부터는 자유인이 발행되어 있다. 그러나 현 일본 무정부주의의 그 실행 운동기관은 그렇게 떨치는 상태에 있다고는 말할 수 없다. 이 주된 원인은 그 주의자들의 저 단결을 싫어하는 경향이 날로 깊어 가는데 있다 하겠다. 단결이란 것은 원래 무정부주의의 흉패凶佩 붙은 대금물大禁物이다.

공산주의와 무정부주의의 호상관互相觀

공산주의의 무정부주의에 대한 비평 ──

(1) **개인적 반역에 대한 평**: 「개인적 폭력이라는 자가 대체 얼마나 되는 힘이냐? 그것은 값어치의 환한 자가 아니냐? 그것은 마치 저 일종의 조그만 조총鳥銃으로써 호(虎)나 사자를 잡으려 함과 같다.」고.

(2) **자의적, 자발적의 단체운동에 대한 평**: 「그것은 훌륭한 이상이다. 또는 어느 정도까지는 가능성도 있고, 그리하고 인류의 과거에 그런 의미의 운동이 실현된 때도 있었다. 그러나 그것은 언제든지 소승적이고 부분적이며, 또는 우연이었다. 이런 것은 조직과 인원수 기타 모든 사정이 극히 단순한 사회에서가 아니면 하등의 효과가 성成하는 자가 되지 못한다.

금일과 같은 사회에 있어서는 그런 운동은 저 소수 자각자의 손에 의하여서만 일어날 소승적, 부분적의 운동됨에 그치고 말아버렸다. 그 전국적의 자의적, 자발적 단결이라든지, 그의 폭력적 저항이라든지 하는 것을 바람은 일종의 꿈이다. 그것은 마치 저 전 세계의 감옥내의 기백만의 수도囚徒가 자발적으로 일치단결하여 일시에 봉기하여 그 온갖 감옥을 파괴함을 바라는 것과 조금도 다름없다. 설혹 그것이 일시에 일어나는 공동반역이 아니고 많은 시간의 간격을 두고 일어나는 소위 계기적繼起的의 그것이라 하더라도, 그런 것은 무력적 방비와 전술이 극도로 발달된 금일의 사회에 있어서는 하등의 효력을 성成할 자가 되지 못한다. 그런 것은 결국 일개의 아희의 작란에 불과하고 말아버릴 것이다. 더구나 그런 의미의 운동이 자의적, 자발적으로 전국적 전 세계적으로서 일어남과 같음은 천년만이나, 만년 만에 한 번씩 일어나거나 말거나 할 것이라 하겠다. 그러나 이것도 사회의 사정과 그 인원이 저 원시와 같이 단순하게 될 때에만 한한다. 이런 것을 바라는 것은 바람 없는 날의 시수柿樹하에 앙와仰臥하여 그 수지樹枝의 전부가 자의적, 자발적으로 흔들려 그곳에 열린 시실柿實이 모조리 떨어져 자기의 입으로 들어올 것이나, 또는 각처의 모래마당에서 일어나는 회오리바람이 자발적으로 합하여 그것이 폭풍이 되어 그 시수의 뿌리를 흔들어 빠지게 됨을 기다림과 같음에 불과하다. 또다시 말하면, 이것은 저 만가萬家의 석류황石硫黃 불이나 촉화燭火가 자발적으로 합하여 폭화爆火가 되어 전 세계의 군함이나 지나支那의 만리장성 같은 것을 분거焚去함을 바라는 것에 불과하다.

그것은 결국 일개의 공상이 되고 말 것이다. 그 공상이 실현된다 하면 그것은 저 기상적奇想的의 일종의 위대한 우연에게 만나는 때라 하겠다」고.

(3) **개인 왕국의 이상에 대한 비평**: 「이 역시 훌륭한 좋은 이상이다. 그러나 이것은 신神이나 불佛이 아닌 지금의 인간에게는 도저히 바랄 수 없는 생활이다. 선각한 소수의 천재 계급에게는 신 혹은 불과의 동등은 고사하고, 그 이상의 자각과 인격을 가진 자가 있다 하여도 한두 사람의 그것으로서는 도저히 그런 사회를 세운다 할 수 없다. 그런 사회에 가서는 결국 저 다수의 무지 저열한 민중은 소수의 자각자의 지배를 앙仰하게 될 것이다. 이것은 철두철미 일종의 공상으로서 마쳐버릴 것이다.」고.

(4) **개인 능력의 낙관에 대한 비평**: 「그것은 그대들의 마음대로의 임의의 관찰에 불과하다. 그것은 일종의 체재體裁 좋은 미신이다. 그것은 마치 저 주병류酒餠類를 먹는 자가 반드시 그 소화될 것을 믿으며, 또는 저 산로山路를 걷는 자가 그 필연의 무사를 믿는 것과 같은 일종의 뱃심 좋은 외골통의 아무 준비와 예량豫量이 없는 신념이다. 말하자면, 그것은 일종의 독단적의 파족신념跛足信念이다.」고.

무정부주의의 공산주의에 대한 평

(1) **단체적 반역에 대한 평:** 「그것은 저 일부 직업적 주의자 등의 일종의 정치적 음모의 형식이니, 이것은 결국 일종의 새로운 치자治者 지배자를 낳는 운동에 불과하다. 더 다시 심각하게 말하면, 그것은 저 일종의 권력적 영웅아, 특권적 영웅아를 낳는 공연한 공간共姦 —— 공동성합共同性合 —— 의 형식에 불과하다 하겠다. 이것을 가장 밝게 증명하여 주는 그 산 호표본好標本은 금일의 이른바, 노농로서아勞農露西亞와 같은 것이 되겠다. 어떠하냐. 금일의 러시아가 세계 청년의 숭배를 받는 그 대상은 러시아 자신 그것도 아니고, 또는 러시아의 노동자도 아니고, 레닌과 트로츠키가 아니냐? 또한 러시아의 혁명의 위대함과 장엄함을 말함과 같은 때도 레닌과 트로츠키의 인격과 재능의 그것을 말치 않느냐? 금일의 우리의 숭배를 받을 자는 러시아의 노동자 그것이 아니냐? 그런데 레닌, 트로츠키가 그에 대한 숭배를 횡령한 것은 웬일이냐? 그것은 저 혁명이 위와 같은 형식, 곧 단체적 운동의 형식에 의한 것이기 때문이 아니냐? 이 형식을 통한 금일의 러시아의 혁명은 러시아 무산계급의 생존운동 때문의 그것이 아니고 저 레닌, 트로츠키를 비롯한 몇 개 직업적 주의자 영웅아의 정치운동이 아니냐? 곧 억유기만億有幾萬으로 헤아리는 강보襁褓에 싸인 아무것도 모르는 영아와 같은 불쌍한 저 노동자는 다못 우마와 같이 기계와 같이 저 몇 영웅아의 그 초승운동超乘運動에 이용되며, 지금도 또한 그네들의 종종 한 교묘한 정책에 이용되어 있는 바가 아니냐? 곧 그대들의 부르짖는 바의 이른바 단체적 반역되는 자는 그 파괴시간이나 효력 등의 비교 타산打算으로보담 이런 의미의 정치적 초승인超乘人될 기름진 꿈을 의식적으로 갖기 때문 아니냐? 설혹 그런 욕망을 의식적으로 갖지 아니 하였다 하더라도 적어도 그 형식의 운동 가운데 있어서는 저 레닌

트로츠키와 같은 만승아萬乘兒가 될 만한 기회와 편의와 요행이 있는 것을 발견하며, 또는 그 발견이 사실화되는 때에 있어서는 그 영전榮典이 자기에게 돌아오기를 바라지는 않는다 하더라도 싫어하지는 않는 심리를 갖기 때문이 아니냐? 만일 이런 형식의 운동을 기획하는 그 심리 가운데 이런 분자가 조금도 섞여있지 않다 하면, 그는 마치 저 『나는 미인은 절대로 싫다. 그러나 웬일인지 미인의 금리衾裏가 아니면 잘 수는 없어.』라고 하는 사람의 그 지극히 괴이한 수면의 형식과 조금도 다름없다. 공산주의의 소위 단체적 반역이라는 것은 이 근처의 물건됨에 불과하다.」고.

(2) **일정한 조직을 유한 중앙집권적의 대사회에 대한 평**: 「일정한 조직이라 함은 인간의 개적 독립과 그 인격의 자유 진화를 제한하는 일종의 정치적 기반羈絆, 곧 인간의 신체에 가하는 일종의 마구馬具에 불과하다. 조직은 원래 압박, 구속, 견제, 간섭 등의 온갖 부도덕을 행하는 바의 권력의 연천淵泉이며, 또는 저 야심가 등의 그 기거할 유일의 소굴巢窟이다. 야심가는 영리한 자일수록 교묘한 조직을 무기로 하여 있다. 조직은 실로 저 야심가 등의 민중을 통하여 복리를 잡는 일종의 '올가미'이며, 또는 그의 승용乘用할 유일한 연여輦輿며 용마龍馬이다. 그리고 중앙집권 혹운或云 사회적 통제권이라 함은 금일의 국가가 가진 그 지배적 권력과 죽음도 다름없는 일종의 주권이며, 그 지배적 능력과 범위는 오히려 더 크고 넓다 할 수 있다. 결국 일정한 조직을 유한 중앙집권적의 대 사회라 함은 금일의 국가의 옷품을 확대한 일종의 조직의 넓은 국가에 불과하다. 곧 이런 사회의 출현은 인간에게 취하여는 금일의 국가라는 지배자에 대代하는 일종의 새로운 지배자의 창정創定에 불과하다.」고.

C) 인도주의

현 일본 인도주의는 야소교耶蘇教 및 톨스토이의 세계애世界愛, 인류애의 사상에 입각한 일종의 무정부주의의 사상이니, 그 인간의 지배와 피지배의 관계에 있는 생활을 부인함은 저 무정부주의의 그것과 조금도 다름없다. 그럼으로 톨스토이의 사상은 저 구라파에 있어서는 일개의 훌륭한 무정부주의 사상의 반열 중에 가하여 있다. 그러나 그 실현수단이 무저항적임으로 세인의 많은 비난과 배척을 받는다. 인도주의는 종교적 수단, 교육적 수단에 의한 현 사회의 자연적 해체를 기期하여 있다. 곧 저 폭력적 저항을 부인한다.

이에 속한 그 주요한 인물은 아리시마타게오有島武郎, 무사노코우지시네아츠武者小路實篤 일파와 저 유명한 고베빈민굴神戸貧民窟의 카가와토요히코賀川豊彦 등이다. 그러나 아리시마씨의 사상은 근경에는 초稍히 적색의 저항성을 띄어가며 가미가가와씨의 그 활동의 천지는 점점 축소되어 가는 모양이다. 그리고 무사노코우지시네아츠와 같은 인은 일개의 서재의 사상가로서 저 『新らしき村』에 깊이 농성籠城하여 '문필文筆의 농農'에 그 한주汗珠를 헤아리고 있을 밖에는 하등의 실행 의지가 없을 것 같이 보인다. 이 사상은 결국 저 문단이라는 사원寺院 내의 일개의 생불生佛이 되고 말아버리든지, 또는 민민悶悶한 원한과 고독 가운데서 자진自盡하여 버리고 말 것이다.

D) 허무주의

현 일본의 허무주의는 다른 나라의 그것과 같은 우주관 인생관에 대한 일종의 회의가 그 기조가 되어 있다. 그러나 일본의 허무주의는 아직껏 일개의 완전한 통일적 체계를 이루어 있지 못하다. 그것은 각인각색의 일종의 저미적低迷的 사상됨에 불과하다.

이에 속한 그 주요한 인물은 마사무네하쿠쵸우正宗白鳥, 하세가와뇨제칸長谷川如是閑, 카토카즈오加藤一夫, 오이스미코쿠세키大泉黑石 등이다.

그러나 마사무네 씨의 그 회의감은 너무 약하고 하야가와 씨의 그것은 너무 효잡淆雜하고 가도 씨의 그것은 그것에 일종의 강한 혁명적 의지가 가하여 있을 만큼, 그만큼 너무 불순不醇하다. 다시 말하자면, 씨의 사상에는 일종의 무정부주의적 실행욕實行慾이 가하여 있다. 이곳에서 씨의 소위 자유인의 부르짖음이 생겨난다. 이 자유인을 부르짖을 만큼 그만큼의 사상에 큰 모순이 있다. 씨의 사상은 마치 저 반어반인半魚半人의 기형아와 같다. 곧 씨의 그 발의 하나는 허무에, 또 그 하나는 현실에 잠기어 있다. 씨의 사상은 일종의 「주의를 부정한 무정부주의」라 함이 그의 가장 적당한 형용이 되겠다.

오이스미大泉 씨의 사상은 저 노장사상老莊思想 그것대로의 것이라 할 만큼, 그만큼 별로 그 특색을 들어 말할 자료가 없다.

이외에 바쇼히사시麻生久 씨와, 또는 국가사회주의자로의 무로후세코우신室伏高信 씨의 허무사상이 있으나, 이들은 그 사상을 하등의 독립한 기치 하에 내세우지 아니하니까 그네들을 허무주의자라고는 지목할 수 없다. 따라서 그네들의 사상의 특색을 말하기도 좀 곤란하다.

여필餘筆

위에 말한 4종주의의 사상 이외에 우에다코우타로植田好太郞 씨, 니이이타루新居格 씨의 샌드가리즘의 사상과 카다데츠加田哲 두 사람의 일파의 길드사회주의 사상이 있다.

그러나 우에다植田 씨는 모처의 동맹파공사건同盟罷工事件에 의한 바의 수형 이후 실제 운동과는 전혀 그 손을 끊고 서재내의 숨은 처녀가 되어 버렸으며, 니이이타루 씨는 신문계의 백수오동자白手勞動者가 되어 그 식량 노동에 급급하여 있으며, 카다테츠 씨 일파의 운동은 적적寂寂 무문無聞이다.

취중就中 우에다 씨와 같은 인은 그 연령, 그 학식, 그 재능 상의 어느 것으로부터 보더라도 그 전도는 크게 촉망할 점이 있는 줄 안다.

(개벽, 1923. 4)

의문 중첩한 조선일보 사건의 괴내막 폭로

신석우申錫雨·안재홍安在鴻·조설현曺偰鉉·최선익崔善益·백관수白寬洙 등 제민족주의자의 경영으로 만천하인사의 열렬한 지지와 선원을 받아온 —— 반도언론계半島言論界의 맹웅猛雄인 조선일보가 만주조난동포滿洲遭難同胞 구제사사건을 도화선導火線으로 하여 그 발행권이 임경래林景來의 손으로 들어가게 된 그 모든 기괴奇怪한 경로 진상을 공개하여 책임자를 지적 규탄하며 일언一言을 신경영자에게 부친다.

사건 경로의 발단은 신석우군이 사장으로 있을 때 시작되었다 한다.

때는 소화昭和 5년 11월 중이다. 조선일보의 경영난이 절정에 달하여 지가채무紙價債務 사원월봉의 체급滯給 급기야及其也 종종의 채무가 쌓이고 쌓여 이것을 청산 정리하기 위하여 동사장 신석우군이 모변某邊의 양해를 얻어 동사 윤전기 집기什器 급기야 그것들을 저당으로 하여 식은殖銀으로부터 4만원 금을 차입했을 때이다. 이 차입한 4만원 중의 1만원은 신군의 사채를 가리려 한 돈이었다 한다.

○군의 말에 의하면, 신군이 이 돈을 운동할 때에 이승복李昇馥은 그 돈 운동을 즐거워 아니하여 암암리에 종종의 수단으로서 모변某邊에 중상中傷하여 훼방毁妨하였다 한다.

그 중상 내용은 「신석우가 식은殖銀에 돈을 운동하는 것은 신문사 채무정리에 쓰는 것이 아니고, 그 실은 모종의 비밀한 운동에 쓰려는 것이니, 그 돈을 주지도 않도록 하라」는 것이었다.

그리고 이승복은 일면으로 신군에게 대하여는 「내가 임경래라는 사람 편에 들은 즉 『모변에서 신사장이 돈 운동하는 것을 위험시하여 식은에 교섭하여 그 돈을 주지 않게 하도록 하여 놓았다』는데 그 운동은 십분팔구十分八九가 실패에 돌아가겠은즉 다른 도리를 차리자고」 하여 왔다 한다.

그러나 그 돈은 식은두취殖銀頭取 유하有賀 씨의 동정과 영단英斷으로 신군의 손에 떨어져 들어오게 되었다 한다.

이 돈이 시군의 손에 들어온 며칠 후에 신군은 이승복과 요리점 대풍원大豊園에서 만나는 기회가 있었다 한다.

이 때 이군은 신군 앞에서 초연悄然한 안색으로 머리를 숙이고 눈물을 짓다시피 하며 「우창于蒼(申君號)! 나는 신문사에 큰 죄를 졌습니다. 그것은 다른 것이 아니라, 임경래가 그 채무담보로 신문사 발행권을 달라 하므로, 그 계약체결을 이미 승낙해 주었는데, 우창于蒼이 불가불 그 계약에다가 날인해 주어야 하겠습니다.」 하였다.

신군은 이군의 말을 듣고 창황망조倉皇罔措 이李와 여러 가지로 이말 저말이 있어 오다가 그 빚에 대한 담보로 수형手形을 써 주기로 했으나, 그것은 뜻대로 되지 아니하여 마침내 이군의 시키는 대로 이자 3천 5백 원과 그 원금 일부 상환 3천원 합 6천 5백 원을 현금으로 지불하고 그 잔금 1만 7천 원에 대하여 신문사 수입을 월부저당月賦抵當으로 하는 공증계약公證契約을 체결해주기로 되었다 한다. 이때의 신군은 신문사 장부에는 일체 간섭치 않았다 한다. 재정출입의 전권은 이군에게 일임하고 말게 되었다 한다. 장부 같은 것은 볼래야 볼 수도 없었다 한다. 이때의 신문사 장부는 유명무실 —— 이군의 그 입이 곧 장부였다 한다. 이런 관계상 신군은 임경래에게 대한 공증계약 수속작성에도 이군에게 일임해버렸다. 그러나 신군은 이군을 신임해 왔던 것은 아니었다 한다. 신군은 이군의 모든 점에 실망에 실망을 거듭 해 왔었다 한다. 신군은 식은에서 얻어온 돈으로 당면의 모든 절박한 부채를 갚고 임경래에게 6,500원을 빼앗기고 나니, 그 수중에는 이미 사채私債를 물 거리가 없어지고 약간의 돈이 남아 있을 뿐이었다 한다.

그런데 이군은 무슨 술책이었던지 식은에 예금이 없는 것을 번연翻然히 알면서 식은완殖銀宛으로 6천여원에 달하는 부도절수不渡切手와 수형手形을 남발하여 신군으로 하여금 그것을 물게 하고 모변대某邊對 신석우 사이의 일대문제를 일으키게 하였다 한다. 그것은 곧 모변이 신군에게 「네가 4만원만 가지면 신문사의 모든 빚을 청산하고 신문경영을 안고安固한 토대 위에 두어 놓게다 하더니 식은으로부터 빚을 얻어간 지 불과 기일幾日에 부도절수, 수형手形을 남발하는 추태를 연출하니 웬 일이냐? 그야말로 그 돈 4만원은 신문사에 쓰지 않고 다른 곳에다가 썼느냐? 이것은 크게 군의 책임문제가 된다.」 하는 것이었다 한다. 이러한 문제가 있는 신군에겐 대사내對社內 관계의 또 한 가지 문제가 생겼다 한다. 그것은 신군의 ◎◎◎◎◎금에 대한 문제이었다 한다.

그래서 그만 신군은 이 부도절수 수형문제에 의한 대식은對殖銀 대모변對某邊 책임문제에 의한 대사내 책임문제로 말미암아 사표를 제출하였다 한다. 이군의 뒤를 이어 인책사면 하였다 한다. 이렇게 됨에 후계사장의 의자는 당연히 안재홍 군에게로 돌아왔다. 안 군이 신사장으로서 취임하고 그 발행인 명의를 그에게로 옮기려 할 때에 신군의 안재홍 및 조선일보에 대한 사표반환 요구 및 권동진權東鎭 간부 형성 등의 일장一場의 쿠데타 풍파가 일어났었다. 그러나 발행권은 예例에 의하여 안재홍 군의 명의로 넘어오고, 이승복은 어떠한 교묘한 경로를 통하여 또다시 영업국장으로 부활 진출하게 되었다 한다. 그리고 안군이 신군의 후계사장으로 취임하는데 임경래에 대한 채무도 계승하게 되었다. 따라서 공증계약도 새로운 수속을 요하게 되었다. 그러나 그것을 신군과의 그 계약에 기基하여 신군의 명의를 안군의 명의로 고친 것에 불과하였다. 안군 대 임경래 간의 그 채무 변제기는 신시대의 속력생활速力生活을 표상하는 42일간의 첨단계약尖端契約이 되었었다. 그 계약의 저당물 대상은 신군의 말과 같은 신문사 수입이 아니고, 그 발행권 및 기구機具이었었다. 그 계약은 안군이 사장되는 조건으로 만주식滿洲式의 이권같이 임경래에게 부여하였던 것이던가? 아니다. 임군의 손에 가진 서류를 조사해 보면, 그 조건은 이미 신군 때의 계약 가운데 대서특필되어 들어 있었다. 신군은 그 조건을 부인한다. 또 임씨는 그것은 신군과 직접 계약했던 조건이라 하며 더욱 기괴한 일로는 신군이 주었다는 그 이자 3천 5백 원이란 돈도 자기로는 받은 바가 없다고 한다.

한기악韓基岳 군의 말에는 임경래에게 대한 그 빚은 이미 거의 청산되고 잔액이 7천원밖에 안 된다 한다.

그러나 임씨는 자기는 현금 3천원밖에는 아무것도 받은 것 없고, 또 그 신문사 회계로부터 상쇄공제相殺控除될 무슨 일분전一分錢의 금전상 의무도 없어 왔다 한다. 한군 일파가 선전하고 다니는 것은 모두 세상을 속이려는 ◎◎◎의 거짓말이라고 한다. 그러나 그 이자가 비싼 것에는 놀래지 않을 수 없었다. 2만원에 대한 이자가 일보팔분이리日步八分二厘이다. 이는 전당국 업에게도 없을 고리高利이다. 부랑자에게 주듯한 고리이다. 한군 등의 7천 원 대로 하면 임씨는 돈 한 푼도 안들이고 남의 수십만 원의 양육비를 들여서 길러놓은 대 신문사 발행권을 횡재로 얻은 것이라 하겠다. 왜 그러냐 하면, 그 이자가 거의 그 잔금 7천원에 가까운 액수를 산算할 것이기 때문이다.

이 사건의 경로에 대하여는 신申 · 한韓 양군 등과 임씨 측의 주장 선전이 서로 현격하게 다르니만큼 그 진상 판단이 퍽 곤란하다. 그러나 모든 의문이 이승복의 몸에로 달려가는 것은 자연한 경로이다. 이승복의 주위에 있었던 그 모든 사람에게 들어보면 이군은 가공할 ◎◎가家였었다 한다. 오! 이승복은 세인의 모든 의혹을 끄는 문제의 대본존大本尊 이승복은 어떠한 과거를 가졌던 인물인가? 필자는 이씨를 잘 모른다. 필자는 다맛 조사한 바에 그대로 말할 뿐이다. 이군은 조선일보 재임 중에만 한해서도 신석우군의 손을 거치어 봉변을 면케 한 형사사건이 관북수재금關北水災金 횡령, 지국보증금 횡령 민閔○○ 수형手形사기 등을 비롯한 10수건에 달하였었다. 그리고 세상에 현저하게 드러난 사건으로는,

① 자기 형제를 유시幼時부터 친자와 같이 기르고 공부시켜준 은인 ◎◎◎의 아들 되는 ◎◎◎이란 사람을 세교정실世交情實로 꾀어 신문사에 쓴다고 그 전 재산 7, 8만원의 토지를 홈박 들어먹고 그 데리고 살던 첩까지 빼앗고, 나중에는 이 ◎◎◎을 형사사건으로 무함誣陷하여 ◎◎◎과 ◎씨 사이에 소송과 고소가 쟁발爭發케 했다는 일.
② 동대문 동일은행東一銀行 지점의 헛 절수切手를 떼어 중간에다가 소년 김모金某를 넣어 평양모平壤某의 거액의 돈을 사취詐取했다는 일.
③ ◎◎◎의 6.7만원의 재산을 탕진해주고 ◎씨가 패가하여 도로에 방황하는 몸이 되어 몇 백원의 구조금을 애걸哀乞하는 것을 무참히 거절하기까지 했다는 일.
④ 동경東京 대판大阪 지국에서 들어오는 광고료 수입을 자기 출자로서 장부에 기입해 놓았다는 사건이 있었다는 것.
⑤ 또 금번今番의 만주조난동포 구제금 횡령 등등이라 한다.

그리고 그의 일상생활은 어떠했던가? 이것에 대하여는 ≪제일선第一線≫에 이미 검토한 바가 있었지마는 그는 어느 날 요정에 안가는 날이 없으며, 매월 거액의 생활비를 대주는 기생축첩까지 해왔다 한다. 그 요정 출입의 유흥비가 백 원 이상 회계 내일 때가 적지 않았다 한다. 이 사람에게의 유명한 일화逸話로는 어느 해의 '스키야키' 값이 ○천○백 원이었다 한다. 신문사 일동이 놀랬다 한다. 이 사람은 집도 안 갖고 매월 6십 원씩의 식가食價를 주는 여숙생활을 했다 한다. 신문사 영업국장의 전화를 그 여관에다 매고 있었다 한다. 그러나 여관에는 공방 값을 들 뿐이고, 실지 박혀 있기는 첩의 집이었다 한다. 그 첩이 곧 모에게로 붙어 탈취해온 ◎◎◎란 기생이라 한다. 이 사람의 월급은 1개월(百圓)! 이럼에 불구하고 그 사치스런 왕상생활王相生活의 물 쓰듯한 비용이 어디서 나왔을까? 이 이면裏面 소식이야 불문가지不問可知가 아니냐? 이 사람에게는 그 예금구좌가 들어 있어 왔다 한다. 곧 하나는 신문사 영업국장 명의, 하나는 자기 명의, 그 은행도 각각 달랐다 한다. 이러한 인물! 이러한 솜씨의 이군이 과연 임경래의 돈을 쓰고 그러한 계약을 하여 주었을까?

아지 못거라. 그 소위 2만원금은 이군의 알로 먹고 꿩으로 먹자는 헛 문서의 유령금幽靈이 아닌가? 그 돈이 사실상 신문사로 들어왔더라도 그것은 일종 마술금이 아니던가?

무엇보담 임경래는 돈 없는 사람이란다. 모군의 손에 들어온 모흥신소某興信所 조사서에 의하면 임씨는 12만원의 부채에 그 총재산이 셋집에 벌려놓은 시가 2백 원 어치의 기구류器具類 밖에 없다 한다. 임씨 자신은 그 돈은 남의 것을 꾸어온 것이라 한다고 한다.

그러나 지금의 조선 사람 가운데서 2만원의 거금을 신문사 같은 곳에 빚을 주어달라고 이 임씨의 손에다가 쥐어줄 어수룩한 대금업자貸金業者가 있을 것인가? 그 돈의 출처가 어디인가? 만일 이 돈이 대금업자가 아니고 어느 독지자篤志者의 손에서 나왔다면 그는 그렇게 고리가 되는 이자가 아니었을 것이다.

또 그 사람이 조선일보의 발행권을 탐내어 그 돈을 내어놓았다면 오늘에 있어서는 보통 등기상 권리와 같이 이동이 용이치 못한 그 발행권은 반드시 그 사람의 명의로 수속해갔을 것이 아닌가?

지금의 임씨가 어디까지든지 조선일보를 자기 손으로 경영해나가겠다 하며 사방으로 출자주出資主를 얻으려 다니는 것을 보면, 그 배후에 어느 특수계통의 정략적 인물이 없는 한에는 그 돈이 다른 사람에게서 나오지 않았던 것이 분명하다. 수상한 의혹을 끄는 점이 한두 가지가 아니다. 이 발행권을 과녁으로 한 이승복 대 임씨와의 그 계약은 혹은 이승복이가 최선익崔善益의 재원진출財源進出이 막히고 신석우의 재원이 다하여 신문사의 재정상태 ── 인물정실人物情實 관계 등이 난마 같이 되어 가는 것을 보고 2만원 채무 운운의 꿍꿍이 구실口實 밑에서 조선일보의 발행권을 잠시 임씨의 손에 들여놓았다가 기회를 엿보아 조선일보의 중시조연中始祖然하고 서서히 정면으로 진출하여 다시 조선일보에 대한 자기 독천하의 영구적 배경을 만들기 위한 숙련한 계략적 술책에서 만든 올가미가 아니었던가? 그 계약은 과연 과연 이것이 아니었던가? 이승복이가 신군의 돈 운동하는 것을 중상中傷 방해하던 것, 또 예금이 없는 은행으로 부도절수와 수형手形을 남발하던 것은 수상치 않았는가?

그것은 신군을 궁지에 빠뜨려 적극적으로 그 발행권 점취占取의 음모를 단행하려 함이 아니었던가?

곧 부도절수와 수형手形을 남발한 것은 신군의 재원을 급속적으로 말려놓으려는 시커먼 정략이 아니던가?

무엇보담 신군이 그 윤전기를 식은殖銀에 넣기 전에 있어서 이승복은 그 윤전기를 임씨의 소유로 만들어 그에게 임대차계약을 체결해 놓았던 사실이 있었다 한다. 그 윤전기는 본래 이사회의 결의에 의하여 이승복 개인명의의 소유로 되어 있었다 한다. 이승복은 이것을 기화奇貨로 하여 그 소유를 임씨 명의로 돌려놓았던 것인가 한다. 신군의 돈 운동을 훼방하던 것도 이 윤전기 전취의 보장에 대한 위험을 물리치려는 것이 그 한 이유가 되지 않았을까 한다.

그리고 이승복이가 임씨와 악수한 것은 임씨의 이씨에게 지지 않는 그 비상한 모략, 수완에 합류하여 임씨의 모변某邊에의 교제력에 의한 발행권 점령의 외위세력外圍勢力을 만들기 위함이 아니었던가?

그리고 끝까지 의문을 주는 것은 이승복의 전보문제電報問題와 이군 부하의 임경래에게 대한 내통문제이다.

그것은 곧 조선일보 발행인 명의 변경지령서가 5월 28일에 임씨의 손에 하부下俯되었는데, 임씨가 그것을 조선일보사로 가지고 오기는 동월 30일 오후 4시경이었다 한다. 이 임씨가 조선일보사로 오든 그날 아침 전후하여 형무소 재감중인 이승복에게로부터 동사 촉탁 김웅권金雄權 외 1인에게 한기악韓基岳 군과의 타협을 요구하는 2통의 전보가 왔다는 것이다. 이 전보사건은 기괴천만奇怪千萬이다. 옥중별세계에서 눈감고 앉았는 이군이 천리안자千里眼者가 아니거든 임경래가 지령서指令書를 가지고 몇월몇일에 조선일보사로 갈 것을 어찌 알았던 것인가?

또 그것이 임씨의 조선일보사, 곧 한군 등과의 타협을 요구하는 전보라면 그것을 동이사회나 한군에게로 보내어야 할 것이 아니랴.

그것을 동사 간부가 아닌 모등某等에게 보낸 것은 이미 무슨 내의內議가 있어오든 그들에게 한기악군의 무마매수撫摩買收를 은명隱命한 것이던가?

또 그리고 6월12일 오후 5시경에 임씨 일파가 봉쇄封鎖한 조선일보사 문정門錠을 파괴하고 그 사내를 침입할 때, 그 일행 중에는 이승복 직계의 3인이 섞이어 있었고, 신조선일보를 발행하는 오늘에 있어서는 이의 부하가 한 사람도 남지 않고 그 전부가 임씨의 휘하麾下로 몰려간 사실이다.

이 모든 것이 어찌 범연한 내막이랴? 그곳에는 수수께끼의 의문이 첩재첩복疊在疊伏되어 있는 줄 안다.

이승복은 대체 조선일보를 장차 어찌하려 함인가? 그는 오인吾人의 추측하는 바와 같이 해보該報의 전 소유권을 자기의 손에 귀케 하려는 음모에서 그러함이었던가? 그렇지 않으면, 세인의 비웃거리는 유탕객遊湯客 임씨에게 천하의 공기公器 되는 조선일보를 팔아먹은 것인가? 그가 조선일보로 하여금 오늘의 문제를 낳게 한 것이 단순히 해보該報를 팔아먹은 행동에 그치고 만다면, 그의 죄책은 천추에 면치 못할 것이다. 그는 언론계의 적敵, 사회의 적敵이다.

그러나 그의 모든 것은 그의 출감 후를 기다려보지 않으면 안 될 것이다.

그를 만나지 못하고 이 글을 쓰는 것은 필자의 적지 않은 유감으로 생각하는 바이다.

그리고 끝으로 수언數言을 말하려는 것은 신석우, 한기악 양군에게 대한 책임문제 및 조선일보 경영자 임씨 일파에게 대한 것이다.

신석우 군은 조선일보에 대하여는 동아일보 김성수金性洙 군 동격의 재정상 희생을 바친 사람이다. 조선일보를 통한 그의 사회적 공헌은 결코 적지 않다. 그는 조선의 사업계의 한 사람이다.

그러나 그는 조선일보의 은인이 되는 일면에 조선일보를 금일의 사변事變에 인도한 그 직접 수책임자首責任者의 1인이라 하겠다.

그는 일 신문의 최고 책임자 되는 사장의 지위에 있는 몸으로서 그 사社의 생명상 사활死活을 좌우 지배하는 재정 출입 및 그 장부를 영업국장 1인의 손에 방임한 채로 어째서 그 일상의 감시 감독을 게을리하여 왔는가? 그리고 더구나 사장의 이서裏書 날인捺印을 요하는 중대한 계약에 있어서 그 내용 감열監閱도 안하고 함부로 인장사용印章使用을 하게 했던가? 그러한 실태失態를 감주敢做한 신군은 사후의 만일지사萬一之事에 대한 책임을 뉘게 지우려 함이었던가?

조선일보의 그 사변을 일으켜 놓은 사람은 이승복이라 하더라도 책임상으로 그 죄에 대한 모든 사회적 심판의 주형主刑을 받을 자는 신군이 아니고 그 누구일까?

신군의 책임은 이승복 공격 또는 임씨의 내침來侵을 방어하는 사옥폐쇄, 공장폐쇄 같은 말기末技의 수단으로 그것을 능히 벗어날 수 있을까?

신군의 책임은 일신一身을 도賭하여 이승복과 싸워 조선일보를 찾아 그것을 다시 민중의 앞에 돌려보내는 곳에 있을 줄 안다.

신군아, 군은 그 책임을 어찌하고 말 것인가? 삼가 일편一鞭을 보내어 신군의 맹성을 촉促한다.

군은 군의 그 단려短慮한 사임과 또 그 사장 사임 이후에 있어서 일으켜 놓은 모든 불상不祥스러운 아리답지 못한 풍파가 적의 모멸적 적극적 공세화에 의한 그 조선일보의 망멸을 조성시킨 근인近因이 되었던 것을 아는가? 신군이 이것을 아는 때에는 신군은 그 책임감에 방성통곡放聲痛哭하리라.

그러나 일비一非가 뉘게 없으랴? 다못 신군은 앞날의 책임에 용기백발勇氣百發의 깊은 결심이 있어 주기만 바란다.

그리고 조선일보의 뒤 수습을 망쳐놓은 사람 그 책임자는 한기악 군이다.

한군의 태도는 모든 점에 있어서 너무나 개인주의적이고 감정적이었다.

곧 한군은 자기의 공리적 출세에만 급급하고 열정적이었고 조선일보라는 크고 큰 사회적 존재의 활살문제活殺問題에는 너무나 그 성의가 결여하였었다.

한군 일인의 독재적 임명으로 자기 스스로가 상무이사가 되고 편집국장을 내이고 사장을 내이는 등과 같음은 아무리 비상기에 처한 임시조처라 하더라도 그 행동은 너무나 당돌하였었다.

그런 때에 처한 한군으로서는 사내부에 있어서 상무이사니 사장이니 하는 것을 황급하게 내이는 것보담 사회의 여론동정에 소訴하여 각 외위단체外圍團體의 협력결성을 실현시키는 긴급운동을 일으키지 않으면 안 되었던 것이다.

모모국某某局 교섭이 무엇이며, 무슨 통신사 무슨 간담회 등을 찾고 돌아다니는 것은 그 얼마나 눈물겨운 탈선된 작전이더냐?

한군이 일군軍이었다면 임씨를 가연可然한 방법으로 흔연欣然히 끌어들일 수도 있었을 것이다.

임씨의 요구는 오직 한 가지뿐이었었다. 그는 내심에 있어서 어느 한 가지를 원하던 사람이었다 한다.

그는 그 자신이 신문 경영자가 아닌 것을 자인自認하는 사람이다. 그는 자기의 빚만 받으면 그만이라는 속심心을 가졌던 사람이다. 임씨는 자기에겐 신문발행권은 필요 없었다고 말한다.

그가 지금 같이 그렇게 강경해진 것을 전혀 감정문제에 의한 것이었다.

그는 자기의 인물적 입장 또는 조선의 정세를 잘 이해하고 있는 사람이었다.

요컨대, 한기악 군 등 가운데는 임씨와의 외교에 당할 사람이 없었던 것이다.

곧 한군은 그 임씨를 감정적으로 더틀이기만 했던 것이다. 그것이 모든 일을 그르치게 한 장본張本이었다.

더구나 임씨로 말하면, 이면裏面에 있어서는 어떻게 됐던, 표면상으로는 조선일보에 인연 없지 아니한 상당한 힘을 들여오던 사람이라 하지 않는가? 그 위에 발행권의 저당담보抵當擔保까지 가진 사람이 아닌가? 이 사람을 그런 비열卑劣한 ㅇㅇ공격 등으로 별안간 배제할 수가 있을 것인가?

이 임씨가 과연 그런 류의 사람이라면, 왜 처음부터 이를 조선일보에다가 덥쩍거리게 만들었던가?

이 사람과의 흉금을 헤치는 원만한 타협을 수행할 수단과 성의를 못 가졌던 한군에게는 식자識者의 질책을 받을 인물적 결함이 많았다.

간담회를 개여가지고 당국의 미움을 사고 임씨의 감정을 덧뜨리는 그 수단으로서 조선일보 발행권 회수를 꿈꾼다는 것은 우愚의 극이다.

임씨와 해결할 일을 어디 가서 딴 짓을 하는 것이냐? 모든 것이 한군의 실수이다.

지금의 한군은 무슨 책동을 하고 있는지 모르나 문제 해결의 열쇠는 오직 인씨와의 원만한 외교 수단 위에 있는 줄 안다. 일단 임씨의 손에 들어간 그 발행권은 모모회사의 경고문 충고문 부스러기로, 또는 모모 민간 유력자의 중재 같은 것으로 움직이기 어렵다.

그리고 한군은 이사 조설현曺偰鉉군이 3만원 금을 어떤 유력자에게 얻어가지고 와서 이 돈으로 빚 갚고 조선일보를 내 손으로 경영할 터이니 그리하자고 할 때 한군은 왜 이것을 거절했던가?

한군에게 조선일보를 위하는 참된 성의가 있었다면, 이것을 거절할 이유가 어디 있을 것인가?

한군의 마음을 모를 일이 아니냐? 한군의 이로부터의 모든 사회적 책임도 여간 크지 않다.

한군의 지금의 외력外力을 이용하여의 모든 책동은 그것은 송장을 관 속에 넣어 놓고 뭇 의사를 불러다가 아무개가 남의 칼에 맞아 원통히 죽었으니 그를 살려달라고 애걸하는 것과 조금도 다름없다.

한군아! 그대는 또한 전 조선일보 망멸亡滅의 책임자의 1인 —— 그대의 거취去就는 신군과 그 길을 어떻게 밟을 것인가? 오인吾人은 한군에게 일성一省 있는 책임자결責任自決 책임수행을 고성질호高聲疾呼로서 요구해둔다.

그리고 또 조선일조 신경영자 임씨 외 제군에게는 그 조선일보의 운전이 민중의 기대에 버스러지지 않는 신문이 되도록 노력해줌을 바랄 뿐이다.

조선일보를 조선인이 요구하는 신문으로서 보담 더 새로운 면목面目을 전개시키며 보담 더 새로운 사명을 개척해 나가는 노력을 우리에게 보여준다면 어찌 그 신문 경영인물의 전인후인前人後人을 가리는 편견을 가질 것이랴? 우리는 오직 후일을 보기로 한다.

—6월 23일 아침

(동방평론 3호, 1932. 7)

동경 유학생과 그 활약

동경에서 조선인 유학생은 병자수호조약 체결 이후, 곧 명치 14년의 심상학沈相鶴 · 고영희高永喜 · 어윤중魚允中 · 홍영식洪英植 · 조병직趙秉稷 · 박정양朴定陽 등 신사대관紳士大官들로 조직된 일본문물 시찰단이 있고, 그 익년의 수신사修信使 박영효朴泳孝, 동부사同副使 김만식金晩植 및 수원隨員 김옥균金玉均, 서광범徐光範, 민영익閔泳翊 등의 일본행이 있은 뒤에 생긴 것이라 하겠다.

이 신사시찰단紳士視察團 및 박영효 일행은 실로 일본 유학생 사상의 선행적 지도자라 하겠다.

사기史記에 계미년(명치 16년)에 김옥균의 손에 의하여 박용학朴龍學, 서재창徐載昌 등 13인의 무관 유학생이 인솔되어 갔다고 한다.

이 일행 중의 서재창은 금일 재미의 서재필박사의 실형實兄이라 한다. 일설에는 서재필도 이 일행에 개재介在 하였다고 한다. 현재의 이규완李圭完은, 곧 이 13인 유학생중 1인이었다고 한다. 이 13인의 유학생은 일본 유학생 사상에 대서특필할 조선 최초의 선구자들이다.

저 갑신정변甲申政變에 희생된 청년사관대靑年士官隊 10기인幾人이 곧 이 13인 중의 그네들이었다.

그네들은 일 년 남짓한 일본 유학을 마치고 돌아와 갑신정변에 피 흘리는 가련한 희생자가 되고 말았다.

조선의 일본유학의 그 선구자 일군은 이렇게 희생되고 말았다. 지금 그네들의 무덤 위에는 꽃이 어떻게 피어 있을까?

일본 유학생사는 피 흘리는 죽음, 곧 정치운동의 십자가 위에 붉은 피 이슬 젖는 죽음으로서 시작되었다.

일본 유학생사의 특색의 그 자랑은 정히 이곳에 있을까 한다.

오－아등我等 일본유학생의 혼은 이네들의 희생된 비장한 피에서 응결된 자가 아니던가?

이 13인의 무관 유학생은 조선사상朝鮮史上에 나타난 어느 사가史家도 부정 못할 조선인 최초의 일본 유학생이다.

그러나 저 박영효, 김옥균 등의 일본행 이전에 있어서 일본에 선유先留하는 탁정식卓廷植이란 승려의 존재가 발견되었다 한다.

박영효, 김옥균 등이 일본에 갔을 때 탁씨는 일본에 있어서 이미 일본어에 숙통하고 일본의 문물 기타 모든 연구에 경탄할만한 깊은 조예를 갖고 있었다 한다.

중인衆人은 탁씨를 존경하여 선생이라고 하였다 한다. 탁씨는 기이한 재물才物이었다 한다.

당대의 수재 김옥균으로서도 이 탁씨의 앞에는 저두외경低頭畏敬하여 선생으로 부르지 않을 수 없었다 한다.

아지 못거라. 이 탁씨야말로 자유학도로서 조선인 일본 유학생의 비조鼻祖가 아니던가?

권동진노權東鎭老는 장탄식長歎息하여 가로대 이 탁정식은 누구보다도 위대한 숨은 재기才器인 조선개혁의 루－소가 되어 주려든 인물이 아니었을까? 운운云云!

그러나 이 탁씨는 그 가기可期할 풍운風雲을 짓는 길에 오르기 전에 불행히도 요절하였다 한다.

김옥균은 항상 이 탁씨의 죽음을 뼈아프게 탄식하였다 한다.

고故 유길준兪吉濬 및 금일의 윤치호尹致昊도 갑신정변 전후에 일본에 건너간 학인이라 하나, 그들은 모두 이 탁씨의 후배라 한다.

이외에 지금에도 일본에 생존하여 있는 육종윤陸鍾允(陸定洙의 부친)도 고 유길준과 한때의 사람이라 한다.

저 갑신정변에 일본 유학의 사관대士官隊가 희생된 이후에는 조선인의 일본유학생이 엄금 두절되어 있었다 한다.

그러다가 을미년(명치 29년)의 박영효 내부대신 시대에 어윤적魚允迪·어담魚潭·원응상元應常·노백린盧伯麟·유문환劉文煥·장도張燾·조택현趙澤鉉·권승양權承樣 등 138의 정부 유학생이 파송되었다 한다.

이들은 모두 후쿠사와유기치福澤諭吉 생존 당시의 경응의숙慶應義塾에 들어갔다 한다.

후월後月 어담魚潭·노백린盧伯麟 외 몇 사람은 이곳에서 일본어의 예비학을 마치고 유관학교幼官學校로 갈려 갔다 한다.

이것이 갑신정변 이후의 정무파견의 제1회 유학생이었다 한다.

그 후 개인의 사비유학생도 차차 있어 갔다한다. 금일의 박영철朴榮喆은 명치 33년에 사비생으로서 도일하였다 한다. 그때의 동학同學 동시대인은 이갑李甲·유동열柳東說·박두영朴斗榮·남기창南基昌·장헌식張憲植·한규복韓圭復·상호尙灝·김영진金英鎭·석진형石鎭衡·장응진張膺震 등이었다 한다.

명치 36년에는 가애可愛한 홍안소년 윤백남尹白南의 도일도 있었다 한다. 그는 멀―리 후쿠시마현중학교福島縣中學校에 입학하였다 한다.

동년에 학부도 재정난에 빠져 을미 유학생의 귀국을 명하였다 한다.

그러나 그들의 대부분은 귀국치 않았다 한다.

명치 37년 10월에 당시 학부대신 이재극李載克 및 동 수원 박영철의 인솔 하에 최린崔麟 · 유승흠柳承欽 · 이창환李昌煥 등 50명의 제2회의 정부유학생이 도일하였다 한다.

이 해에 박승빈朴勝彬도 사비생으로 일본에 건너갔다 한다. 박씨의 도일하던 때에 일본유학생 기관으로서 조선유학생회가 있었다 한다.

박씨는 이 회의 총무 및 회장 등이 되었었다 한다. 동회에는 회보발행도 있었다 한다. 그러나 당시의 일본유학생계는 황 · 평양도黃 · 平兩道인 중심의 태극학회를 비롯하여 기타 무수의 지방회가 군립할거群立割據 되었었다 한다.

그 중 태극학회는 자못 완강한 지방의식을 가졌었다 한다. 그 회원 수도 다른 지방 회에 비하여 제일 많았다 한다. 그 때문에 이 회는 일본유학생 총회 기관인 유학생회를 거의 안중에 두지 않고, 따라서 그 회원은 유학생회의 모임에도 잘 출석치 않고, 그 회 자신이 유학생총회 자격이 되려는 기세를 보여 있었다 한다.

이 태극학회의 존재는 당시 유학생 총회 발전상의 큰 장애가 되는 동시에 일반 일본유학생 사상 의식 및 조선내의 모든 운동에도 적지 않은 불상不詳스런 영향을 미치게 하였다 한다.

이때의 태극학회 및 각도 분회의 의식 완명頑冥은 상상하기에 족하다. 이때의 유학생에게는 서로 서북 놈, 기호 놈 하는 등의 망국인적 반목암쟁反目暗爭이 격심하였을 것이다.

이 현상의 비非를 개탄하는 당시의 총명한 선각자 최린 · 최석하崔錫夏 · 채기두蔡基斗 등은 각지방회 분쇄 및 태극학회의 총회귀순을 전제로 한 전일본 동경유학생의 대동단결의 새로운 통일적 단일기관의 출현을 부르짖으며, 자주 그 형성책形成策을 꾀하였다 한다.

저 채기두 · 최린 · 고원훈高元勳 · 유승흠 · 이은우李恩雨 · 이창환李昌煥 등의 소위 28 영웅과 최남선崔南善 · 홍명희洪命熹 · 이관수李光洙 등의 3재자才子가 난 것도 이때 일인가 한다.

또 저 최창조崔昌朝 등의 천도교 유학생 등이 학비난 문제로 일제히 그 손가락을 자르고 학약불성學若不成이면 사불환향死不還鄕이라는 비가悲歌를 높이 부르짖던 것도 이때 일이다. 이 기개氣槪들이야 얼마나 호장豪壯하냐? 이 단지유학생斷指留學生이 출현한 것은 명치 39년 일이다. 이때 일본유학생계의 인물은 거의 영준족출英俊簇出의 황금시대를 성成하여 있던 감이 있다.

이때의 일반 일본유학생의 인물은 비분강개하고, 그 씩씩함이 추일월명야秋日月明夜의 묘연渺然한 광야를 뛰어 달리는 질천타지叱天咤地의 맹호군과도 같았다.

더욱 최남선 · 홍명희 · 이광수 등이 이때의 인물이던 것이 무엇보다 그리웁다.

문일평文一平도 이때의 사람이었다. 그는 재일시대에는 일류의 문장인이었다 한다.

그 후 일본유학생계는 위의 제선각자諸先覺者의 노력에 의하여 그 단체의식이 향진하여 명치 39년 동冬에 드디어 동경유학생의 통일체되는 유력한 단일 기관을 형성함을 얻었다. 문제의 태극학회는 이 통일체에 합류되어 버리고 모든 사상기운은 일신해졌다.

그 단일기관의 회명은 대한흥학회大韓興學會, 그 제1차의 회장은 최린이었다 한다. 허헌許憲은 이때의 평의장評議長, 최린 회장 때의 평의장이었다 한다. 채기두, 최석하도 이 회의 원수元首가 되었다 한다. 당시의 고원훈은 고학생이었다 한다.

홍학회의 기관지는 대한홍학보, 그 초대의 주필이 고원훈이었다 한다.

그 지상의 논조는 호언장어만장豪言壯語萬丈의 화염을 토하여 읽는 청소년의 가슴의 피를 백퍼센트로 끓어오르게 하였다.

그러나 태산을 뛰어 넘는 천만리 준마에게도 그 몸이 부딪혀 쓰러지는 조각들이었다고, 이 홍학회도 탄생된 지 미기년未幾年에 그 포부와 경륜이 범상치 않던 수백 열혈영웅청년의 결속을 헤치지 않으면 안 될, 어느 큰 치명적 암초에 걸리게 되었다. 그는 곧 일한합병日韓合倂의 결과에 의하여 해산되고 말았다. 저 일한합병에 ◎◎하는 선언서를 휴대하고 그 조선에 들어온 고원훈은 이 홍학회 종기終期의 회장이었다 한다. 이 뒤 조용은趙鏞殷 등의 발기에 의하여 조선유학생 친목회가 형출形出되었었으나, 그도 1년 만에 곧 없어졌다 한다.

대한홍학회가 해산된 후 조선유학생의 상설총회기관 설치는 절대로 금쇄禁鎖되고 말았다. 혹 무슨 임시집회에 있어서는 계출屆出에 의하여 그 허가를 받게 되었다. 이 허가제의 제한은 유학생에게 견디기 어려운 큰 고통이었다 한다.

이곳에서 동경유학생계의 강개한 선각자들은 다시 정식 상설총회를 기관에 형성시키려는 운동에 고심하게 되었다. 그 주요운동자는 최한기崔漢基 · 박해돈朴海暾 · 이종남李鍾南 · 조만식曹晩植 · 정세권鄭世權 · 이명우李明雨 · 송진우宋鎭禹 · 이찬우李燦雨 · 안재홍安在鴻 등이였다.

이네들의 투쟁은 참으로 혈풍참우적血風慘雨的이었다. 그 투쟁 약 2~3년간의 세월을 허비하게 되었다.

따라서 그 종국의 운동수단은 권모화權謀化, 정략화하는 걸로 들어가게 되었다.

곧 그네들은 종국에 이르러 정상형식正常形式의 총회기관의 구실을 피하여 각도 지방분회의 친목증진, 풍기감독기관으로의 연합평의기관聯合評議機關을 조직한다 하고 그 연합체의 회명을 학우회라 하였다.

이것이 당국자 측에서는 퍽 문제가 되었다. 그러나 그것이 각도 지방회의 대표자 합의기관이라고 주장하는데 어찌하랴?

그네들은 이러한 구실에서 무리무리無理無理 억지를 쓰며 뱃심을 부려 학우회 지지를 노력해 왔다. 그때 쓰는 이론 가운데는 그네들이 스스로 상고끽소相顧喫笑할 어색한 점이 없지 않았다.

그러나 학우회의 간판을 어디다 부쳐놓는 것도 아니겠고, 지방분회대표자가 모일 때에만 학우회라는 이름을 이용하겠다고 떼를 쓰니, 당국자 측에서야 이맛살만 찌푸렸겠지. 그것에 무어라고 손댈 길이 없었을 것이다.

이런 구실의 가면을 들쓴 학우회는 대정 2년 추동秋冬 간에 그 성립을 성공시켰던 것이다.

그 제1차의 회장은 이찬우李燦雨다. 이 학우회가 성립되던 때에 게다가 한술 더 떠서 송진우의 개인잡지(편집 겸 발행인은 김병로였으나) 이던 ≪학지광≫을 학우회 기관지로 만들어 학우회로 하여금 명실상부한 당당한 일본유학생총회 기관이 되게 하였다.

이 학우회 기관지가 된 ≪학지광≫ 편집의 책임을 변봉현邊鳳鉉 · 장덕수張德秀 등이 맡았었다.

이때의 동경 유학생계의 문학청년으로는 최승구崔承九 · 최두선崔斗善 · 진학문秦學文 · 김여제金輿濟 등이 있었다 한다.

이때에 변봉현 및 김억 등도 문학청년이었으나, 그들은 문제에 오르는 수재가 아니었었다.

이네들은 생각하면, 장차 오는 앞날의 조선의 새 문단을 건설하는 터잡이의 계몽운동에 출현되었던 인물들이다. 필자는 이들 4인을 조선 신흥문학 건설의 제1기 계몽시대의 선구자라고 한다. 미술에는 김찬영金贊永 · 나혜석羅蕙錫, 음악에는 김영환金永煥 등이 있었다.

저 화가 김관호金觀鎬는 이때 벌써 일가를 이루어 귀국하는 금의錦衣의 길에 올랐었다.

현상윤 · 이광수가 사회평론 및 수필문 같은 것에 빼어난 두각을 나타낸 것은 제 2기의 일이다.

이때에 있어서는 유학생 문단은 평론에 의한 현상윤의 독무대이었었다.

이광수는 그 문장적 실력보다 저 매신每申을 통한 <오도답파기행문五道踏破紀行文> 및 <무정> · <개척자> 게재揭載에 의하여 그 이름이 현상윤보다 국내적으로 널리 퍼져 있었다는 것뿐이었다.

당시의 이광수의 시는 김여제 · 최승구의 그것에게 수보數步 떨어지고, 또 그 소설에 있어서도 진학문의 실력의 비比가 아니었다.

이광수의 문장은 다못 유창한 점에서 그 존재가 촉목矚目되어 있었달 뿐이다.

이광수의 ≪학지광≫ 편집도 현상윤의 뒷일이다. 현상윤이가 순문학으로 나갔다면 그는 반드시 지금에 있어서는 러시아의 어느 대가의 1인같이 되었을 것이다. 현상윤은 그 눈 움푹한 무서운 심각미가 있는 시커먼 상모相貌로 보더라도 천재가 아니었다. 최승구의 죽음, 최두선의 문학포기, 김여제의 도미, 진학문의 궁타락窮墮落 등이 없었다면, 조선 신흥문학사의 첫 혈頁(페이지)은 찬란하여졌을 것이다.

이 뒤의 학우회 일반학생의 사상경향은 갈수록 건실해졌다. 그 과거의 부허浮虛한 기풍은 일소되고 참으로 무엇을 알려는 연구적 기운이 무르녹아 갔다.

저 각 부문의 과학적 진리에 입각하여 조선민족의 소생甦生방침 그 지도방침을 학적으로 연구하려는 조선학회가 일어난 것도 이 기운의 영향에 의한 자이었다.

그 회는 조대早大 재학생을 중심으로 하여 일어났던 자이다. 신익희 · 백남훈 · 정노식鄭魯湜 등이 그 중견인물이었다.(此間 13枚略)

보기補記

학우회의 자매단체로서 조직되었던 동경 여자유학생 친목기관인 학홍회는 ≪여자계≫라는 회보를 발간하고, 기타 사업에 다소 노력하려는 바 있었으나, 사상史上으로 기록할 무슨 두드러진 운동이 없었다. 그 회 조직도 퍽 만생晩生이었다. 기미 후에야 그 존재가 생긴 듯하다. 그리고 ≪여자계≫도 몇 호 잇지 못하고, 곧 그 소식을 끊고 말았다. 그 회의 지도인물은 유영준劉英俊 · 현덕신玄德信 · 박순천朴順天 · 황신덕黃信德 · 이덕요李德耀 · 윤심덕尹心悳 · 황귀경黃貴卿 · 최덕성崔德成 등등이었다.

그러나 이 회 인물들은 가정양인家庭良人 선택할 다심차다심多心且多心한 연구 및 그 향락에 초신焦身하여 아무런 운동적 활동이 없었다. 그 회를 배경으로 —— 교제무대로 한 연애운동 투쟁은 그 재료가 사史로 만들기에는 오히려 남을 만치 있다.

후일에 학홍회 연애사 일편을 재미있게 써보려 한다. 당대의 명류남성名流男性 유학생 군을 중심으로 한 그네들의 유혹 고심 및 그 자연적 쟁탈전이 여하했던가를 ——.

학홍회 출현 전에는 윤효원尹孝媛 · 김필례金弼禮 · 나혜석羅蕙錫 · 허영숙許英肅 · 김명순金明淳 등 선구여인의 존재가 있었다.

끝으로 아울러 형설회螢雪會 · 신간회新幹會 · 근우회槿友會 동경지회, 또는 조만식 · 송진우 등이 조직하였던 단연회斷煙會에 대하여 누필漏筆됨을 사謝한다.

그리고 학우회 출현 이후에 개인으로 유명하던 사람들의 기록도 약한다. 기타의 재료 가운데도 빼어놓은 것이 많다.

—— 동경유학생사는 이것으로 약기하고 끝인다. ——

(삼천리, 1933. 1)

40년 전의 학우생활 낙서

-유학생계에서 자라난 애국지사들의 인상

필자가 일본 동경유학의 길을 떠난 것은 19세 때, 지금으로부터 반세기 전이다. 당시 우리 유학생 총수는 삼백 명 안인 듯하였다. 이 유학생의 9할까지가 법정계 사립대학 재적생이었다. 중학생은 십여 명에 불가하였다. 안×학安×鶴 · 김연수金秊洙 · 박석윤朴錫胤 · 김도연金度演 · 김양수金良洙 · 신홍우申鴻雨(?) · 최근우崔謹愚 · 변봉현邊鳳鉉 · 이중국李重國 · 김대현金大顯씨 등이 중학생 군이었다. 노정일 숙질도 교회계통의 청산학원 중학부생인 듯 했다. 그러면, 이 대학 입학생들은 국내에서 정규로 중학을 마치고 간 사람들이냐 하면, 그렇지 못하였다. 그들은 말하자면, 모두 급성 대학생이었다. 그 중에는 소학도 마치지 못한 서당 출신자가 원부대原部隊가 되고 40대 이상 연령 노서생老書生이 수두룩하였다. 그에 또 전력 옥관자玉冠子 자리의 승지영감承旨令監 한 분이 대학 졸병으로 와 있었다. 그러나 그들의 한문 실력은 법정 조문 연구 등에는 능히 꾸려 갈 만하였다. 일어日語 상식에 있어도 진화범珍話犯이 많았다. 오반午飯 —— 주식晝食을 먹겠습니다를 「덴신(點心) 다베(食)마스」라 하고 사촌종제從弟를 「욘슨(四寸) 오도도」라 하며, 화가 나서 죽겠다는 것을 「고고로(心)니 히가 오꼿(起)데 시(死)니다이데스」, 또는 보고 배운 것이 없는 놈이란 것은 「미데 마나비노 나이 야쓰」라고 했다는 것은 거짓말 아닌 실화이었다. 이때는 일본을 건너만 가면 일어는 알던 모르던 사각모를 쓸 수 있는 대학생 사태기沙汰期였다. 국내에서 중학 1~2학년을 낙제 중퇴한 사람도 일본에 가서 벼락대학생으로 팔자를 고칠 수 있었던 것이다. 서울 안에 있는 일류 전문학교의 강사가 가르치는 법률 경제학 등이 일본 사립대학에서 사용되고 있는 강의록의 '토吐'를 논어 맹자 언해문의 '이니라', '하니라', '이도다', '하도다', '이라', '인지' 식으로 번역만 했던 것도 이때 일본 유학 대학 출신자의 엉터리 수법이었다. 그에는 학리, 학설의 비판이 없던 바가 아니다. 필자도 재판관이 될 목적으로 현재 고려대학의 모신母身인 보성전문학교에 재학하여 법률을 배웠다. 그때 배운 법률 지식에는 의무니 권리니 조건이니 책임이니 인권이니 주권이니 정당방위니 긴급방위니 물권침해니 물권추취物權追取(求)권이니 무슨 적的이니 하는 유치한 술어 등이 남아있을 뿐이다. 이것으로 보아서 그때 일본 유학생의 학력정도를 잘 짐작할 것이다. 이렇다고 해서 그때의 일본유학생의 인간소질을 전적으로 무시해 버리려는 것은 아니다. 그들은 도리어 일부러 학구면을 등한히 했던 점도 있다. 그들의 인물수준으로서는 전국의 군웅群雄이 일본에로 집결되어 있던 것이라 할 것이다. 그들의 학문 전공에 힘쓰지 않은 것은 그때의 민족 환경에 영향된 것이라 할 것이다. 그러기 때문에, 그들의 취학 학과가 주로 법정부분이었던 경향을 보였다. 그들은 누구에게나 조국광복의 숨은 기원祈願을 갖지 않은 자가 없었다 할 것이다.

그때는 불측한 한일강제 합병이 된 지가 겨우 4~5년이 지나지 못한 시기였다. 이때의 일본유학생 풍조는 울분 그것이었다. 그 울분은 자연 음주 무절無節의 데카당 경향을 갖게 하였다. 이 가운데는 지사志士, 애국자로서의 그 앞길을 가촉可囑할 청년이 많이 섞이어 있었다. 이때는 정히 우리 민족혼, 민족감정, 민족정신훈련의 초기이었다고 할 것이다. 노령露

領 서백리아西伯利亞 중국의 상해, 만주 등이 우리 겨레의 장년 이상의 독립운동자의 집결지라고 하면, 일본 동경은 그 청년문화 혁명가군의 집결기지이었다고 할 것이다. 이때의 일본 동경 유학생 중에 조만식曹晩植 · 김성수金性洙 · 송진우宋鎭禹 · 안재홍安在鴻 · 신익희申翼熙 · 신석우申錫雨 · 장덕수張德秀 · 김병로金炳魯 · 현상윤玄相允 · 최두선崔斗善 씨 등이 홍곡鴻鵠의 깃을 가다듬고 있었다. 이때의 일본 동경 유학생계에서 혁혁한 대 애국자들이 족출簇出된 것이었다. 필자는 일도日都에 건너가서 비로소 그들과 알게 되었다. 조만식 · 김성수 · 송진우 · 안재홍 · 김병로 씨 등은 학교 연급으로 보아서라도 선배격의 인물이었다. 필자는 보전 이화모표 의장변경意匠變更 반대 스트라이크 사건에서 출교되어 양정의숙 재학생 안재봉(재홍씨 백부)씨의 소개를 얻어가지고 동경으로 가서 맨 처음 안재홍 씨를 알게 되었다.

안 씨는 그때 배일 위험인물로서 일본 경시청 갑종 요시찰인이 되어 있었다. 필자도 동경 신교新橋역 하차 시에 미행견尾行犬 일필의 배당을 받았다. 그것을 꽁무니에다가 달고 안씨를 찾아가기에 마음이 퍽 괴로웠다.

그러나 안 씨는 그 당黨의 괴수라 말 아니해도 사정이 잘 통해졌다.

그때 필자가 안 씨를 찾아간 곳이 신전구神田區 성천관聖天館이었다. 당시의 기시타쇼고 木下尙江 사숙私淑의 사회주의자 나경석羅景錫 · 박룡환朴容奐도 미행부尾行附의 요시찰인으로서 이 하숙에 머무르고 있었다. 이 친구들과 어울려서 공원 같은 곳에 나갈 때는, 그 미행견 행렬도 장관이었다.

필자는 안 씨와 성천관聖天館을 비롯하여 차가借家 등에 근 1년 간 동거하였었다.

나막신 신은 조만식曹晩植

조만식 씨에게는 필자가 일본에 간지 1~2개월 후쯤에 동경 신전구神田區 금성관錦城館 (영화관)에서 인사를 했다. 그 날이 평안도 학생 친목회 패서구락부浿西俱樂部의 어떤 회합 때문이었다. 그곳으로 필자를 데리고 간 것은 안재홍 씨이었다. 필자가 조만식 씨에게 악수로 인사를 교환하던 순간 필자의 주책없는 볼기 실수로 스스로 얼굴이 화끈해졌다. 요행히 조 씨가 그 추성醜聲을 듣지 못한 것에 간신히 안심했다. 그를 듣고도 모르는 체 했는지도 모르지만………

조 씨는 30이 훨씬 넘은 듯한 인사로서 때 묻은 헌 흑목면黑木綿 일의日衣에다가 값싼 나막신을 신고 있었다. 그 모습은 수수한 시골 생원님 태態이면서도 꿋꿋하고 굳센 지조선志操線을 엄수하고 있는 듯하였다. 일견 경의를 가졌다. 조 씨를 만나고 난지 얼마 지나지 않아서 조 씨는 명대明大를 마치고 귀국했다는 것이었다.

그와 만난 인상은 자못 심각한 바가 있었다. 그래서이었든지, 자신도 모르는 마음에서 한 번밖에 만나지 않은 조 씨의 안부를 평양래平壤來의 인사를 만날 때마다 빼놓지 않고 물었던 것이다. 정세윤鄭世胤 씨에게 조 씨의 인물 평가를 높이 들었던 까닭도 있었다. 해는 가서 14~5년 뒤 필자는 시집『자연송』을 낸 일이 있었다. 신문에 광고도 내었었다. 조 씨는 그 광고를 보고「황모는 모처럼 내는 시집에 왜 '자연송'이야? 힘 있는 민족시를 써내지……」하였다 한다. 이것은 조 씨도 필자를 잊고 있지 않았다는 의사발로意思發露이다. 그 뒤 필자는 자신이 발행하고 있는 잡지 ≪조선시단≫의 기금동량을 하러 평안도 일대의 투고자 동인들을 역방하는 도중 평양을 둘러서 조 씨를 예방하여 구회久懷를 풀고 억지로 입을 열어 구간한 내의來意를 말했더니 아무 말 않고 사람을 시켜서 이리 저리 둘러다가 일금 ◎◎원을 주는 것이었다. 대한민국 초대 총무처장이 되었던 김병서 씨를 알게 된 것도 그때의 조 씨 소개에 의했던 것이다. 그 뒤 조선일보 사장에 재임 중인 조 씨가 무릎 위에서 팔락거리는 비구승의比丘僧衣와 같은 회색수목 주의周衣를 입고 종로 화신 모퉁이로 걸어 나오다가 필자를 발견하고 빙그레 웃으면서 「왜 한 번도 신문사에 들르지 않우?」 하였다. 이때 만나 보는 조 씨의 모습은 세인의 말에 어김없는 우리 땅의 간디로서 키다리 간디이었다. 이 조 씨의 괴뢰지비명傀儡地非命에는 절치의 곡哭을 금치 못한다.

귀공자 형의 김성수金性洙!

필자가 일본 동경으로 갓 가서 동경 유학생총회의 '학우회' 장례부장掌禮部長인가 되어 그 임원회에 출석하느라고 우입구牛込區 변천정辨天町에 있는 척식방拓植房이란 하숙에로 갔다. 그곳이 동 임원회 회소會所이었던 것이다. 그 하숙별실에 와 있던 김성수 씨를 만났다. 그때의 김 씨는 감색 세루의 조대早大 교복을 입은 종용從容하고 단아한 사람이었다. 그 몸 전체에서 맑은 꽃향기가 풍겨 나오는 듯한 고상한 기품氣禀의 인물이었다. 여인 바탕의 작으마한 귀공자형의 남아이었다. 생긋이 웃는 그 표정에 앞으로 바싹 대들어 앉고 싶을 만치 끌렸다. 그 마음속에는 명랑한 광채를 비쳐내는 무슨 구슬 알이 들어있는 듯하였다. 한 곡의 유행가도 불러 낼만한 풍류성이 있을 듯한 청년이었다. 밤에 보아도 고위명사풍의 인물이었다. 그는 드디어 후일의 문화입국주의 역사적 애국자가 되어 주었다. 김 씨는 일국에 몇째 안가는 전가全家의 부력富力을 기울여 민족의식, 민족독립정신 배양을 위하여 중고등학교, 대학교, 대신문사 등을 일으켰다. 그는 한편으로 자기 학교 외로 손을 뻗쳐 널리 건국인재를 골라

해외로 보내며 선진국의 문화, 정치 과학 등을 연찬케 하였다. 그리하여 한때의 천하의 유재有才 인물이 그 산하로 총집중하게 되었던 것이다. 그는 민족운동의 지도 인재양성에 전력을 써온 것이다. 씨는 금력을 보람있게 썼다. 나라 돈을 훔치고 민족을 팔아서라도 내 일신 호유豪遊의 사재를 만들려하고 생명은 바쳐도, 사재는 생명 이상으로 아끼려는 현실에 있어서 그는 전력을 공公을 위하여, 민족 미래를 위하여 남의 앞을 다투어서 썼다. 그에게는 돈을 쓰는 대상 조건의 명예 지위 등에 대한 불순한 야욕을 갖지 않았었다.

실로 보기 드문 구하기 드믄 갸륵한 인물이었다.

씨는 또한 민족 자급산업의 확립을 위하여 민족 백년대계 운동의 기금 확보를 위하여 저가방직低價紡織 생산의 기업체도 마련했다.

그것도 천우로 성업을 이루었었다. 김 씨의 해방 후 그 민족봉사 업적의 절대한 공로자로서 대한민국 초대 국무수상의 물망에 올랐다가 그 상석의 부원수로 추거되었다.

그러나 긴 세월의 진췌盡瘁에 의한 피로의 신약으로 발병, 아깝게도 우리가 다시 보지 못할 타계의 사람이 되었다. 오호 김 씨의 위령偉靈이어!

뱃장 억센 송진우宋鎭禹

송진우 씨를 동경에서 만나본 것은 학우회 예산보고 석상이었다. 필자는 그 회석에서 송 씨와 의견충돌의 이른 싸움 가운데서 얼굴 인사만 하게 되었다. 그 싸움은 신석우申錫雨 씨 모략에 의하여 전개된 것이었다. 송 씨가 정실情實도 모르고 신 씨를 치켜드는 듯해서 신병新兵의 고까운 마음에서 대들어 싸웠던 것이다. 보전普專 이래의 싸움 버릇을 발휘했던 것이다.

그러나 필자는 그때 겨우 19세요 송 씨는 삼십 장년의 억변抑辯 궤변詭辯의 이론재조理論才操를 한참껏 부려볼 때다. 싸움은 고전에 빠졌었으나 무승부로 종전했다. 씨는 당시 웅변가로서 동경 유학생 리더의 한 사람이었다. 그는 누구보다도 많은 화제 위에 오르는 명물남名物男이었다. 그의 인상은 친하게 그 곁에 가서 볼 수 없을 사람이었다. 얼굴로는 나인족 신사癩人族紳士의 전형적인 전라도 인사의 모습이요, 전라도변으로서 하늘로 불공不恭한 손가락질을 하고 따지고 대드는 태도는 수월치 않았다. 아감我感이 높은 고집이 있고 뱃장 세찬 인물이었다. 거짓말 가짓말도 없고 간사위의 얼렁뚱땅 기도 없는 인물로서 지신교양持身敎養이 있는 사람이었다. 그러나 그 군인群人을 눈 아래로 나려 깔고 훑어보는 눈매에는 천하일탄 天下一呑의 야심(영웅심－공명심)이 있고, 그 음질암질하는 합죽 입의 얇은 입술 가에는 지모성智謀性의 노견露見이 있었다. 송 씨는 이미 정객의 초립草笠을 벗을 단계의 인물이었다.

씨는 일본 유학생계 출신의 최린崔麟 씨의 후계역을 수행할만한 인물로서 이 송 씨의 배후에 김성수의 부력富力이 있다는 것이 더욱 돋보여지는 그의 강미强味이었다. 빈가 출생의 무명한 촌 청년으로서 김 씨를 알고, 김 씨와 미래를 약속하는 대지大志의 맹우盟友가 되어 김 씨와 동도同道, 일경日京의 학해學海로 건너왔던 것이다. 송 씨가 김 씨와 알게 된 것이 송 씨 출세의 행연幸緣이 된 것인가, 김 씨가 송 씨라는 벗을 얻게 된 것이 김 씨의 대인물이 되는 행연이던가는 대접에 물 가르는 이론이 되고 말 것이다. 송 씨와 김 씨는 서로의 장점익점長點益點을 이용해서 그 가운데서 천하 대사업을 만들어 낸 것이다. 송 씨는 김 씨의 익우益友요, 김씨는 송씨의 익우이었다. 김씨가 송씨를 알아보고 그 우정의 종용慫慂에 따라 왔다는 것에 김 씨의 똑똑한 총명이 있었던 것이다. 둘이 다 잘난 인물이었다. 그러나 송씨 집에 김씨와 같은 부력이 있었더라면, 송씨는 김씨와의 합력에 의하여 노력함과 같은 인물 구실을 했을 것인가? 그는 화류花柳 거리의 방탕아가 되지 않았을 것을 누가 보증하랴. 김 씨도 송 씨라는 벗의 인격적 견제를 받지 못했다면, 또한 그 부력이 어떻게 흩어지고 말았을까 모를 것이다.

그는 혹 왜제시倭帝時의 다액 납세공로자의 중추원참의 같은 것으로서 하잘치 않은 일생을 바쳤을는지도 몰랐을 것이다. 송씨는 때로 남 듣기 싫은 뒤퉁맞은 말을 하는 때가 있었다. 필자가 송씨에게 지독한 욕을 얻어먹은 비화를 공개해 보겠다. 기미 후 문화서적 출판기관 미래사라는 회사를 만들려 할 때, 박영효씨를 발기인 대표로 하고 김성수씨를 차위로 하여 순차 각계명사 층을 망라할 복안을 가지고 계동桂洞으로 김성수씨를 찾아가서 데꺽 주식 200백주 인수의 승낙서를 받았다. 그때 김씨와 함께 앉아 있던 송진우씨가 약간 노기를 띄어서 실죽하고 방일언왈放一言曰「저 친구 대가리에 무엇이 들어 있어……」한다. 필자는 재빠르게「하하, 대명사의 송씨에게 그 발기요청을 하지 않은 실례에서……」라 깨우치고 눈가에 멍이 질 듯한 '욕 주먹'의 뺨을 얻어맞고 농담으로 돌려버리는 듯한 표정으로 캄플러지해서 고소苦笑하면서 고개 맥을 잃고 꾹 —— 참고 돌아오는 아량을 베풀었다. 그 뒤 필자가 재일경유학생 사회운동 단체 동우회 흑도회黑濤會 대표책임자 전 일본 사회주의동맹맹원, 코스모 구락부(세계사회주의자 단체) 회원으로서 한참 말썽을 부리고 다니던 어느 때 무슨 긴급운동공작으로서 입국해 보니 때마침 무산자동맹의 김한金翰씨와 조선노동공제회의 박이규朴珥圭씨 그밖에 양기택梁基澤씨 등이 동아일보 사장 송진우씨가 주동이 된 고 김윤식金允植 자작子爵 사회장 발기를 반대하느라고 법석어리고 있었다. 필자는 무산자 동맹에도 조선노동공제회에도 회원 적을 가진 동지입장에서 가세하였다. 그때의 신문지상 발표의 성토문-격문 등을 필자의 손으로 써주고 상공

회의소 강당에서 시위 강연회도 열어주려 하였다. (이것은 집회 금지가 되었다) 이어서 어느 날 종로 중앙기독청년회관 내에서 동 김씨 사회장거행협의회를 열게 된다는 말을 듣고 홀몸으로 가서 그 회의석상에 뛰어들어 송씨를 보고 대짜고짜 왜어倭語로 '고노 바가야로-김자작 사회장!' 하는 일갈을 던졌다. 송씨는 얼굴이 빨개져 어리둥절하고 그에 참석하였던 보전교장 고원훈高元勳 씨가 벌떡 일어서 필자의 손목을 잡고 「너무 격앙치 마시오. 나도 덜 마땅히 생각하고 있던 중이요, 나는 즉시로 탈퇴하겠소.」 하였다. 이것으로서 전날 송씨의 필자에게 대한 그 욕을 보기 좋게 보복한 셈이었다. 따라서 필자의 그 일갈의 기합이 동사회장을 수포장화水泡葬化하는 치명포致命砲가 된 것이었다. '단기'의 통쾌한 승리이었다. 그러나 그 전쟁의 수동자는 김한 씨이었다. 그 뒤 송씨를 무슨 회의석상이나 노상에서 만날 때마다 멋쩍어서 얼굴을 돌이키려 함에 불구하고 송씨는 필자에게 웃으며 먼저 인사를 하는 것이었다. 그뿐 아니라, 그 뒤 필자가 목포에서 김남두金南斗라는 무정부주의 청년을 데리고 대전역으로 와서 그곳에서 뜻하지 않게 송진우씨를 만났다. 송씨는 필자를 보고 매우 반가워했다. 같이 점심 먹자고 하고 알지 못하는 김군에게까지 양식을 사서 주는 것이었다. 필자는 그 점심을 먹는 자리에서 김군을 송씨에게 소개했다. 남대문역에서 인력거를 불러 타려 할 때에 김군의 환영회 개최를 말하면서 그 시일 장소 또는 초청할 인물 등을 지정하고 가버렸다. 필자는 송씨의 분부를 좇아서 송씨 사회 밑에서 김군에의 유쾌한 모임을 만들어 주었다.

송씨는 정객이 틀림없었다. 또 해방 후에 있어서 필자가 양근환梁槿煥 · 손기업孫基業 · 김여식金麗植씨 등과 함께 '건국기금 조성회'를 만들은 일이 있는데, 송진우씨가 김준연金俊淵씨, 장택상張澤相씨를 앞세워서 필자 등에게 한민당의 신 발기중인 애국금 관계의 신회계획과 합류하여 다시 권위 있는 대조직체를 결성하는 것이 좋겠다고 하기에 송씨의 말이라 무조건 쾌락하고 임정 김구선생 계내의 도都정호 · 김석황金錫璜씨 등이 이끌고 있는 동종단체도 끌어들여서 애국금헌성회愛國金獻誠會로 개편시키고, 필자는 아무런 불평 없이 그 말석위원의 한 사람이 되었다. 이것은 모두 송씨의 만년의 애국자적 정치가적 인격의 숙원과 그 덕화를 존경하기 때문이었다. 이 송씨는 누구보다도 탁월한 정치실천 역량을 가진 우리 겨레의 애국자로서 야견野犬에게 물림과 같은 터무니없는 암살을 당했다. 천의天意도 무심하다 할 것이다.

한시에 능한 신익희申翼熙

신익희 씨는 동경 신전구神田區 전수대학專修大學 골목 어느 여염집 하숙 2층 박중세朴重世라는 친구 방에서 만나 성명도 통하지 않은 채로 친교를 맺었다. 신씨는 의젓한 젊은 재상풍의 젊은 청년이었다. 어느 날 신씨의 한문 잘한다는 이야기가 나서 신씨의 재조才操를 떠 보려하며 운韻자를 막 불러주면서 한시를 짓게 하였다. 신씨는 응구應口첩대로 시를 지었다. 이때 신씨의 지은 시중엔 강호배회고려아江戶徘徊高麗兒, 하시설원한양귀何時雪怨漢陽歸라는 것을 잊지 않고 있다.

신씨는 높이 쳐다보이는 재분이 있고 글씨도 명필가이었다. 영어도 본국에서 배워가지고 왔다는 것이었다. 그 뒤에 박씨에게 들으니 신씨가 15세 때인가 그 박씨 집에서 글방 선생님 노릇을 했다는 데는 더욱 놀랐다. 박씨와 필자는 11~2세 때의 글방 동무였다. 필자는 바로 박씨 집 사랑에서 충청도 선생에게 박씨와 함께 한문을 배웠었다. 씨는 돈 없는 유학생으로서 윤홍섭尹弘燮 씨의 도움을 받고 있는 듯하였다. 신씨는 필자가 만나던 이듬해 봄에 조대早大 정치과 예과에 입학했다. 신씨의 정치과 입학은 그 희시戲詩에 나타난 기개에 맞는 당연한 지망소치志望所致이었다. 신씨와 전후하여 조대 정치과 전문부에 입학했으나, 필자의 도일은 그 시일이 신씨보다 조금 앞섰다. 씨는 조대에 입학되어 안재홍 · 장덕수씨 등과 친해졌다. 씨는 조대 입학 이후 많은 친구의 존경과 신망을 받아서 마침내 학우회장에까지 추대되었다. 그때도 명 회장이었다. 필자와는 상주해안相州海岸의 엽산葉山에서 신석우씨와 삼인 결의結誼의 의형제가 되어 자주 내왕했다. 필자가 씨의 학생 시대에의 인상으로서 언제나 잊지 않고 있는 것은 어느 때 신씨가 조남직趙南稷 · 한학수韓鶴洙씨 등과 함께 천태곡千駄谷에서 자취를 하고 있는 필자를 찾아왔을 때, 일본 우육점의 썰다 남은 부스러기 고기의 왜어로 '기리다시' 다섯 근이나 사다가 끓여놓고 정종 5승에 맥주 일타를 먹던 일이다. 그 기리다시 국을 신씨가 제일 많이 먹었다. 아마도 열 공기 턱은 되었다. 꽤 주린 것 같았다. 그때의 신씨의 머리는 깎은 지가 몇 달이나 되는지, 그 머리털 끝이 귓전에 범해 있었다. 필자는 아무 말하지 않고 남한南 · 韓 양씨 모르게 일금 3원을 신씨가 입고 온 일의日衣 소매 속에다 넣어주었다. 또 한 가지 일로는 신씨가 필자와 상주엽산相州葉山에서 석우씨 등과 동행했을 때, 어느 달 밝은 밤, 바다 가운데의 한 바위 위에서 필자와 나라 이야기를 하다가 신씨가 목을 놓고 슬프게 울던 일이다. 신씨는 부모상에도 그렇게 울어보지 못했을 것이다. 그 자리에는 신석우씨도 있었다.

재 동경 조선기독교청년회 주최의 우령회憂令會 때 일이다. 학생시대의 신씨의 얼굴은 언제나 우울했다. 그는 조국을 생각하는 우울이었던 듯하다. 그는 유학에서 규정된 연한의 학업을 끝내고 귀향하여 보전普專 강사로 전신하여 더한층 우울히 지내다가 기미에 국내의 사명을 띠고 상해행, 임시 요원석에 올라 표표한 청년으로서 임정장관 및 중국군벌 악유조維鈞의 정치고문 등을 역임하고 해방을 맞이하여 30년 만에 다시 조국의 고토故土에 돌아왔다. 씨는 해방된 조국에 돌아와서도 독립운동을 다시 해야 한다하여 정치공작대를 만들고, 신문에도 손을 대고 대학을 일으키는 등 발분 노력한 바 있고, 국회의장 10년, 대통령 출마까지 하였다가 별세했던 것은 세상 사람이 다 아는 바다. 그는 학생시대부터 나라 일을 말하는 외에는 농담도 없고, 담담자적淡淡自適하였고, 그는 인내에도 교양 있는 인격자이었다. 필자는 신씨 재학 중에 그가 학우 등에 돈을 취하려 다니는 것을 못 보았다. 그가 크게 성장되어 국회의장이 됨이 10년에 미쳐도 집 한간이 없이 지냈다. 그가 일국 통치자가 되려 하는 데는 정치 욕이 적은 사람이었다고는 할 수 없다. 그는 세계를 한 모금의 담배 연기와 같이 들어 마시려는 뱃장 큰 정치 욕을 가졌었다 하더라도 물욕에 있어서는 청교도이었다. 그리고 씨는 호쾌하면서 소심 익익翼翼, 겸손으로서 종생 처세도를 삼았다. 그는 결코 허식이 아니고 교양력에서 배성培成된 것이었다. 그는 어느 주석에서라도 주담으로나마 자기 지위를 코에 걸고 주짜를 뗴인 적이 없었다. 그의 정치외의 취미는 서도書道 음주이었다. 그 음주는 철야의 두주를 사양 않는다. 그의 음주는 태백太白으로서의 도처에 행화촌杏花村이 있는 것이다. 시내의 추탕 집 시골의 막걸리 집 어디나 곳을 가리지 않는다. 그는 평민주의의 참된 음주도飮酒徒이었다. 그의 인생정신은 평민주의이었다. 아무나 하고 야 —— 하고 웃으며 기쁘게 손잡을 수 있는 평민정치가이었다. 그가 필자와 동반하여 어디를 갔다가 명륜동明倫洞 네거리에서 차를 멈추고 웃으며 필자의 등을 탁 치면서 어디서 입음立飮 한잔 마시고 가자하여 그 근처 설롱탕 집에서 약주 한 병을 먹고 온 일이 있다. 신씨 별세 전년의 일이다.

대식가 신석우申錫雨

신석우씨는 일본 동경 유학생계에서 지사애국자로도 한몫, 변설로도 한몫 보려하고 일본 메밀국수와 밀감 대식가로는 감히 그와 어깨를 겨눌 사람이 없었다. 메밀국수는 열 그릇 먹으면 그릇까지 깨뜨려 먹어야 트림이 나올 형편 지경이었다. 국물을 빼고 열일곱 그릇 몫의 메밀국수를 비웠다는 것이다. 젓가락으로 국수를 쳐들어 입에 대이고 한번 후르르 소리를 내는 순간에 어느 듯 다른 그릇의 국수 줄이 입술에 물리어 있는 것이다. 밀감은 한 궤짝 분을 5분도 걸리지 않아서 다 먹고 시다 달다는 말도 안하고 입 씻고 일어서는 것이었다. 그래서 씨는 메밀국수 밀감 대식의 명인으로서 그 성문聲聞이 높았던 것이다. 신씨의 그 기호벽嗜好癖은 병적 증상이라고까지 비웃는 사람도 없지 않았다. 그 재능으로는 글씨도 잘 쓰고 한문도 편지 글씨로 행세 할 만하였다. 풍골은 적지도 크지도 않고 남의 앞에 떡 버티고 섰을 만큼 한 몸집이고, 눈은 딱정떼, 입은 크고, 입술은 한 쪽이 낭떠러지가 되도록 치켜 올라가 천하사가 시들치 않는 양, '욕심'은 뱃속에 섬짝으로 들어있는 듯한 인상의 인물로서 녹록소부碌碌小夫가 아니었다. 그는 어느 누구를 씨라거나 선생이라고 말해 본 일이 없다. 그에겐 자기 아버지를 빼놓고는 모조리 '궐자厥者'라는 것이었다. 나쁘게 말하면, '호래자식', '건방진 놈'이라 할 것이다. 그러나 그것이 신씨의 장점이었다. 조숙한 건방진 인물이었다. 씨도 판에 드는 정치인으로서 태어난 사람이어서 정치욕 외에 물욕에는 신경이 먼 사람이었다. 그의 결점은 참지 못하는 것, 남을 헐고 깎아내리는 험설險說 등이었다. 이것은 체상에 조화되지 않는 결점이었다. 그렇다고 해서, 이 점에서 신씨를 버릴 인물로서 무시하지 못할 것이다. 신씨의 두터운 뱃심은 송진우씨의 뱃장에게 지지 않았다. 그 지위욕의 너무나 노골적이었던 것도 신씨의 인격 강의講義에 대한 특기할 점이다. 필자가 예의 학우회 掌禮部長 시에 신석우, 현상윤씨가 그 부원이었다. 신씨는 동회 사찰부장을 겸임해 있었다. 그러나 신씨는 그 사찰부장보다 장례부장掌禮部長의 호화성豪華性 미래성을 더 공리의 국물이 있는 자리로 보았든지, 필자에게 대한 탄핵의 귀찮은 모략을 하는 것이었다. 필자는 불쾌해서 동 부장을 사면해 버리고 신씨를 멀리 했다. 그 때문에 엽산에서의 신씨와의 결의結誼도 깨져버리고 어느 때 신익희씨 하숙방에서 신씨 턱에다가 화저火箸가락질도 했던 일이 있다. 씨는 필자가 사퇴한 장례부장 자리를 옮겨 맡아 가지고, 희희嬉嬉 활약하여 마침내 학우회총무 감투를 영득하였었다. 신석우씨는 어느 단체의 임원임무를 맡던지 간사를 해도 '장자가 붙은' 간사라야 된다는 것이었다. 그래야 그 임무수행을 한다는 것이다. 이 신씨가 기미에 상해로 가서 한 일은 거의가 그런 식의 것으로서 임정의 차위 석도 싫다는 것이었다. 신씨는 재상해在上海 한인교유민 단장으로서 자기 이름으로 써서 미 대통령 윌슨씨와 베르사유 강화회의에 한국독립 승인을 전청電請까지 했다는 것을 씨 자신에게 들었다. 그때의 신씨 보좌역의 총무가 여운형呂運亨 씨이었다. 그 뒤 신씨는 왜경倭警의 간술책奸術策에 걸려서 국내로 압치押致 되어 대영웅격의 유도형流島刑을 받게 되었다. 신씨는 이 형에서 풀려나와 조선일보사장에 취임하여 안재홍씨를 그 초인종하招人鐘下의 처역주필妻役主筆로 두었다. 대한민국의 초대내각 조성시組成時에는 국무총리를 운동하다가 실패, 그 뒤 제1대 주중대사로 부임 6 · 25시 부산에서 한 많은 일생을 버리고 갔다.

신씨는 애국자가 아니었던 바가 아니나, 그는 공公에 대한 자기 공리대우功利待遇를 첫 조건으로 중시하는 점에서 동지의 호감을 사지 못했다.

그러나 이것은 목자牧者로 분장한 엽랑獵郎과 같은 유類의 위선애국자僞善愛國者보다는 낫다.

신씨는 그 지위를 용병의 무기건하武器建廈의 도구로 요구하는 것이었다.

신씨에겐 명장名將의 손에 들려주는 무기가 싸리호차리류가 되어서는 아니 된다는 것인 것이다.

오호, 신씨의 그대의 영이 이 땅에 다시 살아와 그 알려지지 못한 영지英志를 한껏 빛나게 하지 못할 것인가?

천하의 웅변가 장덕수張德秀

장덕수씨는 필자가 조대에 입학해서 숙소를 학교근처로 옮기려 하여 우입구牛込區 원정原町 어느 반찬점에서 하숙처를 문의하다가 노파 한 분을 만나서 그 집에 방이 있다는 말을 듣고 따라가서 방을 보고 내가 조선 사람인데 좋으냐고 한즉, 그 노파는 「그렇습니까? 괜찮습니다. 방이 마음에 드시기만 하면 오셔주십시오. 우리 집에 조선학생 한 분이 계십니다. 아주 수재의 훌륭한 분입니다. 당신도 조대에 다니신다면 아실 것입니다. 「'조도구슈-장덕수'라는 양반이십니다.」 이라고 한다. 필자는 이미 그 이름을 듣고 있던 장덕수씨가 그 집에 있다는 말에 퍽 반가웠다. 속으로 장덕수씨의 얼굴이 어떻게 생긴 사람인가가 급작스럽게 여러 가지 모습으로 상상되었다. 필자는 즉좌卽座에 그 집 방으로 올 것을 결정하고 하숙비 전액을 선불로 내 주고 다른 이야기를 몇 마디하고, 물을 좀 달라고 하고, 그 집 현관 쪽 마루에 가 걸터 앉았노라니까, 어느 조대 사각모를 쓰고 일복을 입은 학생 한 사람이 「아주머니 지금 돌아옵니다.」하고 그 현관문으로 썩 들어오는 것이다. 이 학생을 보고 웃으며 「야! 돌아오셨어요. 오늘은 어느 때보다 일찍 돌아오셨습니다 그려!」 하고 이어서 「이 양반이 장덕수 씨랍니다.」라고 하며, 필자를 쳐다보는 것이었다. 필자는 「아, 그렇습니까?」 하고 그 학생에게 일본말로 「당신이 장덕수씨십니까?

일찍 말씀은 듣잡고 있었습니다. 나도 조대를 다니는 사람인데 황석우라고 합니다. 잘 부탁합니다. 나도 오늘부터 이곳에 하숙을 정하고 이제로부터 곧 옮아오렵니다.」 했더니 장씨는 「내 쪽에서 도리어 잘 부탁합니다.」라고 대답하는데, 그는 일본인 그대로의 표정과 어음語音이었다.

필자는 그 현관에서 장씨와 단단한 초대면의 인사를 마치고 그 날 저녁에 그 집으로 이사해 왔다. 장씨와는 동국인, 또 동교인으로 한집에 있게 되니, 사십 오일 안에 무슨 말도 꺼림없이 할 수 있게 친해졌다. 장씨의 모든 신상 사정도 잘 알게 되었다. 장씨는 평시에는 무언이나, 서로 이야기를 하려면 얼마든지 이야기해 볼 수 있는 사람이었다. 술도 다소 먹고 술이 취하면 춤(장단 맞지 않는 막춤)도 추고 소리로는 일본 군가의 「고고와 미구니노 난배꾸리!.」를 우렁차게 부르는 때가 있었다. 그 춤은 김종복金鍾復씨 자취하는 집에서 보고, 그 노래는 청산에 있는 윤홍섭尹弘燮씨를 만나고 돌아오는 도중 청산연병장을 지날 때다. 장씨는 순진하고 소박한 청년이었다. 그는 수재로서 많은 일본인 학생들에게 자자한 칭찬을 받고 있었다. 그의 성적은 예과에서 일본학생과 1, 2번을 다투어 올라왔고, 웅변은 조대 전교의 제일인자로서 일도日都 각 대학연합웅변대회 등에 조대를 대표하여 출정하고 조대 모의국회가 있을 때 씨는 중천衆薦을 받아서 일정당一政黨의 총무가 되어서 등장하여 유창하고 조리 정연한 웅변으로서 당당히 당대 일본내각의 모든 시정방침의 과오를 지적 규탄하여 만당의 교수 강사 수천 학생의 열광적 갈채를 받았다.

이때 일본의 대 정치학자 후다구와민浮田和民 박사가 장군은 천성의 웅변가라고 격찬했다는 것이다. 씨는 그 성격이 충실했다. 재조 있는 사람에게 드문 예의 무던한 덕성을 가졌었다. 그는 어렸을 때 국내 향리에서 보통학교를 마치고 가빈한 까닭으로 상급학교를 계속하지 못하고 평남 진남포 이상청理事廳 급사給仕가 되어 갔는데, 동청 이사로 있는 아키

야마秋山란 일인이 장씨를 앞길 있을 신동神童으로 사랑하여 일본 중학 강의록을 청해다가, 중학 상식 공부를 시킨 뒤에 자기 관리 박봉중薄俸中에서 매월 15원씩을 할여割與하기로 하고, 일본으로 유학을 보내어 조대早大에 입학하게 한 것이라는 것이었다. 씨는 눈물어린 국제 인정미 속에서 공부하는 것이었다. 이러한 이야기를 조대 동학중인 윤홍섭씨가 필자를 통해서 듣고 자원하여 장씨에게 일개월 이십원씩 학비보조를 해주겠다는 것이었다. 이에 대하여 장씨는 「고마운 말이나 남의 신세를 한 사람에게도 지기 어려운 것인데, 또 다른 사람에게 어찌 거듭 신세를 질 수 있소.」 하고 일언지하에 거절하는 것이었다. 필자는 장씨의 그 태도에 감격했다. 윤씨도 「그래? 무던한 사람인데…… 그럼 다른 기회를 보지……」 라고 역시 감격하는 것이었다. 이는 확실히 마음가운데 덕의 꽃밭을 가진 사람의 태도이었다. 씨는 책상 하나도, 깔고 잘 요도 바꾸어 입을 내의의 여유도, 학교 정복도 갖지 못하고 있는 사람으로서 부자 학우의 도움을 일축하고 돈을 마다한 것이다. 그것이 덕성소치德性所致가 아니면 무엇이냐? 씨의 그 윤씨 보조 거절에는 첫째 아키야마씨에게 대한 의리감이 첫째 움직이었을 것이다. 씨에게는 따뜻한 우정도 있었다. 필자가 그 해 여름 방학에 귀향하려 할 때 무거운 책 꾸러미 상자가 있었다. 장씨가 그것을 손으로 밀어 보다가 '후 ——'하고 한숨을 쉬더니 「그것을 약한 자네가 어떻게 출석어려 가지고 가겠나? 내가 들어다 줌세」 하고 전차를 타고 걷고 해서 기차역까지 데려다가 준 일이 있다. 씨는 또한 겸손했다. 또 씨는 학우회 총무로 피선되었을 때에 「그것은 나에겐 부당한 과임입니다. 나보다 더 좋은 분에게 맡겨 주시오.」라고 고사해버렸다. 씨는 지知(교양) · 덕德(의리 · 신의, 협정俠情, 정직, 겸손, 청렴, 무지위욕無地位慾), 재才의 원만圓滿 겸비의 청년이었다. 씨의 모든 인격 행동은 충실한 것으로 철저해왔다. 씨의 수재 그 인격에는 일인日人측의 침 흘리는 유혹의 손이 뻗혀 왔다. 어느 일인 교수는 씨를 양자로 삼으려는 자도 있었다 한다. 씨는 마침내 학교를 마치고 일인日人측 귀의에 유한 일신의 영화욕을 생각조차 않고, 그 모든 우수한 인물, 능력을 조국해방 투쟁에 바칠 것을 결의하고 기미의 기회를 타서 상해로 잠행 독립획득 공작에 열중했다. 씨는 어느 공작의 국내연락 차 인천까지 와서 상륙하려는 찰라, 왜경에게 체포되어 신석우씨의 예와 같이 유도流島되었다. 그 수형 중 일정부日政府의 초청에 의하여 여운형씨와 동반, 적도敵都 동경으로 가서 일 정부요인을 일장에 모여 놓고 우리 민족해방의 세계대의론世界大義論을 말하여 들려서 크게 일인 측의 완명頑明을 계몽한 바 있었다. 그 뒤 대명일하大明日下의 인이 되어 김성수, 송진우씨 등과 동아일보사를 일으켜 그 주간主幹에 피임되어 민족정신의 고취, 민족의 조직화 등에 전력하다가 우리 겨레 문제의 세계성 극복에 이바지하려고 만난을 물리치고 도미하여 재연학再硏學하고 세계 주요 선진국을 순역하여, 그 모든 인정, 문화, 정치정세를 살피고 많은 외인 정치 지도인물들을 사귀고 10년 만에 환국하여 해방 후에, 또 송, 김, 양씨등과 민국당을 세웠다. 그는 세계의 어느 무대에 나서도 조금도 꿀릴 바가 없을 인물이었으나, 마침내 하늘도 슬퍼하는 비명의 죽음을 이루고 말았다.

열사형의 김병로金炳魯

김병로씨도 학우회 임원 석상에서 만난 사람이었다. 김씨는 필자와 함께 학우회부장 임원의 일원이었다. 김병로씨는 열사형의 인물이었다. 회석에서 손을 들고 회장! 하고 일어나는 김씨의 얼굴에는 열이 긴장하고 그 입에서는 말마디마다 뜨거운 불덩이가 또 날아 나온다. 문자 그대로 열변이었다. 명석한 이론의 열변이었다. 그가 주장하는 의견에 안을 지어서 동의! 하면 그에는 무조건 재청이 따라 들어왔다. 씨의 동의가 재청을 받으면, 그 원 동의에 이의를 감히 말하는 자가 없었다. 김씨의 열변에는 박해돈씨의 콤비가 있었다. 때에 따라서는 박씨는 김병로씨의 강적이었다. 김, 박 양인의 존재는 학우회의 이채이었다. 열변의 쌍동이었다. 김, 박씨 외에 정태신鄭泰信(又影)씨의 열변도 무시할 수 없었다. 정씨는 기미 후 사회주의자가 되어 부산해의 수영에서 익사해 버렸다. 박씨도 고인이 되었다. 김병로씨의 법관 생활은 길을 잘못 잡은 슬픈 근로의 계속이었다고 생각한다. 김씨는 일경 유학연대 상으로나 어느 것에서라도 송진우씨 열에 들어가야 할 사람이다. 그 정치 인격에 개성차가 있을 뿐이다. 김씨는 부허浮虛치 않은 침착한 양심주의의 인물이었다.

김씨에게 그 협俠이 아니면, 왜제 시의 불령선인不逞鮮人(?) 변호사 등을 감행할 용기를 내지 못했을 것이다. 씨의 협은 그 성격 요소로서 그의 민족애의 모든 발로가 이 협의 열협熱俠의 정신에서 온 것이라 할 것이다. 지난날 필자가 만주이주농피구축문제滿洲移住農被驅逐問題 조사에 대한 중외일보사 특파원으로서 만주와 국내를 왔다 갔다 할 때에 만주 길림성에 있는 한인독립운동단체 정의부군사위원장 오동진씨와, 신간회 신석우와의 비밀서류전달 관계로 어느 날 밤에 다옥동茶屋洞으로(?) 동신간회지도간사 김병로씨를 찾아갔다가 신발도적을 맞았다. 김씨는 이것을 듣고 즉좌에 한경선韓京善(?)씨에게 전화를 걸어서 양화일족을 들여다 신겨주는 것이었다. 또 그 전일로서 필자가 빚쟁이에게 욕을 당하여 궁사窮思 끝에 김씨를 찾아가서 말머리만 비쳤더니, 씨가 차고 있던 그 회중시계를 선뜻 끌러준다. 필자는 그 시계를 5원엔가에 입질入質해서 요긴히 쓴 일이 있다. 그러나 필자는 그 시계를 씨에게 돌려주지 못하고 유질流質시킨 것이 지금껏 미안하다.

부지런한 현상윤玄相允

현상윤씨는 부지런하고 진실하고 충실한 사람이었다. 재주가 있어 보이는 인물은 아니다. 그러나 씨의 그 부지런이 재주 이상의 힘이었다. 그 부지런은 의지의 근기에서 솟아오르는 힘이었다. 그 부지런은 악惡에의 것이 아니고, 선행과 정의 창조의 추진력이었다. 그는 둔뇌자鈍腦者가 아니고, 우등권의 두뇌 소유자이었다. 그 두뇌는 부지런이란 조강처糟糠妻의 내조를 받아 일신 영화전가흥륭榮華全家興隆의 행운을 맞이한 것이다. 씨는 사고력이 깊고 기억력도 놀라웠다. 고집도 막란이어라 신념이 여산부동如山不動! 그 큰 몸집 그 거므데한 넓적한 면상으로 앉으면, 종일 무일언 완연히 철불鐵佛과 같은 감이 있었다. 그러나 그는 무쇠가 아니고 황금조각이 섞이어 있는 무쇠뭉치이었다. 씨는 기미己未에 정신기의挺身起義하여 독립운동에 뛰어들어 영어囹圄의 몸이 된 것도, 이 무쇠 속의 금덩이와 같은 혼에 의했던 것이다. 씨는 문장력도 탁월해서 일경학창日京學窓에 있을 때, 사회평론인 논객으로서 이광수 이상의 존재를 나타냈다. 그때의 학우회 기관지 ≪학지광≫ 논단의 우이牛耳를 잡고 있었다. 그러나 문장가에서 교육가가 되었다. 그는 단연 애국교육이었다. 그가 일경에서 필자더러 애국시인이 되어 달라고 열심히 충고한 일이 있던 것도, 자기의 애국의지에 맞는 동지를 만들자는 것이었을 것이다. 씨는 학생시대부터 애국의 숨은 은근한 운동을 해 왔다. 씨가 일경日京 국정麴町 모하숙에 있을 때, '女中'(하녀) 누구를 어쩌다가 펑크가 나서, 동 하숙 동숙이요 동향인이요 향리중학 동창 우友이던 김억金億씨와 허리를 펴지 못할 만치 웃어대던 일이 있다. 이것이 씨의 음침 면에 숨어있는 묵은 일화의 한 토막이다. 씨의 그 음침성은 그 속에 사시호안四時好顏의 웃음을 띠고 있는 성질의 것이다. 해방 후 필자가 어느 날 황혼 무렵에 서울대학 앞을 지나가는데, 누가 뒤에서 「여봐 대동신문 주필! 어른도 몰라보고 지나가?…… 경칠 녀석아……」라고 한다. 뒤 돌아다보니 한복 입은 현씨가 빙그레 웃으며 서 있었다. 필자도 이에 지지 않고 응대, 노상에서 서로 농담씨름을 하다가 헤져버렸다. 그 뒤 재봉치 못한 채 현씨는 6 · 25 사변 뒤 이북으로 납치되어 그 생사 안부에 대한 많은 친구의 한숨을 자아내게 하고 있다.

신사풍의 김도연金度演

김도연씨는 중학생으로는 초연령超年齡의 학생이었다. 씨와 만난 것은 필자가 도일직후 삼한구락부三漢俱樂部에 입회하여 간부임원이 되어서였다. 어느 날 김씨가 중학생복을 입고 필자를 찾아왔다. 이때 필자는 김씨를 처음 대면했다. 무슨 일로 왔느냐고 한즉, 김씨는 다소 흥분한 어조로서 황공黃公(그때의 대인의 경칭호)이 중학생들의 회 관여를 반대한다는 말을 듣고 그 이유를 알려고 왔다는 것이다. 이때 필자는 잘못하다가는 김씨에게 한주먹 얻어맞지 않을까? 하고 김씨를 다시 주시하여, 그 거동을 살폈다. 그러나 김씨는 그러한 행동을 할 '테러대장'으로는 너무나 얌전한 '뽀이'이었다. 의외의 그 질문에 필자가 아무리 생각해 보아도 그러한 말을 한 적이 없으므로, 딱 잘라서 「나는 그러한 말을 한 일이 없는데요.……도대체 그런 말을 누구에게 듣고 왔소? 나는 그런 맹랑한 거짓말을 한 놈을 알아야 겠소. 그게 어떤 궐자인지 알려주……. 그런 놈은 용서하지 않겠소.」하고 역시위逆示威의 반박을 했다. 김씨는 대번에 「아니나도 꼭 그렇게 알고 온 것은 아닙니다. 언뜻 들리기에 그러니까… 황공이 어떤 분인가 궁굼도 하고 해서 인사를 겸해 온 것입니다.」하고 그 얼굴은 꽃다발을 보고 미소하는 쾌기화기快氣和氣에 차 있었다. 미기未幾

에 필자는 김씨에의 원만한 이해를 얻게 되었던 것이다. 그때의 중학생 김씨는 필자보다 한 둘 존상년령尊上年齡인 듯 하였다. 그 뒤 씨가 중학을 마치고 대학에 들어가 있을 때, 어느 회석에서 씨의 안용顔容, 태도 그 단체인 행동을 이모저모로 뜯어보니 침착, 호기, 겸양한 인격자의 인물이었다. 온재상풍溫宰相風의 청년이었다. 씨는 마침내 학우회 총무 및 학우회장 등을 역임, 기미에 이광수李光洙 · 최팔용崔八鏞 · 백관수白寬洙 · 송계백宋繼白 · 이종군李鍾根 · 윤창석尹昌錫 · 김상덕金尙德 · 최춘崔椿 씨 등과 동서명한 독립선언서를 발표하고 투옥되었다. 그 후 씨는 옥에서 나와서 경응대학慶應大學을 중퇴하고, 도미 10년여에 경제학박사의 대신사로서 금의환국하여 대한민국 초대내각의 재무장관을 거쳐 양차나 국회의원이 되고 현재 민주당의 투사로서 활약하고 있다.

말없는 최두선崔斗善

최두선씨는 안재홍씨가 통독統督하고 있던 공동숙사 '관세암觀世庵'에서 만나 알게 되었다. 씨는 20세 내외의 청년이었다. 앞니가 몹시 비뚤어져 나온 사람이었다. 지금은 그 이를 빼서 정형하여 있지마는 그때는 그리 좋은 인상이 아니었다. 그러나 그의 웃을 때의 기분은 나쁘지 않았다. 허-하고 웃는 모습이란 호인이었다. 웃으며 떠-벌하는 태도에는 제법 정치가다운 풍도 없지 않았다. 그것은 씨와 안씨와 함께 거처하는 중에 안씨 풍을 흉내 내는 단기성의 장난이었던 것이 씨와 차차 사귀면서 알게 되었다. 씨는 침착, 냉철한 사람이었다. 또 웃는 외 그는 뚱딴지의 무언가無言家이었다. 그에게는 영웅식 호언장담도 없고, 종교인적인 신비한 이야기도 없고, 문학 팬류의 센티한 자질구레한 이야기도 없었다. 내 말이나 남의 말이나 부지부식 간에도 하지 않는 사람이다. 한편으로는 무슨 바보와도 비슷하나, 왠지 그렇지 않았다. 필자가 한번 무슨 말을 섯불리 꺼냈다가 코를 단단히 떼었다. 그 뒤부터 「최두선! 그는 남산골 샌님이야!」 하며 최씨와 대하면 몸이 차졌다. 씨는 실례의 말로는, 마네킹같이 말 없고 찬 사람이었다. 그는 교우에도, 구경求景에도, 여자에게도 흥미를 갖지 않고 학교에만 열심히 다니는 사람이었다. 그는 철학과를 1번으로 졸업했다. 이 최씨가 고국에 돌아와서도 무슨 잡지에 한번이라도 자기전공의 학술논문이나, 인생관이나를 발표해 본 일이 없다. 신문사장 생활이 56년을 지내지만, 그 지상에도 아무런 글 한 줄을 쓴 일이 없다. 씨가 무능한 탓인지, 게으른 탓인지, 초연해서 그런지는 알 길이 없다. 씨는 철학자로서 중학교 교장으로 방직회사 사장으로 신문사 사장으로 전전병업轉轉變業해 다니는데, 그분의 본업이 무엇인가를 분명하게 알 수 없는 것이 최두선 연구도硏究徒의 고충이다. 그러나 씨가 각색업계를 순력해 다니는 어디서나 물의를 일으키는 실수가 없었다. 씨는 민족을 위하여 시키는 대로 손닿는 대로, 때로는 수레도 끌고, 밭도 가는 농가의 양우良牛와 같은 말없는 애국자 내 표시表示, 내 과장誇張, 내 속 차림을 하지 않는 깨끗하고 충실한 애국자라고 말하기에 주저치 않으려 한다. 최우崔友의 그 본업이야 철학이었겠지?………최씨와 같은 학자님을 그렇게 막 부려먹은 이 나라의 야속한 사회 현실을 나무랄 밖에는……….

여필餘筆

이 시기의 인물로서 안재홍, 정노식鄭魯植씨는 이북으로 가고, 박이규朴珥圭씨는 만년 조신操身에 실수를 범하고, 나경석羅景錫씨는 아무런 애국행동의 계속상繼續相을 보이지 못하고, 박용환朴容奐씨는 생존했으나 무명의 야화野花로 시들어 있고, 최태욱崔泰旭씨도 애국자로서의 인상을 주는 무슨 노력을 갖지 못하고, 김양수씨는 국회의원, 윤병호씨도 국회의원 일력一歷, 변광호邊光鎬씨는 민주당원으로서 범범도세凡凡渡世하고, 강주원姜周漢 · 이상천李相天 · 김욱金旭 · 이기원李起元 제씨는 청산녹수에 즐기는 낭인浪人이 되고, 신홍우申鴻雨씨는 수산대학장이 되고 김우영金雨英 · 이범승李範昇씨는 선인善人 변호사가 되고, 최근우崔槿愚씨는 기미 해방 후에 활약하다가 실의하여 죽림에 칩거하고 있고, 김철수金鐵洙씨는 지사를 거쳐 지방 계몽의 신문사장이 되고, 윤일중尹日重씨는 전업계電業界의 원로로서 세인의 존경을 받고, 윤호병尹嘷炳 · 김교철金教哲씨는 금융인의 은행 두취 등으로 퇴역 그 여막의 뒷전 놀이가 더 있을는지 섭섭한 의문이요, 민규식閔圭植씨만이 은행장으로 무진회사 사장에 현역중, 그 조신操身이 얌전한 편으로서는 재무상財務相 한번쯤은 되고 말 것 같기도 하고, 진학문秦學文씨는 두뇌영롱頭腦玲瓏으로 일세의 수재라 할 인물이었으나, 그 역시 왜제현관倭帝顯官의 일원으로서 장래 재개운再開運은 두고 보아야 할 것이다.

더구나 신 애국자는 시조보始祖譜를 꾸미려는 이 호시절에 진씨의 편주片舟엔들 순풍의 돛이 달리지 말란 법이 어디 있으랴. 원래 왜제倭帝 재관시在官時의 이렇다 할 험행險行이 없던 진씨에게 있어서랴………

김연수씨도 왜제영사倭帝領事에 탈이 나서 폐인자처廢人自處 두문불출杜門不出, 씨에게도 성세은택聖世恩澤이 베풀어지는 바가 있으면 한다.

그밖에 약하나 끝으로 안재홍씨 이야기를 못 쓰는 것이 유감지지遺憾之至.

(희망, 1958. 12)

나의 8인관

조선의 인물 중에서 이미 완성된 권위자를 골라내려면, X웅雄 안창호安昌浩 · 정객 송진우宋鎭禹 · 사업가 김성수金性洙 · XX가家 김한金翰 · 웅변가 박일병朴一秉 · 외교가 김규식金奎植 · 문호 이광수李光洙 · 호인물 안재홍安在鴻(후일의 好宰相?) 등이 될 것이다. 정객측 인물에는 신석우申錫雨 · 장덕수張德秀군 등이 있으나 신군은 좀 더 긴 시일의 현실이력을 가져야할 인물(그는 너무 빨리 은퇴한 감이 없지 않다)이며 장덕수군은 의회정치가류의 인물이나, 학계로 향해가는 편(충실한 정치학자로서) 이 더 좋은 길일까 한다. 이외에 또 빼놓지 못할 인물로는 최린崔麟이가 있으나, 그는 새 시대 사람들의 신뢰하는 지지를 받기에는 너무나 음험陰險하고 구식인물인 듯싶다.

안창호安昌浩

지금 해외에 있는 인물 중에는, 비록 이런 시비 저런 시비가 있다 하더라도 그 인격 그 지조가 안 씨에게 미치는 인물이 드물 듯 하다.

씨의 그 매물지게 담은 입과 그 날카로운 눈에는 그 머리를 철퇴로 때려 부수고 독기로 짓 모아도, 그 지조 하나만은 방망이에 맞는 철 봉알같이 까딱없을 듯한 힘이 어디인지 숨겨 있음이 보인다.

실로 매서운 영감님이었다. 그러면서도 그이는 다감다정한 새뜻한 재사풍才士風이 있는 인물이었다.

그리고 그이는 정략적 인물인 듯싶으면서도, 그 내심, 그 저심은 철장대 같이 빳빳한 솔직한 성격을 가진 이었다. 그이는 어디까지든지 정적情的 인물이었다. 그이가 처세에 있어 다소의 정략을 농弄하게 된 것은 최근의 일이라 한다. 그것이 씨로 하여금 세상의 쭝긋거리는 의외의 지지한 많은 말거리를 사게 된 장본인일 것이다. 그러나 씨의 그것은 바탕에 없는 일인 만큼 그 표현기술이 서툴러서 남의 시비를 사는 것일까 한다. 그는 일견에 다정스런 영감님! 그이의 그 격월激越한 성격 그 꿋꿋한 소질로는 도저히 정략에 잠길 인물이 못된다. 그이의 최근 생애에 재한 그 정계미政界味는 멀지 않아서 곧 청산되고 말 줄 안다. 그 영감님으로 하여금 그 마음에 없는 그 정략을 갖게 한 것은 그 부득이한 환경이 그렇게 한 것일 것이다.

그이의 모든 점은 확실히 X웅으로서의 그것이었다. 그이는 결코 수단 있는 학자의 소질도 아니었다. 그는 극단으로 닿는 아我에 강한 X웅으로의 모든 것을 구비한 이었다.

송진우宋鎭禹

씨는 이론가는 아니다. 그는 모략종횡의 가장 활동적인 정객이다. 조선 안의 인물로서는 정치가로의 그럴듯한 소질이 제일 풍부한 인물은 송 씨일 것이다. 그는 조선 안의 젊은 인물로서는 벌써 정치가로의 급제점及第點 이상을 돌파한 인물이다. 그러나 송 씨는 그 정객으로의 성격이 너무나 동적인 것에 많은 실패와, 또는 그에 따르는 많은 시비가 있을 것이다. 그는 그 앞날의 정치적 활동에 있어서 풍운이 자못 잦을 것이다.

장덕수 군과 같은 충실함과 굳센 곳이 없는 점이 그이의 큰 결점, 그러나 종인어인지술從人御人之術에 있어서야 장군지비張君之比가 아니다. 장군은 그 점에 있어서는 송 씨의 발아래에 멀리 내려다보이는 순진한 보이일 것이다.

김성수金性洙

군은 정객이라니보담, 교육가라니보담, 실업가라니보담, 어디에든지 해가 없는 좋은 의미의 사업가라 하겠다.

김군은 기미 이후의 새로운 사업, 조선 문화, 조선을 나놓은 은인, 그는, 곧 기미 이후의 새로운 조선을 세워놓은 젊은 위인이다.

그 체구가 좀 더 웅장하고, 또 웅변 재주나 있고, 그 손으로 무슨 대학이나 세워놓았으면, 그는 조선의 대외大隈(오쿠마)가 되었을 것이다. 그러나 군은 후일 조선의 서원사西園寺같은 인물 역할을 담당할 인물이 될는지도 ──.

우리 젊은 사람 가운데 있어서 조선의 최종의 사회장社會葬을 시비 없이 받을 사람은 김 군일까 한다. 그이에게 동상이나 하나 세워 주었으면 한다.(중앙학교 교정가운데 같은 곳에)

김한金翰

군은 뒤의 머리에든지 「고놈은 협잡군!」하는 인상이 깊을 것이다. 그러나 군은 XX가로의 모든 정열과 재략을 넘치도록 가진 인물이다.

군은 꾀 있는 약은 인물 장난 재주가 얼마든지 있는 인물이다. 그 교묘자재巧妙自在의 신출귀몰한 변장술變裝術 —— 그 모든 지모智謀에는 조선 경찰계의 무이無二의 재물才物, 삼륜 三輪군도 고개를 기우뚱하며 "アン畜生丈ニハ適ナイ, マア 張德秀ガ 何ント 云フタテ朝鮮ノ 本當ノシつカリシタ 人物ハ 恐ラク 金翰ダラウネ ——." 하는 탄사歎辭를 몇 번이나 반복하였다 한다. 곧 삼류三輪도 김군의 손에 걸려서는 다시 아무 재주를 부려볼 여지가 생기지 않았던 듯하다.

아닌 게 아니라, 김한의 손에 걸려서는 계집이고 사나이고 안 떨어져 넘어지는 사람이 없었다. 김은국金恩國 군 하나가 안 속겠다고 앙탈앙탈해왔으나, 일에 있어서야 한翰에게 안 떨어지고 배길 수 없었다. 한翰군에게 예의 XX가로의 천행天幸의 그 정열이 없었다면 그는 일개의 전율戰慄할 무서운 악당의 괴수魁首가 되었을 것이다.

금일의 김약수金若水 같은 인물은 한翰군에게 비하면 백년 묵은 여호와 풋 쥐 같은 사이이다.

박일병朴一秉 군이 웃으면서 「김한 군은 에이! 흉악하게 약은 사람, 그는 꼭 조선인 측의 삼륜三輪이지! 김약수金若水는 고건 잔 꾀쟁이! 쥐!」라고 말하는 때가 있었다. 견인지명見人之明이 있는 음흉스런 박군의 말인 만큼 이의異議할 수 없다.

박일병朴一秉

군도 안씨와 같이 많은 시비를 가진 인물. 그러나 그 말 재주에 있어서도 누가 무어라 한 대도 조선의 단 하나의 존재이었다. 그는 참으로 이조 오백년 이후에 처음 난 웅변가, 군에게 근대학적近代學的 수양修養이 좀 더 있었으면, 그의 웅변은 일본에도 그 짝이 없었을 것이다.

그 청산유수의 변辯에야 취醉치 않을 사람이 뉘가 있었으랴? 박 군은 함북이 낳은 조선근대의 말의 거인! 안 씨도 김창제金昶濟씨도 박군의 말 앞에는 다리를 도사리지 않을 수 없었을 것이다.

그러나 이러한 군은 연미급사십年未及四十에 불행하게도 실명, 그 후에 또한 불치에 가까운, 병구病軀가 되었다. 지금 박군은 향리에 돌아가 정양 중. 그는 몸만 왼만치 회복되면 맹인의 몸으로도 다시 단상의 인이 되어 말로 그 일생을 시종 하겠다 한다.

오 —— 박군의 거듭나는 그 현하懸河의 변辯을 다시 들어볼 날이 언제 올는지? 불행한 박군아! 행幸히 그 웅자雄姿를 세상에 다시 나타내는 사람이 되어지라.

김규식金奎植

씨는 재외거물의 한 사람 —— 그는 온후한 학자풍의 인물! 그러나 그는 정치가로는 외교가, 그이의 외국어 실력으로는 영英 · 불佛 · 노露 · 중中 · 몽蒙 · 일日 6개 국어이다. 이만하면, 조선의 외교정치가로는 넉넉한 자격이 있다. 외국어만 안다고 호텔 외인안내의 통역군도 외교가가 된다는 것은 아니다.

그이에게 외교가의 소질이 있다.(신구新舊는 문제가 아니고) 그이의 평민적의 청탁불고淸濁不顧의 털터름한 성격에는 숭배 안할 수 없었다. 그이의 용모부터 부잣집 마나님같이 푹신푹신한 것이, 외교가로의 느낌이 좋은 이었다.

그러나 그이에게 일종의 퉁명구진 고집이 있었다. 그것이 씨에게 또한 다소의 시비가 따르는 결점의 하나이었다. 재외인물 가운데 필자의 가장 존경하고 촉의囑依하던 인물은 안씨와 이 김씨 두 사람밖에 없었다.

이광수李光洙

현재의 조선 문단에 있어서 공정한 입장에 서서 1인의 문호를 추거하려면 아마도 이광수군이 그 최고물색 가운데 들 것이다.

주의主義는 별 물건, 그 문단적 공적, 그 실력, 그 재능에 있어서 이 이에게 제일기록의 문호의 영호榮號를 바침이 과히 잃을 일이 아니라 생각한다.

이군 한 사람쯤은 조선의 문호로서도 내세워 놓아도 좋을만한 시기가 왔다.

중국 노신魯迅 군이 그 호를 갖는 표준 상으로 보아서도 군에게 그만한 문단적 대우를 하여주는 것이 당연한 일일까 한다. 이런 말을 하면 조선에 문학도 서지 못했는데 문호가 왼 기급을 할 물건이냐고 대들 친구가 있을는지도 모르나, 이군에게 그만한 대우를 하여 주는데도 별 망妄발이 아닐 줄 안다. 더구나 필자와 이군 사이에 취就하여는 세상 사람들의 여러 가지 재미롭지 못한 말이 분분히 돌아다니지마는, 필자가 무슨 정략으로 이군의 가진 지면 부스러기나 이용해 보자는 비열한 아첨에서 하는 말은 아닐 것이다. 이군과 나 사이가 지금까지 어떻게 되어왔든, 이군에겐 적에게도 그만큼 인정받을만한 어느 위대한 존재를 가지고 있기 때문이다.

그러나 필자의 군에게의 불만은 가담 가담 그 서투른 망칙한 시를 염치없이 써놓는 것이었다.

그것은 군도 물론 스스로 그 길에의 재능이 없음을 알면서도, 그 본래의 무사기無邪氣한 성격의 죄 없는 장난으로써 내놓는 것일 줄로 안다.

군도 「나는 시인 소질이 아니야. 차라리 나는 정객일 것 같애!」 하는 말을 동경에서 어느 때 내게 말한 일이 있다.

군은 사귀여보면 천진난만한 한없이 따뜻한 성격의 소유자, 그 이야기에는 깨가 쏟아진다.

그 매력 있는 고소한 이야기 밑에 남모르는 꽃이 피었다, 졌다, 현재의 모 부인도 그 이야기 밑에서 피었던 꽃!

군은 스스로 정치가로 처해 보는 때도 있겠지만, 그는 판에 배긴 소탈瀟脫한 문학인!

군의 그 어느 고물상 떨이같은 다 달아빠진 케케묵은 사지 양복, 또는 그것에 똑 들어맞는 병정兵丁구두 같은 콧대 넓적한(게다가 노랑실로 구두코를 꿰맨) 검은 구두를 신고 경성대도지중京城大途之中을, 더구나 어여쁜 모던 아가씨님 앞을 무례하게도 성큼성큼 걸어 다니는 그 모양은 영락없는 시골때기 촌 사립 보통학교 교원 나리다.

그 꼬라지가 천하의 미인을 울리던 새 조선의 문호 이광수 군일 줄이야 하늘이나 땅이나 알까?

안재홍安在鴻

이 분은 요순堯舜 때의 양반, 정거장 대합의자待合椅子 위에다가 우의雨衣와 옷 보퉁이를 놓고 「저기 청년회 좀 갔다 옵시다.」「이 보퉁이들은 어떻게 하구.」「그대로 두고 가지!」「누가 집어가면 어떻게 하우」「으응 남의 걸 누가 집어가?」 하는 어수룩한 양반님! 이는 호인好人, 중망衆望이 두터운 사람, 당대 조선의 덕망 있는 젊은 인격자 '김기전金起纏군과의 쌍벽' 이 분은 일생 중에 그 시골마나님 이외에는 남의 숫색시 손목 한번 못 잡아본 양반 —— (동경서 무슨 외인과 한 번인가 있은 외에는) 담배도 먹지 못하고, 남에게 거짓말도 못하고, 남의 뺨 한번 쳐보지도 못한 사람, 총명절인聰明絶人 —— 동경 유학 당시, 4, 5백명 유학생의 번지 —— 하숙, 전화, 번지까지 모조리 외여 가지고 다니던 괴총명가怪聰明家, 아호가 번지박사番地博士(崔斗善 군의 작명?)

그러나 요새 와서는 그 입에서 어쩌다가 「으응 망할 자식!」 하는 어설픈 구조口調의 욕이 나오는데 'XX!(필자를 가리킴)' 이것은 내가 신문장이 노릇하는 가운데서 배운 욕이야 하하하하? 조선의 험상궂은 현실은 이 양반으로 하여금 그 입에서 오히려 이런 욕이 나오게 했다는 것을 생각하면 퍽 눈물겨운 일이다.

이 분은 정객으로서는 동적 인물이 아니다. 그는 앉아서 인망人望을 꺼려 남에게 추대 받아 끌려 나갈 사람, 무엇을 만들고 어쩌고 하는 솜씨는 공空이다. 그러므로 그이는 송씨와 같은 책사策士는 못된다.

그이는 그저 살림꾼! 이 점이 송씨와 정 반대이다.

필자는 안씨를 후일의 호재상好宰相이라 한다. 현재에 있어서 안씨는 신문 논객으로의 정론가로서는 조선 제일의 문장님일까 한다. 그러나 이이는 남의 잘못, 곧 자기가 부족하게 생각한 것으로서 일단 그 수첩 위에 한번 오른다면 몇 십 년이 되어도 그것으로 용이히 잊어버리지 않는 모양, 여간 여수與受가 무서운 꼼바리 샌님이 아닌 점도 있다. 이만 ──.

(삼천리 25호, 1932. 4)

사상계의 2인평

조선 사상계에 있어서는 유물론자 유진희俞鎭熙, 김약수金若水, 원종린元鍾麟 및 정신주의자 오상순吳相淳 등 4인의 선구자의 존재를 잊어서는 안 된다. 이곳에 이 4인의 인물을 소개해보자.

유진희俞鎭熙

조선의 기미운동 직후에 박중화朴重華, 박이규朴珥圭 등의 손에서 일어난 '조선노동공제회'는 조선 내에 있는 노동운동의 선구단체이었음은 누구나의 기억에든지 잊히지 않는 것이다. 이때의 노동공제회의 기관지로서 '공제共濟'라는 월간잡지가 발간되었을 때 그 잡지의 편집주간의 임에 당한 청년이 곧 유진희俞鎭熙 군이었다. 유군은 경의전京醫專 학사 출신! 예산 어디서 '야부 의사醫師' 노릇을 하다가 홀연 대오大悟한 바 있어 부스럼 칼, 고름 접시接匙 붕대 뭉텅이, 청진기 등을 집어 팽개치고 두 주먹 불끈 쥐고 가두街頭로 달려 나오게 되었다.

유군의 사상은 맑시즘 —— 컴뮤니즘, '유물론'이라는 것이 유군의 가두에 나오는 그 유일한 표어이었다. 유군은 컴뮤니스트 —— 볼쉐비키로서 조선의 사상계에 누구보담 먼저 낳은 장자長子이었다. 그 이론으로 보든지, 그 가두 출가의 연역年歷으로 보든지, 그는 확실히 그 길에 있는 모든 사상인의 맏형님이었다. 당시 군의 동지에는 정우영鄭又影, 이혁로李赫魯, 양군이 있었다. 그러나 그들의 모든 것은 유군에게 멀리 믿지 못하였다. 군은 일당一黨의 수장이었다.

군은 그 성격에 있어서는 깊은 온정미를 가진 사람, 눌박訥樸! 열정! 이들이 군의 그 성격 구성의 주요소를 이루어 있다고 할 수 있다. 논論에 격하면 반벙어리 모양으로 구각비말口角飛沫! 빠빠! 듣기에도 힘이 든다. 게다가 대수자對手者가 자기의 의견 주장을 거슬리면 벽력질타霹靂叱咤 인정사정 없는 모욕적의 거친 욕, 병문 욕이 끌어져 나온다. 아이구 그 욕! 레닌도 그런 성격의 일면을 가졌었다 하다마는……, 군은 참으로 벽력같은 열정을 가진 사람, 성날 때는 조야粗野한 원시남原始男, 무서운 만인蠻人 그대로였었다. 일체를 버리고 새로운 일체를 가지려는 새로운 거인 그이였었다.

내가 어느 때 군과 함께 영도사永道寺 근처로 야외 산보를 나갔던 일이 있었다. 어느 논두렁길에서 유군의 보여주는 시를 평하다가 별안간 단장세례에 구두 발길로 허리가 끊어지도록 걷어 채이어 눈퉁이을 쥐고 논 개울창 속에 가 쳐 박히어 '아이구' 한 눈을 들어 몰래 쳐다보니 이 만인은 「이놈 뒤저라」 하고 뒤도 안돌아다 보고 성큼성큼 뛰어 달려간다. 이 때의 유군의 모든 모습은 일체를 모욕하며 저주하는 격노를 띄인 씩씩한 이단남인異端男人의 그것이었다. 본의의 암격暗擊을 당하여 일노一怒를 안 가질 수 있는 나였지마는 이때의 유군의 태도에는 어찌함인지 몹시 끌리었었다.

나는 유군에게 경을 톡톡히 쳤었다. 그러나 이 유군에게 점잖은 명사시인名士詩人이 모욕을 받은 것이 괘심해서 「이놈 혼을 좀 내겠다」 하고 쥐어진 대로 달려간 곳이 금물상金物商, 15전금을 던져서 산 것이 한 자루의 창칼! 나는 그것을 사 가지고 집으로 돌아와서 모주 먹은 도야지 모양으로 벼르고 벼르면서 일야一夜를 고통 고통으로 새웠다. 그 익일 아침 꼭두식전에 정우영 군이 뛰어 나와 「이것들아 그게 무슨 짓이야 나고 가세」 하고 내 뒷덜미를 잡아 몰다시피 하여 '공제회'로 끌고 간다. 나는 매 맞고 또 이 정군에게 형사에게 붙들려 가듯이 숨이 턱에 닿도록 공제회로 끄려가서 유군의 앞에 가 딱 서고 나니 고만 픽! 웃음을 짓지 않을 수 없었다.

이때의 유군의 말 「コノヤロウ」 나는 또 나가서 무슨 글이나, 쓸 줄 알았더니 허허! 그러나 황군이 단단하다더니 어디 그렇든가. 한 번에 꼼작 못하데 그려! 정군이 옆에 섰다가 「황군이 감정만 나보게 그려! 아-칼을 다 샀어요.」 유군 놀래는 듯이 「으응! ソウカ? バカナヤロウ! 자-나가세 나가」 하고 정유상안상소鄭兪相顔相笑-나를 어느 괴이한 XX점으로 끌고 가 주었다. 나는 하는 수 없이 이놈들의 무슨 시험계략에서 나온 듯한 활극 가운데 몇 잔의 술을 받고 무거운 매 빚을 탕감해 주고 말았다. 이 유군에게 매 맞고 욕 얻어먹은 청산되지 못한 빚이 지금도 치부책置簿册에 상당히 남아 있다.

유군은 사람으로서는 극호인極好人, 유군은 조선의 볼쉐비즘 이론의 선구자, 김한金翰과 좌우의 위를 따라올 사상계의 선구인이다. 유군은 이론가, 김한은 실제 운동자이었다.

김약수金若水

김약수 군의 본명은 두희枓熙, 학력은 변변치 못한 사람, 예전 공업전수학교工業專修學校의 토목과인지 마쳤다는 학력밖에 없다 한다. 군은 박중화朴重華 문도門徒, 그 연고로부터 노동공제회에 들어온 사람, 당시의 군에게는 돈이 좀 있었던 듯하였다. 그 돈의 출처는 말할 것 없으나 군의 그 돈이 '공제'란 잡지에 많은 힘을 부어 주었던 것은 사실이다.

이때의 두희枓熙 군에게는 사상인으로서의 아무런 무엇이 없었다. 그는 다못 민족주의 청년으로서의 뜻있는 무명한 젊은 일군의 한 사람이었었다. 그는 곧 문화주의 청년의 한 사람이었다. 군의 존재는 그만큼 평범하였었다. 군이 사상인으로서의 존재를 나타낸 것은 동경에서 그는 즉시부터라 할 것이다. 곧 동경 코스모-구락부俱樂部에 참가하여 ≪대중시보≫를 내이게 된 뒤부터이다.

군이 사상인으로서의 일가의 뚜렷한 두각을 드러낸 것은 역 흑도회黑濤會 분열 당시에 볼쉐비키로 전환하게 된 뒤라 하겠다. 군은 동경에서의 조선인 볼쉐비키의 기두旗頭 ── 그 중견 지도인물 동경에서의 북성회北星會 창설의 그 사람은 곧 김군이었다. 군은 동경에서 그 전재를 나타내게 된 사람인만큼 그 이름에 있어서는 유진희 군보담 더 유명할 줄 안다. 유군 같은 이는 동경으로는 하등의 이름이 없다고 해도 가可하게 사상적 실력, 이론의 실력에 있어서야 유군의 상대가 아니다. 김군은 일 재주 있는 사람, 곧 실업가 그 점은 김한金翰과 비슷하다 할 수 있으나, 그 재才에 있어서는 김한의 상대가 못 된다. 약수若水 군은 사람으로서는 다정다한多情多恨한 인물, 산뜻한 인간미에 있어서는 유진희 군보다 나은 점이 많다. 머리도 치밀한 편이다.

(삼천리 4권 6호, 1932. 6)

신석우론

신석우申錫雨 군은 신흥 조선이 낳은 정객의 1인! 그는 누가 생각하든지 녹록碌碌치 않은 인물, 그 눈찌 그 씰죽한 커다란 입매는 보는 사람으로 하여금 「야 이 궐자厥者 엔간하구나」 하는 느낌을 안 가질 수 없게 한다.

신군의 그 눈 또 그 모든 것 시릇스럽게 여기는 듯한 특색 있는 입매에 나옹식奈翁式의 배를 쑥 내밀고 거연倨然히 다리를 꼬고 앉아 있는 것을 볼 때에는 사해의 바닷물을 다 켜고 앉아서 「온! 혀끝도 촉촉치 않으어……」 하고 있는 것 같이 보인다.

신군은 그 앞에 천하의 무엇을 갖다 바쳐도 만족해짐을 느껴보지 못할 인물이다.

신군은 실로 보짱이 큰 인물이다. 따라서 신군의 모든 욕심이 크다.

신군이 만일 예전의 불국佛國 같은 곳에서 나서 군인이 되었다 하면, 그는 반드시 나옹奈翁과 공명을 다투는 인물이 되었을 것이다.

신군의 모든 풍도風度는 나옹에게 가까운 점이 많다. 만주에 중국 나옹 마점산馬占山이가 있다더니 신군은 조선의 마점산馬占山 조선의 나옹일까?

신군은 또 어느 점에서는 이태리의 뭇소리니 같은 인물이라고도 볼 수 있다.

신군이 왕년 조선일보의 최고 집정자로서 신간운동新幹運動을 조종할 때에는 장안에는 오직 인물로서의 신군의 존재가 갑구甲□, 을구乙□에서 분분히 논의될 뿐이었다.

그때의 조선은 오직 신군이라는 젊은 영웅아를 맞아옴에 새로운 역사의 백지를 준비하였었다.

이때의 신군은 '장안똑똑'이라는 이명異名으로 불리어 왔었다. 신군은 과연 똑똑한 인격이었다. 군은 본래가 양반 가정의 출신으로서 그 지志가 비분강개! 20년 전의 동경 유학생계는 당시 20청년이던 신군의 존재로 말미암아 이채 있는 활기를 띄우게 되었었다. 그는 당시 유학생계의 우상인물의 1인, 그는 곧 일국의 문제인물의 토표土俵 위에 오르는 당당한 청년명사이었었다.

그가 동경유학생 학우회 총무가 되었던 것이 21세 때 일이며, 또 상해 거류민居留民 단장으로 그 이름이(이하 6행 약)[1]

군은 누구보담도 조숙한 청년이었었다. 군이 동경으로 건너간 것은 17, 8세 때 일이다. 그때의 군의 모든 것은 3, 40세 먹은 사람의 그것이었다. 그 '글씨'와 같음은 유학생 중의 명필이었었다. 필자는 '글씨' 때문에 신군에게 가끔 흉을 잡히는 일을 잊지 못한다.

신군은 장덕수張德秀 군과 동년배, 그러나 당시의 조선인 유학생 측에 있어서는 장덕수 군은 일개의 무명청년, 신군은 유학생의 쟁쟁錚錚한 명사였었다.

당시의 신군은 명물이니만큼 포폄褒貶이 불일不一하였다. 그러나 그 호방한 성격, 그 똑똑한 인물에는 누구나 외복畏服 안 할 수 없었다.

군은 호걸로서 매력 있는 많은 어느 무엇을 가지고 있었다.

학생시대에 있었던 군은 앉은 자리에서 밀감蜜柑을 두 궤櫃 세 궤씩 까

1) 검열에서 삭제된 내용으로 보임.

서 먹으며 'ソバ'를 8, 9 그릇 10수 그릇을 먹는 대식호걸大食豪傑이었었다.

밀감 같은 것은 그 궤짝을 딱 빼개고 앉아서 숙련한 교묘한 기술로서 번갯불같이 까서 먹는다. 한 궤짝의 밀감을 까서 자시는 시간이 15분 내외였었다. 신군은 곁에 손이 와 앉았는데도 불구하고 한 궤짝의 밀감을 혀를 쭉쭉 빨다시피 하여 가면서 양껏 먹고 나서 「실례했소이다. 그런데, 밀감 맛이 왜 이 지경이야? 맛이 시원치 않아서 권치 못했소이다.」 라고 했다 한다.

당시 신군의 별명은 사대호四大好 선생이었다. 예의 밀감과 ソバ가 이 사대호四大好 속에 들던 것은 물론이다. 이외에는 활동사진, 또 하나는 좀 기괴한 물건, 그것은 위기圍碁, 옥돌玉突, 술 계집도 아니고 스포츠도 아니고, 여행, 등산도 아닌 것 그것은(略) 그것은 고대 희랍기사들 같이 플라토닉하게(略)……

지금의 신군에겐 젊은 한때의 이 사대호의 괴호걸怪豪傑의 기벽奇癖도 다 죽어버리고 새로이 생긴 것은 앞날의 사회, 민족을 위하여 갈혈渴血, 진췌盡悴하여 싸워나갈 사업심뿐이라 한다.

신군은 김성수金性洙 씨와 함께 조선의 신문사업에 헌신한 역사적 인물의 1인! 그는 재력을 희생시킨 점에 있어서 김군의 몇 배 이상이다. 김성수 군의 동아일보는 돈을 벌어나가는 중이다.

신군과 김군과의 인물비교에 있어서는 김군은 여성적, 모사적謀士的, 신군은 남성적, 투사적이다.

곧 김군이 저두하슬低頭下膝하여 손님의 비위를 마치어 인기를 끄는 영리한 상인이라면 신군은 수틀리면 손님의 뺨따귀를 올려 부치며 「에이 건방구진 놈의 자식! 가거라 너 아니라도 물건 팔아먹을 곳이 있다.」라고 할 왈자 상인이라 하겠다.

신군은 안민세安民世와 기타 조선일보에는 다시 없을 수 없을 인물들이다. 신군에겐 다소의 성격적 결함이 있다. 신군은 이 점에만 잘 주의해 나가면 군의 인물은 대성할 줄 안다. 대기大器는 만성晩成이라고 신군의 대성은 금후에 있을까?

그러나 조선의 현실이 일본 같은 정도에 있다 하면, 신군의 그 소위 성격적 결함이란 것은 개성으로는 훌륭히 살 수가 있다. 조선의 문화수준이 그만큼 저도低度하기 때문에 신군의 그것이 살지 못하고 있는 것이다.

신군은 근대 개성학個性學 상으로는 선명한 성격을 가진 사람이라 하겠다. 그 성격은 쾌활하고 담박淡泊하고 첨단적尖端的이다. 그런데 이 뾰쪽한 곳이 있는 것이 대외의 적을 산출하는 화근禍根이 되는 듯하다.

그러나 신군에게는 또 다시 큰 무대가 들어갈 줄 안다. 신군은 조선일보를 통하여 신흥조선에 나타난 민족주의자로의 면용面容을 가진 지도자의 1인이었다.

신군의 참 무대의 전개는 이로부터 그 길을 열어 나가리라 한다.

오− 신군이여! 군의 다시 진출할 길은 우右냐? 좌左냐?

(삼천리 4권 8호, 1932. 8)

오상순吳相淳

오상순군은 사회주의의 사상인은 아니었었다. 군은 많은 유물론의 선구청년의 유일의 적대우상敵對偶像이 되던 정신주의의 철학자, 젊은 철인이었다. 오군은 유진희 군과 만나기만 하면 으르렁거리고 싸우는 호대수인물好對手人物이었었다.

오군은 정신주의의 사상인으로서는 학적 교양이 깊고 풍부한 사람이었다. 그 교양에 있어서는 유물론군唯物論群의 진영에서도 상당한 경의를 바치어 왔었다.

성미 겁겁하고 우월감이 굳센 유군이 오군더러 툭하면,

「キサマミタイナ 유영예찬幽影禮讚ノ 철각자鐵脚者ガ」

어쩌는 욕을 함부로 퍼부어 놓고는 며칠만 오군을 못 만나면 「アノ吳君 彼奴ニ逢ヒタイナー, 彼奴ハ本當ニ人ヨシダ」라 하던 것도 곧 오군의 그 깊은 교양을 존경하기 때문이었던 듯하다.

오군이 그 당시에 무슨 저서상著書上의 지반이라도 갖고 있었다면 오군은 지금은 문단에 있어서 프로 문학청년의 공격 대상인이 되는 이광수 등과 같은 우상이 되었을 것이다.

오군은 그때의 사상계에 있어서는 가장 큰 우상偶像이었었다.

지금의 오군은 아나의 원元군과 같이 산간으로 산간에 방랑하고 있다. 장차 오는 앞날의 사상문화를 세우기 위하여 오군의 뒷날도 가히 기대할 것인가 한다. 오 ── 오군이여! 그대는 장차 가두로 나와 무엇을 부르짖는 철인이 될 것인가? 오 ── 조선의 모든 현실에 초연한 단 하나의 정신주의의 유유자적悠悠自適의 사상인인 오군이어!

오군은 사상인 뿐이 아니라 시인이다. 그 성격은 노자모老慈母와 같이 은은隱隱하고 측惻하고 다정스럽다.

군 역시 감상질感傷質의 사람, 그는 종교인적 감상기질을 가진 사람이다. 그는 조선의 젊은 고사高士의 일인일까 한다.

(삼천리 4권 10호, 1932. 10)

원종린元鍾麟

원종린元鍾麟 군의 존재는 지금에 와서는 전혀 사라져버린 감이 없지 않다. 그러나 원종린 군은 동경유학생의 사회운동사상에 있어서는 그 이름을 묵살시킬 수 없는 인물이다.

원군은 동경에 있어서는 아나로는 제1인의 선구자이었다.

그 이름은 일본 인간에 있어서는 사카모도아키에板本秋江, 그는 오스키사카에大杉榮 기하旗下에 재하던 고진세이도高津正道 군과의 동배同輩, 나와 같이 흑도회黑濤會를 만든 사람, 코스모구락부의 종선인 최초의 간사, 중국 장계張繼 같은 인물이었다 할 수 있다.

나 역시 원군의 손에 운동선으로 끌려 나갔었다. 원군은 실로 조선 아나의 첫 등장인물이었다.

지금 원군은 동경에 숨어있는 중, 금후의 군의 어떠한 방향으로 다시 운동선에 진출할는지는 퍽 기대할 만한 흥미 있는 수수께끼라 할 수 있다.

원군은 법전 출신, 그 집은 10만 장자, 그 아버지는 지금껏 군의 사상적 탈선에 실망 분개하여 있다.

군의 성격은 초稍히 감상적 그 담박淡泊 그 경쾌 명민한 모든 점은 차라리 문학으로 나갔다면 하는 느낌을 갖게 한다.

군은 그 이론적 두뇌도 명석한 사람이었다. 그러나 그 실행의지 투쟁의지가 좀 약하였었다. 너무 사물에 대한 비판이 맑은 때문이었지는 모르나 —— , 좌우간 운동에 있어서 곧 환멸을 부르짖는 사람이었었다. 그의 은퇴 직후의 사상은 니힐리스트로 들어갔었다.

원군의 사상계 은퇴는 나와 그 운명을 같이 하였다. 그는 실망을 맛볼 때 그 사상이 허무로 달려갔다.

말하자면, 군은 조선의 사상계에 있어서의 감가불우感呵不遇의 한 사람이라 할 수 있다. 군이 지금까지 사상인으로의 그 절개를 더럽히지 않고 인고묵묵忍苦默默 국외에 그 존재를 숨겨 고요히 후일 재웅비再雄飛의 기機를 기다리고 있는 것이 한없이 존경스럽고 기대되는 일이라 하겠다.

(삼천리 4권 10호, 1942. 10)

잡지 및 시집 출간사와 편집후기,
그리고 수필과 기타 설문답

눈물 아래서 붓대를 잡다.

『일본 유학생들아! 일본 유학생들아! 대처 그대들은 무엇을 하느냐? 우리는 그대들을 반도 개척半島開拓의 사자使者와 같이 우리를 인간으로서 의미 있는 생生의 국國에 인도하는 사령자司令者와 같이 신모信慕한다.

그대들이어! 그대들은 뜻이 있고, 의義가 있거든 그대들의 보고 들은 것을 만분의 일이라도 이 태양의 따뜻한 '쪼임'도 없고 어느 누의 살던 '끌음'과 '가르침'도 없는 습냉濕冷하고 침흑沈黑한 '곰팡내' 나는 암옥暗獄에 있는 우리에게 좀 들리어 주려무나= 암옥暗獄으로부터 사람으로서 삶직한 광명의 지地에 벗어날 방책을 들리어 주려무나………』 하는 내지內地 형제의 떠난 '부르짖음'에 놀래어 전신 모르고 한수鼾睡하던 나는 눈을 벌떡 뜨고 일어났다.

일어난 나는 『아―불상한 형제의 슬픈 부르짖음이어~』 하고 좌우를 돌아보다. 좌우의 사람은 모두 자다. 한 사람도 나로 더불어 일어나는 사람이 없다. 이에 나는 부비어 번민하며 체읍涕泣하다가 개연慨然히 붓대를 잡다.

나는 다맛 금력이 나의 정성을 훼방毁謗함을 한恨하다.

(근대사조 1호, 1916. 1)

★ 근대사조 창간호의 머리에 실린 황일민(錫禹)의 글

창간사創刊辭

여余ㅣ 본지本誌를 발간함은 아조선민족我朝鮮民族 단체에 구미歐美 선진국의 철학사조, 문예사조, 종교사조, 윤리사조 기타 학술상 지식을 소개하며, 겸하여 조선사회 개량안改良案에 대한 의견을 발표하기 목적함이라. 여余는 본지를 조선민족에게 송送함에 제際하여, 도徒히, 조선민족의 차此에 의하여 감感하는 익益의 범위範圍 급及 본지에 대한 동정의 범위ㅣ 날로 전대展大됨을 기冀하노라.

차此로써 창간사에 대하고자 하노라.

대정大正 5년 근대사조近代思潮 발행일.

「근대사조」 사장 겸 주필 黃一民

(근대사조 1호, 1916. 1)

무제無題

진정한 용자勇者와 진정한 간자는, 인人을 해롭게도 아니하며, 동시에 인에게 해롭게 함을 받지도 아니 하느니라. 인을 해롭게 하는 인은 악자惡者요, 폭자暴者며, 인에게 해롭게 함을 받는 자는 약자요, 겁자怯者ㅣ니라.

(근대사조 1호, 1916. 1)

★ 이 단문은 근대사조 창간호의 말미에 제목 없이 실린 글인데, 편의상 편자가 제목 '무제'로 한 것이다.

상여想餘

이번 창간호는 안서군과 나와 둘이 편집하였다. 나는 이 잡지를 세상에 내보내는 데는 너무 큰 부끄럼과 불안을 느낀다. 이 잡지를 세상에 내보내는 여러 동인 중의 일인되는 나는 마치 얽박고석의 못생긴 계집이 대낮에 어여쁜 사나이들의 앞을 나가는 것 같다. 그러나 추녀에게는 세상의 더러운 유혹에 용이히 빠져 넘어지지 않는 강한 의지가 있다. 이렇게 말하면, 다른 동인은 노하실 듯도 하다. 그러나 나는 박명薄命의 미인보담, 장명長命의 추녀가 됨을 원한다. 그렇다. 그렇다, 나는 세인의 앞에 아유阿諛하여 들척지근한 귀염을 낚는 것보담, 다만 그의 앞에 —— 그네들이 정나미가 떨어질 만큼 —— 오래 살아 보려한다. 나는 또한 이 잡지를 통하여 세계 인류의 앞에서도 질소質素한 의지, 인간다운 거짓 없는, 우리의 얼굴과 같은 강한 감정을 가지고 살려한다. 화미華美보담 질박에, 물질보담 영靈에, 도회의 찬란한 문명보담, 전원의 고적한 자연에 살려한다. 아아, 진실로 우리의 깃들어 있는 세계는 그야말로 한 큰 폐허이다. 우리는 이 위에서 온갖 인류로부터 초월하여, 한 장명長命의 강한 의지, 거짓 없는 순백醇白한 감정을 가진 인간으로서, 우리의 팔로, 다리로 우리의 영원히 세계를 세우려 한다. 우리의 온갖 허위, 연약, 부자연과 혈전血戰하여 나갈 뿐이다.

(폐허 창간호, 1920. 7)

선언宣言

우리들은 인간으로의 참된 고뇌苦惱의 촌村에 들어왔다. 우리들이 밟아 나가는 길은 고독의 끝없이 묘막渺漠한 설원雪原일다. 우리는 이곳을 개척하여 우리의 영靈의 영원한 평화와 안식을 얻을 촌, 장미의 훈향 높은 신과 인간과의 경하로운 화혼花婚의 향연饗宴의 열리는 촌을 세우려 한다. 우리는 이곳을 다못 우리들의 젊은 영靈의 열탕熱湯 같이 뜨거운 괴로운 땀과, 또는 철화鐵火 같은 고도의 정淨한 정열로써 개척하여 나갈 뿐이다. 장미, 장미 우리들의 손에 의하여 싹 나고, 길리고, 또한 꽃피려는 장미.

(장미촌, 1921. 5)

※ 이 선언은 ≪장미촌≫ 창간호 권두의 창간사이다.

여언餘言

1) 금번 창간호는 편자의 주의부족으로 말미암아 압수를 당하는 의외의 불상사를 낳게 되었습니다. 그로 인하여 창간호가 임시호로 되어 독자 여러분 앞에 나가는 일자가 하루라도 늦게 된 것에 대하여는 그 미안한 말씀을 무엇이라고 해야 할는지도 모르겠습니다. 용서하십시오. 금후는 꼭 여러분의 기대에 벗으러지는 실수가 없도록 노력하겠습니다.
2) 따라서 금후에 있어서는 투고 시중詩中 당국의 통과를 얻기 어려운 과격한 작품에 대하여는 본의는 아니지마는 게재치 못할 경우가 많이 있을 줄 압니다. 그 점은 잘 양해해주시기 바랍니다.
3) 편자는 좌우간 시 이외에 있어서는 당분간 침묵을 지키려 합니다. 편자의 최근에 와서 시험하려는 사상적 작품은 그 발표를 보류하기로 하고 어느 시기까지는 부득이 '자연시' 같은 것으로 여러분의 기미驥尾를 따라 나가게 될까 합니다.
4) 투고는 호호마다 공개하겠사오니, 이것에서 청하기를 기다리지 말고 기탄없이 언제든지 써 보내주십시오. 조선시단은 이름과 같이 전조선의 시인의 앞에 공개하는 잡지로서 본령을 정하고 있습니다. 조

선시단의 지면은 곧 여러분의 공유물입니다.

5) 금번은 지면관계로 본 호 내에 그 작품을 실지 못한 것은 차호와 3호로 밀겠사오니, 그리 아시기 바랍니다.

6) 끝으로 시도동지詩道同志 제군은 본지 조선시단이 제군의 신조선시가 운동의 총본영 總本營인 것을 굳게 인식하지 않으면 안 될 것을 말해둡니다.

7) 금번 창간호 임시호 내에 든 제군의 젊은 가슴의 피속에서 끌어 나온 시는 이것이 정히 새 조선의 문화의 혼을 대표한 부르짖음의 가장 힘있는 자의 하나일까 합니다. 제군의 진용陣容은 실로 당당하다 하겠습니다. 그러나 금후를 더욱더욱 노력해 나가지 않으면 안 될 줄 압니다. 제군 가운데서 세계를 뒤흔들 위대한 시인이 나오도록 제군의 현재의 그 싹을 힘써 쉬지 않고 길러 나가면 반드시 제군의 시대에 제군의 가운데서 세계를 놀랄만한 시인이 나올 것을 꼭 믿습니다.

(조선시단 창간호, 1928. 11)

※ 1928년 11월에 황석우 자신이 간행한 ≪조선시단≫ 창간호의 편집후기인데, 이것은 작성자의 이름이 나타나지 않고 있지만, 그 내용으로 보아 황석우 자신이 작성한 것을 알 수가 있다.

청년시인 백인집을 내임에 당하여

세계시단의 앞으로 무대를 전취해나가려는 위대한 포부를 가진 우리 조선시단은 창간된지 불과 3, 4개월에 조선 내외에 산재한 백여 인의 피 끓는 젊은 남녀 시인을 찾아냈다. 이네들은 사막보다 더 황량한 조선의 광야의 사력砂礫 가운데 금옥 같이 파묻혀 있던 장차 오는 조선시단의 주인공이다. 곧 이네들은 새 조선의 예술, 새 조선의 혼을 창조할 —— 시대가, 역사가 보낸 선구의 신神들이다. 이네들은 지금 새 시단의 새별들 가운데 만리원정萬里遠征의 기사의 무리같이 용맹스럽고 웅웅雄雄하게 진용陣容을 나타내었다. 그 얼굴은 아리답기 꽃과 같고, 또는 기운차기 태양과 같다. 이네들은 참으로 꽃 같고 태양 같은 시인들이다. 이네들의 앞길은 멀고, 그 사명은 크다. 새로 서는 시단 새로 오는 조선은 장차 이네들의 손에 의하여 맞이어 올 것이다. 조선아 —— 이 시인들의 앞에 엎드려 경건하게 예배하고, 그 앞길을 기도하라. 쓰러졌던 조선시원朝鮮詩苑은 이네들의 손에 의하여 부흥될 것이며, 또는 조선시단사상에 대서특필할 신기원의 황금시대는 올 것이다. 곧 조선시단을 세계시단의 앞으로 이끌어 나갈 자는 정히 이들이다. 오오 전 조선의 청년들아 나와 이네들을 맞으라. 또한 이네들의 진출을 미워할 자 있거든 기탄없이 정면으로 나와 다고.

(조선시단 5호, 1929. 4)

자문自文

나는 본래 정치청년의 한 사람이었다. 나의 어렸을 때부터 외로운 모든 수양의 길은 법률과 정치과학이었었다. 나는 곧 정치가로서 서려하는 것이 나의 입신立身의 최고 목표이었다.

그러나 나는 시를 쓰지 않을 수 없는 어느 큰 설움을 가슴 가운데 뿌리 깊게 안아왔다. 그는 곧 나의 어렸을 때부터 받아오던 모든 현실적 학대와, 또는 나의 가난한 어머니와 나를 위하여 희생되었던 나의 불행한 누이의 운명에 대한 설움이었다. 그는 마침내 나로 하여금 남모르게 탄식해 울고, 또는 성내어 현실을 사회를 저주하면서 더욱더욱 내 누이를 울려가면서 모든 주위의 유혹과 경멸과 싸워가면서 시를 쓰게 하였다. 나의 시를 쓰는 환경은 실로 괴로웠었다. 그는 완연宛然히 지옥 이상이었다. 나는 일부러 모든 무리無理를 범해 가면서 이 시집을 엮는다. 이 시집은 나의 10여 년간의 많은 시편에서 자연시만을 골라낸 것이다. 인생에 대한 시편들은 또 한 편을 달리 하여 세상에 내놓으려 한다. 그러나 이것들은 모두 나의 사회운동 이전, 곧 대정大正 9년 이전과 또는 만주방랑시대에 된 작들이다.

근작은 대부분이 어느 경향색채를 가진 사상시들이다. 나는 위선 이 시집을 나의 지난날의 생활기록의 일부분의 단편탑斷片塔으로서 내놓고 또 뒷날을 약속해둔다.

끝으로 나에게 서재를 제공해준 동경시대의 옛 치구 김기곤金基坤 형에게 일언의 예를 올린다.

기사己巳년 9월 24일 — 함흥서재咸興書齋에서

(『자연송』, 1929. 11)

이 시집을 진경眞卿 누이에게

나에게는 어머니가 둘이 있었다. 하나는 나를 낳아주고 이미 고인이 되어버린 어머니, 또 하나는 나를 길러 나로 하여금 오늘날의 이 시집이 있게 해준 어머니다. 그는 곧 나의 단 하나의 누이 되는 '진경眞卿'이다.

나는 이 시집을 나를 길러주기에 남이 용이히 따르지 못할 모든 눈물겨운 불행한 운명과 싸워온 진경 누이와, 또는 가난한 생애 가운데 한 깊게 돌아간 망모亡母의 고적한 영전에 엎디어 바친다.

(『자연송』, 1929. 11)

※ 이 글은 시집 『자연송』의 머리에 <자문自文>과 함께 실려 있다.

다정한 고향을 떠나면서

노동공제회 · 조선교육회 · 개벽사 · 문흥사, 각 교회청년회 · 한성도서주식회사 · 실업계 · 재산계급, 각 학교 · 악단 및 문단 · 학생대회 · 신청년구락부新青年俱樂部 등에 있는 나의 우인 友人 제군께.

여러분 나는 지금 다시 고향의 정다운 산과 야野와 시가와 온갖 사회의 사람들을 떠나 들것에 가로 누운 전염병자같이 풍랑 험한 현해탄을 넘어갑니다. 나는 확실히 한 큰 병인이다. 나는 눈멀고 귀먹고 벙어리되고 수족조차 쓰지 못할 여러 가지 난치병을 겸한 큰 병인입니다. 아아, 넓고 무한히 대大한 이 천지에 오색이 영롱한 태양, 월月, 성신星辰 기타 온갖 물상物像의 산 빛 '광光'과 또는 산과 들에 근수禽獸, 어魚, ●, 진충珍蟲의 우는 듯, 꾸짖는 듯 , 달리는 듯한 ●의 창唱, 탄彈, 박拍, 약躍의 소리가 넘치도록 차고 있으나, 나는 그것을 보기에는 이미 목目이 폐閉하고, 그것을 듣기에는 이미 이耳가 농聾하였다. 그럴 뿐 아니라, 자기의 가슴 안에 고뇌, 비애가 산같이 쌓여 있어도 나는 이미 그것을 말할 입도 없고, 또는 홍수와 불과 밤이 자기의 전후좌우를 에워 싸와, 불행커라, 나는 이미 그것들과 싸울 수족조차도 잃어버렸다.

제군 ──, 나는 이미 이와 같은 참혹한 폐인이 되어 있다. 나는 이 병 때문에, 기● 많이 읍泣하고 탄식하며 번민하였습니다. 그런데 나는 왜 이런 몸을 옮기어 저 현해탄을 건너갈까. 실은 나는 전●요양轉●療養의 선고를 받았기 때문이다. 동경東京은 나의 아니 나와 같은 자들은 수용收容하는 큰 피증원避症院이다. 그러나 나는 본래 이 우주부터 인생이란 불고자 악료환자惡療患者의 한 병원이 되는 줄 안다. 그렇다. 인생은 날 때부터의 병인 종신환자終身患者인 줄 안다. 나는 그 중에 제1병세의 무겁고 신체 허약한 가장 불민불행不憫不幸한 자가 되겠다. 제군 나는 지금 이렇게 도망하듯이 이 현해탄을 넘어간다. 그러나 지금의 조선민중 과연 어떠한 상태 하에 있는가. 그들은 안眼이 있다 할까, 이耳가 있다 할까, 수족이 있다 할까. 아아, 그네들은 마실 공기조차 없다 할 수 있다. 그런데 또한 이런 눈도 귀도 입도 수족도 없고 그네들에게 마시게 할 공기조차 없는 목숨이 거의 조석朝夕의 사이 끼는 가련불민可憐不憫한 민중을 이끌어 나갈만한 ── 민중의 자모慈母 ── 가 될 참으로 각성한 신뢰할 만한 식자識者가 있는가. 위선 이런 식자는 1인도 없다. 있다할진댄 그는 모두 민중을 속이며 우롱愚弄하며 유혹하여 자기의 일신의 영예를 얻자는 가면의 협잡배들뿐이다. 그네들이 종교와 교육과 정치와 노동문제들을 행상行商의 물품 외듯 파듯 그렇게 떠드나 과연 그네들에게 조선민중을 세계 인류의 문화운동의 구체적 표적標的에 향하여 이끌어 나갈 만한 수양 열심 책임감 있는가.

먼저 종교계를 돌아보자. 교단에 상上하여 성서를 펴들고 종교를 노노呶呶히 말하는 자 과연 종교가 무엇 됨을 아는가. 아 지금의 목사 전도사 등의 태적汰賊는 골자기 같은 그 ●뇌腦 또는 적어도 근대교육을 받은 우리들의 머리로는 수긍키 어려운 근대인의 인생혼人生魂, 곧 인간생활에 대한 신조와는 하등 공명共鳴도 교섭이 없는 ── 무 과학시대 원시시대 단편시대斷片時代의 휴지 공문空文을 축음기적蓄音機的으로 질서도 조직도 없이 함부로 주워 외이는 그 소위 ◇教 부르는 그 소위 찬송가 등으로써 종교를 말하며 또는 조선에 종교가 서 있다 할 수 있는가.

(매일신보, 1920. 11. 12)

지금가지의 조선야소교도朝鮮耶蘇教徒가 30만 여에 달한다 할 수 있으나 그네들 가운데 참으로 종교가다운 신자다운 생활을 하는 이가 과연 기인幾人이나 유有한가. 저들은 다못 천국설 지옥설과 같은 원시적 비과학적의 단도직입單刀直入의 인과설과 서양식의 악수법 기타 교묘한 미인정책, 학교, 병원病院의 시설에서 우중愚衆을 유혹할 뿐이 그 ●部에 等 間의 영靈을 지도● ●할 만한 꽃 인간생활의 최고형식 되는 종교다운 큰 정신적 기초를 쌓아놓지는 못하여 있다. 우리가 시험하여 30만 여명이나 되는 야소교도耶蘇教徒●으로 세계에 내놓을 만한 사상가라든지 시인 하나 나지 못한 것을 관觀할지라도 그 정신방면이 얼마나 미약유치하냐 함을 말 것이 아닌가. 저들은 자연 숭배 고대 우상숭배 시대에 초목이나 태양에 향하여 복을 빌듯이 다못 '하나님'이란 심적 우상에 향하여 자기출세라든지 내세등천을 빌 뿐이다. 이것이 저들의 종교며 또는 그것을 통하여 요구하는 ●최대의 조건이다.

종교라는 것은 어디까지든지 마음의 한 재계齋戒이며 결코 걸인乞人이 남의 집 문간에 서서 밥이나 돈을 빔과 같은 공명이나 부를 비는 것은 아니다. 공명이나 부는 자기의 노력에 ●하여 빌지 아니하면 안 되겠다. 자기 자신 곧 인간의 노력에 향하여 빌지 않는 행복이 어디로부터 떨어져 올 것인가. 근일 교회의 청년남녀의 소위 기도를 들어보면 십언十言이면 십언이 「오 아버님 무엇을 주옵소서 또는 무엇을 도와주옵소서」란 말 뿐이다. 노력치 아니하고 가만히 엎디어 천만 날 천부天父를 부르며 무엇을 달란들 그곳에서 무엇이 오겠느냐. 예배 날에는 설교도 말고 노래 말고 하나님의 무릎 앞에 고요히 엎디어 자기의 6일 동안 행하여 온 온갖 일의 선악, 정사正邪를 ●비판하며 반성하여 악과 사邪를 행한 일이 있을 때는 고백 또는 묵읍默泣의 형식으로 그것을 회개하여 나가도록 하는 것이 나는 좋은 줄 안다.

나도 이미 세례까지 받은 교인이다. 그러나 나는 교회를 가서는 일분 이상을 못 앉아 있다. 교회를 가면 문에 들어갈 때부터 무슨 죄악 복음이나 들으러 온 것 같은 무서운 생각이 나서 가슴이 두근거리다가 교당에 들어 앉아 기도를 끝내고 설교를 듣게 될 때는 벌써 머리가 지근거려져 도저히 정신에 위안 없는 설교와 죄악의 복음이 아니고 무엇이냐.

아아, 금일의 조선교회의 목사, 전도사여! 그대들은 종교를 어떻게 심득心得하여 있는가. 빈민의 생활의 보장기관 또는 걸복乞福, 창가, 악수, 웅변공부의 강습기관으로 아는가. 그대는 종교를 그렇게 아는 것밖에 과연 무엇을 아나. 금일의 조선교회는 온갖 낙오자, 빈민 불량청년남녀, 야심가 등의 집합소, 구락부俱樂部라 하여도 가하다. 우리 조선교회 안에 참 의미에 재在한 영적생활을 하려는 자가 기인幾人이나 되는가.

실로 조선교회는 종교생활의 기관으로의 하등 권위도, 가차도 없는 자이다. 아아, 이 조선교회를 그대로 방임할진댄 그 전도가 어떠할까. 그 앞에 당도할 자는 멸망밖에는 없을 줄 안다. 나의 경애하는 참으로 조선교회의 장래를 우려하는 사람은 가장 각성한 청년들이어! 분기하라.

교회의 멸망은 가까웠다. 종교생활이 없는 곳에 교회가 있을 것이냐. 청년들아 분기하여 제군의 영靈, ●만● 교도의 영, 조선 민중들의 영을 참으로 깃들일 교회를 세우라. 또는 참으로 그대들의 영을 지도하고 목사와 전도사를 구하라. 아아, 청년들아 분기하여 1일이라도 빨리 이들의 교회의 멸망을 건지라. 그 멸망을 방防하는 최상의 책策은 먼저 '조선교회혁명기성회'를 조직하라.

1) 조선에 있는 교회 기타 기독교 선전기관은 조선인이 주가 되어 차此를 경영할 것.
2) 종교 진의를 모르는 금일을 목사 전도사들을 전부 도태할 것.
3) 여자에게도 목사를 허할 것.
4) 해외에 목사 기타 교역教役의 후보자로 유학생을 파견할 것

둘째는 교육계를 돌아다 보자.

(매일신보, 1920. 11. 14)

근대교육의 목적은 인성의 절대해방이란 것에 있다. 위선 교육이란 술화術話부터 잘못된 줄 안다. 마땅히 이것을 '해방'이나 전수傳授의 말로 고치지 않으면 아니 되겠다. 먼저 배운 자가 후진에게 다시 전하여주는 것은 한 의무이다. 소위 교육이란 것은 과거의 지식을 후진에게 전하는 것에 지나지 못한다. 그러므로 교육자는 사람을 가르쳐 기르는 건방진 초인적 태도를 취하여 피교육자의 인격이라든지 사상을 자기의 인격과 사상에 화케 하렴이 아니고 어디까지든지 자기의 아는 바, 배운 바 연구한 바를 후진에게 바르게 충실하게 있는 그대로 전하는 것에 힘써 그리하여 피교육자의 구舊●의 자유로운 발전을 도모하여 주지 않으면 안 되겠다. 이곳에서야말로 인간의 산 참 진보를 볼 수 있는 것이다. 금일의 교육자는 자기의 학설, 신앙, 인격 밑에다가 피교육자를 억지로 정복하려는 그릇된 두뇌를 가져있다. 피등의 상용어常用語되는 민중(국민)의 사상의 통일이라는 등 지식의 균등이란 등이라 하는 자가自家 독獨● 억설臆說로서 피교육자의 개성의 자유발전을 저해하기 때문에 인간의 문명이 항상 정체되어 조금도 진보되지 아니하고 언제든지 한 가지 학설 신앙 사상 생활을 반복하게 된다. 이렇게 말할진댄 "그러면 교육의 방침 인간사상의 통일을 정할 수 없이 되지 않겠느냐."고 질문할 사람이 있을는지 모르겠

다. 그러나 이런 질문은 곧 교육이라는 그릇된 학생에 붙잡힌 두뇌로부터 나오는 무학無學한 질문이 되겠다. '전傳하다'고 하는 곳에 방침이니 통일이니 하는 여벌의 쓸데없는 인간의 자유를 묶으며 또는 인문人文의 발달을 막을 뿐의 ── 인위적 고압적의 간섭 노력 ── 은 필요 없는 줄 안다. 다못 바르게 전한다는 것이 교육의 유일한 방침이 되겠고 또는 인성의 자유발전 독창의 정신을 풍부케 하는 것이 그 교육의 최종 최대의 목적이 되겠다.

지금까지의 소위 교육이란 것은 그야말로 명령적인 협박적 교훈에 불과하였다.

더구나 조선교육계에는 이런 경향이 더욱 많이 보인다. 쥐꼬리만큼 아는 지식과 인격은 학생의 인격만치 없는 소위 교육자 등이 학생이 자기를 따르지 않고 자기 말을 안 듣는다고 후욕詬辱하며 심지어 어린 학생 등을 난타하는 일까지 있다. 또 교육은 군대교육 이상의 위협적인 명령적인 것이다. 교육자의 개성 자유와 같은 것은 전혀 인정되어 있지 아니하다. 이런 가운데서 위대한 인물 곧 위대한 자유사상의 건설자 등이 생겨나올 것인가.

아아, 금일의 조선교육자 등이어 반성하라. 그리고 소위 조선교육회에 과연 조선교육계를 지도하며 또는 새 민중의 문화운동에 공헌할만한 무슨 큰 철저한 이상이 있는가.

제3은 노동운동에 지도기관되는 각 단체와 또는 기타 실업계, 각 신문, 잡지사, 문단, 악단에 일언을 하려 한다.

노동운동의 각 기관에게

1) 도서할 것

2) 노동운동자 자신부터 공장, 상점, 농촌 등에 들어 노동할 일.

3) 노동자 교육기관을 널리 설치할 것.

단 교육기관을 설치치 못할 경우에는 「출장교수단出張教授團」을 조직하여 매일이 못 되면 일주에 몇 번이라도 각 공장 및 기타 노동자의 집합처에 출장하여 간이상식簡易常識과 노동문제 등을 가르쳐 나감이 가함.

소위 거짓말로라도 입에다 노동문제 운운 하는 사람들이 요릿집이나 기생집으로 쏘다니는 것이야 언어도단이 아닌가. 그런 돈이 있거든 고학생이나 길가에 떨고 누워 주림을 부르짖는 걸인을 도우라.

노동문제도 모르고 노동차勞動車 적어도 노동자의 참 옹호자 편도 아닌 그대들의 소위 노동운동이란 것은 대처 무엇인가.

(매일신보, 1920. 11. 15)

※ ●字는 당시의 출간물 상태가 좋지 못해서 그대로 검은색으로 표시한 것이다.

연애

—어느 애愛에의 박해를 받는 2, 3의 젊은 영혼을 위하여

(가假히 현대인의 사상에 즉하여)

감정은 청춘의 그 가장 위대한 문화이다.

청춘의 생명은 그 감정의 금욕衾褥중에 들어 있다.

감정은 청춘의 그 생명의 일종의 솜 든 금의錦衣며, 또한 그(生命)를 포飽케 하며, 취케 하며, 가歌케 하는 그의 유일한 구락부俱樂部이다

감정은 청춘의 그 생명의 배양되는 일개의 비옥한 밭이다. 대지大地이다.

청춘의 그 특수한 무르녹은 방순芳醇한 향기와 그 맑은 음향과 또는 그 만색萬色의 영롱 · 찬란한, 화려한 광채는 모두 이 감정의 안으로부터 발효되며, 유로流露되어 나오는 자이다.

감정은 청춘의 그 천래의 문화이다.

청춘의 그 감정은 일종의 삼위상三位像의 향락욕을 가져 있다. (1)은 식욕(간식적, 도락적 식욕), (2)는 미욕美慾, (3)은 연애이다.

이 삼위상三位像의 향락욕은 청춘의 그 감정이 가진 지존至尊의 지위의 욕망의 하나라 하겠다. 그 중의 가장 인기 있는 총운아寵運兒는 연애이다.

연애는 청춘의 식욕의 그 가장 친한 자매며, 또는 그 생명의 가장 가까운 죽마竹馬의 벗이다.

연애는 실로 청춘의 그 생명의 구하는 바의 최고가의 낙원이다. 청춘은 이것을 구함에는 그 생명의 보고寶庫를 여하한 염경매廉競賣에 부付함도 감히 사양치 않는다. 그곳에는 청춘의 그 명성이라든지, 지위라든지 하는 등과 여如함은 저 일종의 날 끊어진 똥 묻은 초리草履에 불과하다.

청춘에게 취取하여 연애는 실로 그 혼의 무명의 두상頭上을 꾸미는 일개의 왕관이다.

부否, 연애는 청춘의 감정의 오좌奧座에 재한 일개의 '산 신神'이다. 이곳에서 연애는 종교와 동일한 지위를 점령한다.

실로 청춘에게는 신神에의 동경의 심지心持와 애愛에의 그것이 전혀 동일하다. 또한 그 애를 포抱하는 심지와 신을 포하는 심지도 동일하다. 금일의 저 문화인 중의 젊은 시인 등이 저 '견신見神의 기쁨'의 심지를 '알애謁愛(接愛 · 觸愛 · 感愛)의 기쁨'의 심지에 비함은, 곧 신과 애의 동일임을 느끼기 때문이다.

연애는 실로 일종의 인간의 피 속에 피인 산 종교이다. 애愛에서 느끼는 법열法悅은 저 종교에서 느끼는 그 모든 것과 조금도 다름없다. 때에 의하여는 애의 법열이 저 보통의 종교에서의 그것의 몇 층 이상이 될 때가 많다.

또한 연애에서의 그 법열은 저 예술상에 재한 미적 법열 그것과 일치한다. 원래부터 애는 일개의 위대한 창작이다.

청춘에게 취就하여는 저 예술욕과 성욕은 동일한 근상根上의 것이다. 그러므로 청춘의 연애에는 실로 일종의 영감이 있다. 이 애의 영감에 예술의 옷을 입힐 때는, 곧 시가 되며, 회화가 된다.

저 청춘의 소운所云 서정시 되는 자는 그 성욕의 회화, 음악화된 자에 불과하다.

연애는 종교와 예술을 합병한 일종의 위의 간이簡易한 천국인 평민적의 종합대학이다.

또한 연애는 어디까지든지, 일개의 무정부주의적의 자유민이다. 연애의 앞에는 그를 견제하며, 명령하며, 압박할 하등의 권위자도 없다. 연애의 앞에는 '사랑한다, 사랑이 냉각하면 헤진다.' 하는 그 자신의 간단한 법률과 윤리가 있을 뿐이다. 연애는 그 자신 이외의 자에게는, 그 사랑을 방해, 견제, 압박할 권리가 없다. 만일 연애가 저 습관 · 도덕 · 법률 기타의 위력 등의 간섭을 받는다 할진대, 그는 타락된 연애거나 정복된 연애이다.

연애는 여하한 형식에 재한 자 됨을 막문莫問하고 그것이 그 당사자의 양심이 허락하는 자일진대 신성불가침神聖不可侵이다.

(權愛羅)의 강연이 있던 1월 12일 밤)

(개벽 32호, 1923. 2)

황석우의 편지 두 장

<나의 참회록>을 써 달라고 동숭동으로 주신 엽서도 받았고, 금일 누가 ≪조선문단≫ 2호를 가지고 왔음으로 예의 기사를 일독했소이다. 잡지에 대한 귀형貴兄 등의 노력은 감사했습니다마는 그 기사 벽두가 무척 자미있더구만요. 그리고 그 내용도 함부로 되었더구만요. 못된 계집애 손에 큰 봉변을 당했습니다. 그것은 어느 놈의 손에서 억지로 만들어진 사건입니다. 문제가 복잡한 이면을 지닌 것입니다. 소설거리로는 독특한 자료가 될 것입니다. 계집애의 관계가 육각이 되어 있는 것입니다. 일종의 개 갈보로 계집애이외다. 예심에서 계집애가 전부 자백하게 된 것입니다. 나에게는 윤尹에게 대한 질투로 무고誣告한 것입니다.

황석우

엽서는 받았습니다. 15일에 찾아주신다 하였으나 지금 동숭동에 있지 않고 내자동 27칠 황진경黃眞卿(내 누이) 집에 와서 있는 중이외다. 몸이 불건不健해서 정양중입니다. 금일 검사국으로 내가 예심에서 빠져 나오게 된 유일한 물적 증거품인 여자의 편지를 찾으려 갑니다. 신문에도 경솔하게 기사를 썼지요. 내가 아무러거니 여자야 꾀어다가 매춘을 시키며 팔아먹으며 강간이나 할 나쁜 놈이오리까? 일에는 기괴한 내막이 있더랍니다. 내가 곧 무고로 선소제기先訴提起를 할까도 하나, 역시 생각하는 점이 있어서 주저하고 있습니다. 명일 오후 5시 이후 내자동에서 만나십시다. 덕상德相이도 이곳에 와서 함께 있습니다. 불비례不備禮.

황석우

(조선문단 22호, 1935. 4)

제명사諸名士의 신조와 주장과 배척

〈질문〉

선善이라 하자. 비록 악惡이라 하자. 여하간 이 사회의 공기는 유지식有知識, 유실권자有實權者의 심사心思 여하에 의하여 써지어지는 이 말이 참이라면 오늘날에 있어 우리가 그 유지식, 유실권의 계급에 거재居在한 제 명사의 심사 여하를 고견叩見함과 여함은 결코 무익한 일이 아니다. 본사는 이에 느낌이 절하여

1) 평생의 신조 여하
2) 어디까지 주장하고 싶은 것
3) 어디까지 배척하고 싶은 것

은 무엇이냐? 하는 세 가지 물음을 발하여 기다幾多 명사의 대답을 번煩한 바, 그 일반을 위에 보이노니 비록 결례의 말이나 본사가 이것을 함으로 인하여 (1) 대담한 그네의 소운위所云爲에 일층 씨가 들며, (2) 일반 형제의 소운위에 다시 새로운 의의가 붙어 우리들의 깃들이는 사회가 더 좀 순지純摯한 사회가 되며 우리의 하는 모든 일이 더 좀 맛이 있으며, 더 좀 확실성이 있게 되었으면 우리의 소망은 달達이라.

〈답〉

신조: 자유로운 인격자의 깃들임, 자유로운 사회, 상호부조의 대 정신에 기基한 '철저한 개인 자치' 사회의 건설을 주장함.

주장: 극도의 이유를 가지고 극도까지 주장함.

배척: 자기의 이상에 반하는 사회, 제도, 인물, 도덕, 습관, 법률, 기타 일체一體를 또한 극도의 이유를 가지고 극도까지 배척함.

상아탑象牙塔 황석우

(개벽 12호, 1921. 6)

시 작가로서의 포부

귀사의 무르시는 바의 '시 작가로서의 포부'라는 문제 밑에서 약간의 관견管見을 베풀어 보려 합니다.

이 문제의 의미는 더 말할 것 없이 「시인은 여하한 포부가 있어야 하겠느냐」는 것인 줄 압니다. 그러나 이런 한정된 조그만 문제 밑에서는 그 답할 바도 좇아서 간단함을 면치 못할 줄 압니다.

시인의 포부로서는 풍요한 체험과 천재밖에는 아무것도 없어도 좋겠다고 말하고 싶습니다. 이것이 없는 한은 여하히 해박한 학문이 있다 하더라도 그 소위 학문으로는 시가 쓰여질 물건이 아닙니다. 예술의 대상은 어디까지든지 감정이니까요. 그러니 예술을 낳는 감정이 학문의 훈도薰陶를 받지 않는다는 것은 아닙니다. 다못 예술을 낳는 감정이 학문의 힘에 의함이 아니고 천재의 그것에 의하여 지도된다는 견지見地로부터 하는 말입니다.

물론 시인에게는 많은 학문이 있어야 하겠습니다. 그러나 시인은 학자가 아니니까 시인은 설사 무학하다 하더라도 그 시를 쓸 풍부한 체험과 천분天分이 있다 하면, 그 소위 세간적의 속俗의 학문에 어둔 것이 조금도 부끄럼이 되지 않을 것입니다. 어느 사람의 말에 「시인은 무학한 것이 그 이상이며 자랑이다.」 한 것은 너무 극단일 듯하나, 이것을 잘 말하여 준 것으로 압니다. 시인의 포부라는 것을 억지로 그 체험이나 천분 이외의 어느 것에서 찾아라 할진댄, 그는 다못 이 체험 또는 천분을 전제로 한 어느 것에게가 아니면 아니 되겠습니다. 만일 이것을 전제로 한 포부일진댄, 그는 여하한 것에 대한 것이든지, 많으면 많을수록 좋은 줄 압니다. 그러나 그 포부의 기초요건으로서 제1 먼저 예술학(예술의 발생학), 수사학, 선학線學, 음향학, 색채학 심리, 일반심리－특수심리－변태심리－더욱 예술심리학, 논리, 문학사 등과 여如한 예비학을 가질 것은 물론이며, 제2에는 시가 사상과 감정을 취급하는 예술인 이상에는 과거 현재에 존재한 많은 철학서류, 신화, 동요 시집, 또는 예술상의 이론학 등을 읽어야 하겠습니다. 이 밖에 있어서는 시인의 자기 체험, 자연 응시, 우주 인생의 통찰, 또는 영감도발靈感挑發 등에 관한 노력이라든지, 그 태도 경지 등은 문제가 아니 될 터이지오. 이런 것은 귀사의 무르시는 '시 작가로서의 포부'라는 문제의 영역 내에는 들지 않을 듯합니다. 비록 여余의 대답이 간단하다 하더라도 이것이 귀사의 무름에 대한 답으로서는 충족하다는 자신이 있사옵기로 이만 멈추고 다음으로 여余 일개인의 포부로서 '신년시단'에 대한 말로서 약간의 느끼는 바를 말씀 하겠습니다. 물론 귀지면貴紙面의 형편도 있을 듯하니까, 극히 간단히 열거적으로 말씀하겠습니다.

1) 작시자 제군 자신부터 자유시에 대한 철저한 이해를 가질 것.
2) 작시자 제군은 어느 때 어느 장소에 있든지 '반역자'라는 강한 자각을 가질 것.
3) 작시자 제군은 '인간 창조'의 사명, 神 이상의 자랑다운 능력을 가진 자로 스스로 인식할 것.
4) 작시자 제군은 각각 시의 경지를 정할 곳, 상징시면 상징시, 민중시

면 민중시, 또는 이들을 초월한 것일진대 그것대로 정하시오. 일본의 상징시는 벌써 저주된 과거의 골동예술이 되어 버렸습니다. 그것에 대하여 천하에 군림하려는 시는 민중시나 이 역 근僅히 과도기의 어느 순간을 대표하는 것에 불과합니다. 우리가 세울 시가는 이들의 경향을 초월한 어느 위대한 시가가 아니면 안 될 줄 압니다. 여러분 노력하시오. 우리들의 시가를 전 인류의 앞에 벌여놓을 기회를 빨리 만듭시다.

(동아일보, 1922. 1. 7)

신년문단에 바람

── 가假히 인간에 즉하여 ──

── 아 쉰 대 로 ──

1) 주의主義를 부정하라.(주의는 여하한 형식에 있는 것 됨을 막문莫問하고 그는 산 인간에게 취取하여는 일개의 질곡桎梏이며 관棺이니라.)
2) 인간의식에 입각한 세계인 자유인의 예술을 고조高調하라.
3) 기성의 신을 가진 모든 종교를 박멸撲滅하라.
(신은 원래 인간이 그 마음을 잃었을 때, 잠시 그 일시적 후처後妻로서 영래迎來한 자이다. 지금의 자각한 인간의 집에는 그 마음이 이미 돌아와 있다.)
4) 농민문학을 일으키라.
5) 노동자문학을 일으키라.
6) 아동문학을 일으키라.
7) 창작에 실행을 겸하라.
8) 비평을 경輕히 하라.
9) 인간의식에 눈뜬 민중운동 혁명운동에 대하여는 그의 가장 책임 있

는 동정자 이해자 변호자가 되라. 아니 그의 가장 이해있는 친한 벗이 되라.

(동아일보, 1923. 1. 1)

32년 문단 전망

—어떻게 전개될까? 전개시킬까? 문단 제씨의 각별한 의견

1) 민족주의 문학은 어디로?

2) 시조는?

3) 프로 문학은?

4) 극문학은?

5) 소년문학은?

6) 기타 등은?

7) 귀하는 어떤 술작述作을 내시렵니까?

전 문단 폐업도 가야可也

「1932년의 조선 문단은 어떻게 전개시킬까?」라는 귀사의 설문의 본의는 더 말할 것 없이 침체와 ●底에 빠진 현문단의 근본적 타개책에 대한 의견을 구하려 함에 있을 줄 안다.

병중이라 시치미를 떼어버리고 말 것이나 문예가 저널에게 극도의 학대를 받고 있는 오늘날에 있어서 귀보가 이런 것에 대하여 특히 ●●한 관심을 갖는 점에 경의를 표하지 않을 수 없어 약간의 우견愚見을 적어보려 한다.

「문학도 역시 경제적 가치를 가진 상업품의 하나이니만치 그 제작에는 상당한 생산비를 요구한다. 곧 작가의 생활비 및 독서 서적대 등 ── 」

문예작품은 보통의 상공품 제작의 그것과 똑 같은 경제적 조건의 위에서 생산한다.

문예는 원래 가내수공업의 유類의 세공기업(除舞臺劇)의 일종으로 볼 수 있는 것이다.

그러므로 이 문예공업 문예상업의 소장消長은 저 일반산업의 경제적 원칙에 의하여 그 운명이 결정된다. 곧 그 소비시장의 보장 여하에 의하여 ──.

이것이 문예발달의 운명을 좌우하는 그 절대조건이다.

그러나 조선의 문예는 초기적의 계몽기업인 만큼 그 시장의 배경이 전혀 없다.

그것이 조금이라도 있다 하면, 그는 전문단의 흥성興盛이 일개의 연초소매점煙草小賣店의 그것에도 불급하는 몇 천 명의 고객을 가진 자에 불과하다 하겠다.

곧 조선의 문예 산업에는 오직 작가라는 생산자군, 1년 잇 해에 단돈 1원의 흥성興成도 못사는 빈 치부致富●에 빈 자판만 바라보고 있는 얼굴 노랗게 탄 ── 보름 동안에 막걸리 한 잔의 '해장解腸'도 못해 보는 가엾은 한일월閑日月의 생산자군이 있을 뿐이다.

이곳에는 작가의 생산기술의 비극에서 오는 외래문예의 우량품에 대한 경쟁적 압박 기타 탄압책도 원인이 된다 할 수 있으나, 무엇보담 조선의 초기적 작가로의 일반 문예 기업가에게는 멀지 않은 시일에 외래 침략품侵掠을 압도구축壓倒驅逐할 만한 기술적 소질이 있음에 불구하고 그 기술을 충분히 숙련 성장시킬 시기時機까지 버티어 나갈 경제력의 배경이 없다.(中略)

이곳에서 문화침체라는 작가기업 폐지, 문단공황文壇恐慌, 문단조락文壇凋落, 문단파산의 참담한 현상이 생기는 것이다.

그러면 이 현상現狀을 어떻게 하여야 구제할 수 있을까?(中略)

그러나 그 일시적의 대증적, 고식적 타개책으로는 여하한 대책을 강구함이 가할까? 간단한 나의 의견을 말하려면,

제1 잡동산이雜同散異의 현 문단을 ●消分化하여 각 층별에 의한 조합화를 실현시킬 것.

(A) 각 층의 층적 조합을 통한 중앙위원(혹은 협의)회를 설치할 것.

(B) 동위원회 내에 작품 관리부를 치置하여 각 조합원의 일반 작품을 감사, 출판, 또는 출판 후의 모든 것을 관리할 것.

(작품 수입의 상당부분을 작자에게 배급할 것. 작품 관리부의 출판 활동은 사회독지가의 후원과 일반 출판업자와의 일상의 연합제휴에 의하여 그 재원을 얻을 것.) ── 협언挾言 ──

전문화기관으로 조선문화연맹 같은 것을 일으켜 '카프'도 그 조직 속으로 기어들어갈 것. 금일 그대로의 무능한 카프는 없어도 좋다.

제2 당분간 일반 작가는 그 문예창작의 주노동 이외에 비교적 단소短小한 시간을 요하는 다른 부업노동에 취업하여 작가의 생활비의 부족을 보충할 것.

(A) 그 노동●●은 조합 또는 중앙위원회의 단체적 교섭으로 할 것.

(B) 일반 기업기관은 문예노동자로서 그 부업노동 취업에 가성적可成的의 편의를 여與할 것.

제3 각 신문 잡지사에서도 파별 기타 일체의 불순한 형식적 사적 감상을 청산 초월하여 지면을 대●度로 공개하여 문예운동을 적극적으로 우대 지지할 것. 따라서 원고료의 은전恩典도 많은 작가에게 고루히 미치게 할 것.

(1) 민족주의 문학은 사상분화의 완성, 그에 따르는 작가의 전환 등에

의하여 몰락되고 말 것. 그는 묘장墓場으로 향해 가는 외람猥濫한 몽상주의夢想主義의 문학, 대체가 민족주의 문학 운운의 술어는 중국이나 조선 같은 약소민족 지대에 대한 초기적 영웅 심리의 막연한 반동적 몽상에서 생긴 것이다.(此論은 또 딴 기회로) 춘원 같은 무게 있는 작가가 이 길에서 방향을 바꾼다면 그 문단적 영향은 자못 클 것이다.

(2) 시조는 프로시가 예술의 선전, 선동용의 시형詩形으로나 잘 이용한다면 그를 구태어버리지 않아도 좋을 것이다.

(3) 인텔리 층의 직업적 지도자적 프로문학은 제엽提葉●, 청산, 매장, 공인工人, 농인農人 의 직접문학으로의 프로문학의 발생을 요구한다.

(4) 극문학은 공장극, 농촌극, 소년극, 기타 일반 프로문화극 등으로의 신전개를 바란다.

(5) 소년문학은 재래의 천편일률의 예술 동요, 예술 우화 등을 성대히 일으키되 소년 등의 문예자문에 응할 소년문학 상담소를 신문 잡지 기타 기관의 ● ● 에 설치할 것.

(6) 작품제작 선에서 미끄러진 열등 작가배가 변장한 백해무일이百害無一利의 쌈패(훤화취喧嘩取)류의 사이비적 비평가군을 박멸할 것.

(7) 구고舊稿의 모임 가운데서 『자연송』의 자매편으로 만들어 놓은 시집 '반송伴頌'이나 최후 청산으로서 내놓고 나에게 지면무대紙面舞臺가 돌아오는 대로 새 길로 나서서 소요小謠(小唄) 민요, 소년시 같은 것을 힘써서 나갈까 합니다.

대체로 현하 조선인의 운동에는 별무손실別無損失일 것이다. 원컨대 그 전 문예를 폐지해버리리라.

(동아일보, 1932. 1. 7)

※ ●字는 글자 상태가 좋지 못해서 해결하지 못한 글자다.

황석우의 생애연보

연도	사 항
1895(1세)	서울에서 출생하다. 원적지는 경성부 천연동天然洞 16번지로 되어 있다고 한다. 출생지가 경기도 출신으로 전해지기도 하는데, 이때 서울의 범주를 경기도로 생각한 것인지, 아니면 경기도 딴 지역을 가리킨 것인지 알 수가 없다. 필명 및 아호는 '일민一民'·'상아탑象牙塔'·'하윤河潤' 등이 있는데, '일민'은 황석우가 본격적으로 문단에 등장하기 이전에 잠시 사용했고, '상아탑'은 그가 1918년 ≪매일신보≫에 평론 「현대조선시단」을 발표할 때부터 사용하기 시작하여 폐허동인과 장미촌동인으로 활동했던 시기까지 사용했으며, '하윤'은 중간기의 작품발표에서 단 한번 사용하고 있다. 그런데 오늘날 널리 알려진 그의 아호雅號는 '상아탑象牙塔'이다. 황석우는 어려서 부모를 여의고 고모의 집에서 자랐다고 한다. 그런데 그 자신은 누이 진경眞卿이 어머니처럼 그를 키워주었다고 하기도 한다. 황석우의 초·중등과정은

전혀 알려져 있지 않고, 보성전문을 다니다가 중퇴하고 일본으로 건너가 와세다대학早稻田大學 정경학부에서 수학했다고 하는데, 그것도 입학과 졸업시기가 명확하지 않다. 폐허와 장미촌동인으로 활동하다가 시단을 얼마간 떠난다. 그는 국내 및 만주 등지를 유랑하면서 강연회를 갖기도 하다가 돌아와 조선시단사를 개설하여 신인발굴에 전력을 기울이기도 한다.

일본의 상징주의 시인 미끼로후三木露風의 시를 좋아해 그의 영향을 많이 받았다고 전해지기도 한다.

1911(17세) 4월, 보성전문학교普成專門學校 1학년에 입학하다. 황석우의 초 · 중교 과정에 대해서는 거의 알려져 있지 않다. 따라서 그가 유 · 소년 시절을 어디서 어떻게 보냈는지 잘 알 수가 없다.

1914(20세) 황석우가 보성전문 3학년 때에 보성전문의 모표의장帽標意匠 변경에 반대하여 신낙선辛洛善 · 박일병朴一秉 등과 함께 동맹휴학을 주도하다가 퇴출을 당한 것으로 전해지고 있다.[1] 양정의숙養正義塾에 재학 중인 안재봉安在鳳(安在鴻의 백씨)의 소개로 도일하게 되었다고 한다.

1916(22세) 1915년 11월 발간 예정으로 준비한 ≪근대사조近代思潮≫가 그 이듬해인 1916년 1월에 주필 겸 사장을 황석우로 하여 일본 동경에서 출간되다. 처음에 격월간지로 기획하고 출발했지만, 그 창간호로 그치고 마는데, 그 까닭은 알 수가 없다.

---

1) '보전모표사건普專帽標事件'은 보성전문학교의 모표帽標인 오얏꽃이 황실을 상징한다 하여 일제가 이를 폐기하도록 한 조치에 대하여 반발하여 일어난 동맹휴학을 이름이다.

1918(24세) 일본의 상징주의 시인 미키로후三木露風의 가르침을 받아 미래사未來社 동인으로 활동하면서 미래사에서 간행된 ≪리듬≫과 우에노上野음악학교 기관지인 ≪음악≫에다 시를 발표하였다고 한다. 당시 우에노上野음악학교에 재학 중인 홍난파(본명 永厚)와 사귀게 된 것도 이때부터라고 한다.

8월, ≪매일신보≫(28~29일자)에 평론 「현대조선문단現代朝鮮文壇」이란 제목으로 발표하다.

1919(25세) ≪태서문예신보≫ · ≪매일신보≫ · ≪삼광≫ 등에 시작품과 시론 등을 발표하는데, 이것들의 일부는 현상응모작으로 발표된 것도 있다.

2월 10일, 홍영후洪永厚 · 유지영柳志永 · 이병도李丙燾 등과 함께 재 동경유학생 악우회樂友會의 기관지 ≪삼광三光≫을 창간하다. '삼광'은 세 가지 빛, 곧 음악 · 미술 · 문학을 함의하고 있다. 그런데 동지의 창간호와 3호는 홍영후가 편집 겸 발행인으로 되어 있고, 동지 2호는 황석우가 편집 겸 발행인으로 되어 있다.

12월 경, 황석우는 동경에 있는 창조 사무실을 빌어 시전문지 ≪중앙시단≫을 기획하기도 했으나, 그 잡지는 끝내 출간되지 못했다.

1920(26세) 월간지와 일간신문을 통해서 많은 시와 평론을 발표하면서 황석우의 문단활동은 본격화된다.

3월, 종로의 기독교청년회관에서 삼광사와 중앙시단사의 주최로 시 낭송회가 열렸는데, 이때 남궁벽南宮壁 · 이일李一 · 이종숙李鍾淑 · 김인식金仁植 · 변영로卞榮魯 · 홍영후洪永厚 · 황석우黃錫禹 등 많은 젊은이들이 자작시를 낭독하여 청중들의 커다란 호응을 얻었다고 한다.

봄에, 동경 유학생들을 중심으로 연극단체인 극예술협회를 결성하여 그 창립회원으로 참여하다. 주요회원으로는 황석우를 포함하여 김우진金祐鎭 · 조명희趙明熙 · 유춘섭柳春燮 · 진장섭秦長燮 · 홍해성洪海星 · 고한승高漢承 · 김영팔金永八 · 최승일崔承一 · 김수산金水山 · 마해송馬海松 등이 있다.

4월, 일본 와세다 早稲田대학에 입학하여 1922년 9월까지 재학한 것으로 전해지고 있다. 이것은 일본인 오무라 마쓰오大村益夫 교수가 와세다대학 학적부의 기록을 근거로 한 것이다. 그런데 그 자신의 일본 유학생 시절을 회상한 「40년 전의 학우생활 낙서」에서 한 그 자신의 말에 따라, 그의 나이 19세 때에 일본 동경유학의 길을 떠났다고 한 것을 근거로 하면, 1914년경으로 추정된다. 그리고 그보다 먼저 일본에 온 장덕수와 같은 하숙에서 처음으로 만났다고 하고 있는 말을 그대로 받아들인다면, 황석우가 일본에 유학한 것은 1913~14년경에 해당된다.[2] 그것은 장덕수의 와세다대학 재학기간이 1912~1916년이기 때문이다. 그런데 그 자신이 펴낸 ≪장미촌≫ 창간호의 편집후기에 보면, 당시에 와세다대학 정치경제학과 재학 중인 것으로 나타나 있다.[3] 이것을 근거로 하면, 황석우가 와세다대학의 재학기간은 1920년 4월부터 1922년 9월까지가 맞는 것 같기도 하다. 그렇다면 그 이전에 황석우가

2) 황석우 「40년 전의 학우생활 낙서」(신태양, 1958.12) 224면과 231면 참조.
3) 「동인의 말」(장미촌 창간호, 1921.5) 22면 참조.

일본을 내왕한 것은 학교에 입학하지 않고, 다른 활동을 하면서 당시의 유학생들과 교유했던 것이 아닐까 싶기도 하다.

5월, 구룡산 연극장 개성좌가 개최한 조선노동공제회의 창립기념 강연회에서 <신인의 성聲>이라는 제목으로 강연하다. 동 노동공제회는 1920년 4월에 창설되어 1922년 말까지 김명식金明植 · 정태신鄭泰信 · 장덕수張德秀 · 황석우黃錫禹 등이 번갈아 가면서 연사로 참여했다고 한다.

7월, 황석우는 김안서와 함께 주재하여 동인지 ≪폐허≫를 창간하다. 그 창간동인으로는 김안서金岸曙 · 남궁벽南宮璧 · 이혁로李赫魯 · 김영환金永煥 · 나경석羅景錫 · 민태원閔泰瑗 · 김찬영金瓚永 · 오상순吳相淳 · 염상섭廉想涉 · 김원주金元周 · 이병도李丙燾 · 황석우黃錫禹 등이다. 그런데 황석우는 폐허동인으로 참여하여 그 창간호를 김안서와 함께 주재하여 출간하고 곧바로 탈퇴하게 되는데, 그가 폐허동인에서 탈퇴한 이유는 아직도 정확하게 밝혀져 있지 않다.

11월, 일본 동경에서 조선고학생동우회에 참여하다. 노동자의 인격향상과 고학생들의 취학지도를 위해 창립된 단체로 박열朴烈 · 김약수金若水 · 백무白武 · 최갑춘崔甲春 · 황석우黃錫禹 · 임택룡林澤龍 등이 그 간부직을 맡았다고 한다.

12월, ≪개벽≫지에 월평 「희생화와 신시를 읽고」를 발표하는데, 이것이 개벽사의학예부장 현철玄哲(玄僖運)과의 논쟁에 도화선이 되기도 한다.

1921(27세) 자신이 직접 주재했던 시전문지 ≪장미촌≫을 비롯하여 각 월간지와 일간신문에 많은 시와 평론을 발표하다.

2월, 홍영후洪永厚 · 유지영柳志永 등과 함께 동경 유학생악우회의 명의로 ≪음악과문학≫을 창간하고 사상시 <생과 사의 불멸의 악수>와 평론 「문단 윤리를 고조하여 신도덕의 건설자를 부르노라」를 발표하다.

5월, 폐허동인에서 탈퇴하고 난 뒤 곧바로 시전문지 ≪장미촌≫을 창간하다. 동인들로는 황석우黃錫禹를 비롯하여 변영로卞榮魯 · 노자영盧子泳 · 박종화朴鍾和 · 박영희朴英熙 · 정태신鄭泰信 · 이훈李薰 · 이홍李虹 · 신태악申泰嶽 · 박인덕朴仁德 · 오상순吳相淳 등으로, 이들은 후에 종로의 기독교회관에서 시낭송회를 개최하기도 하였다. 그리고 같은 해 5월 동경에서 발행된 ≪대중시보≫의 창간에 관여하면서 동지에 시와 평문을 발표하기도 한다. 그런데 ≪대중시보≫ 창간호의 필진으로 정태신鄭泰信 · 김약수金若水 · 변희용卞熙瑢 · 황석우 · 박정식朴偵植 · 원종린元鍾麟 · 서병무徐炳武 · 유진희兪鎭熙 등이 있는데, 이들은 대체로 공산주의와 아나키즘 성향의 사람들이라 할 수 있다.

황석우가 원종린과 함께 동경에서 세계주의, 곧 코스모폴리탄이즘 선전을 목적으로 결성된 코스모구락부(클럽)에 출입하게 된 것도 이 시기가 된다. 이때에 황석우는 일본에서 공산주의와 아나키즘을 주도했던 사카이도시히코堺利彦와 오스키사카에大杉榮 등과 교유하고 있었다.

11월, 황석우는 아나키스트들의 모임인 흑도회黑濤會의

결성에 참여하다. 흑도회는 일본의 아나키스트 오스키사카에大杉榮 등을 배경으로 박열朴烈 · 정태신鄭泰信 · 김약수金若水 · 서상일徐相日 · 원종린元鍾麟 · 황석우黃錫禹 · 백무白武 · 조봉암曺奉岩 · 정태성鄭泰成 등이 결성한 단체인데, 황석우도 이때부터 사회주의 색채가 짙은 인물로 분류되어 총독부의 감시를 받기 시작했다는 것이다.

1922(28세) 1월, ≪동아일보≫에 평론 「시 작가로서의 포부」를 발표하다. 이것은 신문사에서 기획한 주제에 답하는 형식으로 된 평론이다.

2월, 조선고학생동우회 명의로 「전 조선노동자 제군에게 고한다」라는 선언문을 발표한다. 이 선언문의 서명자로는 김약수 · 김은국 · 정태신 · 이익상 · 박석윤 · 홍승로 · 황석우 · 임택룡 · 정태성 · 이용기 · 박열 · 원종린 등이 있다.

9월, 와세다대학에서 제명되다.

흑도회가 해체되자, 박열 중심의 흑우회黑友會와 김약수 중심의 북성회北星會로 분리되는데, 황석우는 북성회 쪽에 속하였다.

12월, 폐허동인들이 주축이 되어 조선문인회의를 결성하게 된다. 회원으로는 이병도 · 염상섭 · 오상순 · 황석우 · 변영로 등인데. 이들이 주도하여 ≪폐허이후廢墟以後≫를 발간하기도 한다.

1923(29세) 1월, ≪동아일보≫에 설문답 「신년문단에 바람」을 발표하다.

4월, ≪개벽≫지에 평론 「현 일본 사상계의 특질과 주조」를 발표하다. 이 논문에서 황석우는 일본사상계의 사회주의와 무정부주의 경향과 각 계파에 소속되는 주요인물 들을 들고 있다.

10월, 김명진과 함께 ≪상업시보≫를 기획하고 추진하는 과정에서 총독부가 동지의 명의를 문제 삼아 '신상업'으로 바꾸었다고 한다.

1925(31세) 12월, 조선상업사의 주필 겸 이사장으로 취임했으나, 다른 직원들과의 불화로 그 기관지가 발간되기 전에 그만 두었다고 한다.

1927(33세) 2월, 만주이주조선농민보호연구회 부회장을 맡아 만주 일대에 거주하는 조선농민들의 생활상을 조사하기도 했다. 동 연구회의 회장은 함석은咸錫殷인데, 이는 장춘지역을 중심으로 오랫동안 독립운동을 펼쳤다고 한다.

만주로 근거지를 옮긴 황석우는 만주이주조선농민 보호연구회의 활동에 참여하여 만주는 물론, 국내에서도 만주 이주민의 실상과 농촌문제를 주제로 강연을 하였다고 한다.

4월, 동아일보 장춘지국의 고문직을 맡다.

11월, 조선일보 길림지국 주최로 영신학교에서 '민족운동의 방향전환'이란 주제로 강연하는 한편, 장춘에 '만주통신사'를 개설하여 황석우가 사장을 맡고 고문은 함석은이 맡았다. 만주통신사는 만주 지역에서 일어나는 사건들을 국내의 신문과 잡지와 연계시키는 역할을 하였다고 한다.

12월, 중외일보사 기자로 활동하기도 한다.

1928(34세) 조선시단사를 설립하고 시지 ≪조선시단≫을 출간하다. 잡지에는 기성시인의 작품보다 많은 신인들의 작품들을 모아서 수록하다. 그 자신도 그동안 발표하지 못했던 많

은 시작품들을 집중적으로 발표하고 있는데, 이듬해에 이것들을 중심으로 하여 첫시집 『자연송』을 펴내기도 한다.

8~9월, ≪동아일보≫에 '근영수곡近詠數曲'과 '수상곡隨想曲'이란 큰 제목으로 6편의 시작품을 발표하다.

11월, ≪조선시단≫ 창간호에 '가을 시 및 6호잡곡(자연시)'으로 <일매一枚의 서간書簡> · <단상곡短想曲> 등 10편, '잡상시雜想詩(6호시)'로 <달 곁의 별들> · <구름 속에서 나오는 달> 등 8편을 발표하다.

12월, ≪조선시단≫ 2 · 3합병호에 '겨울 시(自然詩)'로 <겨울바람의 맹호猛虎> · <눈> 등 3편, '잡상시(6호시)'로 <네 구녁> · <여자의 마음> 등 7편, '6호시(지연시)'로 <새벽에 해 만나는 말> · <태양아!> 등 15편, '수상시隨想詩'로 <태양이 가지고 있는 공장> · <소독회消毒灰> 등 12편을 발표하다.

≪조선시단≫은 창간 당시부터 계속 일제의 검열과 감시를 받아 제때에 잡지를 출간되지 못했다고 한다.

1929(35세) 4월, ≪조선시단≫ 5호를 '청년시인백인집青年詩人百人集'으로 편성하고 있는데, 김소하金素荷 · 김대준金大駿 등 시집의 제목과도 마찬가지로 많은 신인들의 작품들을 모아서 엮었다.

11월, 조선시단사에서 첫 시집 『자연송自然頌』을 출간하다. 시집은 <태양계 · 지구>로 비롯되는 129편의 시와 동경유학시절에 제작된 작품과 일문시日文詩 등 22편으로 구분하여 편성하고 있다.

12월, 시집 『자연송』이 출간되자, 곧바로 주요한이 이 시집에 대하여 부정적으로 논평한다. 이에 대하여 황석우는 ≪동아일보≫를 통하여 『자연송』에 대한 <주군朱君의 평을 궤독跪讀하고서>란 제목으로 강하게 반론한다.

1930(36세) 1월, '이단자異端者 시'란 큰 제목에다 묶어 <그대들 혁명가>와 <신과 불佛처님>을 ≪조선시단≫에 발표하다. 지방과 서울을 오가면서 경제문제를 주제로 강연회를 갖다.

1931(37세) 10월, ≪불교≫지를 통하여 단형의 일본민요 <정情의 꽃> · <창문의 겹> · <견우화牽牛花>를 번역 소개하다.

11~12월, '반송伴頌'의 시편들을 대량 ≪조선일보≫에 발표하다.

1932(38세) 1월, 1932년 우리의 문단을 전망하는 설문답을 ≪동아일보≫에 발표한 것을 비롯하여 몇몇 월간지에 많은 시편들과 평문들을 발표하다.

1933(39세) 1월, 평문 「동경 유학생과 그 활약」을 ≪삼천리≫지에 발표하다. 우리는 여기서 당시의 일본 유학생들의 활약상을 엿볼 수가 있다.

10월, 송파 강연회에서 '농가부채 정리'란 주제로 강연하다.

1935(41세) 1월 여성문제로 구속되었다가 3월의 재판에서 무혐의로 풀려나다.

5월, <편지 두 장>을 ≪조선문단≫에 발표하는데, 편지 내용은 앞의 여성문제에 관련된 것으로 되어 있다.

이후로 1945년 8 · 15해방 전까지 문단에서의 활동은 물론, 문화 강연까지도 하지 않았던 것 같다.

신년 초에 새 부인 윤덕상과 결혼하여 동대문 밖에서 살다. 그런데 그 직후에 터진 돌발사건, 곧 전북 군산 여성인 김안녕金安寧과의 여난女難 사건이 크게 이슈화되다. 그러나 황석우는 자신의 결백을 주장하기도 하지만, 그 사건의 진위眞僞 문제는 아직 명확히 밝혀져 있지 않다.

1945(51세) 10월, 임시정부가 펼치는 반탁운동을 지지하는 정당합동 준비 위원회에 참여하다. 이것은 황석우가 10년 만에 나타나서 하는 공식 활동이라 할 수 있다.

11월, 친구인 이종영李鍾榮이 설립한 대동신문사 주필 및 논설위원으로 취임하다. 동 신문에 시와 논설을 발표하기도 한다.

12월, 건국기금조성회 총무부에 참여하여 활동하기도 한다.

1946(52세) 3월, 월간지와 신문에 시작품을 발표하다. ≪태평양≫과 그가 주필로 있었던 ≪대동신문≫에 <봄바람> · <3월 1일> · <옛 종소리> · <자유> 등의 시작품을 발표하면서 다시 문단으로 돌아와 잠시 활동하다가 다시 잠적하다.

3월, 조선 문필가협회 회원으로 참여하다.

11월, 문필가협회 · 미술가협회 · 중앙문화협회 등이 참여한 민족대표 외교사절 후원회에서 이승만을 후원하는 활동을 하다.

1949(55세) 11~12월, <한약 쓰는 법>과 <민간특효약요법>을 ≪부인≫지에 발표하다. 황석우가 무엇 때문에 이런 글을 썼을까 할 만큼 의외의 생소한 것이라 할 수 있다.

1953(59세) 4월, 신익희(당시 국회의장)가 설립한 국민대학 교수로 취임하여 교무과장을 역임하기도 한다.

1956(62세) 6월, 이승만 자유당정권에 맞서 민주당 대통령후보로 출마한 신익희의 급작한 서거로 말미암아 국민대학 교수직

에서 물러나다. 그런데 그가 그만둔 시기나 이유가 명확히 밝혀진 것은 아니다.

1958(64세) 3월부터 월간지와 일간신문에 시와 평문을 발표하다. ≪신태양≫지에 시 <소시곡小詩曲>과 회상기 「40년 전의 학우생활 낙서」를, ≪현대문학≫지에 <나의 호흡과 말!>과 <개나리꽃>을, ≪동아일보≫에 <새벽>과 <봄날의 새벽풍경>을 각각 발표하다.

1959(65세) ≪현대문학≫ 1 · 4월호에 시 <숨길 구멍>과 <우주의 혈맥>을, ≪자유문학≫ 1월호에 시 <웃음에 잠긴 우주>를 발표하다.

4월 12일, 수도의과대학 부속병원에 입원하여 수술을 받고 차도를 보이다가 갑자기 악화되어 사망하다.

6 · 12월호 ≪자유문학≫과 ≪신태양≫지에 유고시 7편이 발표되다. ≪자유문학≫ 6월호에 <초대장> · <봉선화> · <들국화 한 가지> · <잠> · <우주의 기승奇勝> 등 5편과 동 12월호에 <우주>, 그리고 ≪신태양≫ 6월호에 <눈동자 뒤의 전망> 등이 발표되다.

1973 현대시학사에서 황석우 특집이 기획되어 23편의 시작품을 소개하고 있다. 그런데 이것들은 대부분 시집 『자연송』에서 가려진 시편들이다.

황석우의 작품연보

연도	작품	게재지(연월)	구분
1916	눈물 아래서 붓대를 잡다[1]	근대사조(1)	잡조
	창간사	근대사조(1)	잡조
	無題	근대사조(1)	잡조
1918	現代朝鮮文壇(1)	매일신보(8.28)	평론
	現代朝鮮文壇(2)	매일신보(8.29)	평론
1919	頌－K兄에게(隱者의 歌)	태서문예신보(1.13)	시
	新我의 序曲(隱者의 歌)	태서문예신보(1.13)	시
	棄兒(丁巳의 作)	삼광(2)	시
	新我의 序曲(丁巳의 作)	삼광(2)	시
	揶揄(丁巳의 作)	삼광(2)	시
	봄(어린 弟妹에게)	태서문예신보(2.17)	시
	밤(어린 弟妹에게)	태서문예신보(2.17)	시
	열매(어린 弟妹에게)	태서문예신보(2.17)	시
	鶯(어린 弟妹에게)	태서문예신보(2.17)	시
	詩話	매일신보(9.22)	평론
	詩話(續)	매일신보(10.13)	평론
	朝鮮詩壇의 發足點과 自由詩	매일신보(11.10)	시론
	傷者의 宴(단장 5편 중)	삼광(12)	시

	迷兒(단장 5편 중)	삼광(12)	시
	西邦의 女(단장 5편 중)	삼광(12)	시
	隔離者(단장 5편중)[2]	삼광(12)	시
	봄(단장 5편 중)	삼광(12)	시
	蟋蟀(단장 5편 중)	삼광(12)	시
1920	苦泣	여자계(3)	시
	눈으로 愛人아 오너라	창조(5)	시
	小曲	창조(5)	시
	내 마음(苦惱의 旅)	삼광(4)	시
	人形(苦惱의 旅)	삼광(4)	시
	詩話	삼광(4)	평론
	碧鳩	여자계(6)	시
	舞蹈	여자계(6)	시
	日本詩壇의 二大傾向	폐허(7)	평론
	夕陽은 꺼지다	폐허(7)	시
	碧毛의 猫(단곡 9편 중)	폐허(7)	시
	太陽의 沈沒(단곡 9편 중)	폐허(7)	시
	愛人의 引渡(단곡 9편 중)	폐허(7)	시
	淫樂의 宮(단곡 9편 중)	폐허(7)	시
	새 決心(단곡 9편 중)	폐허(7)	시
	亡母의 靈前에 받드는 詩 (단곡 9편 중)	폐허(7)	시
	慘酷한 얼굴이여!(단곡 9편 중)	폐허(7)	시
	血의 詩(단곡 9편 중)	폐허(7)	시
	百科全書(단곡 9편 중)	폐허(7)	시
	想餘	폐허(7)	편집후기
	微笑의 花輿	개벽(8)	시
	발 傷한 巡禮의 少女	개벽(9)	시
	二頭의 白馬	학생계(9)	시
	나무軍의 작은 잔나비	학생계(9)	시

	重大한 궤짝	학생계(11)	시
	詩의 鑑賞과 그 作法(1)	학생계(11)	평론
	最近의 詩壇	개벽(11)	평론
	多情한 故鄕을 떠나면서(1)	매일신보(11.12)	평문
	多情한 故鄕을 떠나면서(2)	매일신보(11.14)	평문
	多情한 故鄕을 떠나면서(3)	매일신보(11.15)	평문
	犧牲花와 新詩를 읽고	개벽(12)	평론
1921	注文치 아니한 詩定義를 일러주겠다는 玄哲君에게	개벽(1)	평론
	頌	신천년(1)	시
	詩의 鑑賞과 그 作法(2)	학생계(1)	평론
	最近文壇 및 思想界의 槪評	현대(2)	평론
	生과 死의 不滅의 握手	음악과 문학(2)	시
	봄과 三人의 어린아이 博士	청년(4)	시
	土의 饗莚	대중시보(5)	시
	薔薇村의 饗宴	장미촌(5)	시
	薔薇村의 第一日 黎明	장미촌(5)	시
	宣言	장미촌(5)	권두언
	國家 及 政治의 生物學的 心理學的 考察	대중시보(5)	평문
	日本 政治 及 政黨	대중시보(5)	평문
	現代文壇의 解剖	신민공론(6)	평론
	諸 名士의 信條와 主張과 排斥	개벽(6)	설문답
	丘上의 淚	개벽(11)	시
1922	詩作家로서의 抱負	동아일보(1.7)	평론
1923	新年文壇에 바람	동아일보(1.1)	설문답
	戀愛－어느 愛人에의 迫害를 받는 二三의 젊은 念願을 위하여	개벽(2)	寸想
	特質과 그 主潮	개벽(4)	평론
1928	無題('近詠數曲' 중에서)[3]	동아일보(8.29)	시

自然 一題('近詠數曲' 중에서)	동아일보(8.29)	시
宇宙 一面('近詠數曲' 중에서)	동아일보(8.29)	시
사랑과 잠('隨想曲' 중에서)	동아일보(8.30)	시
잠의 映畵技士('隨想曲' 중에서)	동아일보(9.2)	시
一盃의 잠!('隨想曲' 중에서	동아일보(9.10)	시
가을 詩 及 六號雜曲(自然詩)	조선시단(11)	시
一枚의 書簡		
私生兒		
가을의 囁語		
掃除夫		
名歌手		
巡禮者		
落葉		
밤 秋風		
귀여운 달밤		
短想曲		
雜想詩(6號詩)	조선시단(11)	시
달 곁의 별들		
無題		
微風		
저문 山길의 꽃		
두 微風		
달과 太陽		
달밤의 구름		
구름 속에서 나오는 달		
餘言	조선시단(11)	편집후기
겨울 詩(自然詩)	조선시단(12)	시
겨울바람의 猛虎		
겨울		
눈		

雜想詩(6號詩)	조선시단(12)	시
네 구녁		
그 別吟		
感官 · 感情 · 理智		
悲哀 · 煩悶 · 苦痛		
女子		
두 盜賊		
女子의 마음		
6號詩(自然詩)	조선시단(12)	시
새벽의 해 만나는 말		
물속에 잠긴 달		
江물 위의 微風		
微風과 아침 潮水		
無題		
空中의 不良輩		
交叉		
새벽		
숨바꼭질		
밤이면 내놓아 준다		
별들		
太陽		
잠		
아침 참새		
太陽아!		
隨想詩		
太陽이 가지고 있는 工場		
太陽은 運轉手님		
夫婦配達夫		
葡萄빛의 젖		
萬籟의 托魂所		

	두 장님		
	하늘 가운데의 말		
	하늘 가운데의 무서운 벙어리		
	하늘 가운데의 섬		
	人生		
	죽음 배인 어머니!		
	消毒灰		
1929	青年詩人百人集을		
	내임에 當하여	조선시단(4)	시집서문
	神	조선시단(4)	시
	『自然頌』	조선시단사(11)	시집
	<太陽界 · 地球> 등 129편		
	在東京時代의 作品 及 日文詩		
	<一枚의 書簡> 등 22편		
	이 시집을 眞卿 누이에게	자연송(11)	잡조
	自文	자연송(11)	시집서문
	『自然頌』에 대한 朱君의 評을 跪讀 하고서(1)	동아일보(12.24)	평론
	『自然頌』에 대한 朱君의 評을 跪讀 하고서(2)	동아일보(12.25)	평론
	文壇倫理를 高調하여 新道德의 건설자를 부르자	음악과 문학	평론
1930	그대들 革命家(異端者 詩)	조선시단(1)	시
	神과 佛처님!(異端者 詩)	조선시단(1)	시
1931	情의 꽃	불교(10)	일본민요
	窓門 한 겹	불교(10)	일본민요
	牽牛花	불교(10)	일본민요
	伴頌(1)	조선일보(11.8)	시
	少女의 마음		
	少女의 마음과 情熱		

少女의 가슴속
저 處女의 가슴속
눈물의 시내

伴頌(2)	조선일보(11.11)	시

사랑을 주시려거든
사랑
사랑의 꽃의 이름
애기는 솔솔 자오

伴頌(3)	조선일보(11.12)	시

저의 魂만은 그이를 찾아가게 합니다
눈동자, 웃음!

伴頌(4)	조선일보(11.17)	시

바닷가의 해당화!
꽃의 마음을 볼 수 없는 나
꽃의 마음의 모든 것
꽃만은 타지 마라라

伴頌(5)	조선일보(11.19)	시

날아다니는 조그만 美少年
眼眠妨害
내 魂
풀과 나무와 山들의 洗手

伴頌(6)	조선일보(11.25)	시

내가 미운 것
동무를 위하여
조롱 속에 드는 파랑새
풀의 잠자는 것

伴頌(9)	조선일보(12.1)	시

아침에 일어나는 나의 가슴속
조선의 魂, 조선 사람의 마음
사람에게도 달이 있다

	달은 왜 저리 달아나우		
	저 달을 물들여 놓고 싶다		
	件頌(11)	조선일보(12.2)	시
	밤에 발자취를 찾으려 하오나		
	元旦降雪		
	太陽과 달		
	太陽의 義딸		
	별의 世界의 細民鄕		
	별과 달		
	件頌(12)	조선일보(12.3)	시
	女子		
	女子의 눈동자		
	마음의 惡役		
	感神病의 하나		
	사랑은 욕심쟁이!		
1932	三二年 文壇 展望	동아일보(1.7)	설문답
	少女의 마음	문예월간(1)	시
	少女의 魂	문예월간(1)	시
	꽃들의 눈물	문예월간(1)	시
	은행 알만한 주머니	신생(2)	시
	봄바람	신생(2)	시
	浮萍草	신동아(2)	시
	꽃 위에 앉는 나비	신생(3)	시
	나비들의 노킹	신생(3)	시
	갓 난 꽃들	신생(3)	시
	봄의 애기들	신동아(4)	시
	나의 八人觀	삼천리(4)	평문
	思想界의 二人評	삼천리(5)	평문
	日沒	동방평론(5)	시
	月出	동방평론(5)	시

	朝鮮日報 事件의 怪內幕 폭로	동방평론(7)	평문
	申錫雨論	삼천리(8)	평문
	工場의 아침	삼천리(10)	시
	人物短評-吳相淳	삼천리(10)	평문
	人物短評-元鍾麟	삼천리(10)	평문
	北風來!	삼천리(12)	시
	첫 겨울의 눈	신생(12)	시
	곱게 내리는 눈들	신생(12)	시
	十二月歌	신생(12)	시
1933	나뭇가지 위의 눈송이	삼천리(1)	시
	東京留學生과 그 活躍	삼천리(1)	회상기
	서울 장안 말 못할 곳	?(?)	시
	카페에 댄스 曲	?(?)	시
	당신은 無産者	?(?)	시
1934	眼鼻耳口	조선중앙일보(6.17)	시
	詩歌의 諸問題	조선시단(9)	평론
	最近詩壇槪瞥	조선시단(9)	평론
	예술시대 발행선언	조선시단(9)	잡조
	誌上謝禮	조선시단(9)	잡조
1935	五錢會費	조선문단(2)	시
	黃錫禹의 편지 두 장	조선문단(5)	편지
1946	봄바람	태평양(3)	시
	봄의 동무	태평양(3)	시
	三月一日	태평양(3)	시
	옛 鍾소리	대동신문(3.4)	시
	나의 情熱	대동신문(3.5)	시
	自由	대동신문(3.5)	시
1949	한약 쓰는 법	부인(11)	잡조
1950	민간특효약	부인(1, 2월 합병호)	잡조
1958	小詩曲	신태양(3)	시

	나의 호흡과 말!	현대문학(4)	시
	개나리꽃	현대문학(6)	시
	새벽	동아일보(11.19)	시
	봄날의 새벽풍경	동아일보(12.13)	시
	40년 전의 학우생활 낙서	신태양(12)	회상기
1959	숨길구멍	현대문학(1)	시
	웃음에 잠긴 우주	자유문학(1)	시
	宇宙의 血脈	현대문학(4)	시
	招待狀	자유문학(6)	시
	봉선화	자유문학(6)	시
	들국화 한 가지	자유문학(6)	시
	잠!	자유문학(6)	시
	宇宙의 奇勝	자유문학(6)	시
	눈동자 뒤의 전망	신태양(6)	시
	宇宙	자유문학(12)	시
1973	황석우시집-특집	현대시학(4)	시

1) ≪근대사조≫에 '일민一民'이란 필명으로 실린 <눈물 아래서 붓대를 잡다> · <창간사> · <무제> 뿐만 아니라, <英吉利 文人 오스카 와일드>(金億)과 <긴-熟視>(素月: 崔承九)를 제외한 <個人과 宇宙의 關係>(인도 타고르) · <戰爭과 道德>(露國 쏠로위요프) · <將來의 宗敎>(米國 엘리엇) · <國家主義와 世界主義의 調和>(지. 에프. 빠-뽀어) 등의 번역은 편자인 황석우가 한 것이 아닐까 한다.

2) <西邦의 女>(단장 5편중)의 중간부분에서 '격리자'란 제목으로 분리한 것인데, 이것은 ≪폐허≫ 1호에 정정기사에 의한 것임을 밝혀둔다.

3) 원래 제목이 없는 것인데 '無題'는 편자가 붙인 것이다.

황석우 전집

초판 1쇄 인쇄일 | 2016년 8월 16일
초판 1쇄 발행일 | 2016년 8월 17일

지은이 | 김학동 · 오윤정 편저
펴낸이 | 정진이
편집장 | 김효은
편집/디자인 | 김진솔 우정민 박재원
마케팅 | 정찬용 정구형
영업관리 | 한선희 이선건 최인호
책임편집 | 김진솔
인쇄처 | 국학인쇄사
펴낸곳 | 국학자료원 새미(주)
등록일 2005 03 15 제25100-2005-000008호
서울특별시 강동구 성안로 13 (성내동, 현영빌딩 2층)
Tel 442-4623 Fax 6499-3082
www.kookhak.co.kr
kookhak2001@hanmail.net

ISBN | 979-11-87488-10-1 *03800
가격 | 50,000원

* 저자와의 협의하에 인지는 생략합니다.
잘못된 책은 구입하신 곳에서 교환하여 드립니다.
국학자료원 · 새미 · 북치는마을 · LIE는 국학자료원 새미(주)의 브랜드입니다.